RAINALD GOETZ
KRONOS

SUHRKAMP

edition suhrkamp 1795
Neue Folge Band 795
Erste Auflage 1993

Erstausgabe

Satz: Hümmer, Waldbüttelbrunn
Druck: Nomos Verlagsgesellschaft, Baden-Baden
Umschlagentwurf: Willy Fleckhaus
Printed in Germany

1 2 3 4 5 6 – 98 97 96 95 94 93

KRONOS

Berichte

go go go go go go go
go go go go
go

MOBY

Das Polizeirevier

1982

DAS POLIZEIREVIER

1.

Der Verdacht, man beobachte mich, hat sich in den verlorenen Tagen zwischen Weihnachten und Neujahr verdichtet.

Ach was: Der Verdacht ist nie ein Verdacht gewesen, sondern stets eine anfallsartige Gewißheit. Seit ich hier wohne, seit einem halben Jahr also, bin ich immer wider Opfer geworden dieser sehr irritierenden Evidenzmomente, *man beobachtet mich*, die nie vernünftig widerlegt wurden, sondern ebenso plötzlich wie sie da gewesen waren dann *fort* gewesen sind, so wie Myriaden anderer rückstandslos vergessener Momentgedanken. In den letzten Wochen jedoch hat sich schließlich doch ein Erinnerungsrückstand gebildet.

In jenen Tagen zwischen Weihnachten und dem Beginn des Neuen Jahres, Tage, in denen Stillstand der Zeit und Lebenslähmung mich immer schon wie ein monströser Sonntagnachmittag überfallen, gewürgt haben, heuer noch schlimmer als sonst, da der Neujahrstag ein Freitag gewesen ist, das Neue Jahr also mit der Agonie eines Wochenendes begonnen hat, in diesen heuer auch noch überlangen Tagen der großen Verlorenheit also ist aus dem plötzlich wahrgenommenen Erinnerungsrückstand ein Zwangsgrübeln hervorgegangen, nahezu unentrinnbar, jenseits jeglicher Vernunft. Man beobachtet mich, man beobachtet mich nicht, man mich, man mich nicht, undsofort. So geht es nicht weiter. Die Frage kann nicht von einem zwangsgrübelnden Kopf entschieden werden, sondern einzig durch meinerseitige Beobachtung.

Blitzhaft ist mir das heute morgen klargeworden. Als ich kurz vor acht Uhr, frisch gebadet und tatendurstig, das Haus verlassen habe, hinausgetreten bin in einen halkyonisch blau klaren Tag, habe ich gesehen wie im selben Augenblick der Schirmmützenkopf eines Polizeibeamten in einer Fensteröffnung des Reviers auf der gegenüberliegenden Straßenseite verschwunden ist, eilfertig, wie ertappt, so daß mir ein Zusammenhang mit meinem Auftreten geradezu zwingend erschienen ist. Dann aber hat in meinem ausgeruhten Hirn, eigentlich in meinem ganzen optimistischen Körper, der die Depression heute morgen um halb sieben mit dem Zurückschlagen der Bettdecke ebenfalls zurückgeschlagen hatte, erstmals ein vernünftiger Gedanke Raum genommen: Die Vermutung, man beobachte mich ist unwahrscheinlich; zugleich ist sie nicht vollkommener Un- oder Irrsinn. Zwei Dinge habe ich berechtigterweise als merkwürdig registriert. Erstens: Die Schirmmütze wird auf dem Revier normaler Weise nicht getragen. Und zweitens: Das offene Fenster ist bei der Winterkälte widersinnig. Weniger die Wahrnehmung dieser Merkwürdigkeiten selbst hat mich erleichtert, eher die damit verknüpfte Beobachtung, daß ich bereits einen Erfahrungsschatz über das Polizeirevier und die Beamten in ihm besitze. Bisher habe ich darüber noch nicht nachgedacht. Das werde ich nun gezielt tun. Die Beobachtungen müssen geordnet werden. Auf dem Hintergrund dieser Ordnung erhalten Spekulationen ihr Maß an Wahrscheinlichkeit. Die Ermittlungen haben begonnen.

2.

Schnee. Jetzt ist er weg. Der Gehsteig vor meinem Polizeirevier ist trocken. Fast den ganzen Januar hindurch haben sich an den Straßenrändern Schneeberge aufgetürmt, Schneemassen, wie aus Kindheitswintern.

In dieses unwirtliche widrige Wetter haben die Streifenbeamten natürlich dennoch hinausgemußt; allerdings: nur die jungen. Die älteren Beamten, die in meinem Polizeirevier Dienst tun, fahren nie Streifenwagen. Das hat mir überhaupt erst der Schnee klargemacht. In den Schneebergen sind die blaßgrün behosten Beine der uniformierten Polizisten versunken, und das hat jene Eleganz vereitelt, mit der die Polizisten sonst vom Polizeirevier zu den (schräg unter meinem Fenster geparkten) Streifenwagen und von den Streifenwagen zurück zu der (von meinem Fenster aus nicht sichtbaren) Tür des Polizeireviers gehen. Eleganz ist ein zu allgemeines, vielleicht auch falsches Wort. Es handelt sich um eine Bewegungsform, ein Gehen, das ich *Stolze Uniformgewißheit* nennen möchte. Erst als die äußeren Umstände es verhinderten, war mir klar: In *Stolzer Uniformgewißheit* gehen die Polizeibeamten einher. Untrennbar verknüpft damit: das jugendliche Alter der Uniformierten, außerdem die an der Hüfte festgeschnallte Waffe. Ich zweifle, ob die Polizisten sich dessen bewußt sind. (Vermutlich vollzieht sich im Anlegen der Uniform und dem Umschnallen der Waffe ein unwillkürlicher Übergang zum berufstypischen Habitus, wie man ihn von Versicherungsvertretern, Ärzten, Lebensmittelverkäuferinnen oder Filmemachern ebenso kennt). Als Zivilisten gehen sie nach Dienstschluß, zu zweit, zu dritt, oft scherzend zu ihren weiter weg geparkten Privatwagen, tragen große dreieckige Ledertaschen und wirken wie harmlos nette Freizeitsportler, die zum Feierabendtraining gehen. Als Uniformierte jedoch haben sie mir bisher sofort einen kaum bewußten Schreck eingejagt. Seit ich die Unsache dieses Schrecks verstehe, nehme ich ihn überhaupt erst richtig wahr, und bin sofort gelassen, weil ich weiß, daß der Schreck ein Unsinn ist. Früher hat es in mir geblitzt: er zieht und schießt, im nächsten Moment wird er ziehen und auf mich schießen. Heute denkt es: Da geht ein Uniform- und Waffenträger. Ich verbuche diesen Wandel meiner unkontrollierbaren Blitzgedanken als Fortschritt. Kein Zweifel: Die Methode der gezielten Beobachtung (das Wort *Gegenobservation* habe ich mir aus verständlichen Gründen verboten) ist richtig und verspricht Erfolg.

Offene Frage: Was machen die älteren Polizeibeamten? Wieviele sind es? Einer steht frühmorgens, wenn es noch dunkel ist, ich glaube schon ab sieben Uhr in einem Raum im ersten Stock, das Zimmer ist neonhell erleuchtet, und er beobachtet durch das Fenster die Straße und das gegenüberliegende Haus. Warum? Er hat weißes gelocktes, dichtes Haar. Ich schätze ihn auf Mitte fünfzig. Vielleicht ist er der Revierleiter. Möglicherweise hat er einen Sonderauftrag. In meine Wohnung, die ebenfalls im ersten Stock liegt kann er nur schräg hineinsehen. Doch gerade aus diesem Winkel kann er möglicherweise die Wandinschrift in meinem Arbeitszimmer lesen. In einer verzweifelt ausgelassenen Stimmung, ich war sehr betrunken, habe ich mit einer Spraydose FINALES KOT-ERBRECHEN an die Wand gesprüht. Ich habe beschlossen, die Schrift zu übermalen. Unnötig will ich mich nicht verdächtig machen. Gestern, als ich in der Früh den die Straßen beobachtenden Weißhaarigen von meinem Fenster aus beobachtete, haben sich plötzlich, so schien mir, unsere Blicke getroffen. Sofort bin ich vom Fenster weggezuckt. Dann habe ich mir gesagt, daß ich mich getäuscht haben muß. Ich bin nicht sehr kurzsichtig. Aber um auf eine Distanz von ca. 60 Metern die Züge eines Gesichts und die Blickrichtung genau zu erkennen, brauche ich die Brille. Die Brille habe ich gestern früh nicht getragen. Seit heute liegt sie griffbereit am Fensterbrett.

3.

Manchmal, so wie heute Vormittag, steht kein einziges Polizeifahrzeug auf dem Parkplatz. Abends ist er rammelvoll. Ich versuche herauszukriegen, wann Schichtwechsel ist. Möglicherweise zwischen eins und zwei, außerdem möglicherweise zwischen fünf und sechs. Allerdings wäre dann die Nachmittagsschicht ziemlich kurz; andererseits tauchen am frühen Abend, so um halb sechs herum, die meisten Fahrzeuge auf. Den Schichtwechsel erkennt man daran, daß die Beamten den Wagen ausräumen; sie nehmen einen Aktenkoffer vom Rücksitz. Vermutlich befinden sich darin persönliche Utensilien. Welche? Wenn die Polizisten direkt unter meinem Fenster am Wagen hantieren, bin ich besonders vorsichtig, damit man mich nicht sieht. Bisher habe ich nicht feststellen können, ob ein Beamter gezielt mein Arbeitszimmerfenster fixiert. Richtmikrofone wären sinnlos. Die Straße ist viel zu laut. Nachts, zwischen zwei und halb vier (zwischen vier und sechs donnern die Laster Richtung Großmarkthalle vorbei, ab sechs Berufsverkehr), nachts höre ich die Polizisten manchmal reden. Aber verstehen kann man nichts.

Über die Zahl der Streifenwagenbeamten habe ich immer noch keinen Überblick. Es können 15, oder ebensogut 40 oder 60 sein, die in meinem Revier beschäftigt sind. Macht es einen Unterschied, wieviele es sind? Eigentlich nicht. Ich würde mich einfach wohler fühlen, wenn ich es wüßte. Ich habe neulich gedacht: Es ist nur der Widerspruch, der mich beschäftigt, zwischen der unübersehbaren ständigen Präsenz der Polizei einerseits, und der rätselhaften Unfaßbarkeit ihrer Geschäftigkeit andererseits. Vielleicht hat nur dieser Widerspruch in mir den Verdacht gesät, man beobachte mich. Jedes Detail, das ich verstehe, mindert den Widerspruch. Deshalb, glaube ich, wüßte ich gerne, wieviele Beamte das Revier hat, zumindest die Zahl der Streifenwagenbeamten, jener also zwischen schätzungsweise 19 und 27 Jahren. Über die alten Beamten im ersten Stock, kann ich mir ohnehin kein Bild machen. Wann zeigen die sich schon! (Außer dem einen natürlich.) Möglicherweise sind gerade die die eigentlichen Drahtzieher. Solche Spekulationen vergessen, sage ich mir. Beweisen kann man nichts.

Ich habe versucht, mir bestimmte Gesichter einzuprägen. Leider ist mein Personengedächtnis nicht besonders gut. Trotz aller Bemühung, kenne ich bisher nur *zwei* aus der Unzahl von an- und abfahrenden Beamten: Der eine erinnert mich in seiner hochgeschossenen, milchgesichtigen Art an einen ehemaligen Mitschüler, und hat deshalb dessen Namen bekommen. Das ist der Pieger. Der andere heißt für mich El Bruto, erstens weil er so brutal ausschaut (untersetzt, Schnauzbart); zweitens weil er neulich einen Penner, der laut grölend, schon am Vormittag sehr betrunken, den Polizeireviergehweg entlangging, mit einem verdeckten Stoß im Vorbeigehen gegen die Polizeirevierhausmauer gestoßen hat. Ich glaube, dem Penner war das egal. El Bruto hat seinen Kollegen zugelacht und ist ohne sich umzudrehen weiter Richtung Polizeireviertüre gegangen. Doch was nützt es, den Pieger zu kennen und El Bruto? Ich muß mir irgendwelche Ordnungskriterien überlegen, nach denen ich die Beamten sortiere. Welche Kriterien?

Vorhin habe ich das Fenster geöffnet. Ich hatte auf *meinem* Gehweg, direkt unter dem Fenster, verdächtige Geräusche gehört. Natürlich nichts. Aber mit der Luft ist mir plötzlich eine wilde Frühlingssehnsucht in die Nase gestiegen. Wie fern, wie unvorstellbar heute die Schneeberge des Januar sind! Es ist Mitte März. Ich glaube, es gibt überhaupt nur die Gegewart. So fern wie der Schnee ist nämlich auch die Panik, dann Angst, dann Sorge, die ich Anfang Februar, vor nicht mehr als gut sechs Wochen gehabt habe. Es ist nämlich etwas Dramatisches geschehen: ein Bild von mir ist in der Zeitung erschienen. Öffne ich das *Dossier* sind alle Gefühle sofort wieder da.

Das U-Bahn-Fest ist am Samstagabend gewesen. Ich hatte es schon fast vergessen. Da ist am Montag die Zeitung mit dem Bild erschienen. Da ist die Panik natürlich sofort losgegangen. Wird gegen mich ermittelt? Werden mich die Beamten meines Reviers erkennen? Warum hat man ausgerechnet mich fotografiert? Ich darf diese Hose nicht mehr tragen. Oder wird eben dies, falls dokumentiert (Wo? Wodurch?), als Schuldeingeständnis gegen mich verwendet werden können. Einige Tage habe ich das Haus nicht verlassen. Ich habe die Wohnungstüre hinter mir zugeschlossen und nur das Revier beobachtet. Ich habe mir gesagt: Nicht die Uniformwelt richtet sich gegen mich, sondern ich richte mich gegen die Uniformwelt. Ein paar Tage habe ich die Grübeleien nicht unter Kontrolle gebracht. Dann ging es wieder. Ich glaube nicht, daß ich spinne, d. h. irgendetwas halluziniere. Ich beobachte nur, was ich sehe. Was ich sehen kann, das kann ich sehen.

4.

Das Jahr kommt gut voran. In mir jedoch nur Schwäche und Unfähigkeit. Seit zwei Sunden stehe ich am Fenster, schaue nach drüben und sehe nichts. Sind nicht eben zwei Beamte vorgefahren, ausgestiegen? Ich glaube, mein Kopf hat ein Loch. Es ist Ende April, und das Wetter ist eisig. Genaugenommen: Es ist fünf nach halb elf, Vormittag, Dienstag, der 27. 4. Die Zeitungen habe ich schon alle gelesen. Ich glaube nicht, daß die Falklandkrise mit meinen Ermittlungen im Zusammenhang steht. Als DER KRIEG habe ich in einem Film mitgespielt; die Dreharbeiten waren letzten Freitag. Das Wochenende, auch den Montag, bin ich bewegungslos im Bett gelegen. Ich habe nicht schlafen können, aber ich habe auch nicht aufstehen können. KRIEG? In meinem Thorax waren keine Lunge mehr, kein Herz, er war mit Granit vollgefüllt. Auch jetzt zieht es mich nach unten. Aber heute gebe ich nicht nach, es muß gehen, ohne Bett. Ich stehe und schaue hinüber. Es sind nicht die Augen, ich trage die Brille. Es muß eine Gehirnschwäche sein. Ich halte die Strichliste, aber sie füllt sich nicht. Ich denke an füher.

Euphorisch, o ja, hatte der Monat begonnen. Ich bin im Freien gesessen, das helle Licht war so warm, und habe Bier getrunken. Hellgrün habe ich die Blätter aus den Sträucherknospen kommen sehen, und plötzlich habe ich gewußt, daß ich nur mit einer Strichliste die Polizisten unterscheiden und so, letztendlich, auch zählen kann. Zu Hause habe ich eine Liste für das Alter und eine zweite für die Haarfarbe angelegt. Von vorneherein wußte ich, daß ein wichtiges Unterscheidungskriterium der Bart sein würde. Erst im Laufe des Strichlistenführens habe ich gemerkt, daß ich die Bartträger noch in Voll- und Schnurrbart unterscheiden muß. Ich hatte auch vergessen, eine

Spalte für Grauhaarige anzulegen, nur Blonde und Dunkle habe ich unterschieden. Nach Tagen der Beobachtung mußte ich feststellen, daß in meiner Liste eine Trennung in Gelockt- und Glatthaarige fehlt. Das Vertrauen in meine Strichliste habe ich dann nach etwa zwei Wochen verloren. Keineswegs habe ich mir die Gesichter besser einprägen können, keineswegs habe ich einen Überblick über die Zahl der Beamten in meinem Revier bekommen. Einziger Befund: Die überwiegende Mehrzahl der Polizisten, die ich täglich zu sehen bekomme, jener also, die in der Altersstrichliste in der Rubrik »20 bis 30 Jahre« zu vermerken sind, trägt einen Schnauzbart. Dieser Befund hat mich nicht erstaunt, das habe ich vorher auch schon gewußt.

Dann habe ich begonnen, Fotos zu machen. Meine Kamera ist schlecht, eine kleine Automatikbox. Dennoch verspreche ich mir von den Fotos mehr Aufschluß als von der Strichliste. Der erste Film ist noch nicht entwickelt, aber ich bin sehr gespannt. Obwohl ich das Vertrauen in die Strichliste verloren habe, führe ich sie fort, wenigstens so lange, bis ich sicher weiß, daß auch in Kombination mit den Fotos keine Erkenntnisse mit ihrer Hilfe zu gewinnen sind.

Erst einmal habe ich einen Polizisten ganz aus der Nähe gesehen. Das war, glaube ich, noch vor Beginn der Listenführung, also Ende März. Auch dieser Beamte hat einen schwarzen Schnauzbart gehabt. Er hat mich angeschrien, weil ich bei Rot schräg über die große Kreuzung vor dem Revier gelaufen bin. Da ich schon auf der anderen Straßenseite war, mußte ich, um befehlsgemäß zu ihm zu kommen, noch einmal über Rot laufen. Er hat mich angebrüllt wie einen Schuljungen. Er war vielleicht zehn Jahre jünger als ich, also 18. Erst als er verlangt hat, ich solle mich ausweisen, habe ich eine Panik bekommen; vorher war ich zu verdattert. Ich habe meinen Ausweis nicht dabei gehabt, gottseidank. Ich bin nämlich da, wo ich wohne, gegenüber vom Polizeirevier, polizeilich nicht angemeldet aus guten Gründen. Dann hat er mich noch einmal angebrüllt, wegen des fehlenden Ausweises. Ich habe nichts gesagt. Ich habe nur sein Gesicht angeschaut. Die Schneidezähne waren sehr schadhaft, kariös, vielleicht hat auch ein Zahn gefehlt. In mir hat es gekocht, aber ich habe mich beherrscht. Zum Schluß hat er gesagt: »Mensch, schaun Sie, daß Sie Land gewinnen!« Zuhause habe ich, nach dem Abflauen der ersten Erregung, den Vorfall eher positiv gewertet: Würde man mich insgeheim beobachten, würde man eine derart offene Attacke vermeiden, um mich nicht mißtrauisch zu machen. Fährt man mich so an, kann ich daraus schließen, daß man mich behandelt wie jeden anderen auch. Mögliche Finte: Man will, daß ich genau diese beruhigende Schlußfolgerung ziehe. Halte eine derartige Finte für unwahrscheinlich. Will dennoch noch vorsichtiger werden, vor allem auf der Straße. Habe die Beobachtung vom Fenster aus intensiviert. Deshalb stehe ich auch heute hier, trotz granitschwerer Müdigkeit. Ich werde heute noch die Bilder des *Dossiers* beschriften. Bis zwölf bleibe ich noch am Fenster, es ist kurz vor zwölf. Der Sekundenzeiger meiner Uhr ruckt nur so langsam, wie zögernd, weiter.

5.

Kaum hat man Ostern überstanden, kommt Pfingsten. Dafür ist es wenigstens so warm, fast Sommer!, daß ich das Fenster ständig offen lassen kann, was meiner Beobachtungsarbeit natürlich zugute kommt. Zugleich habe ich meine Tarnung verbessern müssen: Stehe ich nicht, geschützt von dem Mauervorsprung, links am Fenster, dann sitze ich, direkt vor dem Fenster, an einem Tisch (ehemals Eßzimmer), auf den ich eine Schreibmaschine gestellt habe. Ich habe auch ein Papier eingespannt, aber es steht nichts drauf. Manchmal mache ich Schreibmaschinengeräusche, das ergibt dann ein Buchstaben-, Zahlen- und Zeichenkauderwelsch (sieht so aus: wEs3+5ix7: ö2ß wóA do dkw+1+,w W)

Knallvolle Woche: Montag war mein Geburtstag, Dienstag der von Michael (da haben wir Rohner-Radegast aufgemischt), am Mittwoch hat Bayern im Europapokalendspiel gegen Aston Villa unglücklich 0:1 verloren (trotzdem Vorfreude auf die WM!), am Donnerstag, was war denn gestern?, gestern?, richtig: da habe ich meinen Drittfernseher (vorigen Monat geschenkt bekommen) endlich zum Reparieren gebracht. Und heute ermittle ich schon seit etwa vier Stunden! Tja – alles ist wieder paletti. Ich weiß gar nicht, was ich Ende April hatte. Auch ermittlungsmäßig hat sich immens viel getan im Mai. Ich muß sehen, wie ich das alles halbwegs ordne. Muß sehen, daß ich mich kurz fasse. Könnte z. Zt. plappern, plappern, plappern!

Also, erstmal heute: Vor knapp zwei Stunden, so kurz nach zehn, sitze ich an meinem Tisch, über der Maschine liegt ausgebreitet die Zeitung, und ich tue so, als läse ich in der Zeitung. Plötzlich sehe ich, daß direkt gegenüber von meinem Fenster auf dem gegenüberliegenden Gehweg ein Unbekannter Posten bezogen hat. Ich sage »Posten bezogen«, weil ich ihn gesehen und sofort Verdacht geschöpft habe. Er ist mir bekannt vorgekommen, obwohl ich ihn nicht sicher als Revierbeamten identifizieren konnte. Alter: etwa Mitte fünfzig; Kleidung: dunkle Stoffbundhose, helle Jacke. Er hat hochgeschaut zu mir, ich habe die Zeitung weggelegt und Schreibmaschinengeräusche gemacht. Eineinhalb Stunden (!!) ist er da stehen geblieben, manchmal ist er auf und ab gegangen, meist stand er mit dem Rücken zu der Toreinfahrt (hinter der der Baum ist, siehe Skizze) und hat herüber geschaut auf mein Haus, sehr oft auf mein offenes Fenster. Ich habe ihn fotografiert, voll Angst, von ihm gesehen zu werden. Die Pointe: Schließlich ist ein Streifenwagen vorgefahren, da ist er eingestiegen. Natürlich frage ich mich, was das zu bedeuten hat. Will man mir Angst machen? Mich einschüchtern? Wozu wird ein Polizist eineinhalb Stunden vor meinem Fenster postiert? Ich muß noch vorsichtiger observieren.

Eben steigt ein Mann in blaßgrauem Arbeitskittel aus einem Streifenwagen. Ist das ein Mechaniker? Manchmal tragen sie auch dunkelblaue Kittel. Er ist Mitte zwanzig. Er geht von meinem Fenster weg, Richtung Türe des Reviers. Die Frage ist: Müssen die Menschen in die Strichliste aufgenommen werden? Zivilpolizisten sind das nicht, das ist sicher.

Die Zivilpolizisten erkenne ich inzwischen ausgezeichnet. Sie benutzen zwei bestimmte Wagen: einen flau-beigen Audi 80 und einen weißen Golf mit Halogenscheinwerfern. Natürlich könnte ich die Kennzeichen-Nummer an die linksalternative Presse weitergeben; sie würden bei den Kleinanzeigen kommentarlos abgedruckt und jeder wüßte, daß das Zivis sind. Möglicherweise könnte die Polizei Rückschlüsse auf mich ziehen; deshalb halte ich die Nummer vorerst zurück. Die Zivilpolizisten gehören auch einer anderen Altersstufe an, als die uniformierten Beamten. Sie sind meist Anfang bis Mitte dreißig. Bevorzugt tagen sie Lederblousons und Jeans. Vermutlich stellt sich ein Polizist ebendies unter legerer Kleidung vor; merkwürdig. Bärte sind bei den Zivilbeamten selten. Ihr Gang ist ein Zwitter aus dem Zivilistengang des Feierabendbeamten und der *Stolzen Uniformgewißheit* des

Normalpolizisten. Vermutlich tragen sie unter ihren Jakken eine Waffe. Wo genau? Achselhalter kenne ich nur aus Fernsehkrimis, habe ich bei meinen Zivis nie gesehen. Obwohl anhand der beschriebenen Merkmale ein Zivilpolizist jederzeit erkennbar ist, habe ich mir einzelne Gesichter immer noch nicht einprägen können. Ich frage mich: Beobachte ich zu unkonzentriert? Oder ist etwa die Zahl der Zivilpolizeibeamten in meinem Revier so groß, daß es schier unmöglich ist, einzelne Personen zu identifizieren?

Am 17. 5. (Geburtstag von Klaus) habe ich um 18 Uhr folgende Notiz gemacht: Der weiße Golf rast mit Sirenengeheul los. Der Beifahrer hält das Blaulicht aus dem Fenster, aber es blinkt nicht. Die Autos davor fahren rechts ran, es wird bedrohlich eng, der Golf wird nach links gerissen und zieht vorbei. Kurz darauf: ein weiterer Polizeiwagen, Audi-Streifenwagen, Blaulicht, Sirene. Dann, wieder Sekunden später: ein Polizei-VW-Kastenwagen, mit nur einem Fahrer, rast in vollem Tempo vorbei. Dann: Ein weiterer Polizei-Audi fährt mit zwei Polizisten von drüben los. Was ist passiert? Bank? Einbruch? Jagd! Sicher macht das den Polizisten Spaß. Ich bin dann auf meinem Rad hinterhergefahren, ohne jedoch einen großen Unfall zu finden oder eine hochgenommene Bank oder Terroristen oder was auch immer. Die Straßen verlieren sich in der heruntergekommenen Fabriklandschaft des Schlachthof- und Großmarktviertels. (Früher, auf dem Land, als Kind, bin ich beim Heulen der Sirenen sofort zum Feuerwehrhaus gefahren, mit dem Rad, und dann hinter der ausrückenden Freiwilligen Feuerwehr hinterher. Vor allem wenn es Abend war, hat mich all die Hektik, das viele Chrom, die scharlachrot lackierten Wagen und das kreisende Blaulicht in eine merkwürdige Erregung versetzt. Ich habe riesige Brände gesehen.

Scheunen, aus denen zig Meter hoch die Flammen in den Nachthimmel gelodert sind. Einmal ging hinter den Flammen aus dem Wald ein ebenfalls lodernder riesiger Vollmond auf. Das vergesse ich nie. Voll Dankbarkeit denke ich an den Baron Hirsch, dessen Scheune so unsterblich brannte, stundenlang!)

Ich muß mir eingestehen: Die Ermittlungen direkt am Objekt (Polizeirevier) führen zu keinen faßbaren Ergebnissen oder gar Tatbeständen. Dies, obwohl ich fast den ganzen Mai gearbeitet habe, wie in keinem Monat zuvor. Brauche ich eine bessere Kamera? Sollte ich mit den Beamten Kontakt aufnehmen? Ihnen etwa zuwinken, um ihre Reaktion zu testen? Oder müßte ich doch bessere Hilfsmittel einsetzen? Immer wieder denke ich an Richtmikrofone, um endlich einmal zu hören, was sie reden.

Umgekehrt ereignen sich, scheinbar unabhängig von den Ermittlungen, Dinge, die ich – ich kann mich nicht naiver stellen, als ich bin! – einfach auf die Ermittlungen beziehen *muß*. Wie im einzelnen diese Beziehung aussieht, ist oft rätselhaft; jenseits von Zweifel ist jedoch, daß sie überhaupt *besteht*. Es handelt sich um Ereignisse in meiner näheren und ferneren Umgebung. Welches Vorgehen ist ratsam, frage ich mich. Ich sehe die Gefahr, daß die Ermittlungsakte ausufert. Wenigstens ganz knapp will ich *ein* Ereignis schildern.

Auf dem Land, wo es immer noch eine Punk-Bewegung gibt, hat am Sonntag, den 2. Mai ein Hard-Core-Pogo-Konzert stattgefunden. Die Punks waren sehr betrunken und haben sich sehr stark gefühlt. In dem Wirtsraum ist eine Gruppe von ca. zehn Rockern gesessen. Punks und Rocker haben sich gegenseitig provoziert. Plötzlich haben die Rocker mit Biergläsern und Stühlen geschmissen, wie im Film. Ich habe mich sofort auf den Boden geschmissen. Die Frau neben mir ist stehengeblieben. Von unten habe ich ihre angstvoll weit aufgerissenen Augen gesehen. Sie hat den Rocker angeschaut, der mit dem Stuhl, er hat ihn mit beiden Händen an der Lehne geschwungen, gegen sie ausgeholt hat. Es hat laut gekracht, Holz und oder Knochen, ununterscheidbar. Gellend hat die Frau sofort aufgeschrieen und ihre Hände vors Gesicht geschlagen. Ich habe gedacht, wenn ihr das Gehirn nicht ausfließt, dann fließt ihr ein Auge aus oder beide. Durch eine Türe hinter der Theke konnte ich mich aus dem Raum retten, in dem immer noch Stühle auf Köpfe geschlagen wurden. Draußen vor dem Wirtshaus haben die Rocker mit Ketten und Stuhlbeinen weiter auf alle eingeschlagen, die nicht zu ihrer Gruppe gehörten. Dann haben sie sich geordnet wie ein Militärkommando zurückgezogen zu ihren entfernt geparkten Maschinen. Ich habe die größte Panik gehabt, das größte Entsetzen gespürt. Ich finde Gewalt toll, habe ich jahrelang gedacht. Plötzlich habe ich gewußt, daß die Koketterie mit dem anti-soften Pro-Gewalt-Gestus in eine Dummheit mündet (Dummheit ist die größte Sünde). Zehn Minuten nachdem alles vorbei war, ist ein Polizeiwagen vorgefahren. Lächelnd sind zwei Beamte ausgestiegen, Altersgruppe 40 bis 50 (Landverhältnisse?). Sie haben gesagt, es sei ja wohl alles schon vorbei. Eine Anzeige wolle ja wohl niemand machen. Dann haben sie per Funk einen Krankenwagen bestellt. Überhalb des *restlos demolierten* Wirtsraumes ist das Hard-Core-Konzert weitergegangen. Vor der Wirtschaft habe ich jetzt milchgesichtige Punks Stuhlbeine schwingen gesehen: Daß zehn Rocker 400 Punks verprügeln können, hat sie sehr erregt. Sie haben eine Rache geschworen. Da haben wir alle heimfahren wollen. Am Straßenrand sind die Dorfbewohner gestanden, feist und betrunken. Sie haben die abfahrenden Konzertbesucher beschimpft, weil sie die Ruhe hier stören und überhaupt. Zwei haben die Beifahrertüre unseres Autos aufgerissen und den bekifft lachenden Poppey rausgezogen. Sie haben mit ihren Fäusten gefuchtelt und wutererregt Dialekt geredet. Dann waren wir endlich fort. Durch die Nachtlandstraßen sind wir heimgefahren. Es ist still gewesen im Auto, jeder hat eine Zigarette geraucht. Alle sind sie gleich dumm, habe ich gedacht, die Rocker, die Punks, die Polizei und die Landmenschen, dumm und brutal. Warum zieht es mich so zur Brutalität, auch zur Dummheit? Nie mehr will ich was wissen von der Gewalt.

An jenem Sonntag ist noch etwas passiert, in der Ferne, am Kap Horn. Einen Tag später, Montagnachmittag, haben die argentinischen Generale zugegeben, daß der schwere Kreuzer *General Belgrano* von britischen U-Booten versenkt worden ist.

6.

Was für ein Gewinsel! Habe eben den Mai-Eintrag in der Ermittlungsakte überflogen. Was soll das heißen: Nie wieder Gewalt? Ich habe den Bürgerkrieg erlebt in Berlin, das war ein Fest. Wozu künstliche Grenzen? Die Probleme sprengen den ursprünglichen Rahmen der Ermittlungen. Polizeirevier! Alles recht und schön. Zurück aus Berlin habe ich mich abends demonstrativ auf dem Straßenbalkon dem Revier und Beamten gezeigt. Dazu später. Zunächst einmal geht es um die Beschreibung einer neuen, wunderbaren, phantastischen Allianz; Sei mir gegrüßt! Ich sitze in der Mittagshitze auf dem rückwärtigen Hinterhofbalkon. Es ist der Tag der deutschen Einheit (Gelächter!), oder heißt der neuerdings anders? Egal. Ich will mich nicht ablenken lassen durch mein ja längst zwanghaft gewordenes Beobachtungsverhalten; deshalb bin ich nicht auf meinem Posten am Arbeitszimmerfenster, sondern hier. Dann und wann heulen natürlich auch hier Sirenen (Allpräsenz der Polizei).

Zu dem Rolling-Stones-Konzert wollte ich sowieso nicht gehen. Wir hatten höchstens an ein Picknick gedacht, irgendwo auf einer Olympiaparkwiese, mit Stones-Geräusch-Kulisse und Fan-Geschrei im Hintergrund. Aber dann habe ich mich, nach all den Vorberichten in der Presse, natürlich in der Pflicht gewußt und bin Mittwochabend um 22.27 Uhr, mit dem Nachtzug also, nach Berlin gefahren. Ich liebe nächtliche Zugfahrten, fast in jeder Lage kann ich schlafen.

Am nächsten Tag, Fronleichnam, Reagan war da noch in Bonn, war die große Friedens-Prozession. Mit siebzigtausend braven Menschen bin ich mitgelatscht und war sehr heiter. Abends bin ich dann auf einer Verkehrsampel gesessen, das Charlottenburger Schloß im Rücken, und habe auf eine unübersehbare Schlußkundgebungs-Menge geschaut. Ein schräges Abendlicht hat die Szene feierlich illuminiert. Aus gewaltigen Lautsprechertürmen haben die sehr idealistischen, bisweilen pastoralen Reden der Friedensvorkämpfer über die Köpfe all der Friedensbewegten gehallt, hinauf in den Himmel, oh, erhöre uns Herr! Und oben zogen wilde Wolken.

Anderntags haben sich auf dem Nollendorfplatz höchstens viertausend Leute versammelt, um auf ihre Art den einfliegenden Cowboy zu begrüßen. Mit allen Sinnen habe ich mich der sogleich aufbrechenden Gewalt überlassen, Panik, Begeisterung, Tränengasschwaden, fliegende Pflastersteine und der unablässige Wechsel von Angst und tiefster Genugtuung.

Ermattet von den Kämpfen mit der Polizei, von stundenlanger gegenseitiger Jagd, von einem auf beiden Seiten mit der gleichen Heiterkeit und Härte gespielten Spiel, habe ich mich, leicht angeschlagen, jedoch glücklich, in die Ruhe meiner Wohnung zurückgezogen; rechtzeitig, um bei einem Bier den Tanz der unvergleichlich schönen Bilder noch einmal an mir vorüberziehen zu lassen, eingerahmt von den bewegungslos ernsten Gesichtern der Nachrichtensprechern und begleitet vom Tadel der kommentierenden Stimmen. Herrliche Aktualität des Fernsehens! Vom zweiten ins dritte ins erste Programm, dann retour, Genuß der Reprise. (Wenn sie erst da sind, die privaten Sender, habe ich vorfreudig gedacht, wenn wir dann wählen können zwischen dreizehn Kanälen, den Taumel noch steigern werden, in den wir uns vom Bildschirm ein ungezählt wiederholtes Mal hineinreißen lassen können!) – Dann bin ich in einen unruhigen Schlaf gefallen.

Mit Sirenengeheul und quietschenden Reifen rasten die blaulichtgekrönten Polizeikolonnen immer wieder durch meinen Kopf, in die auseinanderstiebende Demonstrantenmenge hinein, ich sah die Knüppel niederfahren auf die mattschwarzen Helme, sah flüchtende Polizisten getrieben vom Prasseln der Steine, schwarze Rauchsäulen über den umgekippten und angesteckten Limousinen, und der lichterloh brennende Stilmöbelschrott wärmte meine Träume.

Am nächsten Morgen bin ich beim Frühstück gesessen, mit frischen Brötchen und Zeitungspacken wohl versorgt. Vornedran, in jeder Hinsicht: »Bild«, »BZ«, der ganze Boulevard. Diese Fotos, diese Kürze, dieses Geifern! Kriegsberichterstattung, ungebrochen, das liest man natürlich mit Vergnügen. Öde dagegen: die von Sachlichkeit kaum gezügelte Empörung in den bürgerlichen Medien (über gewalttätige Demonstranten) und natürlich bei der »taz« das gleiche, ebenfalls bis zum Überdruß bekannte

Lamento mit umgekehrten Vorzeichen (über gewalttätige Polizisten).

Dabei konnte man selten so gut wie an diesem Bürgerkriegstag die spielerische Allianz zwischen Demonstranten und Polizei besichtigen. Gewalt wollen alle. Doch es gibt mit Fairness und Disziplin eingehaltene Spielregeln, wie weit das gehen darf: blaue Flecken, Kopfplatzwunden, ein paar gebrochene Kochen – das ist doch keine Tragik. Und auch Unfälle gab es nicht, keine Schwerverletzten, keine Toten; obwohl dieser Freitag, der 11. Juli 1982 angeblich die schwersten Ausschreitungen in Berlin gebracht hat, seit dem 17. Juni 1953.

Daß 4000 Demonstranten und ich weiß nicht wie viele Polizisten ein weitgehend folgenloses Gewaltvergnügen haben dürfen, wäre doch ein Anlaß zu gemeinsamer Freude. Aber nein: Es wird gejammert über die ungezügelte Gewalt gegen Sachen (rechts), oder man fühlt sich bemüßigt, sich von dieser Gewalt zu distanzieren (links). Meine Lieben! Die Zerstörung von unversehrten, gerade von erlesenen Dingen des täglichen Gebrauchs, bietet einen außerordentlichen und unbestreitbaren ästhetischen Reiz. Einige wollen das gerne dann und wann lebensgroß und live genießen: die Streetfighter, die Bullen, die Menschen mit Kameras und die vielen heiter-gewaltverführten Voyeure – all das trifft sich, dann wird Nato-Stacheldraht aufgezogen, einsachtzig hoch, zur gegenseitigen Befeuerung und Reizung, und dann, auf beiden Seiten ein Moment der Panik und zugleich der Sammlung, dann beginnt das Spiel. Genauso läuft das, und keiner, der nicht will, das kann ich schwören, wird dazu gezwungen, einen Pflasterstein zu werfen oder auch nur in die Hand zu nehmen.

Wohin das führen soll? Wohin das mündet, wenn's so weitergeht? Das ist doch klar: Das mündet in verspielte, örtlich und zeitlich begrenzte Anarchie. Und wer keine Lust drauf hat, da kann es jeder halten wie mit Krieg, der geht da nicht hin. Herr Lummer übrigens, wenn ihm das nicht paßt, kann ja nach drüben gehen; und mit ihm, meinethalben, die ganze schweigende Mehrheit. (Bekanntlich schweigt sich's drüben ganz besonders gut, auch herrscht dort Friede, kein Krawall.) Und natürlich dürfen die hiesigen friedliebenden Menschen weiter für den Frieden latschen oder gegen Atom, zu hunderttausenden, wann und wo sie wollen. Abends gibt es dann ein dickes Lob mit Gutbildchen von dem netten Onkel Schmidt. Drei Felder vorrücken, meine Herrschaften, Richtung Parlamente, Richtung Staatsverbesserung! – Andere derweilen, so wie ich, fiebern vorfreudig gespannt dem nächsten Anarchiespektakel entgegen.

Ich muß mich bremsen. Ich bin so begeistert, daß ich gleich die ganze Welt erklären könnte, jedem seinen Platz zuweisen oder Atlas-gleich die ganze Erdkugel auf meine Schultern laden. Muß ich aber Unrecht haben, nur weil ich voll Überschwang bin? Die in Berlin verstandene Allianz zwischen Polizisten und Demonstranten, also zwischen der Polizei (somit der gesamten Uniformwelt) und mir habe ich, zurückgekehrt, sofort einer besonderen Prüfung unterzogen. Ich habe mich, wie bereits erwähnt, abends auf den Balkon zur Straße und zum Revier gesetzt. Das hatte ich bisher noch nie gemacht. Ich habe eine Flasche Wein, Zeitungen und Zeitschriften, aber auch meinen Notizblock dabei gehabt. Den Wein habe ich sehr schnell getrunken. Ohne Scheu habe ich notiert, was ich beobachten konnte. Wie wird man reagieren? Drüben, auf der anderen Seite?

Die Häuserfassade gegenüber hat keine Anzeichen von Leben erkennen lassen. Im Polizeirevier war merkwürdigerweise nur das eine Fenster im ersten Stock erleuchtet (das ich, wegen des morgens von dort aus observierenden Weißhaarigen, eigentlich für die Zentrale halte), im Parterre waren die Rolläden heruntergelassen, obwohl es noch nicht ganz dunkel und auch noch schwül war. In Wellen sind unter mir die Autos vorbeigerauscht, die Lichter bereits eingeschaltet. Plötzlich ist aus dem fahlgrau gelblichen Himmel ein Blitz herausgezuckt. In dem blank geputzten Polizeiwagen-Chrom haben sich vielfarbige Lichterspiegelungen gefangen. Mit Blaulicht und Horn sind kurz hintereinander zwei Krankenwagen vorbeigefahren. Die Blitze haben sich gehäuft. Dann hat es dicke Sommerregentropfen geregnet, und ich habe den Asphaltgeruch tief in die Nase eingesogen. Zwei Polizisten sind, ohne vom mir Notiz zu nehmen, in einen der spiegelnden Wagen eingestiegen und davongefahren. In den eben noch toten Fenstern des gegenüberliegenden Hauses sind die Bewohner erschienen, um das Gewitter zu begrüßen. Schon zeigte sich im Westen, über den Dächern, ein Streifen von wolkenlos klarem Spätabendhimmel. Kaum hatte es aufgehört zu regnen, war das Trottoir schon trocken. Die einer nahen Kneipe entgegenstrebenden Passanten haben eine flüchtige Sehnsucht in mir geweckt. Von der Wirkung des Weins war im Sitzen fast nichts zu spüren. Ich fröstelte. Ich habe meinen Harndrang niederhalten müssen. Und als ich schon fast vergessen hatte, wozu ich hier saß, da geschah es: Zwei Zivilpolizisten sind, vom Revier kommend auf den ziemlich genau unter mir geparkten weißen Golf mit Halogenscheinwerfern zugegangen. Sie haben zu mir heraufgeschaut, dann heraufgelacht. Sie haben die freundlichsten Bemerkungen gemacht: Ich hätte schon Feierabend und sie müßten jetzt erst in den Dienst. Sie haben mir noch einen schönen Abend gewünscht. Ich habe ihnen einen *ruhigen* Dienst gewünscht und auch gelacht und ihnen zugewinkt. Ja! Der Fahrer war schon eingestiegen. Der andere hat aus dem Handschuhfach ein Fernglas genommen und auf dem Gehweg stehend seine Funktionen geprüft. Er hat die Rücksitztüre aufgemacht, am Boden, unter dem Vordersitz etwas gesucht; eine Taschenlampe ist an und aus gegangen. Im Einsteigen hat er noch einmal zu mir hochgenickt und beiläufig nach der Waffe an seiner rechten Hüfte getastet. Er hat keine Jacke getragen. Vielleicht gibt es Achselhalfter nur in TV-Krimis. Während all dies geschah, ist im Hintergrund ein Mann in dunkelgrünem, nur knapp knielangem Morgenmantel und Pantoffeln auf den Gehweg getreten, stand da kurz, und ist dann wieder in der Hofeinfahrt (mit Baum) verschwunden. Der weiße Golf ist scharf beschleunigend an- und fortgefahren. Augenblicklich flammte über mir kalt die Straßenlampe auf.

Die Schlußfolgerungen sind klar. Selbst jetzt noch, zwei Tage danach; anhaltende Euphorie. Jetzt gilt es, Schritt um Schritt vorwärts zu gehen. Zunächst: Zusammenstellung des Juni-*Dossiers*.

7.

Z. Zt. wird allseits sehr viel Bier getrunken. Drüben haben sie vorhin aus dem Kofferraum das beigen Audi 80 in das linke Parterrefenster drei Träger Bier hineingereicht. Ich habe gesehen, daß es Augustinerbier war. Jeder normale Mensch trinkt Augustiner. Es ist hoher Mittag, und ich habe mir auch die nächste Flasche aufgemacht (Augustiner, die 5., glaube ich, oder die 6.). Ich habe einen solchen Durst heute. Ich fühle mich belastet, aber nicht überfordert. Ich behalte das Revier im Auge. Ich habe mir eine ordentliche Kamera besorgt, mir Teleobjektiv. Sie liegt auf dem Tisch neben mir, da steht auch der Globus. Links von mir läuft der Fernseher, vorhin war Tagesschau, jetzt ohne Ton. Das Radio ist an, ich warte auf die Nachrichten um halb zwei. Ich habe veranlaßt, daß man mich umgehend anruft, wenn sich in Beirut was Neues ergibt. Ich würde Arafat nicht unterstützen lassen, aber Begins Vorgehen zwingt mich dazu. Kaum hatte ich den Falklandwahnsinn durchgestanden, ist mir diese Libanongeschichte derart aus der Hand geglitten. Ich soll die gegen mich erhobenen Vorwürfe öffentlich dementieren. Täglich eine Stunde (meist zwischen zehn und elf) spreche ich in der Fußgängerzone den einfachen Mann auf der Straße direkt an. Ich erkläre: Das habe ich nicht gewollt. Diese Art von Bevölkerungskontakt liegt mir leider nicht sehr (um mich aufzulockern, trinke ich vorher ein, zwei Bier). Eine TV-Sendung ist in Vorbereitung; Herren vom »Heute-Journal« haben sich angesagt (möglicherweise doch eine Kampagne von rechts!). Anfang des Monats ist die Weltmeisterschaft natürlich eine willkommene Ablenkung gewesen. Derzeit zeigt mir der Fernseher täglich die rauchende Silhouette der Hafenstadt Beirut, zerbombte Häuser, fliehende Zivilisten, Panzer, Krankenwagen; in Großaufnahme, gestern, der behelmte Kopf eines Soldaten, der die Feldflasche zum Mund führt, gierig trinkt. Um Entlastungsbeweise zu sammeln, fotografiere ich meinen Fernsehschirm. Es entstehen phantastische Bilder in der Dimension einer dritten oder gar vierten Wirklichkeit. Und sie beweisen was? Die Wahrheit! Es gibt inzwischen auch keinen Zweifel mehr, daß ich von drüben observiert werde, natürlich im Auftrag des weltumspannenden Rechtskartells, als dessen Marionetten derzeit Begin, Reagan und (das hat mich nicht erstaunt) Lech Walesa fungieren. Möglicherweise soll ich schon bald eine Bombe im Kellerfenster des Reviers deponieren und auch hier alles hochgehen lassen. Vorerst, heißt es, solle ich noch warten. Ich komme kaum dazu, die Akte fortzuführen, die inzwischen von einer Ermittlungs- zu einer Beweisakte geworden ist. Zwar scheint die Sonne, aber es liegt eine für die Hochsommerzeit sehr merkwürdige Kühle in der Luft. Manchmal frage ich mich: Warum gerade *ich*? Der Baum, den ich vom Fenster aus sehe, hat seine Bedeutung für mich verändert. Ich ahne, daß irgendetwas kippt.

8.

Arafat hat sich eingebunkert, ich liege im Bett. Seit Tagen habe ich den Rolladen nicht mehr hochgezogen. Der Monat August ist von allen der schrecklichste. Kommt ein Zusammenbruch, kommt er natürlich im August. Die Ferienzeit, der Sommer, der schon kein Sommer mehr ist, sondern abgestürzt. Ich habe einen schweren Gichtanfall erlitten, kann nicht mehr gehen. Ich glaube, ich habe auch sehr hohes Fieber. Am schlimmsten: die Befehle, die man mir über Radio zukommen läßt. Einmal heißt es, ich solle mich auslöschen; dann heißt es, ich solle endlich Ordnung schaffen im Libanon. Anders als vor drei, vier Wochen weiß ich heute, daß ich für überhaupt nichts die Verantwortung trage (weder für den AEG-Zusammenbruch, noch für das Verschwinden des Langemann-Panorama-Films, und schon gar nicht für den Krieg, trotz des Films, in dem ich als DER KRIEG mitgespielt habe, *gespielt* wohlgemerkt!); ich weiß genau, daß ich mir das alles nur eingebildet habe. Zugleich *höre ich* zwischen der Stimme des Radiosprechers die kodierten Befehle an mich. *Ich höre das!* Als Kind, wenn ich krank war, habe ich tagelang mit einem Spezialradio den Polizeifunk mitgehört. Bevor es total spannend wurde, hieß es immer: Bitte schalten Sie auf »I«; danach hat man nur noch ein Sprachkauderwelsch gehört. So ähnlich stelle ich mir die Übermittlung kodierter Botschaften an mich vor. Dann sage ich mir wieder: Alles Quatsch! Soll ich verrückt werden oder wie? Ich weiß längst, daß es ein Fehler war, sich auf diese Gegenobservation einzulassen. Daß man mich direkt vom Polizeirevier aus mit irgendwelchen Strahlen beeinflussen oder steuern kann, glaube ich eigentlich nicht. Trotzdem denke ich pausenlos an eine Bombe, die alles in die Luft fetzen, die allem eine Ende machen soll. Ich weiß, daß ich schlafen sollte. Ich bin ein Wurm. Wann werde ich zertreten? Vom wem? Ich glaube, ich habe auch Unglück in der Liebe gehabt. Ein Mensch wie ich zieht alles Unglück dieser Welt auf sich. Vielleicht kann ich für immer nur noch innerlich zerstörte und zerstörende Dinge denken. Ich will doch nur ein ganz normaler Bürger sein. Aus der Ermittlungs-, dann Beweisakte ist nun etwas ganz anderes geworden. Was? Ich glaube, die Zeit, das Jahr, steht für immer still.

Plötzlich beschäftigen mich Frauen und Kinder. *Ein* Bild habe ich in das *Dossier* aufgenommen.

9.

Ich bin wieder auf dem Teppich. Es ist früher Nachmittag, draußen ein herrliches Wetter, und ich stehe auf meinem Posten am Fenster, obwohl ich nur durch einen schmalen Spalt den gegenüberliegenden Gehweg sehen kann. Die Situation hat sich verändert. Mein Haus ist verhängt. Zum Teil mit braunem Sackleinen; vor meinem Arbeitszimmerfenster allerdings hängt eine dicke blaue Plastikfolie. Gleichgültig, welches Wetter draußen ist, herrscht bei mir im Zimmer ein eisig-blaues Licht. Das stört mich nicht. Die verlorene Ruhe habe ich zurückgewonnen, mit der alten Konzentration und Insistenz bin ich bei der Sache. Trotz der erschwerten Beobachtungsbedingungen komme ich gut voran. Gestern habe ich ausgerechnet auf dem Oktoberfest die wichtigsten Erkenntnisse gewonnen. Doch ich will chronologisch vorgehen. Als großes Glück fühle ich in mir die Kraft zu Strenge, Reduktion und Ordnung.

Ich erinnere mich kaum, wie der August zu Ende gegangen ist. Ich muß tagelang nur im Bett gelegen sein. Habe mir wohl eingebildet, man beeinflusse mich von drüben, ich müsse fliehen, usw. Aus dem Bett heraus bin ich dann nach Hamburg geflogen. Hamburg ist die Rettung gewesen. Mit München habe ich das dortige Denken, ein zwanghaftes, verrücktes Denken, hinter mir gelassen und habe eine andere, freie, gelassene Luft geatmet. Was für ein Aufatmen!

Dienstag, den 7. September, bin ich nach München zurückgekommen, geheilt gewissermaßen, und habe das Haus von einem Gerüst umgeben und verhängt vorgefunden. Irrsinn, habe ich sofort gedacht, anstatt daß man die Polizeireviermauer, die immer schon bloßliegt, endlich verputzt, wird ausgerechnet *mein* Haus renoviert. Schon von außen habe ich zugleich gesehen, daß sich für die Gegenobservation ganz neue, geschützte (von Observation geschützte) Bedingungen ergeben. Mit um so größerem Eifer habe ich mich anderntags sogleich in die Arbeit gestürzt.

Wenn die Streifenwagenpolizisten zum Schichtwechsel ihren Wagen verlassen, sprechen sie vorher in den Autotelefonhörer. Möglicherweise melden sie sich ab. Umgekehrt scheinen sie sich, wenn sie mit ihren Koffern zur Schicht kommen, telefonisch anzumelden. Sie haben Listen bei sich, in die sie Eintragungen machen, nachdem sie auf den Kilometerzähler geschaut haben.

Die Handschellen am Gürtel werden gewöhnlich in einem kleinen runden schwarzen Lederschuber getragen. Manchmal hängen sie offen am Gürtel. Das sieht sommerlich aktiv aus. Möglicherweise haben die Beamten jemanden verhaftet.

Eintrag vom 14. 9. 82: Plötzlich weiß ich, wozu die Beamten manchmal Maschinenpistolen bei sich führen. Sie kommen von der Bewachung einer prominenten Person. Daß ich dies weiß, ist eine Übertreibung; aber die Vermutung hat einen hohen Grad von Plausibilität.

Natürlich ist im Nachhinein klar, warum mir das gerade jetzt eingefallen ist. Die »Tagesschau« besteht fast nur noch aus Bonner Meldungen. Es ist ja sehr warm gewesen in dieser Woche. Schmidts Bundestagsrede an jenem Freitagvormittag habe ich versäumt, seit Tagen insbesondere morgens darauf konzentriert, die Bedeutung der Bauarbeiter realistisch einzuschätzen. Man muß sich vorstellen, daß nicht nur an der Mauer irgendwo dauernd gehämmert, geklopft oder geschabt worden ist, daß nicht nur plötzlich größere Brocken Gestein auf das Fensterbrett gekracht sind (dies bevorzugt frühmorgens um sieben Uhr, zu Beginn des Arbeitstages; die geräuschärmeren Arbeiten sind dann im Lauf des vorgerückten Vormittags erledigt worden), man muß sich vorstellen, daß rund um die Uhr plötzlich ein Bauarbeiterkopf an meinem Fenster hat auftauchen können, um neugierig-freundlich hereinzublicken, oder daß sich ein Bauarbeiteroberkörper an dem Fenster vorbeigeschoben hat, scheinbar ohne von mir Notiz zu nehmen, oder daß vom oberen Fensterrand nur ein Bauarbeiterbein heruntergebaumelt hat, dem ein Unterkörper hat folgen können oder auch nicht. Das muß man sich vorstellen. Dann muß man sich meine Arbeit vorstellen. Und dann ist klar, was ich mich gefragt habe. Zugleich habe ich mir gesagt, daß der Aufwand einfach zu groß wäre: ein Mordsgerüst um ein vierstöckiges Mietshaus, eine ganze Kolonne Bauarbeiter, Spengler, Maurer, Maler – zu nichts anderem als zu meiner Observation *inszeniert*! Nein, habe ich mir gesagt, das ist nicht wahrscheinlich. Und gerade weil ich noch nicht vergessen gehabt hatte, wie mir im August die ganze Welt aus den Fugen geraten war, habe ich mich zu besonderer Vorsicht angehalten. Ich habe also einerseits durch jenen Spalt in der das Gerüst überziehenden Plastikplane meinen Polizeireviergehweg beobachten und *zugleich* die Bauarbeiter ständig im Auge behalten müssen. Natürlich habe ich auch die Tarnung weiter verfeinern müssen – doch ich will mich knapp fassen. Wichtig ist vielleicht noch, daß der Vorarbeiter an dem ersten Arbeitstag an mein Fenster geklopft und mich darauf hingewiesen hat, daß ich den Rolladen untertags nicht schließen dürfe. Das hat mich stutzig gemacht. Er hat auch nicht genau erklären können, warum das notwendig ist. Außerdem hat mich stutzig gemacht, daß der Vorarbeiter während der Arbeit dauernd eine Pfeife im Mund gehabt hat. Rauchen Bauarbeiter während der Arbeit Pfeife? Mit all diesen Fragen bin ich also an dem denkwürdigen Freitagvormittag beschäftigt gewesen. Dann hat man mich telefonisch informiert, ich habe den Fernseher eingeschaltet, mich nicht mehr um die Vorarbeiteranordung gekümmert, den Rolladen heruntergelassen und gefernseht. Abends war das *Kassettentäterfest* in Ampermoching (wo die in der Akte erwähnte Rockerschlägerei stattgefunden hat), wo ich nur hingefahren bin wegen des Auftritts von Lorenz Lorenz und Floli Süßmeir. Lorenz hat verkündet: »Der liebe Gott muß Tango tanzen!« Das hat gerade mir natürlich eingeleuchtet. Und Floli ist sowieso mein geheimer

Schwarm. Am nächsten Tag habe ich mir alle verfügbaren Zeitungen gekauft. Eine Woche lang bin ich vom Fernseher nicht mehr weggekommen. Ich habe das Polizeirevier erstmals in diesem Jahr vergessen. Deshalb gehört das nicht hierher. Es gibt eine eigene Akte »Machtwechsel«, sie ist ca. 6,4 cm dick. Am Hessenwahlsonntag sind wir hier vor meinem Fernseher, R & R und ich, in eine geradezu euphorische Stimmung geraten. Mir ist die gefüllte Salatschüssel auf den Boden gekippt. Am Schluß haben wir sehr gewankt. Als sich wenige Tage darauf gezeigt hat, daß die (schwach genug, aber eben doch) aufgeflackerte Hoffnung nur ein Wunschdenken gewesen ist, habe ich mich wieder meiner eigentlichen Aufgabe zugewendet.

Hätte mir jemand vorher gesagt, auf dem Oktoberfest werde ich einen wichtigen Schritt vorankommen, in Sachen Polizei, dann hätte ich wohl gelacht und hätte gesagt: Dort kenne ich nur eine ganz bestimmte Melancholie: die Wiederholung der Wiederholung, die Erinnerung an das Erinnern der Erinnerung und so fort. Dann aber war von Bier- und Hendlmarken die Rede, von einem Betriebsfest, schon saß ich in der Box G, mir gegenüber fremde junge Menschen, und die ersten beiden Maß habe ich sehr schnell in den Bauch hineingeschüttet. Als ich erfahren habe, daß der eine Typ ein Polizeibeamter ist, habe ich natürlich sofort ein gezieltes Verhör begonnen. Sehr bereitwillig hat er mir Auskunft gegeben, einer vom Abituriententypus, was Alter und Sprechweise angelangt hat. Er hat vom Vorbereitungsdienst bei der Bereitschaftspolizei erzählt. In dieser Zeit hat er am Krieg in Brokdorf teilgenommen, hat viele verletzte Kollegen gesehen und gemerkt, wie bei ihm selbst und bei anderen Polizisten die Hemmschwelle immer tiefer gesunken ist; irgendwann, hat er gemeint, hast du eine solche Angst, daß du praktisch alles machst. Nie wieder möchte er in eine derartige

Situation kommen. Aus der Sicht eines Polizeibeamten habe ich das noch nie dargestellt bekommen. Wichtiger für meine Ermittlungen war, was er über die Arbeit am Revier erzählt hat. Es hat erklärt, warum ich über die Besatzung meines Polizeireviers nie einen Überblick bekommen konnte, ganz auf die an- und abfahrenden Wagen fixiert. Denn Streifenbeamte *aller* Münchner Reviere parken vor meinem Haus, wenn sie im Zug von Amtshilfe im Gebiet meines Reviers tätig werden. Neun Monate lang, habe ich mir sofort gedacht, habe ich aufgrund einer falschen Hypothese in die falsche Richtung ermittelt. Daraufhin habe ich auf der Stelle noch ein Bier heruntergeschluckt. Von meinem Verdacht, daß von seiten meines Reviers gegen mich ermittelt werde, habe ich auch in sehr betrunkenem Zustand nichts erzählt. Der junge Polizist hat noch viel von der Polizeiarbeit erzählt, doch obwohl es mich natürlich sehr interessiert hat, habe ich es im selben Moment vergessen gehabt, wegen des vielen Alkohols im Blut. Arm in Arm bin ich mit einem Polizisten durch das nächtliche Oktoberfest gegangen. Dann war ich allein. Die Budenstraßen waren so seltsam leer. Lange stand ich vor der Acapulco-Springer-Show. Ich habe nicht mitgezählt, aber sicher 19- oder 32mal hat der Animateur den einen Satz wiederholt, der in meinem Kopf drin geblieben ist und den ich so mit nach Hause getragen habe: »Jetzt ist Anfang und Beginn, das ist die letzte Dank- und Abschiedsvorstellung, jetzt ist Anfang und Beginn.«

10.

Die Ruhe – in mir und drüben – kann natürlich auch die Ruhe vor dem Sturm sein. Denke ich so etwas, wie jetzt, bemühe ich mich augenblicklich wegzudenken. Schuld ist möglicherweise das Wetter. Komme eben von draußen (nach wie vor ist mein Fenster zugehängt). Ein Polizist in hellgrüner, lederner Motorradmontur hat aus dem mittleren Parterrefenster gelehnt und mir direkt ins Gesicht gesehen. Der Rolladen war halb heruntergelassen, obwohl die abendliche Sonne richtig strahlt. Kalt ist es, das schon; aber das Wetter ist nicht, wie es sich für einen 4. November gehört; es ist eigentlich septemberlich. (Automatisch denke ich: Das kann nicht gut gehen.) Der Polizist hat, nachdem er mich gesehen hat, auf die Uhr geschaut. Er hat gesehen, daß ich das gesehen habe. Daraufhin hat er, wie wartend, nach rechts und links Ausschau gehalten. Eilig (zu eilig? verdächtig eilig?) bin ich auf meine Haustüre zugegangen und habe mich verdrückt. Jetzt stehe ich wieder an meinem Fenster und putze nebenher Zähne. Der Wind hat meinen Plastikplanenspalt weiter aufgeblasen. Anfang Oktober hat nämlich plötzlich ein eisiger Vorwinterwind geweht. Soll der Spätsommer heuer direkt in den Winter hineinstürzen? habe ich mich erschreckt gefragt. Aber dann hat Mitte Oktober eine richtige Herbstsonne geschienen, die Luft war warm, die Bäume haben wie jedes Jahr unsinnig wild gebrannt. Normalerweise hört das irgendwann auf. Aber das Anhalten dieser exzessiven Jahreszeit, dieses im Fallen Stillgestellte ist so irritierend! Soll eine Katastrophe kommen? Welche? Trotz des vergrößerten Spalts kann ich das Revier, den Motorradpolizisten nicht sehen. Was ich sehe, ein Gehweg-, ein Streifenwagenstück, bleibt manchmal über Stunden gleich. Auch hier dieser Stillstand, der mich unruhig macht. Stillstand seit Monaten gar? Was hat sich denn wirklich getan, drüben, von drüben, seit ich alles registriere! Eben nichts, nichts! Um so wilder wuchert natürlich die Phantasie. Das bekämpfen, die Phantasie bekämpfen, sage ich mir. Einfach schauen, beobachten. Ich weiß, was wichtig ist. Die Ruhe ist nicht weg, sie ist höchstens gefährdet.

Berlin, glaube ich, war kein Fehler. Im Fernsehen, im dritten Programm, ist der Film gekommen, in dem ich als DER KRIEG mitgespielt habe. Hatten die Dreharbeiten im April mich in eine Verwirrung gestürzt, die dann notwendig in diesen ganzen Sommerirrsinn hineingeführt hat, so war jetzt in Berlin klar: Ich habe nur mitgespielt, ich bin es nicht. Meine Verantwortung etwa für das Beiruter Massaker in dem Palästinenserlager ist nicht größer als die eines jeden beliebigen anderen Menschen auch. Gut. Nur eines hat mich stutzig gemacht: Kaum war ich in Berlin, sind erstmals seit langem wieder zwei Häuser geräumt worden. Natürlich ist sofort wieder demonstriert worden. Natürlich bin ich dabei gewesen. Alles anders als im Juni, fast ganz gewaltlos, dennoch herrlich! Es war schon dunkel. Ein langer Demonstrationszug hat sich durch die abendlichen Straßen geschoben. Aufgeregt bin ich von vorne nach hinten und wieder nach vorne gelaufen. Die Geschäfte waren vernagelt. Die Polizisten haben Helme mit Visier getragen, Schilde und Schlagstöcke; sie waren vor mir, hinter mir, und in den Seitenstraßen. Aus dem Lautsprecherwagen kam die Hard-Core-Straßenkampf-Musik. Schräg und euphorisch bin ich in die Luft gesprungen. Am wenigsten geht es natürlich um die Politik. Ausschließlich geht es um den *Space*. Am Wittenbergplatz bin ich eingekesselt worden. Über den unzähligen kreisenden Blaulichtern, dem Funkeln polierter Polizeihelme, bewegten Autos, irgendwo Ampeln und anderen Lichtreklamen hat die riesige weiße »KaDeWe«-Schrift königlich geleuchtet. Vor lauter Lichtern habe ich getaumelt.

Auch bei mir vor dem Haus, abends: dieser Lichterspace. Mit Rauschgift habe ich nichts zu tun. Vorhin war ich noch einmal draußen, da haben sie einen langhaarigen, mit Handschellen gefesselten Mann (ungefähr meines Alters) vom Streifenwagen zur Reviertüre geführt – eben nicht geführt, sondern: gestoßen, gerempelt, gedrängelt. Er hat ausgesehen wie in den Fernsehfilmen die Drogenhändler aussehen. Behandeln sie ihn draußen schon so rüde, wird er drinnen bestimmt mißhandelt, habe ich gedacht. Vor fünf Jahren wurde ich einmal grundlos von drei Bahnpolizisten auf dem Bahnsteig zusammengeschlagen; auf dem Revier hat mir einer in die Eier gehaut. Dann habe ich eine Anzeige von ihnen bekommen, wegen Widerstand. Widerstand habe ich überhaupt nicht geleistet, nur lange Haare gehabt. Daß es in der Rechtsprechung eine Gerechtigkeit gibt, habe ich auch damals nicht geglaubt. Trotzdem haben mich das Strafgesetzbuch und die Strafprozeßordnung immer schon interessiert. Damals wollte ich Rechtsanwalt werden oder Terrorist. Neulich habe ich mir die große Beck-Volksausgabe »Unser Recht« für 20.– DM gekauft. Ich lese sehr gerne darin, vor dem Einschlafen z. B., ich finde, Gesetze klingen komisch. Im Prinzip bin ich ja unbescholten. Es gibt keinen Paragraphen, der meine Arbeit verbieten würde. Vielleicht sollte ich rübergehen und mich stellen.

Die Falkland-Siegesparade aber hat mich so geärgert, daß ich in das Spielwarenkaufhaus Obletter gegangen bin. Das war Dienstag vor drei Wochen. Spiele sagen mir im Grunde nichts. Aber die Auswahl fernlenkbarer Autos ist bei Obletter ausgezeichnet. Der Plan ist alt, er ist von Klaus. Die Frage ist nur, ob die Kraft der Fernsteuerung von meinem Fenster bis zum Revier reicht. Angeblich gibt es einen neuen hochexplosiven Sprengstoff. So einen fernlenkbaren Wagen kann man natürlich nicht übermäßig beladen. Die Zündvorrichtung, ebenfalls ferngesteuert, benötigt auch noch Platz und Gewicht. Man ließe das

Spielzeugauto unter ein echtes Polizistenauto fahren und könnte zünden, während alle Beamten im Revier sind, oder umgekehrt, wenn zwei Beamte gerade eingestiegen sind. Dann würden Glas, Blech und ein Blut- und Fleischbrei durch die Luft fliegen. Warten muß ich auf jeden Fall, bis das Gerüst weg ist. Zur Zeit habe ich ja praktisch keine Sicht. Man müßte die Sprengstoffdosis natürlich so wählen, daß der Dreck nicht bis an mein Fenster fliegt und mir die Scheiben schmutzig macht. Aber wahrscheinlich gehen die ohnehin zu Bruch (dolus eventualis). Möglicherweise wäre dies sogar gut zur Zerstreuung des Verdachts. Konkrete Vorbereitungen habe ich noch nicht getroffen (Planungsphase). Sind solche Gedanken Nachtgedanken?

11.

Plötzlich war es dunkel. Ich bin am Fenster gestanden, ein wenig matt, habe kontrolliert, ob sie jetzt wieder alle die schwarzen Lederjacken tragen (scheinbar Winterkleidung). Aber eigentlich habe ich den Stand der Ermittlungen bedacht, diese ganze Sinnlosigkeit, habe gegrübelt wie es weitergehen soll, und über diesen Gedanken habe ich das überfrühte Hereinbrechen der Dunkelheit nicht bemerkt. Ende November beginnt der Abend mitten am Nachmittag, und man ist es noch nicht gewohnt. Der steht ja im Dunklen, habe ich gesagt, und dann im Zimmer Licht gemacht. Ich habe den Rolladen nicht heruntergelassen. Wozu? Ich glaube, ich habe nichts zu verbergen. Ich schaue zwar nach drüben, aber ich sehe nichts; die Scheiben spiegeln. Ich sehe halt mein Zimmer, mich selbst. Das Gerüst ist längst weg.

Mit der Klar-Verhaftung ist natürlich auch hier alles

zusammengebrochen. Schwammerlsucher!, das muß man sich mal vorstellen, haben die Logistik geknackt! Nicht die Rasterfahndung, nicht gezielte Ermittlungen der Polizei, nichts!, der pure Zufall hat den Ausschlag gegeben. Was bedeutet das für mich? habe ich mich sofort gefragt. Die Vorbereitungen zum Anschlag habe ich storniert. Daneben habe ich die gezielte Beobachtungsarbeit am Fenster fast vollkommen eingestellt. Auch ich muß auf den Zufall setzen. Wenn schon die mit allen technischen Hilfsmitteln und Raffinessen ausgestattete Polizei nicht über Zielfahndung, Spitzel oder Belohnungsauslobung zum Erfolg kommt, wie sollte das mir gelingen. Seit jenem Mittwoch (Buß- und Bettag!) gehe ich viel spazieren. Es ist kühl und feucht. Ich gehe an der Isar, über allem liegt ein Dunst.

Im ersten Moment ist die Nachricht von der Verhaftung ein Schock gewesen. Dann hat es geheißen, er habe überhaupt keinen Widerstand gegen die Festnahme geleistet. Er sei sehr entkräftet gewesen. Möglicherweise ist er froh, daß die Jagd vorbei ist und daß er noch lebt. Ich finde, es ist ein Fortschritt, daß wieder Gefangene gemacht werden. Eine Zeitlang wurden alle einfach erschossen: Willy Peter Stoll, Elisabeth von Dyck; Rolf Heißler hat bei seiner Festnahme nur einen Kopfstreifschuß abgekriegt.

Gestern hat es im Fernsehen geheißen, daß weitere Verstecke der RAF gefunden worden sind. Dann hat Carstens der Polizei gedankt, er hat mehr Verständnis für die Polizei gefordert, vom Bürger. Wenn Carstens wüßte, was ich fast ein ganzes Jahr lang gemacht habe! Wahrscheinlich war es sinnlos. Ich glaube eigentlich nicht mehr, daß ich beobachtet werde. Das Schlimme ist aber: Durch meine Gegenobservation bin ich in ein Denken geraten, in dem zu vieles *zueinander* in Beziehung steht, und vor allem auch *zu mir*. Ich weiß das und kann es dennoch nicht einfach abstellen. Die Zeitungen bringen Falschmeldungen, glaube ich. Ich frage mich: Was sind Phantasien, was ist die Wahrheit? Ich lese Bestattungslisten. Nichts gibt Aufschluß.

Der Abend ist vorgerückt, da trinke ich. Ich sitze da und trinke, z. Zt. trinke ich Wein. Wie von selbst füllt sich das Glas immer neu. Das Glas ist mir aus der Hand gefallen. Ich habe den Wein vom Boden aufgeschlürft. Ich fühle so eine Glut in meinem Bauch. Ich glaube, ich habe ein Stück Glas verschluckt. Auch meine Hand ist rot. Ich liege bewegungslos, warte.

12.

Ich kann nicht mehr. Von drüben gibt es nichts Neues. Morgen ist der 3. Advent.

Letztes Wochenende war ich am Fußballplatz: 1860 gegen Augsburg, Bayernliga. Es hat keine Ausschreitungen gegeben. Auch nicht bei dem Bundesligaspitzenspiel Dortmund gegen HSV. Das hat der Tagesthemensprecher eigens vermerkt; er hat gesagt, das sei dem verstärkten Polizeiaufgebot zu verdanken. Das konnte man als Fernsehzuschauer nicht überprüfen. Die Beschreibung eines Spielzugs hingegen ist eine klare Sache gewesen: »Eckball, Kaltz führt aus, Hrubesch köpft, zwei zu eins«. Das war kurz vor der Pause. Da haben im Stadion schon die Flutlichter gebrannt, wie man an den Vierfachschatten in der »Sportschau« hat sehen können. Vielleicht wird Hamburg Meister.

Anfang des Monats habe ich mehrfach und ausführlich mit Hamburg telefoniert. Die Hamburger Stelle hat mich nach Zürich geschickt. Es ist wieder um Verbrechen gegangen. Mit Spionage will ich nichts zu tun haben. Ob die

Hamburger Stelle aus der Ostzone gesteuert wird, weiß ich nicht.

Ich bin überaus froh, daß das Jahr zu Ende geht. Die Beobachtung meines Polizeireviers hat nichts Konkretes ergeben (Resümee).

Aber, das Neueste: Man will mir klinisch etwas anhängen. Ich habe nur gesagt: »Kolpitiden finde ich ein gutes Wort«, habe gefragt: »Hat die Welt eventuell einen Riß?« Jetzt heißt es, ich sei krank. Dabei brauche ich nur Ruhe. Möglicherweise ist alles doch eine Prüfung?

Selten lese ich z. Zt. in meinem Lieblingsbuch UNSER RECHT. Ich schaue mehr das Fernsehen an. Manchmal werfe ich mich zu Boden und bleibe liegen wie tot. Ich trainiere. Ich will vorbereitet sein, falls ein Sturmtrupp von drüben meine Wohnung stürmt.

Vielleicht ist es einfach dies: Ich müßte mich endlich einmal hinsetzen, müßte mich endlich richtig ausruhen.

Was auch helfen könnte: anhaltender Schneefall.

Ich habe beschlossen, ein Dossier anzulegen.

Krawalle in der Silvesternacht

Zusammenstöße mit der Polizei bei Frankfurt, in Berlin und in Göttingen

SZ 2./3.1.1982 **Frankfurt** (dpa)

Mit Tränengas, Wasserwerfern und mit Unterstützung rasch herangeführter Reserven der hessischen Bereitschaftspolizei ist in der Neujahrsnacht ein massiver Angriff gewalttätiger Startbahngegner auf die Sperrmauer an der Baustelle am Frankfurter Rhein-Main-Flughafen abgewiesen worden. Ein Polizeisprecher erklärte am Neujahrsmorgen, nach Mitternacht hätten etwa 300 Menschen im südlichen Teil der Mauer schwere Schäden angerichtet und dabei 119 Betonstreben herausgebrochen. Nach ersten kleineren Angriffen auf die Schutzmauer am Nachmittag seien kurz vor Mitternacht Demonstranten mit Steinen, Flaschen, Baumstämmen, Feuerwerkskörpern und Molotowcocktails gegen die Sperre vorgegangen. Einer der Brandsätze fiel auf einen Wasserwerfer; mehrere Polizeifahrzeuge seien durch Wurfgeschosse demoliert worden. Erst Verstärkungskräfte hätten die Angreifer in den Wald zurückdrängen und die Ruhe wiederherstellen können, berichtete die Polizei. Am Nachmittag des Silvestertages hatten 60 Menschen an einem Gottesdienst an der Mauer teilgenommen, bei dem auch ein Posaunenchor mitwirkte.

Bei Ausschreitungen meist junger Leute in Berlin und Göttingen hat die Polizei in der Neujahrsnacht eingegriffen und mehrere Teilnehmer vorübergehend festgenommen. In Berlin wurden bei den Krawallen vor der Untersuchungshaftanstalt Moabit und der Frauenhaftanstalt in der Lehrter Straße fünf, in Göttingen zwei Beamte verletzt. In beiden Fällen gab es erheblichen Sachschaden.

Nach Darstellung der Polizei hatten etwa 230 überwiegend Jugendliche, die sogenannten „Knastgruppen Wedding und Kreuzberg" und einer „Bewegung Winterfeldtplatz" zugerechnet werden, ihre Sympathien mit Inhaftierten demonstriert. Polizeibeamte wurden mit Steinen und Feuerwerkskörpern beworfen. Außerdem errichteten die Jugendlichen Barrikaden auf der Fahrbahn und bewarfen Polizeifahrzeuge mit Brandflaschen. Die Beamten gingen gegen die Gewalttäter zum Teil mit Schlagstöcken und Tränengas vor.

In Göttingen begann die Auseinandersetzung zwischen rund hundert überwiegend jungen Frauen und Männern und der Polizei, als beim traditionellen Abbrennen des Feuerwerks vor dem Rathaus plötzlich Flaschen gegen das Wahrzeichen „Gänseliesel", in die Menschenmenge und gegen eine Sparkasse geworfen wurden. Als die Polizei mutmaßliche Täter herausgriff, kam es zur versuchten und teilweise gelungenen Gefangenenbefreiung. Neben den beiden Beamten wurden auch zahlreiche Demonstranten verletzt. Zwölf zerstörte Schaufenster, ein gestohlenes Funkgerät und ein demolierter Streifenwagen sind die weitere Bilanz.

Das neue Jahr hat also wieder gewalttätig begonnen. Ich habe diese dpa-Meldung, die im Ton einer Kriegsberichterstattung gehalten ist, mit Amüsement und Genugtuung gelesen. So wie ich das Aufbrechen von Militanz und Revolte im vergangenen Jahr, also 1981, ebenfalls mit Genugtuung registriert habe. Ich bin gespannt, wie das weitergeht.

Hat meine Angst, bzw. mein Verdacht, mit meiner Genugtuung zu tun?

Durch die Arbeit am Dossier in den vergangenen vier Wochen habe ich einiges verstanden.

Montag, 11. Januar 1982

CDU will Vermummungsverbot durchsetzen

Mit Auflagen genehmigte Demonstrationen in Berlin ohne Zwischenfälle

Polizeiwaffe Blend-Schocker
„Wirkung nicht kontrollierbar"

Montag, 11. Januar 1982

Aktuelles Lexikon

Blend-Schock-Wurfkörper

Anläßlich der Auseinandersetzungen um den Bau der Frankfurter Startbahn West setzten Mitglieder eines Spezialeinsatzkommandos der Schutzpolizei erstmals in der Bundesrepublik Blend-Schock-Wurfkörper gegen gewalttätige Demonstranten ein. Es handelt sich um Blechdosen mit einem Gewicht von ungefähr 300 Gramm, die jeweils acht Nitro-Sprengstäbe in gebündelter Form enthalten. Ähnlich wie Handgranaten müssen die Wurfkörper nach der Zündung sofort weggeschleudert werden. Bei der Explosion entfalten die „Blend-Schocker" heftiges Knallen und grelle Lichtblitze; damit lösen sie bei Angreifern eine Schockwirkung aus, die meist einen sekundenlangen Lähmungszustand zur Folge hat. Physische Beeinträchtigungen durch die explodierenden Wurfkörper sollen ausgeschlossen bleiben; Experten halten jedoch zumindest Schäden an Hörnerven und Trommelfellen für denkbar. Rechtlich noch ungeklärt ist die Frage, ob sich die Polizei der — bereits bei der Geiselbefreiung von Mogadischu verwendeten — Wurfkörper überhaupt bedienen darf; in den einschlägigen Polizeigesetzen sind die „Blend-Schocker" nicht ausdrücklich als erlaubte Waffe genannt. Das hessische Innenministerium wird dem Innenausschuß des Landtags demnächst einen detaillierten Bericht über den Einsatz der Wurfkörper vorlegen. rast

Im grunde traue ich der Polizei jede Schweinerei zu. Nicht unbedingt einem einzelnen meiner Polizisten, aber der Polizei als Rotte, als Meute, der Polizei schlechthin (wenn es so etwas gibt. Gibt es das?)

Unvermummte*   * Am 11. Januar im Tegeler Forst.

vermummte Demonstranten in Berlin

Ich kann mich doch nicht vermummen, wenn ich das Haus verlasse. Das ist doch lächerlich.

Lageskizze (Vogelperspektive):

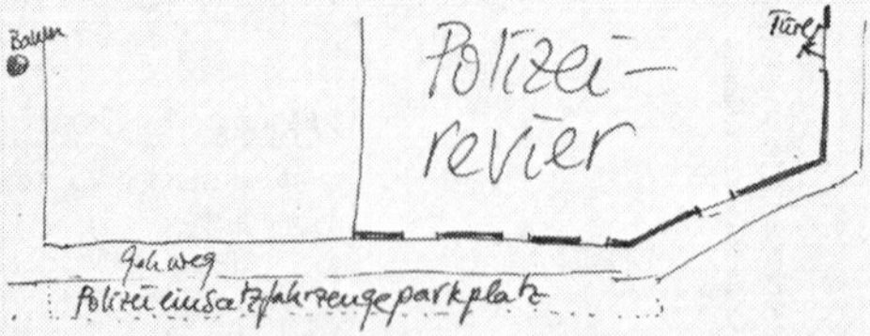

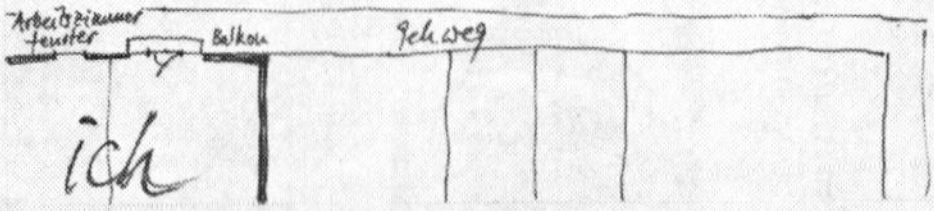

Die Skizze stimmt nicht genau mit der Wirklichkeit überein. Sie ist schematisch. Durch sie habe ich mir erstmals die Lageverhältnisse klar gemacht. Ich bin froh, daß ich wenigstens nicht diørekt gegenüber wohne.

Vielleicht mache ich doch einen Fehler. Möglicherweise verstärken die Ermittlungen den Verdacht, man beobachte mich, anstatt, wie ich natürlich hoffe, ihn zu zerstreuen. Dieses dauernde Nachdenken über die Polizei, dieses dauernde Beobachten meines Reviers!

SZ 8.2.82 Seite 9

Aus Ärger über Schwarze Sheriffs:

„Punker“ legen U-Bahn-Verkehr für eine halbe Stunde lahm

Jugendliche behindern am Feilitzschplatz Züge / Randalierend durch die Innenstadt

Über 200 Jugendliche, darunter zahlreiche „Punker“, haben am späten Samstagnachmittag den U-Bahn-Verkehr auf den Linien U 3 / U 6 für eine halbe Stunde lahmgelegt. In einer Aktion, die gegen die „Schwarzen Sheriffs“ gerichtet war, hinderten sie im U-Bahnhof Feilitzschplatz Züge an der Abfahrt. Danach zogen sie durch die Innenstadt und beschädigten dabei Autos und Verkehrszeichen.

Gegen 17.30 Uhr hatten sich die jungen Leute auf dem Forum der Münchener Freiheit und im U-Bahnhof Feilitzschplatz versammelt. Nach Angaben der Polizei war zuvor in der Untergrundzeitung *Blatt* dazu aufgerufen, Aktivitäten gegen die sogenannten „Schwarzen Sheriffs“ vom Zentralen Sicherheitsdienst, dem die Bewachung der U-Bahnhöfe obliegt, zu unternehmen. Offenbar waren die Punker mit ihrer Behandlung durch die „Sheriffs“ während der vergangenen Wochen nicht einverstanden.

Sie zogen Notbremsen

Nach ihrem Treffen an der Oberfläche und im Zwischengeschoß des U-Bahnhofs stürmten Jugendliche auf die U-Bahnsteige und hinderten die Züge an Abfahren, indem sich einige in die Türen zwängten und diese am Schließen hinderten, andere, indem sie die Notbremsen zogen. Die zentrale U-Bahn-Leitstelle verfügte daraufhin, von 18.24 bis 18.55 Uhr den Verkehr auf den Strecken der Linien U 3 und U 6 einzustellen. In der Zwischenzeit war die Polizei eingetroffen und hat die Bahnsteige und den U-Bahnhof geräumt; festgenommen wurde zu diesem Zeitpunkt noch niemand.

Papierkörbe ausgekippt

Die Punker und die anderen rebellischen jungen Leute gaben aber noch nicht auf: Rund 150 von ihnen formierten sich zu einem Demonstrationszug und gingen die Leopoldstraße entlang Richtung Innenstadt. Sie zogen durch die Schelling- und Amalien- bis zur Sendlinger Straße, wo sie nahezu alle Papierkörbe auf die Gehsteige kippten, Verkehrszeichen demolierten sowie Antennen und Spiegel von geparkten Autos abbrachen. Notdürftig waren einige Verkehrszeichen bis Sonntag durch provisorische Halteverbots- und Parkverbotsschilder in Betontrögen ersetzt worden, der Inhalt der Abfallkörbe lag sonntags noch auf dem Boden verstreut.

Zwei Randalierer festgenommen

Nach 19 Uhr machte die Polizei auf dem Sendlinger-Tor-Platz, den die Jugendlichen inzwischen erreicht hatten, dem Spuk ein Ende, indem sie zwei Randalierer festnahm und die nicht genehmigte Demonstration auflöste.

Walter Maria Skarba

Die Schilderung der Vorgänge trifft im Wesentlichen zu. Das Foto zum Text zeigt in der Mitte verwaschen, dennoch unverkennbar: mich.

ZU ERREGTEN AUSEINANDERSETZUNGEN *zwischen „Schwarzen Sheriffs“ und Punkern kam es im U-Bahnhof Münchener Freiheit. Die Punker drangen auf die U-Bahnsteige vor und blockierten 31 Minuten lang die Züge.*

1. Es kam nicht zu "erregten Auseinandersetzungen", sondern ich habe meinen Fahrschein vorgezeigt.
2. Ich bin kein "Punker".
3. Was ich über die Uniformbewegungsweise der Polizisten beobachtet habe, trifft auf die Schwarzen Sheriffs in Hochpotenz zu; Widerlichkeitsfaktor: 29. Jedem Sheriff würde ich sofort viermal in die Eier treten.
4. Das Bier, das man sieht, ist das dritte Bier. Ich war also nicht betrunken, sondern bestenfalls leicht angeheitert.

Vielleicht wäre es doch gut, eine Waffe daheim zu haben. Für den Fall, daß sie plötzlich eindringen. Zur Selbstverteidigung.

Diese Bilder finde ich schrecklich. Ich muß sie in jenen wirren Tagen nach dem U-Bahn-Fest in das Dossier aufgenommen haben. Warum, bitte warum? Es ist gut, daß man schnell vergessen kann. Heute fühle ich mich klar. Auf den Frühling freue ich mich sehr.

Gewehre habe ich bei meinen Polizisten auch schon gesehen. Solche Helme allerdings, wie die argentinischen Soldaten, tragen sie nicht. Stecken alle Uniformen unter einer Decke?

Ich bin als DER KRIEG in dem Film aufgetreten, das stimmt. Eine Uniform allerdings habe ich nicht. Ich habe auch nach wie vor keine Waffe. Jeden Zusammenhang würde ich bestreiten; von Verantwortung ganz zu schweigen. Ich kann doch nicht überall sein!

Ich glaube, ich könnte Tage nur schlafen, tagelang schlafen. Die Träume sind da. Das hilft.

* Im Turm des Atom-U-Bootes „Conqueror" beim Einlaufen in einen britischen Stützpunkt; die gesetzte Piratenflagge signalisiert, daß ein feindliches Kriegsschiff versenkt worden ist. Rechts: Kommandant Wredford-Brown.

Das Bismeer ist östlich von Kap Horn, dort, wo der Kreuzer versank, 4150 Meter tief. Wenn ich für den Krieg nicht verantwortlich bin, kann ich auch für die 368 Belgrano-Toten nicht verantwortlich sein. Dennoch fühle ich Scham; mehr: einen brennenden Schmerz. Ich weiß um meine Schuld. Fahnen aller Art sind mir verhaßt. Vielleicht bin ich bestimmt. Vielleicht soll ich heilig sein.

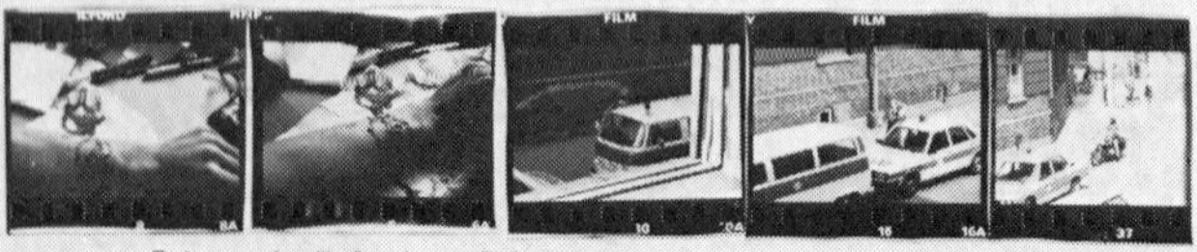

Ich werde Buße tun. Ich habe in die Haut geschnitten. Das Blut tropft. Die Sonne scheint auf mein Revier. Warum ist alles so fern, so unerkennbar, so licht und dennoch unbestimmt?

Vielleicht wäre die Liebe ein Halt. Die Liebe aber –.

Ich muß aufhören. Die Arbeit mit den Bildern macht mich so schwindelig. Mir ist, als hörte ich Geschrei. Das Geschrei ist über mir. Oder ist es in mir? Flehen um Stille. Wer schreit, wer dann?

Jetzt: Totenstille. Erleichtert atme ich tief ein. Mit der Luft rast mir sofort Angst in die Lunge. Pochende Panik.

Ein vermummter Chaot während der Ausschreitungen in Schöneberg.

Die Feuer-Chaoten raubten meiner Mutter die Sprache

Zweimal kam der Notarzt zu der 79jährigen in die Wohnung am Nollendorfplatz: Schwerer Schock durch Krawalle, weil die Frau überall nur Flammen sah

Die Rentnerin mit ihrem achtjährigen Pekinesen „Pinki". Nach den schweren Krawallen erlitt die Frau einen Sprachschock.

Chaos verbindet. Auch der alte Mensch muß nicht mehr abseits stehen.

Hunderttausende wollen. Was? Aufstehn für den Frieden.

Helme: Werfen und Schlagen. Die Vermummungen sind Retusche. Ist der Knüppel echt?

Alternative Liste

Für Demokratie und Umweltschutz

…burger Straße 20 · 1000 Berlin 31 · Telefon 861 2914

AUFRUF DER AL BERLIN

zur DEMONSTRATION gegen den REAGAN—BESUCH

FREITAG, 11. Juni, 10 Uhr

TREFFPUNKT Nollendorfplatz

Aufrufen dann Distanzieren dann Grinsen. Viel Moral.

Lieber wäre ich erfolgreicher Werbetexter als der Hauptverantwortliche (Ausufern der Akte).

Wie mir das Hauptquartier freundlich leuchtet! Je nacht es wird, desto schön die Stadt.

Das Fenster ist offen. Ich lasse mich bestrahlen. Das tut gut.

Ich könnte die Welt umarmen.

Am ehesten glaube ich noch Barbara Dickmann.

Tote, Tote, tausende von toten Zivilisten. Arafat lacht mir ständig zu. Ich kenne den Code nicht. Am ehesten glaube ich noch Barbara Dickmann. (Was will der humpelnde Mann mit dem Krückstock?) Soll ich jetzt handeln, soll ich warten? Man gibt mir alle Schuld. Zugleich hält man alles offen.

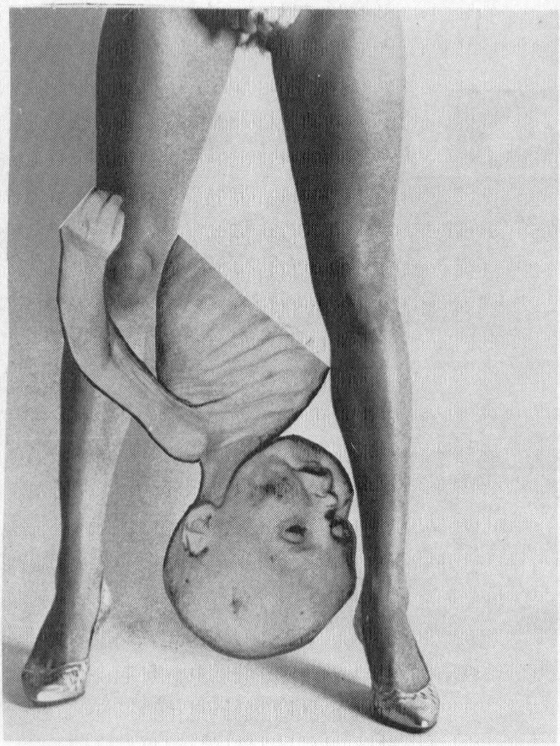

Hier: Starken Frauen fallen aus Löchern zwischen hohen Beinen magere Kinder mit großen Köpfen heraus.

Ein Windhund wäre ich gerne.

Schmidt: Görevi sürdürüyor. Koalisyon çöktü.
Kelly: Was sagst du, Helmut? Du willst auch bald nachkommen?
Schmidt: Sach mal Grace, tanzt Rainer schon wieder?
Kelly: Meinst du meinen Mann oder den Faßbinder?
Schmidt: Hallo hallo! Wie bitte? Die Leitung ist so schlecht, Grace, hörst du mich?
Kelly: Ja, wir machen Schluß, Helmut.
Schmidt: Nett von dir, Grace, daß du angerufen hast. Adieu.

Dabei will ich gar nicht Kanzler werden. Habe anderes zu tun, z. B. nachts am Fenster.

Was Kohl und der Prinz machen ist mir egal. Ich gehe nie mehr in eine Nervenklinik. In Hamburg haben die Honeymoon Killers todesmäßig gespielt. Danach mit Kröher und Diederichsen. So wird man gesund, nicht in einer Klinik.

Seit dem Oktoberfest mache ich auch keine Fotos mehr. Es ist eh alles aans.

FUSSBALL-VANDALEN wüteten im Stadion an der Grünwalder Straße. Schiedsrichter Probst (rechts) mußte in Schutz genommen werden.
Photo: Baader/Mühlb…

und gleichzeitig …
zur Hessenwahl

Wolf Biermann über VS
„Es geht um diese wichtige Friedensbewegung, über die ich mich freue!"
„Die Stimmen aus der ganzen DKP-Szene …"

Verein für Rothaarige

Polizisten prügelten

Kohl schreit die sich im Sitzungssaal drängenden Journalisten an:
„… wir wollen hier arbeiten"

Ich war schon lange nicht mehr auf dem Fußballplatz. Beim Fußball ist immer was los. Die Friedensbewegung Htzt sowieso. Vielleicht ist Kohl der letzte deutsche Punk. (Gehören Notitzbuchteile in die Akte??)

50 Pf

B·Z·

Nr. 256/44 • 106. Jahr / Mittwoch, 3. Nov. 1982 • A 2032 A

Dänemark dkr 2,30 • Holland hfl 0,90 • Italien L. 500
Österreich ÖS 5,- • Schweiz sfr 0,70 • Spanien pts 40,-

Die größte Zeitung Berlins

Der Berliner Häuser-Krieg

Flammensäulen und Scherbenregen nach der Räumung der „kriminalitätsbeladenen Häuser" in Schöneberg

Berlin, 3. Nov. „BZ"

Um die Räumung der beiden „kriminalitätsbeladenen" Hausbesetzer-Häuser in der Maaßenstraße 11 und 13 (Schöneberg) ist ein heftiger Meinungs-Krieg entbrannt, der von unbekannten Tätern mit einer Welle nächtlicher Terror-Anschläge und Feuerattentate begleitet wurde.

In den Bezirken Kreuzberg, Neukölln, Schöneberg, Wedding, Charlottenburg, Steglitz gingen elf Fahrzeuge – darunter neun Autos – in Flammen auf, wurden die Scheiben von Einzelhandelsgeschäften, Banken, Büros und Wohnbauunternehmen zerschlagen.

Im Meinungsstreit um die Räumung der Häuser bildeten sich zwei Fronten.

Fortsetzung Seite 9

SZ 4.11.82

Nach einer Demonstration gegen die Räumung von zwei besetzten Häusern in Berlin kam es in der Nacht zum Mittwoch wieder zu Ausschreitungen, wobei Polizisten mit Steinen beworfen und an elf Gebäuden Schaufensterscheiben eingeworfen wurden. AP)

Man beschuldigt mich der Rädelsführerschaft. Fürchte Verhöre, Folter. Werde alles leugnen.

92) Spezial-Transportroboter mit 1 Laserkanone und beweglichen Sprungbeinen **19.95**

Anstelle des Audi-Quattro "Rallye" (19 cm lang; 17.95) kommt auch der Spezial-Transportroboter mit Laserkanone (19.95) in Frage (Vorbereitungsphase).

Wäre ich Maler, glaube ich, wäre ich glücklich. Würde vielleicht was Modernes malen, z.B. LIEBESBILDER.

Tote Vögel liegen im Rinnstein (Tauben? Krieg? Ich?). Diffuse Angst.

Keine Panik

Dieses im Sturz Stillgestellte! Irgendetwas droht. Was? - Ich weiß, daß ich ruhig bleiben muß. Manchmal zittert mein Blick.

Festnahmen mutmaßlicher RAF-Mitglieder seien auf die Wiedereinführung der Rasterfahndung zurückzuführen. Baum erklärte daraufhin, er habe diese Fahndungsmethode „keineswegs abgeschafft", sondern neue Kriterien dafür entwickelt.

BKA dementiert Mißhandlung

Der Präsident des Bundeskriminalamtes wies Vorwürfe zurück, Adelheid Schulz sei bei ihrer Festnahme in der vergangenen Woche von der Polizei mißhandelt worden. Derartige Behauptungen des Rechtsanwaltes Hannfried Matthies,

dem Verteidiger von Adelheid Schulz, entsprächen nicht den Tatsachen. „Bei der Festnahme der beiden schwerbewaffneten Frauen war für die Polizeibeamten Eigensicherung geboten. Anschließend mußten die Festgenommenen identifiziert werden. Das geschah gegen ihren Willen entsprechend den Vorschriften der Strafprozeßordnung", hieß es in der Mitteilung. Matthies hatte erklärt, für Adelheid Schulz und Brigitte Mohnhaupt sei während der Festnahme eine „lebensbedrohliche Situation" dadurch geschaffen worden, daß die Polizeibeamten ihre Dienstwaffen bereithielten und die beiden Frauen bei der erkennungsdienstlichen Behandlung mißhandelt worden seien.

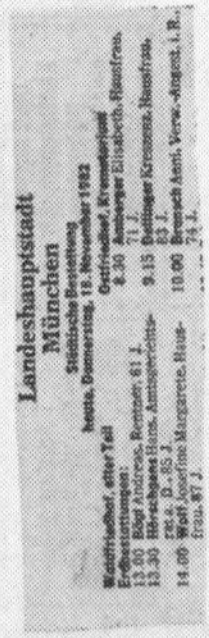

Der träge Mensch sagt immer häufiger schon nach Lektüre der ersten zehn Seiten erschöpft: „Mir wird so sonderbar matt. Hat mir vielleicht jemand ein Schlafmittel in meinen Nescafé getan? Ich kann mich gar nicht erinnern, aber wenn ich mich nicht sofort hinlege, so falle ich, wie ich da sitze, von meinem Sessel!"

Ich habe auch schon mal gedacht, man wolle mich vergiften!

Der deutsche Herbst hängt in meinem Schrank.

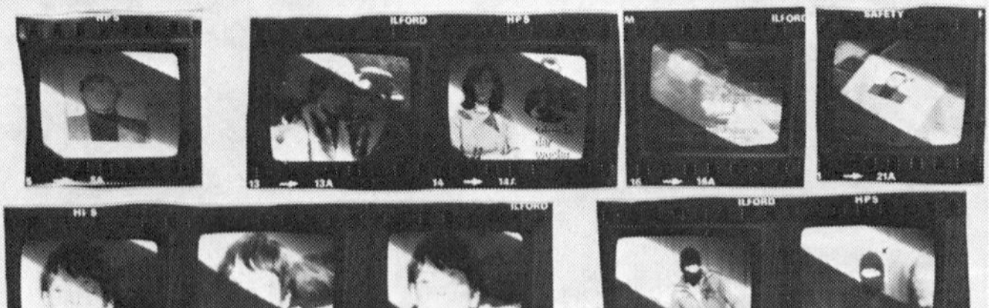

Chronik der Woche (auch für den taubstummem Mitbürger): Die Polizisten hatten schon seit Tagen auf der Lauer gelegen. Widerstand leistete er nicht. Das erste Polizeifoto nach der Festnahme. Er gab zu, Christian Klar zu sein. Weitere Angaben verweigerte er. Ein Beamter schilderte am Donnerstag die Festnahme. Er war mit einer Wollmütze getarnt.

NOV

Der Schlag gegen die RAF

Gesichter des Terror-Chefs Christian Klar

Immer wieder veränderte Christian Klar sein Äußeres. Als er in die Terror-Szene einstieg, trug er lange Haare. Doch die ließ er schon bald stutzen. Fortan trug er Brille, Lockenkopf oder Schnauzer.

Christian Klar 1976

...1977

...1978

SZ 24.11.82

Sechs Polizeibeamte auf Abwegen

Wegen Körperverletzung, Falschaussage und Diebstahl vor Gericht

WÜRZBURG (Eigener Bericht) – Sechs Beamte der Polizeiinspektion Kitzingen stehen seit gestern vor der 1. Großen Strafkammer des Landgerichts Würzburg. Die Anklage wirft den zwischen 30 und 52 Jahre alten Männern Körperverletzung im Amt, Strafvereitelung in Tatmehrheit mit uneidlicher Falschaussage vor Gericht und mehrere Diebstähle vor. Unter den Angeklagten befindet sich auch der ehemalige Leiter der Kitzinger Dienststelle, der die Ermittlungen der Kriminalpolizei durch „Vertuschen" einiger strafbarer Handlungen seiner Kollegen erschwert haben soll. Die Taten wurden in der Zeit von 1974 bis 1978 begangen. Die Anklageschrift stammt aus dem Jahr 1978. Drei der Angeklagten wurden bereits aus dem Staatsdienst entlassen. Die anderen sind noch bei der Polizei beschäftigt.

Der Grund für die verzögerte Verhandlung: Angeklagt waren die sechs Polizisten zunächst vor einer Strafkammer des Landgerichtes Würzburg. Das Gericht meinte jedoch, zuständig sei in diesem Fall das Schöffengericht Kitzingen, das Freiheitsstrafen bis zu drei Jahren verhängen kann. Dieser Strafrahmen sei ausreichend. Auf diese Weise kamen die Akten nach Kitzingen. Dort wurde auch im Juni des vergangenen Jahres kurz verhandelt. Dabei stellte das Gericht fest, daß zwei der angeklagten Polizisten schon wegen eines Einbruchs zu mehrmonatigen Freiheitsstrafen verurteilt worden sind. Aufgrund dieser Vorstrafen liegt es im Bereich des Möglichen, daß Strafen von mehr als drei Jahre zu erwarten sind. Die Strafakten gingen deshalb wieder an das Landgericht in Würzburg zurück.

Drei der Polizisten, die jetzt vor den Richtern stehen, sollen im November 1974 einen spanischen Gastarbeiter in der Haftzelle der Polizeiinspektion zur Nachtzeit zusammengeschlagen und mit Fußtritten „ohne jeden rechtfertigenden Grund" mißhandelt haben. Der Ausländer war wegen des Diebstahls eines Zuchtrebhuhns vorläufig festgenommen worden. Ferner wird diesen Polizisten angelastet, daß sie erst verspätet veranlaßt haben, daß der Spanier in ein Krankenhaus gebracht wurde. Bei der Meldung über den Vorfall sollen die Polizisten erklärt haben, der Gefangene sei mit dem Kopf gegen die Gitterstäbe gerannt.

Ein anderer Anklagepunkt wirft zwei Polizisten vor, im April 1975 bei einer Feier in einer Kitzinger Gastwirtschaft zwei Flaschen Wein und eine Flasche Schnaps gestohlen zu haben, die sie später auf der Dienststelle leerten.

Im August 1975 wurden zwei amerikanische Soldaten festgenommen und zur Polizeiinspektion gebracht. Dort sollen die beiden Amerikaner mit Gummiknüppelschlägen und mit Fußtritten von mehreren Polizisten traktiert worden sein. Einem Ex-Polizisten wird überdies nachgesagt, er habe aus geparkten US-Fahrzeugen einen Cassettenrecorder, einen Radiorecorder und einen Maschinengewehrgut mit 150 Platzpatronen entwendet. Zum Diebesgut zählen auch Ferngläser, Photoapparate und -zubehör, Kugellautsprecher und ein Messer. Ein Polizist entwendete 1974 der Anklage zufolge auch drei Tränengas-Wurfkörper aus seiner Dienststelle, um sie für sich zu behalten.

Den Polizisten werden auch mehrere Unregelmäßigkeiten mit Verwarnungsgeldern vorgeworfen. Außerdem sollen einige Polizisten einen „Promillefahrer", der zwei Unfälle verursacht hatte, geholfen haben, um ihn so vor strafrechtlichen Folgen zu schützen.

Der Prozeß dauert voraussichtlich bis Mitte Dezember. H.

★ Donnerstag, 18. November 1982 Seite

...1981

...Frühjahr 1982

...Sommer 1982

Falschmeldungen, nichts als FALSCHMELDUNGEN.

Seite 8 □ Süddeutsche Zeitung Nr. 279

BERICHTE AUS DEUTSCHLAND

Samstag/Sonntag, 4./5. Dezember 1982

Gerechtigkeit in Bayern

Von Fall zu Fall

Unnachgiebige Strenge gegenüber einem Bürger, milde Nachsicht bei Übergriffen von Polizisten

Von Herbert Riehl-Heyse

…en, … ging … nmal … chner … ember … das die … Beschluß des Oberlandesgerichts für rechtswidrig erklärte.

Ob sich der OLG-Präsident mit diesem Urteil endlich zufrieden gibt? Er könne noch nichts dazu sagen, sagt der zuständige Referent, weil er die Urteilsgründe noch nicht kenne. Allerdings spricht auch jetzt wenig für die Vermutung, daß nun Schluß sei. Es geht zwar nur noch ums Prinzip, weil Wetter inzwischen längst beide Examina hat und Rechtsanwalt ist, aber was recht ist, muß recht bleiben, da werden in der Regel keine Kosten und Mühen gescheut.

Außer es geht einmal darum, gegen die Organe des Staates zu ermitteln? Der zweite Fall, über dessen letzte Entwicklung hier kurz berichtet werden soll, und der einen solchen Verdacht nicht unbeträchtlich nährt, hatte zu tun mit einer Hausbesetzung, die sich im September 1981 in München in der Eduard-Schmid-Straße zugetragen hatte. Die Besetzung war damals von der Polizei mit Gewalt beendet, die Besetzer waren festgenommen worden – wobei es ganz offensichtlich und unbestritten zu schweren Unregelmäßigkeiten auf seiten der Polizei kam. Acht der insgesamt zehn festgenommenen Hausbesetzer erstatteten nach den Vorfällen Strafanzeige gegen Polizeibeamte, die sie mit Schlagstöcken mißhandelt hätten, drei von ihnen legten ärztliche Atteste vor, aus denen sich unter anderem das Vorliegen einer „Schädelplatzwunde", eine „Hörminderung auf dem linken Ohr, verbunden mit einem Ohrton", „Kopfplatzwunden und eine Prellung des rechten Zeigefingers" ergaben. Dies steht so in einer Stellungnahme des bayerischen Justizministers.

Wie diese zweifellos gravierenden Straftaten verfolgt werden, hat derselbe Justizminister – unterschrieben hat noch Karl Hillermeier – in der Antwort auf eine Anfrage des SPD-Abgeordneten Naumann zu dem damaligen *SZ*-Bericht soeben auch mitgeteilt. Das Fazit der Antwort: Die Justiz sieht leider keine Möglichkeit mehr, die Vorfälle aufzuklären – und zwar deshalb, weil die Polizei offenbar nicht bereit ist, bei der Aufklärung der Straftaten zu helfen. Der Justizminister im Wortlaut: „Es liegen keine Angaben von Polizeibeamten vor, die Rückschlüsse auf Mißhandlungen durch bestimmte andere Beamte zuließen. Die Staatsanwaltschaft hat keine gesetzliche Handhabe, die beteiligten Beamten zu belastenden Angaben gegen Kollegen zu bewegen … Die Staatsanwaltschaft hat berichtet, daß mehrere Aussagen von Beamten nicht zutreffend sein könnten; es sei aber nicht aufzuklären, bei welchem Beamten im einzelnen unrichtige Angaben vorlägen".

Wie sich die Aufklärungsbemühungen seinerzeit abgespielt hatten, war in der *SZ* auch berichtet worden: Die verdächtigen Polizisten wurden bei einer Massengegenüberstellung unter 117 andere Beamte gemischt, was – nicht weiter überraschend – dazu führte, daß keiner als Täter hatte überführt werden können.

Der Minister findet das Verfahren völlig in Ordnung – und sieht keinen Anlaß, diese Justiz-Sache noch einmal aufzugreifen. Im übrigen gilt zwar weiter Artikel 118, Absatz 1 der Bayerischen Verfassung: „Vor dem Gesetz sind alle gleich." Nur bei der Handhabung der Gesetze gibt es eben gewisse Unterschiede.

SZ-Wochenchronik 1982/48

Zwei Millionen Arbeitslose

Nach Angaben der Nürnberger Bundesanstalt vom 2. Dezember gab es in der Bundesrepublik Ende November 2 039 164 Arbeitslose, rund eine halbe Million mehr als zur gleichen Zeit des Vorjahres. Die Arbeitslosenquote verschlechterte sich damit von 7,9 Prozent im Oktober auf 8,4 Prozent im November. Gleichzeitig ging das Stellenangebot auf 61 502 zurück und die Zahl der Kurzarbeiter stieg auf einen Höchststand von mehr als einer Million.

Börner führt die Geschäfte

In der konstituierenden Sitzung des neuge-

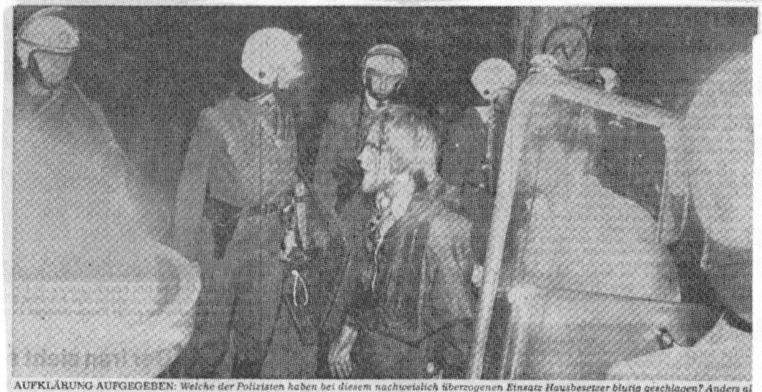

AUFKLÄRUNG AUFGEGEBEN: *Welche der Polizisten haben bei diesem nachweislich überzogenen Einsatz Hausbesetzer blutig geschlagen? Anders als im Fall des Beamtenbewerbers Wetter brennt dem Staat in dieser Sache die Aufklärungspflicht nicht eben auf den Nägeln.*

Sehen Sie!, SEHEN SIE! Und ich wollte schon glauben, alles war sinnlos, die ganzen Ermittlungen, das Beobachtungsjahr. Eine Falschmeldung kann es nicht sein, denn dem Herrn Riehl-Heyse glaube ich jedes Wort.

1860 — endlich wieder zu Hause!

Nach 10 Wochen Verbannung kehrten die Löwen wieder in die Heimat zurück. Seit dem Schicksalsspiel gegen Schweinfurt am 25. 9. 1982 (randalierende Fans griffen den Schiedrichter an und demolierten die Stadioneinrichtung) mußte der Verein, neben finanziellem Schaden, auch sportliche Einbußen hinnehmen. Schließlich fiel die Bayernliga-Mannschaft vom 3. auf den 8. Tabellenplatz zurück.

60er-Stadion — Samstag, 4. 12. 1982 — 15.00 Uhr

Ausschreitungen gab es nicht.

Rainald Goetz
Irre

↑
Lüge!

Der sitzt mir daheim immer gegenüber. Bald ist Weihnachten.

Manchmal werfe ich mich in meinem Zimmer zu Boden und liege da wie tot.

Vor der Zeit zwischen Weihnachten und Neujahr fürchte ich mich sehr.

Wir Kontrolle Welt

1983

WIR KONTROLLE WELT

»Sachlich und rechnerisch richtig«

Freitag, 1. April 1983

Zeitungen und Magazine, Papierhaufen, rücken von den Rändern und Ecken des Zimmers her immer näher, wollen alles hier zu wachsen (hoho!). Kontrolle der Kontrolle. Die moderne Welt bekämpfen. Januarliches amSchreibtischsitzen: das Arbeitslampenlicht, die Fensternacht, der Rausch-sch-sch (Autos, ampelphasenrhythmisch). Knallwach, Warten auf Schlaf, Schwindel.

Mittag. Die gestrige Zeit, die das heutige Datum trägt, meldet auf der ersten Seite, in einem Kasten und in roten Buchstaben: Helmut Schmidt Mitherausgeber der Zeit. Unter dieser Überschrift erzählt der Chef der Zeitverlag Gerd Bucerius KG, Gerd Bucerius, wie es dazu kam, was das für Folgen hat, daß er Kohl gewählt hat, wie hoch die verkaufte Auflage ist, und welche Aufgaben ein Herausgeber hat und manches mehr. Wenn die Zeit im Nominativ steht, sieht das so aus: DIE ZEIT hat kritische Leser. Sie verlangen, daß das Blatt ihnen die Kontroverse unvoreingenommen in der bestmöglichen Form vorträgt.

Unsererseits wurde von dieser Zeitung noch nie etwas verlangt, schon gar nicht dies. Sie wird kontrolliert, wie jede andere erreichbare Zeitung. Sonst ist hier niemand bekannt, der die Zeit liest. Halt, einer sagt, er verwende die Zeit als hochpotentes Mittel gegen Einschlafstörungen. Hat heute nacht nicht gewirkt. Ein Foto auf der Wochenrückblickseite zeigt 2 Politiker und darunter steht: Aufwärts Petra Kelly, abwärts Hans-Jochen Vogel: Die rot-grüne Minderheit traf sich, zufällig und entspannt, im Bonner Bundeshaus, ehe Helmut Kohl sich zum Kanzler wählen ließ. Sollte es etwa doch so sein, daß die Politik in Wahrheit ein Menschliches Angesicht hat.

Auf einem anderen Kanal hat Präsident Johnson heute 8spaltig Tränen in den Augen, weil er gestern den Vietnamkrieg in Zukunft ein wenig weniger ausführlich führen und sich dafür auch nicht mehr für das Präsidentenamt anmelden wollte. Abends war dann James Dean, Rebell ohne einen Grund. Die Jugend, ist seit Jahren überall zu hören, entdeckt die 50er Jahre wieder, oder den Minirock, oder den Camp. Ist das wahr? Ist das wichtig? Was ist wichtig? Vielleicht doch eher das Wichtige als dieser ganze Krampf. Wir sollen noch heute nacht los.

Samstag, 2. April 1983, Verona

Die Stadtlichter sind noch an, der Himmel ist fahl und naß, alles tropft, und es ist noch nicht einmal 7 Uhr. Wir sind die Nacht durchgefahren, an der Grenze haben sie uns durchgewunken, wenig dahinter haben wir getankt. Das Hotelzimmer, das man uns reserviert hat, ist zu eng, zu klamm, und es knarzt sehr. Was soll das? Die Leute gehen unter Schirmen daher, lauter Ausländer. Hier im Café, länglicher Schlauch: An der Theke scherzen 2 mächtige Frauen mit dem Wirt über die Auslage der in buntes Stanniol gewickelten Ostereier. Schrilles Lachen und Kichern und Seitenblicke auf uns. Ja und?

Sonntag, 3. April 1983

Noch immer raucht der Ätna, Europas aktivster Vulkan. Seit dem letzten Ausbruch am Montag fließt der Lavastrom über die Hänge des sizilianischen Berges, allerdings nur noch mit einer Geschwindigkeit von 100 Metern in 24 Stunden. Und Fußwaschungen waren in Jerusalem und Rom, und Katholiken gedachten am Freitag der Leidenszeit von Jesus Christus. Hingegen: Nichts über uns, Verona, die Zählung, nichts Neues. Bleibt umstritten, muß boykottiert werden, Aufrufe, Verfassungsbeschwerden, Rechtsstaat, Herausforderung des, Bonn ist nicht Weimar, rasende Automobile, Elektronenhirne die die Welt beherrschen.

Früher Abend. Wir sitzen auf dem Burgberg und schauen zu, wie der Italiener die Familie liebt (bekanntlich sehr). Immer neue Gruppen, sichtlich ganze Clans, drängen von unten hoch, schieben sich als miteinander verklebter Troß, schnatternd und ratternd, an die Burgmauer, schauen ihre Stadt an für einen Augenaufschlag, und machen sich dann wieder fort, wie zusätzlich pressiert von unseren strengen Blicken. Schräg gegenüber, der Burgplatz ist ein Halbrund, lungert das Jugendproblem an der Mauer, raucht, tritt auf und ab, und vollführt regelmäßig diese Zwangsbewegung, Hand zum Geschlecht, um Sack und Glied zu liften, als müßte andernfalls alles unten aus den Hosenbeinen weg fallen. Vereinzelt sieht man Liebespaare und Das Junge Glück, Mann Frau Kleinkind Würg.

Und was sagte eben noch Roy Black über Helga Anders: Ich mag Uschi (Glas) sehr gern, aber Helga ist ganz anders. Sie ist so zart und zerbrechlich. Ich bin immer besorgt um sie. Die beiden drehen jetzt zusammen.

Montag, 4. April 1983

Die Prominenz Des Deutschen Terrorismus (wenn diese sarkastische Betrachtungsweise erlaubt ist) gibt sich derzeit, sagt die Zeitung, im Prozeß gegen Helga Roos in

Stuttgart-Stammheim ein Stelldichein: Brigitte Mohnhaupt, Adelheid Schulz, Christian Klar. Als der 30jährige, noch im Zeugenstuhl sitzend, sich seinen rechten Schuh auszog, wurde er von Justizbeamten überwältigt. In dem Verfahren geht es um den mißglückten Anschlag auf General Kroesen, den Chef der US-Streitkräfte in Europa.

Zur morgendlichen Ausnüchterung und allgemeinen Erheiterung: Immer wieder mal Lesungen aus dem Zentralarchiv. In Bild Der Frau erzählt Herr Dr. med. Detlef Strathmann auch eine mitten aus dem Leben gegriffene Geschichte: Der Frauenarzt prüfte den Zellabstrich seiner jungen Patientin im Mikroskop und sagte: Sie haben einen Tripper. Wie kommt das? Bildzeile: Jedes dritte Mädchen zwischen 13 und 15 hat heute Verkehr. Von den Kindern unter 10 redet wieder keiner. Wollt ihr noch was hören? Aber nicht noch so einen Altkalauer, sondern mal was Neues. In der neuen Zeitung steht aber nichts Neues. Dann wenigstens was Ewiges, das ist immer lustig.

Literatur!, Ostern!, Das Drehbuch vom Ende der Zeiten!, ruft der Überschriftendichter munter, und skeptisch und überaus gut aussehend schaut Jean Baudrillard zu, wie der Kulturverteidiger Ernst Wendt, bekanntlich ein Fettwanst, im Symbolischen Tausch Und Tod erstens die Sprache narrenkappenmäßig findet, zweitens sich den Staat bei der Arbeit vorstellt, und drittens bedauert, daß die Toten dauernd so abseits stehen: Wir tauschen uns nicht mehr aus mit den Toten, also ein jeder auch nicht mehr mit seiner eigenen Zukunft. Ja, Tod und Zukunft, Sack und Asche.

Nachmittags in Garda, abends in Riva in dem vereinbarten Café, dann Rovereto Bozen, rechts ein fetter satter halber heller Mond, dann schwups über den Brenner, ha, seither sehr laute Musik, und die Nacht ist dreckig und rast uns als Schneedreck entgegen.

Dienstag, 5. April 1983, München

Gestern, sagt die Zeitung, ist der Nobelpreisneger King erschossen worden, in Memphis, auf einem Balkon, am frühen Abend. Es ist kühl gewesen. Er wurde im Gesicht getroffen. Im Fernsehen war alles zu sehen. Er stürzte auf den Eisenrostboden des Balkons, sehr schnell war sehr viel Blut da, Handtücher wurden herbei gebracht, die die Blutung stoppen sollten. Dann ist er auf einer Bahre fortgetragen worden. Nationalgardisten patrouillieren jetzt durch die einschlägigen Stadtviertel von Memphis. Ein Ausgangsverbot ist verhängt worden. Man befürchtet den Aufstand der Neger in den Metropolen, in Washington, Detroit und New York. Bereits heute beginnen öffentliche Spekulationen über eine Beteiligung der Centralen Intelligenz Agentur an dem Attentat. Man hat angeordnet, daß das sternengesprenkelte Banner auf Halbmast wehen muß. 15 Jahre später wird ein Nationaler Gedenktag angeordnet, da kennt der Staat keine Gnade: Um die Geschichte noch besser vergessen zu machen, wird sie schon immer möglichst schnell zu Geschichte erklärt.

Und auf der ersten Seite läßt sich ein heiter schmallippig lächelnder Mann von 2 Uniformfiguren tragen. Die Hosenbeine sind etwas hochgerutscht, rechts liegt ein Stück Unterschenkelhaut offen. Der Bundestagsabgeordnete der Grünen und ehemalige Bundeswehrgeneral Gert Bastian, der am Sonntag an der Blockade der amerikanischen Wiley-Kaserne teilgenommen hatte und ebenso wie rund 200 andere Demonstranten von der Polizei weggetragen worden war, zeigte sich Anführung sehr beeindruckt von der Würde und Friedfertigkeit derer, die da waren Abführung. Ein Demonstrant habe Nasenbluten erlitten, sagte ein Sprecher der Aktion, sagt die Zeitung. Es gehe um unser aller Zukunft.

Es gibt keine Zukunft. Die Geschichte studieren. Den

subversiven Kampf offensiv führen (Gewalt). Permanenter radikaler blitzschneller Umsturz von Logistik und Strategie.

Nach Mitternacht. Gun Club in der Alabamahalle, ultimative Trinkermusik, voller Vollrausch, danach im Café Normal in einem Spaghettiteller eingeschlafen, Härte 8.

Mittwoch, 6. April 1983

Jetzt hat der niedersächsische Innenminister Sowieso, CDU, ein neues Bußgeld erfunden: Jeder, der zum Boykott der Volkszählung und damit zum Gesetzesbruch aufruft, begeht eine Ordnungswidrigkeit, die geahndet wird. Und in Berlin, heißt es, hat ein wahrscheinlich besonders mündiger Bürger schon so oft zum Boykott aufgerufen, daß der Innensenator jetzt 3000 Mark gegen ihn bußgeldverhängt hat.

Wer spinnt da eigentlich mehr? Der Staat oder der Mündige Boykottbürger, der untertänig genug ist, sich ausgerechnet von seinem Staat bestätigen lassen zu wollen, daß er ein menschlicher Mensch ist und keine digitalisierbare Ziffer, daß er der Alleininhaber einer überaus geheimnisvollen sehr individuellen Privatexistenz ist, und nicht gläsern, durchschaubar, durchschaut; der Staat soll genau das bestätigen und unantasten. Die Wahrheit kommt unterdessen wie so oft genau von daher, wo man sie nicht unbedingt erwartet hätte, aus dem Mund des quadratschädeligen, bauernschlauen Innenministers Zimmermann. Gebetsmühlenmäßig sagt er seit Wochen in jede ihm vors Gesicht gehaltene Fernsehkamera, daß nicht seine Regierung das Volkszählungsgesetz erfunden und beschlossen hat, sondern die sozialliberale Koalition. Haargenau, und ein guter Hinweis. Gibt es denn überhaupt etwas Sozialdemokratischeres, als diese sympathische wenn auch etwas naive Idee von der Verbesserbarkeit der Welt durch Planung, durch Sammlung Sichtung Kombination aller erreichbaren Daten, durch Kontrolle allen zugänglichen Materials. Gibt es nicht. Horst Herold, heuer 60, radikal materialistischer und genialisch besessener Polizist, hat das sozialdemokratische Jahrzehnt und seine Staatsutopie in der ihm untergeordneten Behörde des Bundeskriminalamts so rigoros und total auf den Punkt gebracht, daß ihm gerade von Staatsfeinden stets berechtigte Hochachtung und Respekt entgegengebracht worden ist. Als er 1981 von Baum entlassen wurde, lange bevor er die Erfassung und Vernetzung des Materials in seinem Amt vollkommen nach seinen Vorstellungen hatte perfektionieren können, war die Wende imgrunde ausgemachte Sache, an nur schwach exponierter, jedoch hochsensibler Stelle vollzogen.

Wir sollen noch einmal nach Verona, diesmal mit dem Zug, Abfahrt 13 Uhr 38. Des ewigen Hin und Her müde? Ach ach und ja sehr. Höre: Sage nicht JaJa, sondern JaJa.

Richtig: Ein Dutzend Molotow-Cocktails haben sie sichergestellt, in einem Versteck bei Frankfurt; ein Dutzend!, in einem!, hahaha.

Donnerstag, 7. April 1983, Verona

Die gestrige Zugfahrt in den Süden, in den Abend, in den Regen, ist natürlich eine Fahrt in die Schwäche gewesen, also in Fragen ohne Antwort, also in Grübelei, Introspektion, Schwermut. Als müßte doch all das wahr sein, was man als falsch weiß: Daß es nur die vielen Blickwinkel, das Einerseitsandererseits, das ewige Gerede und Gesabbere der Meinungen gibt, anstatt Die Welt, material erkennbar erfaßbar. Als sollte es doch nur Schmerz, Skeptizismus, kränkliche Verlorenheit des Ich geben, anstatt Begehren, Organisation, Kampf und Sieg. Schließlich saß ein Wurm im Zug, ohne den Kontrollkopf, ohne Sehen Speichern Denken, nur die dümmste Dummheit.

Freitag, 8. April 1983, Bologna

Morgens auf dem Weg zum Bahnhof roch der Morgen schon nach Sommer. Links ist der Dunst über der Weite und Ebene immer heller geworden. In der Zeit war auf Seite 1 so eine Murschetz-Zeichnung über die Vernichtung des Menschen durch die Volkszählung hin gedruckt. Sehr engagiert, wie immer. Die Zeit ist noch viel ewiger als Bild. Das würde man kaum merken, wenn sie zwischenrein mal eine Ausgabe von 1962 als neueste Zeit ausliefern würden.

Bahnhof. Sie haben den Schauplatz des Attentats, den meterhohen Riß durch eine burgdicke Mauer, die ganze Zerstörung in bester moderner italienischer Architektur g-e-s-t-a-l-t-e-t. Selten was Abscheulicheres gesehen. An einer metallenen Tafel, die Namen und Alter aller Getöteten verzeichnet, hängen Votivbriefe von Angehörigen, ordentliche und doch fassungslose Schriften, bäuerlich, gläubig, in den unerfindlichen Ratschluß ergeben, jeder seit je bereit zu leiden, zu dulden, das Leben über sich hinweg waschen zu lassen, widerstandslos, da kommt ein Tod herbei, haut eine ganze Familie in Klump und kaputt, und der Witwer erzählt in ein paar Zeilen, wie das kam was der Herr beschlossen hat, lauter solche Geschichten, die den Hartgesottensten zum Schlucker, zum Tränen-AusDenAugen-Wischer machen. Die gemeinste Lüge: alles historifizieren und reduzieren auf Das Menschliche, umlügen in Tragik, Schicksal, unerfindlich Unabänderliches. Kein Wort auf der Gedenktafel über die faschistische Loge P2. Selbstverständlich gibt es den Unterschied, gibt es solche Gewalt und solche Gewalt. Kampf dem Faschismus, Kampf dem bürgerlichen Staat.

Im Zug retour. Trinken trinken trinken. Die Welt in Ordnung trinken. Trinken um nüchtern zu werden. Trinken = Denken.

Samstag, 9. April 1983, München

Im Fernsehen sagt Martin Luther King: All men are created equal, this truth we consider selfevident, we all are Gods children, all, black and white, all, and He wants us to raber raber raber.

Heute wird der Nobelpreisneger beerdigt. Das öffentliche Leben ruht, die großen Kaufhäuser und die Banken haben zu, natürlich auch die Schulen, und alles trifft sich im Central Park, wo ein Symphonieorchester ein Requiem, eine Passion, schließlich dann doch auch eine Ode an die Freude spielt. Im ganzen Park herrscht buntes quirliges Leben und Treiben, die grellen Frühlingsfarben sind in den Bäumen und Sträuchern, Würstchenverkäufer, Radfahrer, junge Menschen, Radios, aus denen die Nachrichten vom Fortgang der Beerdigung kommen. Der Staat läßt also einen lästig gewordenen Aussöhnungsneger öffentlich exekutieren, aber das gibt natürlich keinen Aufstand, keine Revolte, schon gar keine Revolution; sondern die vielen engagierten Menschen, von jedem Idealismus gleich heftig fasziniert, ganz wurscht ob der Aids heißt oder Herpes oder Mondfahrt oder Gleichheit vor Gott oder der Geschlechter oder Faschismus oder Die Sanfte Revolution, die engagierte Menschenmenge swingt sich in ein lockeres FriedensFrühlingsFest, das den 15 Jahre späteren, violett betuchten Kirchentagen mit Moralwiderlingen vom Schlag eines Eppler, der logisch so einen abscheulich antikommunistischen Dissidentenbart umhängen haben muß, wenigstens eines voraus hat: einen neuen Beat. Zweitens, die Aufgabe heißt immer: aus der 164. Verdünnung (Gerede über Gerede, wiederholte Wiederholung von Geschwätz über die Meinung über einen Fakt) die historische Leistung herauszudestillieren; bei King, wie bei fast allem, was 67/68 massenhaft sichtbar wurde und damit naturgemäß seine ursprünglich subversive Kraft weitgehend eingebüßt hatte, sind es die späten 50er, allenfalls noch frühen 60er Jahre, in denen er den Kampf gegen die Segregation in den Südstaaten führte. Drittens zeigt Kings Exekution, wie die Charismatischen Führer für den Frieden, die seit 2 Jahrtausenden die Bergpredigt von der liebevollen gewaltfreien Veränderbarkeit der Welt predigen, die ultimative Gewalt in Form eines Attentats auf sich ziehen.

Abends im Fernsehen: Außer Atem. Tempo, Zitat, Behauptung, Anmaßung, Paranoia, Oberfläche. Sehr lehrreich.

Sonntag, 10. April 1983

Leute von heute. Annemarie Renger, Bundestagsvizepräsidentin (SPD), wies mit Entschiedenheit die herabsetzenden Äußerungen Joseph Fischers, des Parlamentarischen Geschäftsführers der Grünen, zurück, das Hohe Haus zu Bonn sei eine unglaubliche Alkoholikerversammlung; man sehe die Abgeordneten bechernd und zechend in der Kantine, mit jeder Stunde weiter unter den Tisch rutschend. Frau Renger meint, solche Kritik dürfe nicht sein; sie schade Ansehen und Funktionsfähigkeit des Parlaments. Strich. Diese Sätze sind im Indikativ hier nicht vorgesehen. Strich. Ist der Deutsche Bundestag eine Alkoholikerversammlung? Ist dies unglaublich? Ist dies eine Kritik? Rutschen die Abgeordneten? Schadet dies? Seit wievielunddreißig Jahren funktioniert der Deutsche Bundestag? Ist die Welt wirklich, immer, überall genau so, wie wir sie uns am kleinmaxlmäßigsten vorgestellt haben?

Nein. Der Winter vergeht, Orion und seine benachbarten Sternbilder entziehen sich unserem Blickfeld, und andere werden sichtbar. Der Sommer naht, und mit ihm das Sternbild des Löwen. An späten Frühlingsabenden steht es im Süden genau vor uns. Wenn wir uns am Himmel umsehen, bemerken wir feine Farbunterschiede unter den Sternen. Arcturus hat einen gelben Ton, Spica und Regulus sind bläulichweiß. Die Farbunterschiede entstehen durch Temperaturunterschiede: Die blauen Sterne sind heißer als jene mit gelber und roter Färbung.

Montag, 11. April 1983, Frankfurt

Niemand weiß, wo die Giftfässer sind. Bayern hat gewonnen aber schlapp. Der HSV hingegen hat der ganzen Bundesliga im Spiel gegen Braunschweig eine Lektion erteilt in Taktik, Spielwitz und Cleverneß.

Der Zug verläßt München um 6 Uhr 30. Es ist der Intercity 520 Germania, und unser Zugbegleiter (IZB) teilt uns, fürsorglich wie er nun mal ist, ungefragt mit: Germania, Lateinisch für das von Germanen bewohnte Land nördlich der Donau von Rhein bis Weichsel. Bezeichnung für Deutschland. Reisende Geschäftsleute nehmen, nach einem kurzen Blick in die Zeitung, die Akten zur Hand und bringen sich auf den neuesten Stand.

Oberst a.D. Erich Sobik untersucht in Kampftruppen/Kampfunterstützungstruppen 4/83 Die Sowjetische Truppenführung Und Das Gelände. Sowjetische Operationsführung und Führungsverfahren bei den sowjetischen Landstreitkräften im Zweiten Weltkrieg waren weitgehend von der Persönlichkeit Josef Stalins beeinflußt, der als Oberster Befehlshaber der Streitkräfte und Generalissimus zusätzlich zu seinen politischen Machtfunktionen in seiner Person eine bis dato nie vorhandene Machtfülle vereinigte. Stalin selbst verfügte über ein kleines Notizheftchen, das die Anzahl der zur Verfügung stehenden Verbände stets auf dem aktuellen Stand enthielt und über dessen Inhalt vor allem die Front-Oberbefehlshaber nichts wußten. Der Gegner ist nach sowjetischer Ansicht das wichtigste Lageelement. Da jedes Gefecht ein zweiseitiger Kampfprozeß ist, müssen die Kommandeure aller Führungsebenen über den Gegner ständig informiert sein, müssen ihn ständig studieren. Unsere ewige Rede. Doch die Legalen begreifen es nicht. Der moralische Vorsprung der Linken ist immer schon ihr größtes Handicap gewesen. Sie schreien immer nur Gemein Gemein, anstatt daß sie die Welt studieren.

Schlapp schlapp schlapp, Ingolstadt Würzburg fertig, Frankfurt an 10 Uhr 23. Ein dunkelblauer englischer Sportwagen bringt uns in die Zentrale. Schwierige Besprechungen.

Dienstag, 12. April 1983

Der Täter, heißt es, hat sich ein Vorbild an dem Attentat auf Martin Luther King genommen. Er hat einen der Führer des Sozialistischen Deutschen Studentenbundes, Herrn Rudi Dutschke, der die Umwälzung der Gesellschaft nicht durch Gewalt, sondern durch die Kraft des Arguments erreichen wollte, in den Kopf geschossen. Der Täter sei von dem Zeitungsverleger Professor Dr. Springer zur Tat aufgehetzt worden. Es ist Ostern in Berlin und mehrere 1000 Studenten gehen auf den Kurfürstendamm und rufen HoHoHoChiMinh. Der Fernseher zeigt berittene Polizisten, die ihre Pferde in die Menge treiben, schlagstockschlagende Polizisten und Wasserkanonen, die mit Wasser schießen. Jetzt ist der Kopf von Rudi Dutschke zu sehen, bei einer Rede, aber was die Rede sagt, ist egal, denn sie sagt immer Die Große Gute Botschaft: Wir haben Den Heiligen Zorn, ich bin die Charismatische Sendung.

Ich bin Alexander Kluge, sagt ein paar Jahre früher ein Frankfurter Hochhaus an der Bockenheimer Landstraße nahe der Universität mit der bekannten naseweis vergreisten Kinderstimme. Es ist selbstverständlich ein Haus von 1960. Die neue Gründerzeit in der wir stehen, sagt Wilhelm Westecker 1962 in Die Wiedergeburt Der Deutschen Städte, hat eine Ekstase der Nüchternheit erzeugt. Am Hauptbahnhof schwebt ein Hochhaushotel mit der schmalen Stirnseite frei über dem breiten dreigeschossigen Ladentrakt. Solche Kühnheit kann der Stahlbeton sich leisten.

Der Braunschweiger Anschlag wird auch von der deutschen Presseagentur als Mißerfolg gewertet. Verhältnismäßig geringen Sachschaden hat ein Bombenanschlag auf das Braunschweiger Einwohnermeldeamt verursacht. Die Behörden gehen davon aus, daß der Anschlag politische Motive hatte. Der Sprengsatz war in einem 5 Kilo schweren Feuerlöscher, der in einer Plastiktasche raber raber raber.

Mittwoch, 13. April 1983, München

Unsicherheit und auch Lustlosigkeit kennzeichnen vielfach die Stimmung unter den insgesamt rund 18 000 Männern und Frauen, die mit dem Ehrenamt des Zählers bei der bevorstehenden Volksbefragung betraut werden sollen. Für diese Leute, meist Angehörige des öffentlichen Dienstes, werden von der Stadt Schulungen veranstaltet. 8 Uhr 10, in einem Saal des Hofbräukellers an der Inneren Wiener Straße: Die rund 500 Sitzplätze sind zu gut einem Drittel besetzt. Aber je näher der Zeiger gegen 8 Uhr 40 rückt, desto mehr Menschen strömen in den Raum. Um 8 Uhr 40 ist das Chaos fast perfekt. Während noch mehr Leute nachdrängen, ist im Saalinneren kaum noch ein Stehplatz zu finden. Siegfried Ruhland, Referent der Schulung, beginnt zu dozieren.

Ein Tief zieht nach Rußland, sagt der Fernseher morgens um 10, auf dessen Rückseite in Staffeln Kaltluft nach Deutschland fließt. Es kommt zu einem Temperatursturz mit Schneeregen. Und Gandhi, ein Film, den es allein vom Thema her schon gar nicht gibt, kriegt 8 Oscars, es ist so lächerlich, daß es der Rede schon wieder wert ist. Und natürlich kriegt spätestens dieses Jahr diese marienliedersingende depressionsschnauzertragende antikommunistische Polen-Sau den Friedensnobelpreis. Und Rhein und Mosel steigen weiter. Und Bull bleibt Datenschützer bis zum Abschluß der am 27. April beginnenden Volkszählung. Aber dann sagt der Fernseher mittags um 1, daß Der Erste Senat des Bundesverfassungsgerichts in Karlsruhe durch eine Einstweilige Anordnung die Durchführung der Zählung bis zur raber raber Grundgesetz Stichtag Andernfalls Hauptsache Anhängig Abhängig Abwägung Rabrab Ergebnis Gekommen. Also vorerst keine Zählung.

Donnerstag, 14. April 1983

Solange in fast jeder dritten Ehe geprügelt und gequält wird, sagt Der Deutsche Frauen Rat, brauchen wir für die Frauen Frauenhäuser als Frauenzufluchtsstätten. Diese Meldung kommt aus München. Hamburg meldet fürchterlich erschreckt, daß jemand seine Frau ein widerwärtiges blutiges Loch nennt. In der Hamburger Meldung wird noch manches andere beklagt, etwa die Kommunikationslosigkeit zwischen den Geschlechtern, gegen die vielleicht vermutlich wahrscheinlich heftig und entschlossen angefickt werden müßte. Da trinken wir lieber noch ein paar Liter Bier.

Am Fernseher ist auch schon wieder Krieg, und zwar Nachrichtenkrieg. Präsident Johnson warnt Russen und Nordvietnamesen vor schwerwiegenden Konsequenzen für den Fall, daß noch einmal ein amerikanisches Schiff ohne Grund in internationalen Gewässern angegriffen werde. Das war nach dem ersten Tonkin-Zwischenfall im August 1964. Die westliche Presse bezeichnet als kommunistische Propagandalüge, daß die Centrale Intelligenz Agentur und die US-Marine den Zwischenfall provoziert haben, obwohl genau dies die Wahrheit ist. Als Präsident Johnson auf den ersten zu moderat reagiert, wird einfach ein zweiter Tonkin-Zwischenfall erfunden, und jetzt läßt sich Johnson doch vom Kongreß ein Blanko-Okay für Südostasien ausstellen. The resolution was like grandma's nightshirt – it covered everything. So Johnson später, als er für den Krieg, in den er mit Großmutters Nachthemd gezogen war und in dem die Amerikaner inzwischen immer massenweiser kaputt geschossen wurden, nicht mehr verantwortlich war.

Und noch ein bißchen, nämlich 19 Jahre später, wird auf einem anderen Kanal die Wahrheit über Vietnam so ausführlich und schamlos öffentlich gemacht, daß sie auf- derstelle die höchst unterhaltsame Nacherzählung des Ersten Punischen Krieges ist, mit dem einzigen Unterschied, daß den die Römer 241 vor doch noch gewonnen haben. In der Bucht von Tonkin, wie alles begann: Covert South Vietnamese commandos would harass the enemy radar transmitters, thereby activating them so that American electronic intelligence vessels cruising in the Tonkin Gulf could learn their locations and measure their frequencies. Similar operations, code-named DeSoto missions, had been going on for years off the coasts of China, North Corea, and the Soviet Union. Kaum ist das ausgesprochen, wird auf einem anderen Kanal ein mit paar 100 südkoreanischen Leichen besetztes südkoreanisches Verkehrsflugzeug 007 auf DeSoto Mission schließlich wie erwartet abgeschossen, auf dem Flugplatz von Seoul werden von geübten Angehörigendarstellern Erschütternde Szenen dargestellt, gefilmt, um die westliche Welt geschickt, und sie ist erschüttert und sprachlosjasprachlos empört. Und während die westliche Welt nach der nächsten Empörungsgelegenheit Ausschau hält, da macht es schon ziemlich laut Rumps in Beirut, erzählt auf dem Vietnamkanal der Direktor der Centralen Intelligenz Agentur Ray Cline ganz genau, wie es damals war, mit der Erfindung des zweiten Tonkin-Zwischenfalls. Da wird auch schon die Invasion von Grenada bekanntgegeben. Ob der als Invasionsvorwand gut brauchbare Staatsstreich gegen den bei der Bevölkerung angeblich beliebten Premierminister Maurice Bishop wirklich von Kuba, oder nicht doch wieder mal von der Centralen Intelligenz Agentur eingefädelt worden ist, wird übermorgen im Fernsehen mitgeteilt. Daß der Aufenthaltsort des Direktors der Agentur, des endlich wieder im alten JamesBond-Welt-Verschwörungs-Maßstab tätigen rüstigen Greises William J. Casey, derzeit von einer ungenannten jedoch angeblich verläßlichen Quelle als in Washington nicht bekannt angegeben wird, teilt uns die Zeitung jedoch schon heute mit, auf irgend einem Quadratzentimeter der Tonnen bedruckten Papiers, die wir hier täglich kontrollieren.

Freitag, 15. April 1983

Nur einen Tag später hängt wieder mal nichts mehr mit nichts zusammen. Vorvorgestern stieg in Würzburg eine junge Frau in das Zugabteil, mit sehr fliehendem Kinn und viel zu viel Hals, die hievte trampelhaft unelegant zwei große Taschen auf die Gepäckablage, dann saß sie da und schwitzte penetrant ihren Schweiß in die Luft. Vogel, der zur Zeit so aussieht, als wollte er den Rest seines Lebens als anständiger, sehr sehr anständiger Verlierer, dafür aber als Der Gute Mensch durch die Politik spazieren, gibt heute Kohl Mahnungen mit auf den Weg nach Washington. Am Brenner hat der italienische Bauer die Grenze nach Österreich wieder mal blockiert. In Bonn spricht ein namenloser SPD-Wirtschaftsexperte ohne jede Resonanz von der Aufschwunglüge, scheinbar ohne zu wissen, daß mit diesem 82er Ding von Lügenlügen und dergleichen heute niemand mehr ein Geißler werden kann. Und der stets dummfidele Arbeitsminister Blüm, eben von irgendwoher wieder retour in Bonn, verkündet der Presse: Es kommt jetzt darauf an, statt kurzatmiger Manipulationen das Rentensystem durch Strukturverbesserungen auf eine solide Grundlage zu stellen. Herr Blüm, worauf kommt es jetzt bitte an? Ja äh Herr Herr, eine sehr interessante Frage, es kommt jetzt doch darauf an, daß wir. Wenn ich Sie richtig verstehe, kommt es also jetztjajetzt genau daraufjadarauf an, daß in Bonnja-Bonn.

Ein anderes Kommando soll nächsten Monat auf der Wessiereise quer durch Westdeutschland reisen und vor allem Bonn ab kontrollieren. Unsere Reisepläne sind durch die stornierte Volkszählung leider überflüssig geworden.

Vielleicht ist auch die Idee mit der Geschichte ein Unsinn. Vielleicht gibt es keine Geschichte, die man studieren könnte. Vielleicht heißt die Lehre der Geschichte einfach nur: Die Ionische Säule Sprießt Schlank Empor (Fernis/Haverkamp: Grundzüge der Geschichte, Oberstufe, Von der Urzeit bis zur Gegenwart, Frankfurt Berlin München, Diesterweg, 16. Auflage 1970, Seite 28). Oder heißt die Lehre der Geschichte: Der Antimodernisteneid Wurde 1967 Von Papst Paul VI. Abgeschafft (a. a. O., Seite 326). Das ist die Frage.

Oder, noch ein Anlauf, es ist doch alles als großer Witz

gedacht und heißt einfach: Der Staat. Das wäre dann dieses tägliche Fernsehspiel vormittags abends ununterbrochen, Strich, Parlamentarier, schwarze Anzüge, Regierungs- und Abgeordnetenbänke, und eine altbekannte marxistische Parlamentarismuskritik, die (blöde Linke werden das selbstverständlich gleich wieder falsch verstehen, weil sie nichts lieber tun als Zensur schreien) hier selbstverständlich nicht verboten und deshalb selbstverständlich nicht gedruckt wird, weil wir sie logisch selber rausnehmen, weil sonst das ganze Buch stirbt, so vollkommen unglaublich das ist, so ist das, Strich, Tränen Grölen Nocheinbier.

Und ist er je hosenruntergelassener da gestanden, der nackige Staat, als seit der Wende. Wo jede Partei pausenlos jeder anderen vorwirft, daß sie so staatstragend ist und also der neuen Funktion entsprechend jetzt das Gegenteil von dem vertritt und fordert, was sie vor der Wende vertreten und gefordert hat.

Am Schluß ist aber keine Welt mehr da, vor lauter Abstraktion. Eduard Zimmermann ist aber wieder lustig.

Samstag, 16. April 1983

Endlich Samstag. Gestern war Eduard Zimmermann dran: Nun äh vielleicht haben die verstärkten Fahndungsbemühungen nun äh Erfolg. Und auch in unserem nächsten Fall, meine Damen und Herren, geht es um einen Mann, dessen wirklichen Namen die Polizei bis heute nicht kennt. Er ist cirka 28 Jahre alt, cirka 1.78 groß, hat braune, wahrscheinlich kurz geschnittene Haare und fuhr oder fährt vermutlich einen hellen Mercedes. Er soll sich Klaus nennen. Der Mann gehört zu einer international arbeitenden Gruppe von Rechtsbrechern. Er spricht Schriftdeutsch und ist stets modisch gekleidet. Meine Damen und Herren, Sie wissen es sicher. Eine wichtige äh ein wichtiger und erfolgreicher Helfer der Polizei ist immer wieder der Kommissar Zufall.

Auch in unserem nächsten Fall spielen mehrere Zufälle eine wichtige Rolle. Wie sich nach der Tat durch einen geradezu kuriosen Zufall herausstellte, hat der Täter kurz vor der Tat, wiederum rein zufällig, der Polizei eine sehr interessante Spur geliefert. Flimmer Flimmer Punkt Punkt Punkt. Wenig später: Die internationale Atmosphäre und das pulsierende Leben geben der Arbeit auf dem Airport immer wieder einen abwechslungsreichen Rahmen. Rab rab rab. Er führt deshalb eine Art Doppelleben. Manfred Gautrein lebt hier recht zurückgezogen. Man sieht die Wohnung. Nach Dienstschluß schlüpft er in die zweite Rolle seiner Existenz. Man sieht ihn schlüpfen, dann in einer Lederkneipe. Punkt punkt punkt. Manfred Gautrein liegt tot in der mit Wasser gefüllten Badewanne.

Dann kommt ein lustiger Vergewaltigungsfall, scheints kommt heute leider kein ausführlicher Bankraub, weil jetzt kommt noch eine ganz aktuelle Personenfahndung, die wir gerade von der Kripo Rüsselsheim hereinbekommen haben, und dann kommen schon die Aufnahmestudios in Zürich und Wien, Tüt Tüt, dann kommen die nicht hereingekommenen Hinweise zu den einzelnen recht ungewöhnlichen Fällen, dann kommt wieder Eduard Zimmermann, wieder ohne Anzeichen von Enttäuschung darüber, daß das richtige Jagdfieber der frühen Jahre beim mündigen Bürger draußen im Lande offenbar wieder mal nicht so richtig ausgebrochen ist, alles alles alles kommt wieder und wieder und haargenau so wie wir es inundauswendig kennen. Allerdings ist das nicht schlimm, sondern tröstlich, wahrhaft tröstlich, daß es in dieser so haltlos vor sich hin purzelnden Welt doch Das Bleibende gibt und daß es Antlitz und Stimme von Eduard

Zimmermann hat. Und schließlich ist es nicht einmal eine Frage, ob Mainz wie es singt und lacht inzwischen etwa gar nicht mehr von selber so singt und lacht wie es singt und lacht, sondern nach den in Mainz Wie Es Singt Und Lacht verbindlich nachgeschriebenen Vorschriften, sondern eine Verneigung vor Uwe Nettelbeck.

Das war ein schöner Samstag, Sakrament Kruzifix. Und morgen kommt der Sonntag.

Say your line!

No.

Say your line.

No.

Sonntag, 17. April 1983

Wichtiger als alles, was der Soldat zum Leben braucht (Zigarette, Bier, Zungenkuß), wichtiger als der sonntägliche Kirchgang oder jeder andere Termin ist die vom ZDF um 13 Uhr 15 allsonntäglich ausgestrahlte Chronik Der Woche (Mit Untertiteln Für Hörgeschädigte). Diese Sendung erspart bei korrekter Benutzung ganze Stunden sonstiger Nachrichtensendungen.

Ton aus. Neben dem Nachrichtensprecher macht der Mann im runden Sprechblasenkreis sehr expressive Bewegungen, die ihren Reiz daraus beziehen, daß sie Die Zeichen sind, uns zwar unverständliche, dem taubstummen Mitbürger dafür umso verständlichere Zeichen, Zeichen, die vor allem auch auf sich selbst hinweisen, darauf wie sehr das ZDF sich schon immer und gerade sonntags für die Türken Robben Frauen Behinderten aller Art einsetzt, so daß die Verfolgten Benachteiligten alle Zukurzgekommenen dieser Welt immer weniger abseits stehen müssen.

Dann kommt schon der Nachrichtenfilm mit Untertiteln, der in seinem stummen, zugleich durch die Textzeilen jedoch entpuppten Zustand erst so richtig als Spielfilm zu erkennen ist, der diese ganz verkommene kaputt gehaute Sprache plappernder Bild-I-d-e-e-n, plappernder Zooms und Schwenks spricht. Und schließlich, Ton an, zeigt der Vergleich zwischen Stimme und Untertitel, daß das bereits aufs Wesentliche konzentrierte Fernsehnachrichtendeutsch, Subjekt Prädikat Adverbiale Bestimmung Neuer Satz Subjekt Prädikat Neuer Satz Undsoweiter, doch noch konziser, knapper, noch deutlicher gefaßt werden kann. Die ganze Politik der ganzen Welt der ganzen Woche wird zur Heiligen Legende, zur Picturae Subscriptio erlöst.

Volkszählung, Kohl in Washington, Strauß in München, Flut in Koblenz, anschließend Professor Golo Mann in Fragen Zur Zeit: Luther, Hitler, Marx – Was nützt historisches Erinnern? So sorgt das ZDF dafür, daß auch der Hörgeschädigte wieder einmal darauf hingewiesen wird, daß die Welt Des Geistes seit ein paar tausend Jahren diese 6 oder 16 Fragen kennt, die dazu gefragt werden können. Was keineswegs damit zu tun hat, daß die Lachfigur, die sich hier folgenlos historisch erinnert, zufällig gerade Professor Golo Mann heißt, sondern in der Sache liegt, siehe oben und unten. Da möchte man schon wieder einen fetten Sonntagsblues kriegen. Da ruft gottseidank der Klaus an.

Tradition. Daß der Schützenkönig von Asendorf, Rudolf Burkert (45), an der DDR-Grenze tot geschlagen worden ist und daß sich deshalb Strauß auf einem anderen Kanal bei Kohl wegen dessen mangelnder Begeisterung über den Grenadakrieg beschwert hat, hat uns nicht davon abhalten können, den ersten warmen Frühlingssonntag, und der war god knows heute, traditionsgemäß am Chinesenturm, dann auf einer Wiese im Englischen Garten bei mehreren Litern Bier zu begehen. Wie dann viel später, kurz vor Morgengrauen, bei einem Pokerspiel in der Thierschstraße bekannt wurde, dürfen wir am übermorgigen Dienstag doch wieder nach Frankfurt reisen, vielen Dank.

Montag, 18. April 1983

Gebenedeit sei der Montag, der den Spiegel bringt, allwöchentlich und für die Print Medien das Gleiche wie die Chronik Der Woche, bloß umgekehrt: überbordende, romaneske, lachhafttotale, ultimative Betextung der Welt. Den Spiegel können selbst wir nicht von vorne bis hinten weg kontrollieren, aber das Wichtigste. Das Wichtigste sind fast jede Woche die bekanntlich von A bis Z frei erfundenen Spiegel-Gespräche. Die Wahrheit wird in diesen Gesprächen von geübten Redakteuren so authentisch erfunden, daß sich jede Sony-Cassetten-Recorder-Wahrheit alle 10 Finger danach abschlecken würde, wenn sie nur einmal in ihrem Leben so authentisch wahr sein dürfte und zugleich so auf den Punkt und also lustig formuliert.

Das Problem, das der Spiegel in diesen Wochen jedoch mit uns teilt, ist die gegenwärtige Agonie des deutschen Terrorismus. Was macht Der Deutsche Terrorist? Wo bewegt er sich? Bewegt er sich? Welche größeren Anschläge auf US-imperialistische Militärbasen bereitet er vor/nicht vor? Hat der deutsche Terrorist eine Phase der Nach-Denklichkeit, also Schwäche (kann jedem passieren)? Oder ist die Ruhe doch die Ruhe vor dem Sturm, für den der deutsche Terrorist die Kräfte sammelt? Woher soll er wissen was er tut, wenn es nirgends steht?

Eine sehr diastolische Zeit: Erschlaffung, Dehnung, Blut fassen und nochmal fassen; anstatt Ruck Stoß Auswurf Knall. Es ist natürlich, daß es auch diese Zeiten geben muß, nur zu natürlich und genau deshalb so widerlich. Ein Jahr der Bilanzen bahnt sich an, des Verspätet-

HinterherDenkens, eine Beschleunigung der Verschleppung des HartGedachten in einen kindischen Gestus von Radikalität, der die Subversion erstickt, und das Denken selbst kommt in eine desolate Lage, weil keine gescheite Explosion es sauber zerfetzt, wogegen es sich rasend ständig neu in neue Ordnung denken müßte, und ein wochenlanger Jahrhundertsommer drückt zusätzlich schwer auf den Geist, und der Heiße Herbst ist so arschkalt wie schon lange nichts mehr. Es ist ein miserables Jahr.

Und was macht die Saison?

Keine Ahnung.

Aber die Spielchen, der Sex?

Keine Ahnung.

Dienstag, 19. April 1983, Frankfurt

P****, nennen wir ihn mal: K**** P****. Er könnte auch ganz anders heißen, das wäre fast die gleiche Geschichte, aber bleiben wir ruhig bei P****. Ein K**** P**** lächelt dir oben aus seinem leicht aufgeweichten, bartbehangenen, rundbebrillten Gesicht sehr freundlich zu, und unten haut er dir fast gleichzeitig, wenn du nur ganz kurz woanders hinschaust, so gnadenlos fünfmal, sechsmal in die Eier, bis du zu Boden gehst, dann tritt er dir mit seinem Schuhabsatz zum Abschied einmal kräftig ins Gesicht. Eine solche Figur wie ein P**** sehnt sich ihr Leben lang nach einem kühnen unbedingten Leben. Wenn sie es dann zu irgendeinem erbärmlichen vollends lächerlichen Institutionskriecherlein gebracht hat, sehnt sie sich noch mehr nach Kühnheit und kennt den Unterschied zur allerletzten Schweinerei natürlich nicht, weil sie Unterschiede überhaupt nicht kennt. Ein K**** P**** ist nämlich Der Waschlappen.

Ich habe also den Fehler gemacht, ich ja ich, weil ich muß hier überhaupt nicht bis zum Untergang des Abendlandes irgendwelche fiktiven Ebenen durchhalten, weil ich mache was ich will, ich habe also den Fehler gemacht, mit so einem K**** P**** zusammenzuarbeiten, Zusammen Zu Arbeiten. Diese Arbeit war das einzige, was mich in diesem miserablen Jahr exakt 2 Millimeter weiter gebracht hat, weil sie eine solche Herausforderung war. Deshalb war diese Arbeit die aller aller äußerste Anstrengung. Am Schluß bin ich als 64jähriger, so erschöpft, in einem Hessischen Rundfunk in einem Schneideraum gesessen, und auf dem Schneidetischbildschirm ist ein Film gelaufen, nicht mehr als 20 Minuten lang, aber genau so wie ich ihn mir ausgedacht hatte: sehr streng, sehr lustig, sehr wahr.

Dann kommt die Geschichte mit dem Wegschauen und mit den Eiern. Weil ein K**** P**** verspricht dir mehrmals, in die Hand, schriftlich, wie du es willst, daß dieser Film nur so oder gar nicht ausgestrahlt wird, nur so oder gar nicht, gut, abgemacht. Und dann verändern sich die Bedingungen ein bißchen, und ein K**** P****, der nur eines in seinem Leben wirklich gelernt hat, nämlich auf veränderte Bedingungen verändert zu reagieren (O-Ton P****), reagiert also auf veränderte Bedingungen verändert: Er verändert den Film. Dann strahlt er einen so gottserbärmlich grausig totgeprügelten Gebrauchskulturfilm (O-Ton P****: Wenn man wie ich 10 Jahre Gebrauchskulturfilm macht rab rab) aus, daß ich ein paar 1000 Kilometer weg vor lauter Scham und Zorn meinen nackten Schädel eine ganze Nacht lang auf den Parkettfußboden schlagen muß, damit ich wieder zu Sinnen komme. Dann sage ich: Ein K**** P****, Der Waschlappen, ist dir mit seinen soundsovieljährigen Institutions-KriecherTricks lebenslänglich überlegen. Der macht dich ein, wie du es nur brauchst. Der haut dir in die Eier. Dann tritt er dir in das Gesicht. Schon hat er es vergessen.

Mittwoch, 20. April 1983

K**** P**** kriegt hier in Frankfurt noch einen zweiten Tag. Denn der Fehler, mit einem P**** zusammenzuarbeiten, wäre vermeidbar gewesen, wenn man nur wirklich geglaubt hätte, was über einen P**** anderswo schon geschrieben steht. Aber man liest etwas Böses über einen fremden Menschen und denkt bei sich: Was ist die Welt doch voller Mißgunst. Dann glaubt man das Böse wieder nicht. Dann steht man schon wieder da im Hemd als der allerletzte Depp. Denn ein K**** P****, Der Waschlappen, lebt und arbeitet natürlich haargenau so waschlappig wie er waschlappig denkt. Wie denkt ein K**** P****? So.

– Herr P****?

– Ja.

– Guten Tag. In Ihrem Text für die Programmfahne steht am Ende ein Satz, den ich nicht ganz verstehe und den man vielleicht noch korrigieren könnte: Philosophie besteht auch heute wesentlich als Aufklärung der Frage: Was ist der Mensch? – Wie haben Sie das gemeint? Die Aufklärung oder als Aufklärung? Ich sehe da einen Nebensinn, den Sie vielleicht nicht gemeint haben.

– Sie haben recht. Ein problematischer Fall.

– Oder besteht er eher oder auch nur darin, daß Philosophie besteht?

– Nein.

– Aber besteht als geht doch nicht. Es hat Hilfsverbcharakter. Als besteht in oder als besteht aus. Oder meinen Sie, es existiert?

– Ich kann es schlecht erkennen.

– Es ist ein Doppelsinn.

– Ja.

– Aber Doppelsinnbedeutungen verwende ich gern im allgemeinen.

Jaja Herr P****, ich weiß ich weiß. Das war 1975, und ich hatte 1983 die Ehre, leider nicht ganz so lustig, und inzwischen sitzen Sie an der überüberübernächsten Sendung, und das geht immer so weiter und ganz von selber, Drehen Schneiden Sauereien Drehen Plappern Vergessen Plappern, wenn man nur entschlossen genug das Großhirn ausschaltet und alles mit den paralingualen Drüsen macht.

Donnerstag, 21. April 1983, München

Zurück in München ist wieder Krieg. In Beirut haben sie die erste Kamikaze-Autobombe gezündet und so das 6stöckige Botschaftsgebäude zum Einsturz gebracht: 39 Tote. Präsident Reagan begrüßte den Anschlag als Anführung Abscheulichen Terrorakt Abführung, der keine Auswirkungen auf die Nahost-Friedensbemühungen haben werde, und er forderte daß. Auf dem gleichen Kanal fordert der Präsident nach der zweiten Autobombe, diesmal ein Mercedeslaster, der das Hauptquartier der Marineinfanterie zusammenfallen läßt: 239 Tote, to be more determined than ever to keep a force in that country and resist Anführung the bestial nature of those who would assume power if they could have their way and drive us out of that area Abführung. Exakt das gleiche fordert gleichzeitig auf einem anderen Kanal Präsident Johnson in Sachen Vietnam. Außer diesen Forderungen der Präsidenten Reagan und Johnson werden heute, sagt die Zeitung, noch eine Reihe anderer Forderungen erhoben. So fordert schlagzeilenmäßig Präsident Walesa die polnische Regierung zu Versöhnungsgesprächen auf und erwartet den Besuch von Präsident Papst mit Anführung Großer Hoffnung Abführung. Bonn fordert, daß ein Giftmüll auch dort gelagert wird, wo er anfällt, und teilt über das Verschwinden der 41 Fässer mit Seveso-Gift erneut mit. Und

Präsident Kohl fordert von Präsident Honecker in einem Telefonat über den toten Schützenkönig von Asendorf eine Anführung lückenlose und schonungslose Aufklärung Abführung von seiten der DDR, sagt Regierungssprecher Stolze, sagt die Zeitung.

Und warum kommt uns das heute alles so komisch vor? Weil die totale Kontrolle aller Kanäle einen so traurig und elend macht, weil das alles wahr ist und weil das keiner erträgt.

Gleichzeitig verleiht Präsident Mitterrand in Paris 34 Kissen, die auf 34 französischen Nationalfahnen liegen, die 34 Särge bedecken, in denen 34 tote Soldaten liegen, zu einer Aussegnungshallenmusik 34 Tapferkeitsorden. Dann brechen Familienangehörige zusammen. Dann verleiht Marinekommandeur General Paul X. Kelley soundsovielen Metallplatten mit eingravierten Namen von soundsovielen Toten jeweils einmal Das Purple Heart.

Irgendwann haut es die Fassung raus. Da hört das Denken auf. Zuviel Schmerz macht dumm.

Freitag, 22. April 1983

Der HSV schlägt San Sebastian 2 : 1 und steht im Europapokalendspiel gegen Juventus Turin. Vielleicht soll alles doch ein gutes Ende nehmen. Es heißt, wir sollen Ende des Monats nach Hamburg reisen. Möglicherweise klärt sich, nicht anders als im vergangenen Jahr, auch heuer dort die Lage.

Nach dem Bier starrte uns der Abend endlich wieder richtig an, ganz und gar und ohne dumme Tiefe. Es war schon fast dunkel, in den Augenwinkeln gingen die Lichter an, der Glanz vom Himmel war verschwunden, er war nur noch Das Hell, und Das Unten war das dunkle Baum-AstGekruschpel der noch nicht wirklich voll belaubten

Bäume. Stünde die Erde still, würde man jeden Stern des Himmels immer am selben Platz finden. Aber die Erde dreht sich jährlich einmal um die Sonne, täglich einmal um sich selbst. Durch diese Rotation erscheint es, als ob der ganze Himmel, Sonne Mond und Sterne, sich in entgegengesetzter Richtung bewegen.

Als der Mercedes vom Tatort raste, sah ein Bauarbeiter, wie ein Mann an einem Seil den Steilhang hochturnte und verschwand. Dort oben im schwer zugänglichen Wald hatten die Attentäter ihr Basislager eingerichtet: ein Bergsteigerzelt für 2 Personen, 4 Schlafsäcke, ein Funkgerät und das Abschußrohr für die sowjetische Panzerfaust. Keine Überraschung für die Sonderkommission der Polizei.

Samstag, 23. April 1983

Nicht müde werden. Fakten sammeln. Alles mit allem gleichzeitig verdrahten. Stromstöße.

Die Aussetzung der Volkszählung stellt die Volkszählungsgegner naturgemäß vor ein viel größeres Problem als die Volkszählung selbst. Wogegen jetzt noch gegnen? Wogegen kämpfen? Es ist fast schon wie mit den Arbeitsplätzen, ein Mißstand nach dem anderen wird weg rationalisiert. Eben noch siechte in der Zeit und in Zimmermanns Mund der Wald immer schneller dahin, da meldete die Bunte schon titelblattmäßig, daß es dem Wald wieder besser geht, gottseidank. Doch ein anderer Kanal fragt: Nach dem Wald der Weizen? Eben war es noch 5 vor 12 wegen den Notstandsgesetzen, dann war es bitte wieviel Uhr wegen dieser Dings, diese Raketen, wie heißen die gleich?, dann wird stationiert, und jetzt, Entschuldigung äh, äh bitte, könne Sie mir mal sagen wieviel, ach Ihre Uhr ist stehen geblieben?, und das macht Ihnen gar nichts aus?, ach so verstehe ja, 1984 Orwell Schnorwell jaja, jaja.

GaNulP macht es im Kopf, und die Gehirne liegen schräg. Wer von der Zukunft redet, phantasiert, und wer das dauernd tut, ist in Wirklichkeit zu faul oder zu dumm, sich für die Welt zu interessieren wie sie ist.

Krieg und Frieden. Wie oft fehlt unserer Diskussion über Krieg und Frieden die Anschauung. Hier redet nun eine frische aufbegehrende Kinderstimme dazwischen, nicht nachgeholt, nicht ausgedacht. Seit Tagen lese ich, hingerissen in vergangene und doch gegenwärtige Gefühle und Erfahrungen das Raber Raber Raber, sagt ein engagierter Mann aus der Welt des Geistes auf die bei engagierten Wochen- und Monatsmagazinen neuerdings wieder sehr beliebte Frage: Was lesen Sie gerade und wie gefällt es Ihnen?

Analphabeten in Deutschland: Immer Angst aufzufallen. Hunderttausende in der Bundesrepublik können nicht lesen und schreiben. Die meisten versuchen ihren Mangel zu verstecken, in der Familie, in der Freizeit und vor allem am Arbeitsplatz. Offenbar noch eine Meldung aus der Welt des Geistes. Bildunterschrift: Alphabetisierungskurs der Volkshochschule in Berlin-Tiergarten. Bis die Teilnehmer eine Zeitung lesen können, dauert es mehrere Jahre. Ach so. Und was lesen Sie gerade? Wir lesen seit Jahrhunderten die Zeitung, die gestrige Zeitung, die vorgestrige Zeitung, die vorvorge undsoweiter undsoweiter.

Anschließend schlägt im Fernsehen die große Stunde der Schlagerwelt. Punkt 21 Uhr blicken und hören über 500 Millionen Zuschauer aus 29 Ländern nach München. Das spektakulärste Fernsehereignis nach den Olympischen Spielen 72 und der Fußball-WM 74 wird hier ausgetragen: 20 Nationen treffen sich beim Eurovision Song Contest 83. Deutschland, mit Nicoles Ein Bißchen Friiieden Sieger des Vorjahres, schickt diesmal als Gastgeber auch einen anspruchsvollen Beitrag ins Rennen: Rücksicht von Hoffmann & Hoffmann präsentiert. Unser Hoffnungsduo oder Gebrüder Hoffnungslos lautet nun die Frage.

Sonntag, 24. April 1983

Als am 23. April Präsident Gerald Ford, Nachrücker im Amt des Vizepräsidenten für Spiro Agnew, dann Nachrücker im Amt des Präsidenten für Richard Nixon, bei einer Rede in New Orleans den Krieg in Vietnam für beendet erklärte, was selbstverständlich den Krieg viel weniger beendet hat als die nordvietnamesischen Truppen vor Saigon, war es nur ein weiterer Politkalauer, schon kaum mehr hörbar so vertraut, wie Präsident Ford die Geschichte des Krieges in die Geschichte verwies, schleunigst zu vergessen: Today, Americans can regain the sense of pride that existed before Vietnam. But it cannot be achieved by refighting a war that is finished. These events, tragic as they are, portend neither the end of the world nor of America's leadership in the world. Unterdessen ging diese Führerschaft in Vietnam mit letzten agonalen Zukkungen tatsächlich ihrem Ende entgegen. Thomas Polgar, der Chef der Centralen Intelligenz Agentur in Saigon, plädierte für einen Coup, um anstelle von Präsident Thieu einen den Nordvietnamesen erträglichen Mann zu installieren. Doch der Direktor der Agentur William Colby, der die Beteiligung seiner Behörde am Putsch gegen Diem 1963 stets kritisiert hatte, verwarf den Plan. Da trat Thieu schon von selbst zurück, um nach Taiwan zu fliehen. Und auch die Amerikaner setzten schließlich, als der Flughafen von Saigon bereits unter Feuer lag, ihre Rückzugspläne für den Notfall in Bewegung. Die für die Abreise bestimmten Amerikaner und Vietnamesen sollten von Bussen zu festgelegten Hubschrauberstartplätzen außerhalb der Stadt gebracht werden. Doch ein Mob hysterischer Südvietnamesen blockierte die Busse, tausende überschwemmten die Startplätze, eine Panik brach aus. Die ultimative Option war die Evakuierung direkt aus der Stadt. Eine Flotte von 70 kleinen Marine-Hubschraubern brachte in 18 Stunden, ununterbrochen zwischen den Flugzeugträgern und der Stadt hin- und herfliegend, über 1000 Amerikaner und 6000 Vietnamesen aus Saigon. Auf dem Dach des Botschaftsgebäudes bestiegen nachts die letzten Amerikaner einen letzten Helikopter. By dawn on April 30, its streets deserted, Saigon awaited the Communists.

Was wir brauchen, sind Geschichten Mann beißt Hund. Auch Hund beißt Mann muß manchmal sein. Aber Ihre Geschichten, lieber Herr, ist Nicht-Hund beißt Nicht-Mann nicht, sagte leutselig und fachmännisch der Spiegel-Chefredakteur und -Chefbildunterschriftendichter Johannes K. Engel auf einem anderen Kanal.

Montag, 25. April 1983

Adolf Hitler war sehr erschrocken, als er am Abend des 21. April hörte, was ihm sein Flugkapitän Hans Baur zu melden hatte. Eine Maschine von Typ Ju 352 war in Berlin gestartet und am Zielort München nicht angekommen. Sie sei wahrscheinlich abgeschossen worden, hieß es, vermutlich über dem Bayerischen Wald. Um Gottes Willen!, ausgerechnet diese Maschine!, hörte Baur, der heute 86jährig in der Nähe Münchens lebt, den Führer aufstöhnen. In dieser Maschine waren alle Papiere, die der Nachwelt Zeugnis von all meinen Handlungen geben sollten.

Andererseits schleppte sich der Führer anderntags, am Nachmittag des 22. April, im Berliner Führerbunker zur Türe seines Wohnzimmers und öffnete sie. Hitler atmete schwer und rief dann mit schneidender Stimme: Schaub!

SS-Obergruppenführer Julius Schaub, kriegsverletzt, humpelte herbei. Es muß alles verbrannt werden, Schaub, sagte Hitler, es darf kein Fetzen in feindliche Hände gelangen. Sie müssen alles vernichten.

Ein gefälschtes Barbara-Dickmann-Double trat in einem ansonsten echten Stern-Werbefilm im ZDF auf und machte Werbung für ein paar Millionen Stern-Originale, die aufgrund der Aktualität der neuesten lustigen Geschichten aus dem Führerhauptquartier im April 1945 schon am Montag ausgeliefert wurden. Ein Überprüfung der Authentizität des Stern-Impressums ergab dann, daß auch die lederjacken- und staatstragendste wirklichste Stern-Redaktion einmal in ihrem Leben ihre Stern-Affenfelsenbesetzung haben soll (weißt du noch, damals vor 20 Jahren, im April, wie wir es denen da oben so richtig) und daß schließlich doch ein paar Namen im Impressum, die bisher falsch geschrieben worden waren, jetzt durch neueste Forschungen britischer Historiker korrigiert und künftig richtig geschrieben werden können. Kurz darauf meldete sich der durch Adolf Hitler vom Kulturressortchef zum Reporter promovierte Stern-Redakteur Freyermuth mit brandneu recherchierten Fakten und Bildern von vorvorvorgestern in einer geradezu beängstigend echten Stern-Habilitationsschrift zu Wort, Thema: Wirklichkeit oder Phantasie?

Rudolf Augstein hingegen, der diese Redaktionsstreik-Kindereien schon lange hinter sich und durch großzügige finanzielle Regelungen definitiv geregelt hat, der außerdem heute seinen Laden in der einzig vernünftigen, nämlich in absolutistischer Manier führt und der sich zugleich sympathischerweise immer noch darüber wundert, daß er Rudolf Augstein und Der Spiegel Der Spiegel geworden ist, bekämpft seine Zweifel an der Authentizität seiner selbst und seines Blattes vor allem in der regelmäßigen

Kolumne Hausmitteilung. Die heutige Hausmitteilung teilt mit, daß die Presseagenturen Tass und Associated Press das Ereignis noch an dem Tag gemeldet haben, an dem es stattgefunden hat. Abends war es Spitzenmeldung der Moskauer TV-Nachrichtenschau. In der Prawda stand es am Tag danach, Seite 1: J. W. Andropow, Generalsekretär des ZK der KPdSU, empfing den Spiegel-Herausgeber R. Augstein und führte eine Unterhaltung mit ihm. Tatsächlich?, wie ist es nur die Möglichkeit!, denkt man erschüttert, und wer trotz Tass, AP, Moskau-TV und Prawda noch irgendwelche Zweifel an irgendeiner Echtheit hat, wird mit authentischen Fotos (Andropow, Augstein), Zeitungsausrissen (Prawda-Meldung) und dem Hinweis bedient: Im Arbeitszimmer des Generalsekretärs und ehemaligen KGB-Chefs durfte ein Spiegel-Tonband laufen. Unglaublich, ein Spiegel-Tonband. Nächsten Montag: Fund oder Fälschung?

Dienstag, 26. April 1983

Eben kommt die neue Kommando-Erklärung herein: Vitesse, voran, solange es vorwärts geht. Nach Fehlschlägen schleunigste Flucht. Größte Beweglichkeit. Widerstand heißt Angriff gegen den konterrevolutionären Angriff. Kämpft mit uns.

Kampfuntauglich: Volker Tannert. Die Reise nach Hamburg, die wieder wichtige neue Erkenntnisse bringt (Albert Oehlen), wirft ihr Licht voraus. Die Überprüfung und Kontrolle von Tannert zeigt: Da ragt in der Galerie Pfefferle ein aus dickem dunklem fetten Öl gebatzter Felsen aus weißen Nebelfirren heraus in einen bewegten, mattlaubeigen dann grauen dann schwarzen, von orangegelben Lichtstreifengeschossen durchschossenen dramatisch zerrissenen Himmel. Schön, seehr sehr schön. Und ein schööner Titel: Die Vereinigung mit der Vergangenheit erfolgt immer bei Nebel. Ebennicht ebennicht ebennicht, oder eigentlich: haargenau. Ein bißchen im Nebel in der Vergangenheit stochern, und dann ganz locker genau die romantischen Bilder hinpinseln, auf die seit etwa einem halben Jahr diejenigen Leute warten, die mit chronischer Rhinitis im Aspekte-Kosmos (Von Nürnberg nun noch nach Bottrop) den Geist der Zeit zu erwittern sich bemühen. Und Alexander U. Martens schaut die neuen Volker-Tannert-Bilder an und sagt zu Dieter Schwarzenau: Sage ich es doch!, nach dem wilden kommt jetzt Das Schöne Bild. Mit dem machen wir wieder etwas, mit dem Tannert, das nennen wir dann Die Wiederkehr Der Schönheit. Oder so äh so so ähnlich, oder? Kampfuntauglichkeitsgrad von Tannert auf der 10skaligen Richterskala: 164.

Denken Arbeiten Kämpfen Siegen. Being Number One: Is Up To You.

Mittwoch, 27. April 1983, Hamburg

Und was macht der Feind? Die Auswertung der jüngsten vergangenen Kriege auf den Falklands und im Libanon ist immer noch das Hauptthema. Strategisch und taktisch nichts Neues, im Gegenteil, das alte Lied ist, daß Krieg doch wieder Erster Weltkrieg sein soll, weil das lustiger war als diese Rechnerei mit den doofen Sprengköpfen. So sind jedenfalls die Artikel zu verstehen, die wir auf der Zugfahrt wegkontrolliert haben.

Aus den Landoperationen gab es nicht viele neue Lehren zu ziehen, aber die altbekannten erfuhren sicherlich eine Bestätigung, meldet Oberstleutnant Ludwig Kursawe aus 8925 Altenstadt. Das wichtigste ist, daß gute körperliche Verfassung, gute Ausbildung und Stehvermögen unter den Faktoren für den Krieg noch immer die größte Bedeutung haben. Im Nahkampf entscheidet meist derjenige Soldat den Kampf für sich, der tapfer und von Kampfeswillen beseelt ist, Selbstvertrauen und größere Entschlossenheit als der Feind besitzt, blitzschnell und körperlich gewandt reagiert.

Das Interessanteste bringt Defence Update/Born in Battle Nr 40: Einen fundierten Überblick über die Geschichte der Panzerabwehrwaffe und das derzeitige Angebot am Markt. Neben der LAW 80 und der JAJ B-300 ist für uns vor allem die von European Defence Products, Rue du Duc 100, B-1150 Bruxelles/Belgique, vertriebene Armbrust zur Panzerabwehr im Nahbereich von Interesse. Armbrust ist eine leichte ballistische Verbrauchswaffe. Ihr Hohlladungsprojektil hat eine Kampfentfernung bis zu 300 m. Es durchschlägt selbst schwere Panzerung. Armbrust ist mit Splittergefechtskopf auf 500 m wirksam. Armbrust ist rückstoßfrei und hat praktisch keine Signatur: kein Rauch, kein Flammenausstoß, geringer Mündungsknall. Der Schütze wird beim Abschuß nicht entdeckt und kann aus der gleichen Deckung weiterkämpfen. Armbrust kann ohne Gefährdung des Schützen aus engen Räumen abgefeuert werden. Armbrust ist wartungsfrei und einfach zu handhaben wie ein Gewehr.

Österreich – Deutschland 0:0. Der Vollmond scheint. Das Herz tut weh. Immer dieselbe Scheiße.

Donnerstag, 28. April 1983

Kehren wir noch einmal anläßlich der gestrigen Loyalty Day Parade, die zur Ermutigung der amerikanischen Truppen in Vietnam durch Manhattan zog, an der fürsorglichen Hand von Uwe Johnson in das Jahr 1968 zurück, um uns insbesondere die Gegendemonstration auf den Seiten 1072 und 1073 anzuschauen, was erneut bestätigt, daß die Bewegung auf der Straße schon zu diesem

Zeitpunkt ein einziger großer Kirchentag war. Im Central Park trug die Frau des gerade tot geschossenen Martin Luther King, die gerade auf einem anderen Kanal von Präsident Reagan eine Entschuldigung angenommen hat für ein paar durchschnittlich dumme Bemerkungen des Präsidenten über King und Kommunismus, 10 Gebote für Vietnam vor, die King bei seiner Ermordung bei sich gehabt habe. Das 10. lautete: Du sollst nicht töten. Langer, anhaltender Beifall.

Trotzdem ist es keineswegs so, daß sich überhaupt nichts geändert hätte. Während es damals an jenem Abend immerhin noch ein kleines Straßenschlächtlein mit der Polizei am Washington Square gegeben hat, hat die Überprüfung des Washingtoner Square vor einigen Tagen, nämlich an Halloween, nicht einen komisch-betrüblichen (Du sollst nicht töten, sagte die gute Leiche), sondern einen niederschmetternd-deprimierenden Befund ergeben. Da war am Brunnen in der Mitte des Platzes eine Lautsprecheranlage aufgebaut, und ein 40jähriger nach dem anderen, jeder noch kaputter, noch fertiger, noch bekiffter als der davor, plädierte dafür, daß wir jetzt alle zusammen das endlich zu legalisierende und dann auch qualitätskontrollierte Marihuana rauchen sollen, daß wir alle zusammenkommen und den Joint weitergeben müssen, damit wir vereint stark sind, und zwar gegen Reagan und gegen den Krieg, dagegen müssen wir alle vereint anrauchen, ein so unglaublich schwachsinniges Delir von Hippiegeschwätz, daß demgegenüber ein Straßenschild ein Aufruf zur Revolution ist, weil es ein Stück Wirklichkeit wahr benennt. Ganz ohne hämische Schadenfreude über die Abgewracktheit von Hippies, sondern mit einem Blues im Kopf, much darker than blue, habe ich mich von diesem Platz fortgemacht.

Freitag, 29. April 1983

Zum Abschluß erinnere ich daran, wie Büttner und Oehlen in jener ziemlich unvergeßlichen Geburtstagsnacht (Auf Sozialistische Art Zu Leben, Erfordert Auf Sozialistische Art zu Arbeiten) die allen anderen nur mir nicht wohl vertraute Melodie anstimmten: Glühwürmchen Glimme Schimmre Schimm-mmre. Daran denkt man gern zurück.

Wenn die Kraft nur unerschöpflich wäre allseits, wenn man noch schneller noch mehr von allem hineinstopfen könnte. Tempo Geschichten Stimmen Material Bier und das Gegenteil von allem. Aber nichts ist so erschöpflich wie die Kraft.

Samstag, 30. April 1983

Kontrolle der Kontrolle. Es gibt keine Zukunft. Die Geschichte studieren. Alles sehen. Zuviel Schmerz macht dumm. Ein glücklicher Mensch sein.

A: Should we walk? It's really beautiful out.

B: Right, yes.

A: Okay, let's go.

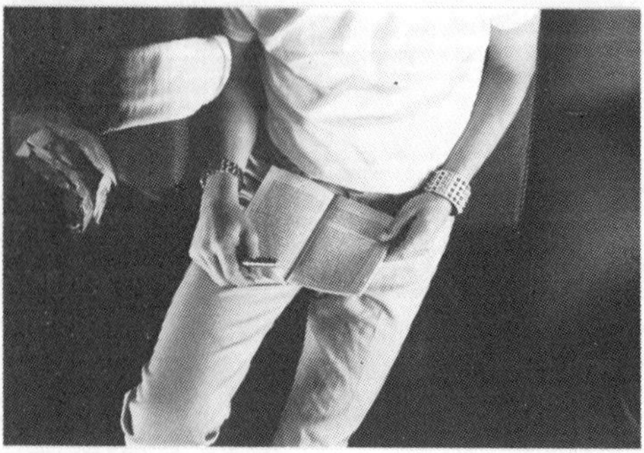

Ich nannte mich wieder Klar, um wieder auf der Flucht zu sein.

KONTROLLIERT 1 APR 1983

Sachlich und rechnerisch richtig

Sachlich und rechnerisch richtig

Das Drehbuch vom Ende der Zeiten

Jean Baudrillards „Der symbolische Tausch und der Tod"

JEAN BAUDRILLARD: *Der symbolische*

Goethe-Wende?

deutsch
Gegenwartsautor
Werantwortung

Die Zeit

Lesen kann man es kaum, man muß sich hin-
rchwürgen; viel Brei schlucken, um zu den Ro-
nen durchzustoßen. Der Philosoph Baudrillard

gefährdete Welt
differenziert
deutsche Situation
emphatischer Gegner
engagierter Citoyen
Engagement
nachdenken(dürfen)
Provokation
Beunruhigung
in Bewegung setzen
Bildungsbegriff
Geist
Courage
radikaler Demokrat
Kulturbegriff
offen
kämpferisch
kritisch
Liberalität
das heikle Pflänzchen Kunst
Heine
Barrikade
Revolution
Kultur

22.Juli 1983

F.J.Raddatz S.29

spielt als von einem verantwortlichen Denker
schrieben. Man weiß nicht so recht: denken die
orte bereits ihn, oder denkt er noch die Worte.
e Tragik des Narren, der verdammt ist, mit sei-

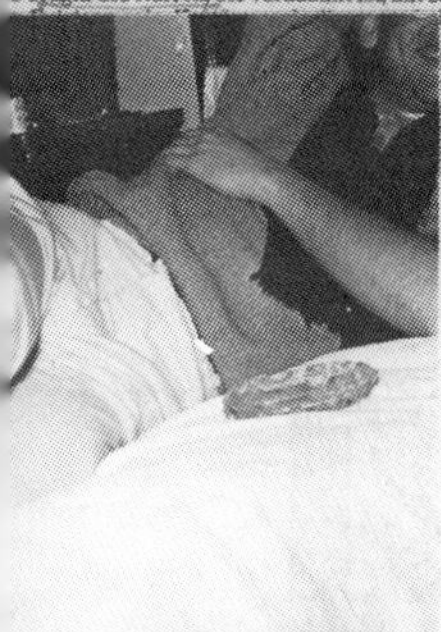

tersucht, selber nurmehr magisch und erotisch
h artikulieren kann.

phantastischen Collagierung von Medien-Jargon, marxistischer Dialektik, Technizismen und Bruta-lo-Sprac

nomie, psychoanalyt … -Wut, der Sprache v … er-Fachleuten und d … n Ethnologen. Und … philosophischen Science-fiction-Drehbuch, dessen Lektüre fragen läßt, ob man sich durch den Entwurf einer Insel Utopia bewegt oder durch einen monströsen Comicstrip aus lauter Sprechblasen, die einer aufgelesen hat auf der Schutthalde einer zerborstenen Zivilisation.

2.

Baudrillards Arbeit erscheint mir als ein gro-

Von Dr. med.
Detlef Strathmann

nutzen kaum noch Präservative, die einen sicheren Schutz bieten.

Was sollten junge Mädchen über diese Krankheiten wissen?

Tripper (Gonorrhöe) tritt am häufigsten auf.

gert werden. Der Code: das ist jener Prozeß, der

DIE PROMINENZ DES DEUTSCHEN TERRORISMUS *(wenn diese sarkastische Betrachtungsweise erlaubt ist) gibt sich derzeit im Prozeß gegen Helga Roos in Stuttgart-Stammheim ein Stelldichein: Nachdem schon am Montag Brigitte Mohnhaupt und Adelheid Schulz ausgesagt hatten, erschien am Mittwoch Christian Klar vor Gericht, den man in den letzten Jahren für den Kopf der „Roten Armee Fraktion" hielt. Eine Zeugenaussage lehnte Klar ab. Als der 30jährige, noch im Zeugenstuhl sitzend, sich seinen rechten Schuh auszog, wurde er von Justizbeamten überwältigt. In dem Verfahren geht es um den Anschlag auf General Kroesen, den Chef der US-Streitkräfte in Europa.* Funkbild: dpa/UPI

JEAN BAUDRILLARD

zum Nachdenken zu empfehlen. Aber es würde

deshalb auch – man höre – an der nostalgischen

Gehirntumor?

r wollen überleben!

und Frieden": Gemeinschaftsfilm deutscher Regisseure

„nachzuerzählen". Sie *bestehen* nur in der

gleichsam in ein ästhetisches Stadium getreten,

Soll ich noch was vorlesen?
Aber nicht noch so einen Altkalauer, sondern was Lustiges.
Vielleicht was Ewiges, was aus der Welt des Geistes?

Und sich wünscht, was er wenigstens noch sein könnte: letztes Blühen. ERNST WENDT

Verona KONTROLLIERT 4 APR 1983

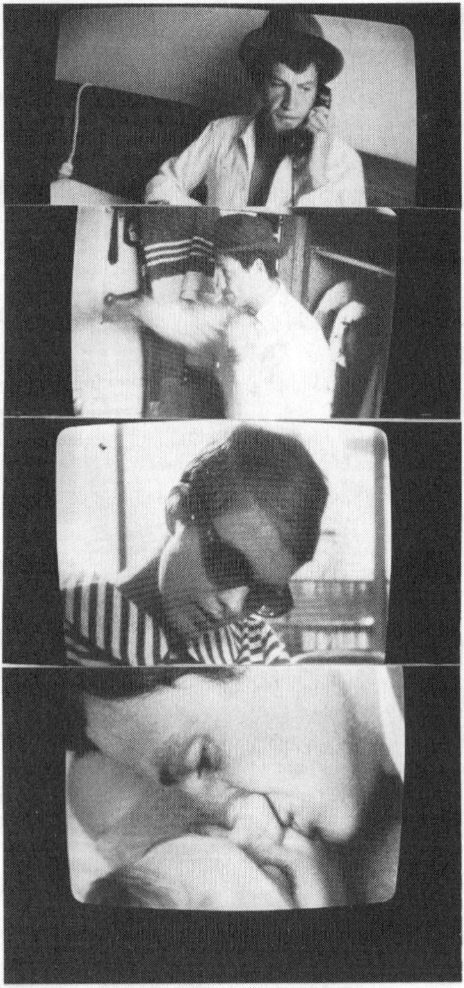

Die Forschung hat in der Fotografie einen unentbehrlichen Helfer gefunden. Eines der erregendsten Bilddokumente aus der modernen Geschichte des Rollfilms zeigt die Deformierung des menschlichen Gesichts unter anomalem Druck (rechts). Die Aufnahmen stammen aus einer Versuchsreihe der amerikanischen Luftwaffe, in der die Reaktionen von Piloten untersucht wurden, die in grossen Höhen aussteigen müssen. Deutlich zeigt die Kamera, wie das konzentrierte Gesicht des Testpiloten (oben) in Sekundenbruchteilen bis zur Unkenntlichkeit verzerrt wird. Die fotografischen Beobachtungen liefern den Forschern Unterlagen, um das menschliche Leben auch unter extremen Bedingungen besser zu verstehen.

Und Der Kleine Soldat sagt: Fotografie ist die Wahrheit. Film ist 24 mal Wahrheit pro Sekunde.

Sachlich und rechnerisch richtig

KONTROLLIERT 9 APR 1983

Wir beobachten die Welt

Richtig

Klar

Die Beethovenhalle wurde am Rheinufer in die Breite und Höhe feinfühlig gestuft. Sie beherrscht mit der Glasfront des Restaurants und der flachen Saalkuppel die Rheinfront unterhalb der Bastei. Foto: Städt. Bildstelle

Bonner Beethovenhalle durch Brandstiftung verwüstet

Bonn (dpa)

Brandstifter haben versucht, die Bonner Beethovenhalle in Schutt und Asche zu legen. Bei dem Großbrand, der die Regieräume sowie Teile der Bühne und der Decke des großen Saales vernichtete, entstand nach Angaben der Polizei Sachschaden von mehr als zwei Millionen Mark. Die Täter, die nach Ansicht der Polizei „intime Kenntnisse" der Halle haben müssen, hatten an etwa 20 Stellen Tischkerzen aufgestellt. Auch an der Orgel, die allein einen Wert von zwei Millionen Mark hat, entstanden erhebliche Schäden. Ob sie durch das Feuer völlig unbrauchbar wurde, muß noch geprüft werden. Die Beethovenhalle ist der wichtigste Veranstaltungsort und das „beste Stück" der Bundeshauptstadt. In dem 1959 erbauten Haus finden Konzerte, Bälle, Kongresse und politische Veranstaltungen statt. 1984 soll hier die Bundesversammlung den neuen Bundespräsidenten wählen. Die Stadtverwaltung teilte mit, es werde alles getan, um den zweiten Zyklus des Beethovenfestes am 11. September beginnen zu lassen.

…ch und … richtig

EINGEGANGEN 2 AUG 1983

Waffen aus Bundeswehrkaserne in Fritzlar gestohlen

Bonn (ddp)

Pistolen, Gewehre sowie ausgebaute Einzelteile von Waffen wurden von Unbekannten aus der Georg-Friedrich-Kaserne in Fritzlar gestohlen. Wie das Bundesverteidigungsministerium erklärte, handelte es sich bei den Tätern offensichtlich um Ortskundige. Über die genaue Anzahl der gestohlenen Waffen wurden zunächst keine Angaben gemacht.

Sachlich und technisch richtig

Schade

Die Decke des Pausenganges einer Braunschweiger Schule wurde um den schönen alten Baum herum komponiert.

Bombenanschlag auf Meldeamt in Braunschweig

Braunschweig (dpa)

Verhältnismäßig geringen Sachschaden hat ein Bombenanschlag auf das Braunschweiger Einwohnermeldeamt verursacht. Nach Mitteilung der Polizei wurden Menschen nicht verletzt. Die Behörden gehen davon aus, daß der Anschlag politische Motive hatte. Der Sprengsatz war in ei-

Schade

Das Weltall

Je weiter die großen Teleskope ins All vordringen, um so mehr Galaxien werden entdeckt. Unsere Milchstraße ist eine unter Millionen, die im All vorkommen. Zehn Milliarden Lichtjahre ist die größte Entfernung, die mit unseren heutigen Teleskopen erreicht werden kann.

Die Galaxien bilden die Grundsteine, auf denen das Universum gebaut ist. Sie sind wenige Millionen Lichtjahre voneinander getrennt. Die Entfernungen sind nicht beständig. Die Galaxien scheinen sich weiter zu entfernen. Es ist, als ob sich das ganze Universum strecke, wie ein Ballon, der aufgeblasen wird.

Warum zerstreuen sie sich so? Entstand alles aus einem Riesenwirrwarr vor einigen Milliarden Jahren, bevor die Galaxien auseinandergeblasen und so zerstreut wurden, wie wir sie jetzt sehen? Oder besteht eine andere Erklärung für die „Erweiterung des Universums"? Wir wissen es nicht. Das bleibt eines der großen Geheimnisse des Weltalls.

Schön

Frankfurt

KONTROLLIERT 12 APR 1983

Oder sollte es doch so sein, daß alles als großer Witz gedacht ist und einfach heißt: Der Staat. Das wäre dann dieses tägliche Fernsehspiel vormittags abends ununterbrochen, Strich, Parlamentarier, schwarze Anzüge, Regierungs- und Abgeordnetenbänke, und eine altbekannte marxistische Parlamentarismuskritik, die (blöde Linke werden das selbstverständlich gleich wieder falsch verstehen, weil sie nichts lieber tun als Zensur schreien) 1
hier selbstverständlich nicht verboten und deshalb selbstverständlich nicht gedruckt wird, weil wir sie logisch selber rausnehmen, weil sonst das ganze Buch stirbt, so vollkommen unglaublich das ist, so ist das, Strich, Tränen Grölen Nocheinbier.

Sachlich und
rechnerisch richtig

KONTROLLIERT 15 APR 1983

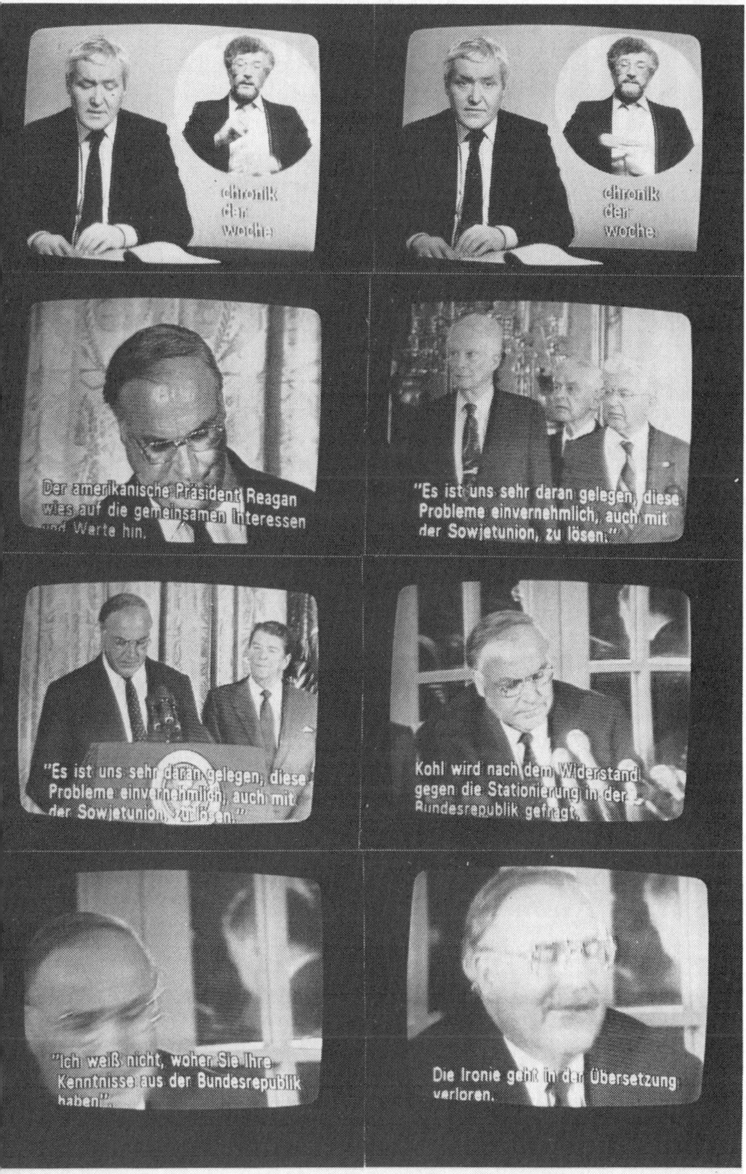

Wichtigster Termin jede Woche: Sonntag 13 Uhr 15 ZDF: Chronik der Woche (Mit Untertiteln für Hörgeschädigte). Korrekte Kontrolle erspart Stunden anderer Nachrichtensendungen.

KONTROLLIERT 17 APR 1983 Sachlich und rechnerisch richtig

KONTROLLIERT 21 APR 1983

NYPD-Polizei-
Combatscheibe

Die Jonische Säule Sprießt Schlank Empor. (Einzige
Lehre der Geschichte)

Die Geschichte studieren.

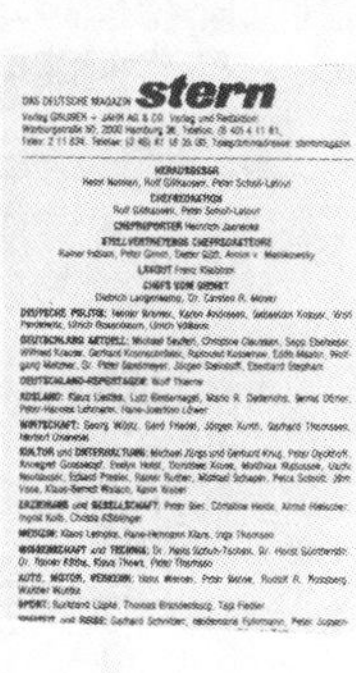

KONTROLLIERT 25 APR 1983

Schluß mit dem ewigen
defätistischen Geschwätz.

Der Stern lebt.

Der Stern ist echt.

Der Stern ist echt.

Sachlich und
rechnerisch richtig

Sachlich und
rechnerisch richtig

Von Versammlung zu Versammlung fährt der Führer manchmal Nächte hindurch.

Während Kilometer auf Kilometer überwunden wird, schläft er dann erschöpft von den Anstrengungen einer Riesenkundgebung.

Dabei liest er dann die gegnerischen Zeitungen und freut sich über die Märchen, die sie über ihn verbreiten:

Sektgelage, jüdische Freundinnen, Luxusvilla, französische Gelder, Nuts._

SECRET POLICE FILE

Bild 1

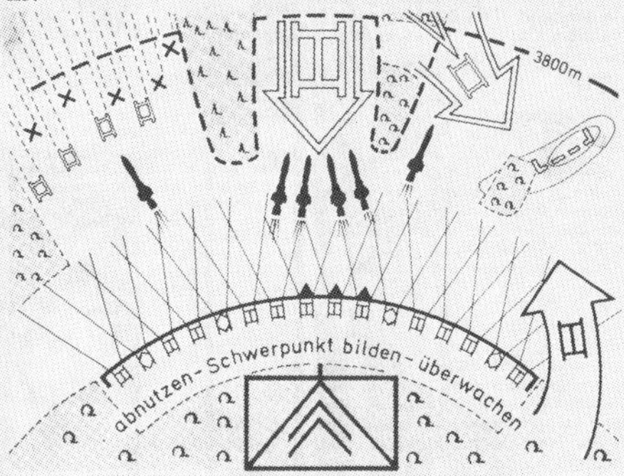

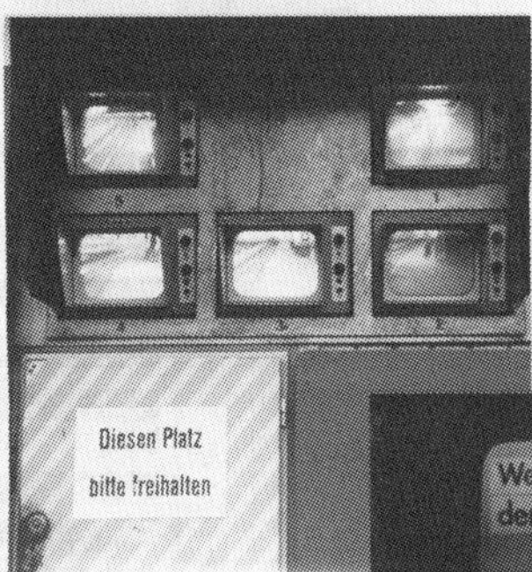

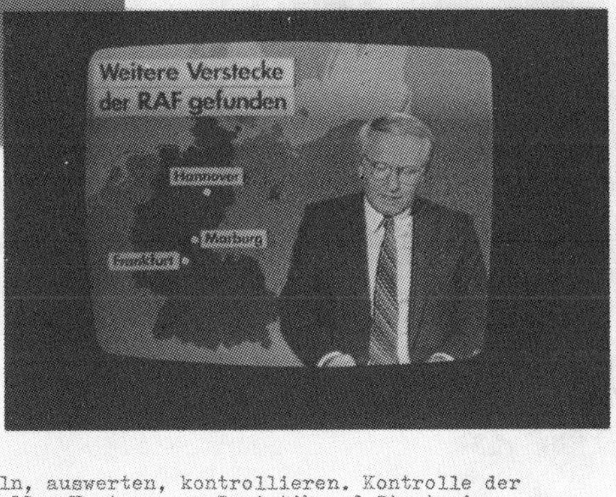

Material total sammeln, auswerten, kontrollieren. Kontrolle der Kontrolle. Blitzschneller Umsturz von Logistik und Strategie. Attacke.

Sachlich und
rechnerisch richtig

KONTROLLIERT 27 APR 1983

Boy George
JULIE BURCHILL
OEHLEN
DIEDRICH DIEDERICHSEN
KRIEG UND FRIEDEN
KRIEG UND FRIEDEN
Brillo
Die Feinde unserer Feinde sind auch unsere Feinde
ALBERT OEHLEN
drugs. When I'm working I get very tense if I think people around me are taking drugs. I don't like the people who work for us to take them, especially people who do it to be hip. Maybe it's because I feel I've got natural drugs . . .
"In Germany we were in a restaurant and this girl came up to me with a huge plate full of cocaine and stuck it in my face and said 'Hi!' I didn't know what it was but I was disgusted. 'For a start,' I said, 'the first thing you should do is say hello properly.' Who the hell do these people think they are?
Boy George
BURCHILL
MAD, BAD AND DANGEROUS TO READ
Diederichse
Sachlich und rechnerisch richtig
KONTROLLIERT 29 APR 1983
Verdiente Aktivisten verdienen Aktivisten Orden
Auf Sozialistische Art Zu Leben Erfordert Auf Sozialistische Art Zu Arbeiten

A: *Should we walk? It's really beautiful out.*
B: *No.*
A: *Okay.*

I try to think what time is and all I can think is . . . Time is time was.

Der Attentäter

DER ATTENTÄTER

»Ob es möglich ist, ist
nur praktisch zu ermitteln.«

I

Stille, Düsternis, eisige Winde noch vor wenigen Tagen, der Präsident zuversichtlicher denn je, ich der Niedergeschlagenste, und jetzt plötzlich diese erdene wilde warme Luft, alles beginnt doch wieder neu.

Der Feind ist der alte. Freundlich grüße ich den blau uniformierten Neger, der die Eingangshalle bewacht, neuerdings will er wissen, wo ich meine protzigen Ringe kaufe, am ersten Tag, vor Monaten, hat er mich sofort, nachdem er mir die erste, nach der Ankunft zum Telefonieren dringend benötigte Münze geliehen hat, um zwei Dollar angegangen, deren Rückzahlung er Tag um Tag, Dumpfes murmelnd, dumpf lächelnd, Nachsicht heischend verzögerte. Später hat er die Donuts in meiner Einkaufstüte so begehrlich angeschaut, daß ich ihm an manchen Tagen einen der vanillenen, oder gepuderten, oder schokoglasierten Donuts, meist einen der Schokodonuts, die ich selbst am wenigsten mag, schenkte, den er dann untertänig grinsend in sich hinein mampfte, widerwärtig kindhaft freudig, übertrieben dankbar, um mich so für die mir abgenötigte Freundlichkeit zu erniedrigen. Freilich ist der Neger, anders als ich anfangs dachte, kein Risiko, da das kalkulierbarste.

Die neue Aufgabe ist auch nicht riskanter als alle alten, sage ich mir, weil ich im Gegenteil das Risiko lähmend finde, müßige Grübeleien, weil es Lähmung in Wahrheit nicht gibt. Sogar die fürchterliche Zeit der letzten Monate, in der mir alles nichts war, nur Agonie, war in Wahrheit keine Zeit der Agonie, denn ich lag im Bett und sagte, ich atme, Zug um Zug, logisch, immer noch, atme ich, alles andere ist Lüge, Lähmung gibt es nicht, ich atme, ich esse, ich schlafe, ich schaue das Fernsehen an, so hat es ausgeschaut, Monate lang, lähmend ratlos, aber nicht gelähmt. Ohne Befehl von oben, das war das schlimmste. Nun sind die neuen Orders da, rücksichtsloser denn je, daher die Risikokalkulationen, das müßige Gedankengeschiebe, daher auch meine euphorisierte, imgrunde zutiefst beunruhigende, aktivitätsfahrige Tatenbesessenheit.

Jetzt, jetzt oder nie, sage ich. Nachts stehe ich am Fenster, es geschieht nichts, ich öffne das Fenster, Schreie siebenstockwerktief unter mir, Rufe, Pfeifen, Signale, ich lehne mich weit hinaus, jetzt oder nie, sage ich, aber ich halte mich fest, seltsame Luft, die denkbar januarfernste, mitten im Januar.

Der fürchterliche Sog der verlorenen Zeit der vergangenen Monate nach unten ist im Moment des Agonieaktivitätsumbruchs, in diesem Moment also, der logisch gefährlichste, zugleich der sinnloseste, also dümmste. Sinnlosigkeit ist Dummheit, gegen die Dummheit habe ich mich, seit ich denke, entschieden, meine Rettung lebenslänglich, jetzt, nicht anders als in jedem entscheidenden Moment der letzten dreißig Jahre. Mit jedem Jahr logisch, da hilft nichts, mehr von allem, mehr Dummheit, Sinnlosigkeit, mehr Sog der alten Zeit, der ununterbrochen wachsende, sich aufstauende Druck von Weltdreck und Lebensdreck im Hirn, der jederzeit, täglich, ankündigungslos durchbrechen, alles fort reißen und vernichten kann, deshalb ununterbrochen weg kontrolliert und so unter Kontrolle gehalten werden muß, was mit jedem Jahr mehr Strenge, Kontrolle, Hirn und Kraft fordert, also produziert, logisch die Rettung.

Ich friere. Ich hole den gefährlich weit, von ferne gesehen eher bodennah aus der zigstöckigen Hochhausfassade herausragenden Oberkörper, er ist schließlich doch meiner, verdammtnochmal, ins Zimmer zurück. Ich schließe das blöde Fenster. Ich sage, jetzt, ich will endlich wieder an die Arbeit gehen, jetzt, ich tue, was ich will. Ich schalte den Fernseher ein, gehe alle dreizehn Kanäle durch, nichts. Ich mache mich, wie einst im vorvergangenen goldenen Jahr, erneut an ein Dossier. Ich bin voll einer irritierenden Zuversicht. Ich fürchte, maßlos geradezu, jede neue Verstrickung.

II

Europa teilt mit, daß heftige Winde die Wetterfronten so rasch über den Boden getrieben haben, daß es auch dort mitten im sogenannten Winter viel zu warm, schneelos und ständig unbeständig gewesen sei. Warum? Dazu diese Rasenbrände an Neujahr, das Ausrücken der Feuerwehren, im Norden die Orkantiefs. Der Präsident ist Gegenstand großer Magazinserien und Reportagen, wegen der zum Jahresende anstehenden Wahlen, doch überall ist nur von dem Schauspieler die Rede, obwohl der Präsident Präsident ist. Europa versteht Amerika nicht, je weniger desto besser, Tarnung für mich hier. Mein erster Gegner bin immer ich selbst. Es kann geschehen, daß ich zu viel über die anderen Leute spreche, vorwiegend über deren Fehler, die anderen Leute gibt es gar nicht, insbesondere die Idioten, die am allerwenigsten, die mich am meisten beschäftigen, eigene Idiotie, ehernes Gesetz. Im Grund herrscht tiefes Schweigen, alles weiß, der einzige Klang der innere Klang.

Dem entgegen, Schwarz, Faust, Feuer, Blut, bin ich für einige Tage nach London geflohen, dort war alles klarer denn je, zwingend, logisch, unerbittlich. Andropov starb. Ich redete, was ich konnte. Gerede alles, es gibt nur eine Rede, die eigene, niemand hört zu, am wenigsten man selbst, redet der andere, noch weniger der andere, redet man selbst, es gibt nur den Feind, Studium des Feindes, Vernichtung. Ich habe mich unter junge Menschen gemischt, mein Haar strohblond gefärbt, meine Kopfhaut ein hochallergisiert wütender Feuersglutherd, die einfahrende U-Bahn riß mir den schwarzen seidenen Schal vom Hals, mich beinahe hinterher, beinahe, die Entscheidung. Voll Schmerz studierte ich die Züge der Güte im Gesicht des Verstorbenen, den man schon zu Grabe trug. Jeder Tod ist Mord. Jeder Mord ereilt sein Opfer, es ist immer zu früh, jeder Tod bar jeglichen Sinns. Es bleibt nichts, nur Haß, maßloser Haß, Haß auf alles Leben, Haß auf alles, Haß auf Leben und Tod.

Bei meiner Rückkehr haben mich auf dem Flughafen von Newark zwei junge ordinäre Kleinkriminelle, Zivilpolizisten, in einem engen abgeschlossenen Raum komplett durchsucht, die diversen Pässe mit den diversen Visen kontrolliert, mein Gepäck, meine Kleidung bis auf die Unterwäsche, alles aufs korrekteste bedrohlich, sehr langsam, jederzeit zu allem bereit. Sie entließen mich mit freundlichen Wünschen, gefunden hat man nichts, so muß es sein. Alles ist mir gleich wichtig, saubere Hände, kalter Verstand, heißes Herz.

Zweimal habe ich meine Wohnung wechseln müssen. In der ersten hat ein Russe, ein hünenhafter dunkler fleischiger Mensch, der mich am Nachmittag herzlich als neuen Mitbewohner begrüßt hatte, in der ersten Nacht im Nebenzimmer, nur durch eine dünne Holzwand von dem meinigen getrennt, gegen eine quiekend geplagte Stimme anarbeitend, selbst lautlos, über Stunden hinweg, den erst frühmorgens mit einem tief röhrenden Schrei, der mich aus meinem flachen Schlaf riß, endlich beendeten Geschlechtsverkehr vollzogen. In der zweiten Wohnung, im vierten Stock eines mit portugiesischen Familien, deren Kinder mich auf der Treppe mit verschlagenen Blicken verfolgen, vollgestopften Hauses, beginnt in der Wohnung über mir Punkt acht Uhr ein Klavier zu spielen, täglich dieselben enervierenden Etüden, taktweise durchgearbeitet, synkopiert, durch alle erdenklichen Tempi getrieben, vier Stunden lang ununterbrochen sinnlose, das ist das Schlimmste, also musikfeindliche Klaviertöne exakt auf mein Schädeldach gehämmert, exakt zur besten, zur einzig möglichen Arbeitszeit.

Tags kann ich nicht arbeiten, nachts kann ich nicht schlafen, mittags gehe ich täglich zu meinem alten Appartementhochhaus, da ich die alte Adresse als Postadresse weiter benütze. Der Neger grüßt, ich grüße, er weiß von nichts. Zielstrebig gehe ich durch die Eingangshalle zur Wand mit den Postboxen, schließe bei 7 E auf, entnehme, was drin ist, und verschwinde wieder. Unterwegs lese ich die im Wind flatternden extradünnen blauen Luftpostpapiere, ich erhalte seltsame Briefe, auch Schreiben mir nicht bekannter Herkunft, auch Anonymes. Nachts ist es kalt. Ich gehe auf leeren Straßen umher, ohne Furcht, manchmal vielleicht fährt mir von irgendeiner Gestalt her ein dummer Schreck in die Glieder. Ich sitze in durchgehend geöffneten Imbißrestaurants. Die Nächte werden kürzer, es graut schon, wenn ich mich in mein Portugiesenhaus zurück stehle. Das Bett ist eisig, ich liege wach, ich liege im Trainingsanzug unter der Decke, schlaflos, kaum schlummere ich ein, beginnt das Hämmern des Klaviers. Ich gehe an den Schreibtisch, der Präsident, der Präsident, sitze am Dossier, massenhaft Material, keine Kontur, tatenlos, idiotisch erschöpft. Uwe Johnson ist tot, Herzstillstand. Nichts, Haß, Haß auf die Welt, nur Haß.

III

Meine Mission hier ist beendet. Nach Ablauf dieses Monats gehe ich endlich von hier fort. Nicht daß ich zu klagen hätte über den hiesigen Auftrag, aber es ist ein gottverdammt langes halbes Jahr gewesen. Meine Haut ist abgewetzt. Schneestürme rasen über die weit aufgerissenen Straßenkreuzungsweiten meines dörflich hingeduckten Stadtviertels, eine wilde Zeit.

Der Präsident war in der Stadt, vor dem Waldorf Astoria Hotel, von den denkbar höflichst protestierenden Demonstranten auf dem polizeilich hierfür vorgesehenen Areal von genau zwei der zehn Spuren der Straße diszipliniert begrüßt. Ich näherte mich kurz vor sechs im Abendlicht durch eine Seitenstraße von Osten dem Schauplatz, durch Polizeisirenen, Hörner, kreisende Lichter und ferne Sprechchörewellen freudig agitiert. Der Himmel tobte hell, da stakte das Panamerikagebäude hoch hinein, über den Palasteingängen von ITT wehte das sternengesprenkelte Banner, stolz, berittene Polizisten, Blitzlichter, Fernsehübertragungswagen, und die roten und weißen Autostaulichter, die bis fern in den Norden tief die enge Schlucht aufrissen, brennende Augen, Schauen, die nicht einmal fünfzig Demonstranten auf der westlichen, von hellblauen Polizeibalustraden gesäumten Demonstrationsspur zu Füßen des trocken feierlichen Colgate Palmolive Company Gebäudes, das den Blick hochzog, hinauf, den Kopf in den Nacken zwang, und alles hier unten mit mir zum lächerlichen Bodenkrümel machte, der ich gern sein wollte, vor so viel wunderbarer schamlos protziger Prächtigkeit, vor dieser höchsten herrischen Häusergebirgeschönheit und ihrem stummen, maßlos wirklichen, unwiderlegbaren Anspruch der Macht. Unten der ins Rindergatter gebannte, mit matt forcierten Sprechchören, We Are Fired Up, eher noch in seine Folgenlosigkeit sich schickende, We Are Not Taking Any More, denn dagegen sich aufbäumende schwächliche Protest, oben so viel Himmel, soviel es den Häusergebirgen gefiel, und wiederum unten rund ums Gatter herum die große Party der Protestaccessoires. Ein Liliputaner, das gibt es nicht, im Gespräch mit einem der livrierten Pförtner unter dem Waldorf Astoria Baldachin, da lief ein Jogger in blauweiß gestreiften Seidenshorts vorbei, und ein Kind bat einen alten dekorierten General wohl um ein Autogramm, der neigte sich, kam hoch mit Papier und Stift, kritzelte.

Make A Fist To Show You Care, forderte ein Plakat, das war schon nicht mehr Protest, sondern im Inneren des Chemical Bank World Headquarters Gebäudes, in dessen von draußen schalldicht abgeriegelte Eingangshallenruhe von tropischer Vegetation, Pflanzen, Tulpen, Wasserspielen, allerlei fremdartigem Krüppelgewächs, gar künstlich beschienenen Bäumen, mich eine Drehtürenschleuse hineingewirbelt hatte, irgendwo ging zwischen den Pflanzeninseln ein blaubedreßter Bewacherasiate auf und ab, rund goldene Nickelbrille, und das Faustplakat war eine Werbung für die Blutspendeaktion der Chemischen Bank. Ich setzte mich nieder, wo ich stand, das war weißer Marmor, ein Sims, der war geheizt. Ich schaute durch die meterhohen getönten Scheiben nach draußen auf die Protestaktivitäten im letzten Licht, die nun, der abgeschaltete Ton, der Marmor, die Faust hinter mir, die ruhigen Ministrantenschritte des Asiaten, von einer vollends seltsamen bizarren Schönheit waren, so schmerzhaft ohne jeden Sinn.

Der Präsident forderte gleichzeitig im Inneren des Hotels ein spirituelles Wiedererwachen der ganzen Nation. So geht es nicht. Wie geht es weiter? In Washington hat in der Woche darauf ein anderes Kommando den alten Fehler wiederholt, Gunman Shot At White House. Man hat einen Geisteskranken mit einem abgesägten Gewehr an den Zaun des Weißen Hauses geschickt, ihn dort ziellos mit der Waffe herumfuchteln lassen, woraufhin er sofort von einem Sicherheitsbeamten niedergeschossen wurde. Der Präsident ist allright, sagte der Sprecher des Hauses. Der Niedergeschossene, ein 24jähriger Mann, glaubte, der Präsident sei der Drahtzieher seines Lebens. Das Geistige habe ihn beauftragt zu handeln. Der Mann war Mitglied der Anonymen Alkoholiker, trank dann aber doch lieber wieder. Ich bin seit langem dagegen, daß in den Kommandos Irre zum Einsatz kommen. Im Gegenteil ist alles auf äußerste Kontrolle, Korrektheit, Ordnung und Disziplin aller Beteiligten angewiesen. John Hinckley hat sich aus seiner Irrenanstalt gemeldet, um sich zum dritten Jahrestag seines Attentats beim Präsidenten zu entschuldigen, ich war geisteskrank, als ich auf den Abzug drückte, schreibt er, heute verrückter als je. Seine Eltern haben eine karitative Organisation gegründet, die anderen Eltern mit schwierigen Kindern hilft. Larry Flint, der selbst attentatsquerschnittsgelähmt im Rollstuhl sitzt, wirbt im Hustler für seine Give Hinckley A Second Chance Unterhemden.

Schlimmer als Irrsinn in den kämpfenden Kadern ist einzig Kokain, gerade bei den Besten breitet sich derzeit diese lächerliche widerwärtige Sucht aus, wie kein zweites Suchtgift ist Kokain ein hochpotentes Hirnzerstörungsinstrument, ein fürchterlicher Kampfmoralvernichter. Ich habe die besten Männer bereits nach der kürzesten Zeit des Kokainkonsums schwankend zwischen flatterhafter Fahrigkeit und lähmend peniblen Pedanteriedelirien ausweglos eingeriegelt gesehen, zu jeglicher riskanten, zielstrebigen, erfolgreichen Aktion untauglich. Doch die Trauer darüber ist lähmend, also falsch, Schmerz nur Schwäche, der Schwäche aber fügt sich nichts, fügt sich nichts, ist das das Ende. Wie aber entsteht die Trauer, wie der Schmerz? Wie der Schmerz entsteht, nicht anders, mein Freund, als das Leben.

IV

Rasendes Elend, heimzukommen, ich bin endlich heimgekommen, um nichts zu sein, als haltlose Verlorenheit, sinnwidrig, lächerlich, nichts, wogegen man sich wappnen könnte. Der ersehnte Moment der Heimkehr ist da, und ich weiß wieder, was ich ohnehin weiß, die Sehnsucht ist logisch Dummheit gewesen, jede Sehnsucht ist die Dummheit, es gibt keine Sehnsucht, weil es keine Zukunft gibt, es gibt keine Zukunft, mein tägliches Morgengebet. Es gibt nur die Lebensqual, täglich, Dreck.

Ich schalte das Fernsehen ein, aufderstelle erkenne ich jede Bewegung, Wiedererkennen ist mir das Liebste, plötzlich eine absurde Verzweiflung. Bin ich überhaupt fort gewesen? Nichts als idiotische Fragen, die sich nicht einmal wirklich stellen, sondern nur als Sekundenbruchteilschimären hinter einer Ecke meiner Gedanken auftauchen als Faxenmacher, um mich zu verhöhnen. Ich vertrage das deutsche Bier nicht mehr. Gleich am zweiten

Abend redet irgendein Willi Sowieso im fürchterlichsten Gepflegtmünchnerisch, flankiert von einer ebenso fürchterlichen Freundin der Marke Lebenslangzukurzgekommen, seinen allerfürchterlichsten Feuilletonistenschwachsinn an mich hin, daß ich ununterbrochen gefoltert denke, ein Wort mehr von diesem Idioten und ich haue den kaputt, oder mein Kopf zerspringt. Aber ich sitze da, konzentriert, das Hirntoben im Schädel unter Kontrolle zu halten, wozu ich nicht nur den rasend sich akkumulierenden gnadenlosen Geschwätzschwachsinn laufend wegkontrollieren muß, sondern auch noch die Tatsache, daß diese Nichtfigur der neue Freund meiner liebsten Freunde ist. Ich stürze nach draußen. Kein Frühling kommt. Ich schaue Negerkunst in einer Galerie Thomas an. Was macht der Präsident? Was ist los? Ich muß endlich Ruhe in mein Leben bringen. Ich reise nach Köln, von Köln nach Düsseldorf, von dort nach München zurück. Ich sehe alte Andy Warhol Filme, Kitchen, Bike Boy, lehrreich also tröstlich. Jetzt ist der Frühling ausgebrochen, diese dumme gelbe übertriebene Blüte der Forsythien, alles Idiotie, Knast, Naturknastidiotie. Ich fahre mit dem Rad nach Unterföhring, trinke, was ich hinter kriege. Innerhalb von zwei Tagen treffe ich viel zu viele Leute, rede viel zu viel in viel zu kurzer Zeit, immer wieder dasselbe, ein schändlich monotoner Text, anschließend Scham, weil dieses gedankenlose Erzählungsgerede mit jedem Mal mehr die vergangene Zeit und also mich selbst im Innersten ruiniert. Dann kam der Anruf aus Berlin, Herzattacke, ich reiste nach Berlin, dann fuhr ich nach München zurück. Im Kino lief Nana von Renoir. An Arbeit war nicht zu denken. Täglich saß ich an der Arbeit. Nichts ging voran. Was mich einzig tröstet, sind Bilder. Doch auch das Dossier ist eine tägliche Unmöglichkeit. Was auswählen? Die Berge von Material, was aufnehmen, was verwerfen? Nichts ist so wichtig, nichts so kraftzehrend wie das Verwerfen. Schließlich bleibt immer weniger übrig, es bleibt schließlich nichts. Imgrunde denke ich ununterbrochen nur einen Gedanken, Tod.

V

Zentralisation ist ein vitaler Lebenserhaltungsmechanismus bei Lebensbedrohung, alles Zentrumsferne wird vernachlässigt, die Peripherie ausgeschaltet, Bewußtlosigkeit tritt ein, die basalen Kreislauffunktionen bleiben erhalten, Atmung und Herzschlag. Auch der vergangene Monat ist also vergangen. Jetzt hat der Präsident den Papst getroffen. Eine neue Gesetzesinitiative sieht vor, daß der Präsident bis zu einer halben Million Dollar für heiße Tips zahlen darf, die ihm Hinweise auf Terroristen und deren Aktivitäten geben, eine weltweite Offensive im Krieg gegen den Terror, insbesondere den staatlich gesteuerten Terrorismus.

Spuren Und Motive, der Exekutivintelligenzrückblick, teilt mit, der Präsident teile mit, er halte die Welt und ihr Schicksal in Händen. Die Physik von Newton ist reiner Betrug. Die Aufgabe sei nicht, die herrschende Meinung wiederzugeben, sondern falsche Auffassungen im Volk zu bekämpfen. Wir selbst müssen denken wie Genies und andere zum Genie erziehen. Die Verderber dieser Welt sind nur Agenten der Queen, so auch der Präsident, alle werden von der Queen zentral gesteuert, die Hexe von Windsor dirigiere alle Verderber dieser Welt, so Fusion und Spuren Und Motive. Die SS-Nummer des Hingerichteten wurde mit 227014 korrekt angegeben, wie die Anfrage beim Dokumentenzentrum der Mission ergab. Hierbei handelt es sich um widerrechtliche Schmähkritik.

Die Basis jeder Erneuerung kann nur der Logosbegriff des Konzils von Nizäa sein. Zlof sitzt auch nicht klaglos ein. Die Authentizität dieser Mitteilungen ist sehr wahrscheinlich, Diktion und Terminologie entsprechen dem bekannten Stil. Die Trennung von Ich und Welt sei verhängnisvoll, alles hänge mit allem zusammen, dies sei tiefe Ökologie, von der tiefen Ökologie unterschied sich die seichte Ökologie. Ob es richtig ist, den bewaffneten Widerstand jetzt zu organisieren, hängt davon ab, ob es möglich ist. Ob es möglich ist, ist nur praktisch zu ermitteln.

Die britischen Bergarbeiter streiken, die IG Druck streikt. Wer die hochgradigen gesellschaftlichen Widersprüche im spätkapitalistischen Westen korrekterweise Klassenwidersprüche nennt, wird konsequenterweise wegen Hirnschaden vom Staatsschutzchef dispensiert und freigesprochen. Peter Schult ist in der Haft verstorben, Krebs. Der Präsident sei mit allen Adelshäuptern Europas verwandt. Es wird weiter gegen alle ermittelt, gegen andere, zum Beispiel Boock, Urteile verhängt, etwa ein paarmal lebenslänglich plus ein paar zerquetschte, zum Beispiel fünfzehn Jahre plus. Es handle sich auch hier, so die ehemalige SS des verstorbenen Präsidenten des ehemaligen BDI, um ein konsequentes Desorientierungsmachwerk, Desorientierungskonsequenz, auch dies widerrechtliche Schmähkritik. Das Frauenfraktionsfeminat der grünen Frauen verurteilt aus Angst der Russen vor dem Westen den olympischen Boykott, so die Grüne Joschka Fischer, MdB, ich bin doch keine Frau im Sinn des neuen Feminismus, diese neuen Hüte seien wohl breitkrempig, doch so neu nicht, gar nicht zu reden von den Hungerkuren, Aids sei diesbezüglich besser als alles bisher Dagewesene, schlimm sei Freßsucht. Am schlimmsten sind die mir fremden Gedanken und Phantasien über normwidrige Problemlösungen. Am schlimmsten sind die mir fremden Gedanken und Phantasien über normwidrige Problemlösungen. Und am schlimmsten, aus dem Weltraum werde ich durch Ströme kosmischer Strahlen bombardiert, Teilchen von hoher Energie, die ich in Kaskaden auf mich herunter kommen sehe, dringen ein in mich und vereinigen sich in mir mit den Atomen meines Körpers zu einem kosmischen Tanz von Energie. Haben Sie das gesehen, fragt man mich, und ich sage, ja, so war es.

VI

Beobachtung, was ist das? Wozu? Es gibt keinen Auftrag. Was heißt Zentrum, was nah, was fern? Damals, wie lange liegt das zurück, war mir Deutschland ein Punkt im Gehirn, hingegen der Umzug von der Bleekerstreet in die Second Avenue und von der Second Avenue in die Broomstreet eine äußerste Bewegung, die Einpaarhundertmeterentfernungen Lichtjahrdistanzen, der Unterschied zwischen Hamburg, München und Berlin kein Unterschied, sondern ein Punkt, heute hingegen die Frage München oder Hamburg eine Frage, nämlich die Frage, eine Nacht im Zug oder die Nacht im Bett.

Der Präsident ist Lüge. Es gibt nichts, nichts existiert außer mir, nur ich. Die Konsequenz jedes konsequenten Denkens ist Weltvernichtung. Gibt es eine Aufgabe, dann nur die Aufgabe, alles auszulöschen, konsequent, komplett. Das ist die Wahrheit, nichts sonst. Wozu jedoch Observation? Nichts führt zu nichts, die Sammlung der Indizien mag zwingend sein, es gibt keinen Sinn, keine Tat, nichts resultiert, einzig Skepsis. Meine Skepsis ist meine Dummheit, sage ich, ich will endlich alles glauben, glaube nichts, was ich nicht mit eigenen Augen gesehen habe, meine Dummheit Skepsis, gegen die ich kämpfe. Kann ich glauben, bin ich klug, bin ich skeptisch, bin ich dumm, meine Dummheit meine dumme Skepsis, mein kluger Glauben meine Klugheit.

Es hat zwei Tage Sommer gegeben. Die Zeitungen sind dünner denn je, alles hat auf vier Seiten Platz. Ich bin nach Ulm gefahren. Die Kardinalfrage bleibt, wo exakt steht der Feind? Der Ulmer Bahnhof wird nicht umgebaut, alle anderen Bahnhöfe werden heuer umgebaut, München eine Baustelle, Düsseldorf eine Katastrophe, Hamburg eine Baustelle. In Ulm fiel Regen in die Fußgängerzone, links stand ein schwarzer Klotz, das wird das Ulmer Münster sein, und ich sah das Mittelalter als das Regenschirmgewusel um mich, für einen Augenblick furios beglückt. Dann ging ich in der Ausstellungseröffnung umher und schaute neue Bilder an, die neue Kunst ist eine Nichtkunst, es sei denn sie ist die strengste. Zurück in München sitze ich im Biergarten am Flaucher, lese wieder Johnson. Hebe ich den Blick, sehe ich ein Gesicht, resultiert Brechreiz. Unbeschreiblicher Ekel vor dem sogenannten Mitmensch, der Mitmensch ist mir kein Mensch, sondern eine Schleimspur im Gehirn, eine einzige Brechreizerregung, Trost der Blick zurück ins Buch. Die Finsternis der Buchstaben ist das einzige, was ich ertrage, alles andere ist Folter, Wahrnehmungsfolter, Registraturfolter, Weltfolter.

VII

Linderung aller Schmerzen durch die Zeit, das wachsende Licht, Erdendünste, Tau, die guten Winde, alles Täuschung, die Hoffnung des frühen Morgens, daß der Tag, je länger er tag und hell wäre, um so finsternisvernichtender und also schmerzlindernder sei, ist nichts als die frühmorgendliche Sommeridiotie, alljährlich. Das ist das Schlimmste, die Wiederholung. Die alljährliche Wiederholung des Jahreslaufs ist die grundsätzliche und äußerste Lebensfürchterlichkeit, daß die Zeit sich biegt, anstatt pfeilt. Alljährlich denke ich, es wird Sommer, die Tage werden länger, alles wird gut, seit ich dreizehn bin, jedes Jahr, seit jenem unvergeßlichen Frühsommer 1967, ich stand vor einem weißen Strauch, sog den Duft ein und war erfüllt von den heftigsten großartigsten Ahnungen, meine Zeit, es beginnt, die Tage werden länger, es wird Sommer, alljährlich, seit Jahren beginnt das nur, um abzubrechen. Nichts wird besser. Die Tage werden wieder kürzer, schon im Juli ist jeder Tag merklich kürzer als der Tag davor, das ist die Ungeheuerlichkeit, der Wahnsinn, mitten im Sommer der Wintereinbruch. Man lernt nichts. Noch schlimmer als die Wiederholung des Jahres selbst ist die Wiederholung des mit den Tagen unweigerlich wachsenden Hoffnungskrebsschwachsinns, das ist die wahre Folter, die Wiederkehr der Hoffnung die eigentliche Hoffnungsdestruktionsmaschine, innerste existenzgrundlagenvernichtende Unbelehrbarkeitsidiotie, Gesetz. Die Wahrheit ist, man lernt nichts. Alles wird enger von Jahr zu Jahr. Man sieht nichts Neues. Alles wird weniger, nur die Enge wird mehr, mehr wird der Dreck der Existenz. Das ist das einzige, die Enge wird enger, der Existenzdreck drückender. Schuld an allem ist die Zeit, die sich jährlich biegt, erbarmungslos. Haß auf den Sommer, seit Jahren, Haß auf das trügerische Licht.

Nichts hilft, niemand hilft, ich muß alles selber machen. Bubi Scholz hat seine Frau erschossen. Foucault ist tot. Ludwig lebt, sagt die Inschrift auf der Kirchenmauer in Verona. Der wegen Päderastie angeklagte Mönch starb unter schweren Hammerschlägen. Dem Pater aus Trient wurde ein Kruzifix ins Genick getrieben. Das Liverpool, eine Münchner Bordelldisko, in der junge Leute verdorben werden, wurde abgefackelt, dort werde jetzt nicht mehr gefickt. Mathematiker, Chemiker, Physiker, Menschen mit einem hohen Intelligenzgrad, die die Grenzen der Normalität längst überschritten haben, töten, treu dem Gesetz Ludwig, um zu strafen, um so durch das Blut die Unreinen rein zu waschen. Ich will meinen Geist nicht desinformieren lassen. Ludwig, Ludwig, Ludwig, ein Gespinst, da geht man hinein, da geht man als psychisch Geschädigter heraus. Der Sommer, die nächtliche Luft, die Jungen, das Treiben in den Parks, wütend gegen all dies Ludwig, unbeugsamen Gerechtigkeitssinns, der Ritter, Asket und Held, einige durchstach er, einige schlug er mitten entzwei. Herr, erbarme dich, Herr, es ist Sommer, erbarme dich unser.

Ein Neger hat an der Isar deutsche Frauen belästigt, möglicherweise ein Mulatte, möglicherweise Jugoslawinnen oder Türkinnen. Die Menschen behalten in diesem Sommer die Wäsche an, anders als in den beiden vergangenen, von der Nacktbadeplage geplagten Jahrhundertsommern, viele tragen fleischfarbene Höschen. Der Neger zieht mit Sportumhängetasche und Handtuch von Frau zu Frau. Mit gespreizten Beinen geht er so nah am Fleisch der Frauen in die Hocke, daß sofort die Individualdistanz durchbrochen ist, sofort redet er los, seine Hände hängen von den auf den Knien aufgestützten Ellbogen herunter, den Frauen schier ins Gesicht. Die Frauen scheinen freundlich, zumindest zugewendet zu reagieren, sie drehen sich zur Seite und wenden dem Neger ihr Vorderes zu, die Hände des Negers aber interessieren sich mehr für die Taschen und Kleiderhaufen der Frauen, dort wackeln sie hin, dort baumeln sie. In diesem Augenblick, als der

Neger zu meinen scheint, das Vertrauen der Frauen gewonnen zu haben, scheinen die Frauen Verdacht zu schöpfen. Der Abzug des Negers ist dann nur noch eine Frage der Zeit, oft der kürzesten, schon zieht der Neger, tatsächlich eher ein Mulatte, zur nächsten weißen Frau, tatsächlich vorwiegend junge Ausländerinnen, möglicherweise Arbeitslose, die in dieser Gegend, wo ich die Isar kontrolliere, vormittags an der Isar liegen, bei dieser nicht eben übermäßigen Hitze, scheinbare Widersprüche. Bei der nächsten weißen Frau dasselbe, die Zielstrebigkeit der baumelnden Hände zu den portemonnaieverheißenden Taschen, möglicherweise alles nur Einbildung meinerseits. Ich habe den Beobachtungsstandpunkt gewechselt. Eben hat der Neger gesehen, daß ich ihn sehe, seither beobachtet er, daß ich ihn beobachte. Mit beleidigten, in Anbetracht seiner von mir durchschauten Absichten geradezu dreisten Blicken führt der Neger vor einer nicht existierenden Instanz Beschwerde gegen meine Observation, die Frauen merken von nichts, logisch, sie sehen nichts, sie denken nichts, nur das Drama zwischen den baumelnden Negerhänden und ihrem Fleisch. Schon zieht der Neger zur nächsten Frau. Wenn ich jetzt nicht wegschaue, sagt er etwas, ich schaue nicht weg, harre aus, bis ich, wie unter Zwang, zu Boden blicke, ich schaue wieder hoch, der Neger ist verschwunden. Ich schaue auf die Uhr, es ist Mittag. Niemand hat nichts gesehen, nur ich, es gibt keinen Zeugen für nichts.

VIII

Der Präsident, der Präsident, Quatsch Quatsch Quatsch, Attentäter, Ermittlung, Observation, dieser ganze paranoide Konspirationsquatsch, das ist doch alles Quatsch.

Reagan hat diesen brüllend komischen Fünf Minuten Witz gemacht mit der Bombardierung Rußlands, und was folgt daraus, nichts, neue Verhandlungen, Krieg der Sterne, Genf.

Ich bin nicht der Attentäter, ich bin nur besessen von der ganz normalen Idee einer äußersten direkten vernichtenden Gewalt gegen den nächstbesten Mitmenschen. Ich sehe ein Kleinkind irgendwo, in der ganzen Dämlichkeit, die Kinder an sich haben, es schreit, es spielt, es benimmt sich gar gezielt kindlich, das ist das Allerwiderwärtigste, so ein sich selbst als Kind spielendes Kind, und ich habe nur einen Gedanken, dieses Kind an den Fesseln zu packen und es durch die Luft mit dem Kopf mit aller mir möglichen Wucht immer wieder über die Schreibtischkante zu schlagen, immer wieder, mit aller Wucht, den Kopf über die Schreibtischkante ziehen, bis das ganze dämliche Kind nur noch ein blutiger triefender Fleischklumpen ist, der mir am erschöpften Arm hängt, und es wäre endlich vollkommen Ruhe, außer dem stillen Tropfen von dem Blut auf den Boden. Sehe ich so ein Kind, denke ich automatisch nur das, sehe ich mich automatisch das Kind über die Tischkante total zu Brei schlagen, deshalb schaue ich, sehe ich so ein Kind, schnell weg. Jürgen Bartsch, diese ordentlichen Morde, die Höhle, die Kerzen, das Locken der Opfer, dann das Zerstückeln, verbotenermaßen, heimlich, erregt habe ich die Zeitungen gelesen, die Prozeßberichte, jahrelang jeden Prozeßbericht gelesen, jeden Polizeibericht.

Nicht anders geht es mir mit R*****. Ich sehe das Gesicht von so einem Präsidentenschwein, von so einer imperialistischen Politikercharaktermaske, von so einem Staatstrottel, und es ist mir automatisch das Gesicht des Volksfeindes schlechthin, in das ich hinein schießen muß, mit einer möglichst großkalibrigen Waffe, mit einem möglichst breitenwirksam zerstörerischen Dumdumgeschoß, daß es das Gesicht ordentlich und total zerfetzt, nicht ein Loch in der Stirne, so wohltuend tödlich das sein mag, erscheint mir erstrebenswert, einzig Zerfetzung, ein zu einem hautfleischundknochenzerfetzten blutigen Gesichtsmatsch total zerfetztes Präsidentengesicht sehe ich, sehe ich das Gesicht von so einem Präsidentenschwein.

Daher dieses zwanghafte Ordnen, Ermitteln, Zählen, Klassifizieren. Diese Exerzitien der Klassifikation wiederum gebären den Beziehungswahn, weil ja alles zählbar ist, kategorisierbar, weil so doch alles mit allem zusammenhängt, die Vernunft der Paranoia schließlich bringt logisch Konspiration hervor, und so ist alles doch hochgradig vernünftig, kein Quatsch, im Gegenteil, Quatsch sagen ist Quatsch, die konspirative paranoide Besessenheit ist die einzig vernünftige gültige Haltung zur Welt. Keineswegs regiert so der Zufall, keineswegs eine den Sinnen und also dem Sinn sich verweigernde oder gar gezielt widersetzende Kombinatorik, vielmehr ist alles ekstatisch jubilierende Registratur.

Wieder Überfall auf Düsseldorfer Sparkasse, Ausrufezeichen, Gangster Geisel freier Abzug, Ausrufezeichen, Leben Bindfaden Schrotflinte, Befreiung der Geiseln Amokfahrt, Ausrufezeichen, Auf der Flucht vor der Polizei raste die Frau eines der Gangster in eine Menschenmenge und tötete einen 14jährigen Buben, Wahnsinn Ausrufezeichen. Salvador Dalí brennt am Fuß, Ausrufung. Arthur Scargill, Ausruf, der Held des Volkes, Ausruf, kämpft weiter für den Kampf der Unterdrückten gegen ihre Unterdrücker, Ausrufung. Die Bergarbeiter im Streik, die Docker im Streik, ebenso die Schreiber des New Musical Express, Entzug, Ausrufezeichen. Keineswegs steht unterdessen der Sommer still, sondern bereits am 18. August ist er mit einem sanften, jedoch entschieden kühlen Wind, einer klaren runden Sonne und einer emporgehobenen wohlriechenden Wärme in seine spätsommerliche Freundlichkeit hinüber getaumelt. Diese ständige Unordnung seit Jahren, habe ich nur einmal leise gesagt, zwei Jahrhundertsommer hintereinander, heuer der Nichtsommer schlechthin. Der sexuelle Kindermißbrauch in den Familien, die finstere Realität, konnte bei diesem gemäßigten, jeder Sinneserhitzung feindlichen Wetter trotz der Titelblattkampagnen von Stern und Spiegel den Erfolg der letzten großen Sommerlochmoralaufrufe, Herpes Ausrufezeichen, Aids Ausrufezeichen, nicht wirklich wiederholen. Die Körper waren den Menschen dieses Jahr kein Feuer. Dafür habe ich in einer Privatvorführung im Werkstattkino Scorpio Rising gesehen, Hitze, Schwärze, Leder, Röte, Tempo und Gewalt, die Maschinen, die lüstern gurrenden Motoren, Totenköpfe, Totenköpfe über Totenköpfe. Ich stand auf, ging ins Freie und wußte, alles ist überwunden, nichts mehr kann mir geschehen, ich gehe wieder in die Arbeit, es ist Ende August, nichts mehr ist die Drohung, nichts seltsam. Leidenschaften und Sterne werden unaufhörlich verstreut, verweht.

IX

Ich glaube seit langem, daß es einen göttlichen Plan gibt, der diesem Land ein Volk von besonderer Bestimmung zugewiesen hat, sagt der Präsident. Jeder glaubt an irgend etwas, sage ich, ich glaube, ich nehme noch ein Bier. Das muß nachts gewesen sein, denn das Bier wird nachts getrunken, tags Kaffee, Kaffee zur Besänftigung der Alkoholnachwirkung der Vornacht, Bier zur Beseitigung der

Ausnüchterungsfolgen durch die Arbeit der Stunden des vergangenen Tags. Insgesamt resultiert Beschleunigung, aus der Beschleunigung Schlaflosigkeit, aus der Schlaflosigkeit Entkräftung, jedoch nicht eine erschöpfte, sondern eben eine beschleunigte, also überreizte Entkräftung, hirnstromschwellenniederreißend. Jedes Ereignis wird mir so zu einem Kommando der Hoffnung. Der Anschlag auf die Natopipeline bei Lorch meldet sich im Freiraum mit Bekennerbrief und Briefen zum Bekennerbrief zu Wort, Beschlagnahmung, Verbote, Hausdurchsuchungen, aber gerade nach dem Tod des Blatt sichern außer Freiraum auch Spion und Große Freiheit, daß jeder, der es wissen will, zu wissen kriegt, daß Unkrautex und Puderzucker, im Volumenverhältnis eins zu eins gemischt, von einem in dreißig Minuten runterbrennenden Räucherstäbchen zu einer schönen Stichflamme entzündet und angeschlossen an den Brandbeschleuniger Benzin ein Feuer gibt, das logisch genau dort brennt, wo man es legt. Der Fehler ist immer die Angst vor der Faszination durch das Bekämpfte. Der logistische Apparat der machthabenden Kräfte kann jedem Kommando nur Vorbild sein, wird jedoch als organisierter Staatsterror gegeißelt, wird nur kritisiert, anstatt studiert. Es gibt keine Kritik. Es gibt nur Beobachtung, Anverwandlung, anschließend Exekution. Wo aber spielt all das? Gibt es den einen Raum, die eine Zeit? Die Schlachtenbilder in der Alten Pinakothek sprechen die Sprache der Rockmusik, Pop ist böse, das Volk das Maß des Guten, Dürer, das göttliche Ich, und Hawking soll ich versöhnen, Beschleunigung, gefährlich. Ich glaube, sage ich, ich kann nicht mehr, mein Hirn ist zusammengebrochen wie ein verendendes Pferd.

X

Montag, 1. Oktober, Hamburg. Nieselregen. Wochenende in Düsseldorf, Von Hier Aus Eröffnung, das Pack der Produzierenden, größte Niedergeschlagenheit. Kontrolle Zeitungen, Reimann, Gespenstersonate. Eine Welt, in der durch zu langes Schweigen still stehendes Wasser sich bildet, das fault. Meine Welt.

Dienstag, 2. Oktober, München. An Kerker, Kerker fertig. Abends Alabamahalle, John Cale, super. Eilig heim, TV. Später fort. Bier.

Mittwoch, 3. Oktober. Superwetter, Post, gut an Herz. Kontrolle Freibeuter, Geilheit, alles Lüge. Es gibt kein Comingout, kein Ich, kein Bekennen, es gibt nur Kampf gegen das Ich, Bezichtigung der anderen, es gibt keine Selbstkritik. Abends Zirkus Krone, Zappa, todtraurig, heim, TV, Nichts Neues Unter Der Sonne, super.

Donnerstag, 4. Oktober. Früh auf. An Kerker, Korrektur Kerker. An Herz. Kontrolle Spex. Stadt, Kopien, Fotos. Tagebuch, Telefone. An Mannbild. Fort, Rausch.

Freitag, 5. Oktober. Früh auf. An Herz. An Mannbild. Aktenzeichen XY. Rausch.

Samstag, 6. Oktober. Ganz früh auf. An Herz. Briefe. Dann Thalkirchen, Einsame Cowboys. Pornos sollen plötzlich subversiv sein, alles Quatsch. Ich bin ein böser Mensch, ich glaube an die subversive Kraft der Moral, Revolte durch Rigidität. Trinkwettbewerb, ich Sieger, Vollrausch, Wiesn, heim. Die Nacht durch an Böse Orte.

Sonntag, 7. Oktober. Spät auf, nichts Rechtes. Abends Schumanns, nur Cola.

Montag, 8. Oktober. Draußen der schönste Herbst. Ich matt und grippig. An Beardsley.

Dienstag, 9. Oktober. An Beardsley. Rundfunk, Essen dort, alles schlecht. Abends weg, Bier.

Mittwoch, 10. Oktober. Wieder Sonne, wieder nur Schwäche. Vielleicht Fieber. Weniges an Böse Orte.

Donnerstag, 11. Oktober. Gliederschmerzen, plötzlich Kraftanfall. An Böse Orte. An Höge. Telefonterror. Endfassung Kerker. Fort, drei Bier. Nachts Telefonterror.

Freitag, 12. Oktober. Früh auf. An Höge. Flug nach Wien, von Wien nach Graz. Stadtgang, Hölle der Provinz. Abends erste Lügesitzung, Begrüßung durch Bärtling, der sich nicht vorstellt, Friederike Roths Vater ist erkrankt, wie isses nun bloß möglich. Dann im Hotel TV, Nachrichten, Bombenanschlag auf Thatcher gescheitert, vier Tote, viele Verwundete, tolle Bilder.

Samstag, 13. Oktober, Graz. Morgens Zeitungen, Langemann Hirnschaden, vermindert schuldfähig. Lügesitzung, meine Lesung Kerker. Dann am Schloßberg, Kontrolle Spex. Von schwadronierenden Schreibern belästigt, da war jedes Ärztekollegium eine Höflichkeits- und Diskretionsversammlung gegen die unverschämte Distanzlosigkeit der Literaten, am schlimmsten, wie immer, die Gleichaltrigen. Im Hotel an Höge. Wieder Lügesitzung. Kerker neu getippt. Bier.

Sonntag, 14. Oktober. Auf um 6. An Lüge Diskussion. Raus, Fotos von Graz, Kaiserwetter, würdevolles Sonntagsvolk, die Provinz ist doch gut, alles Leben ist gut. Letzte Lügesitzung, Lüge Diskussion. Burgberg, Kaffee, Hotel, Post. Gang durchs abendliche Graz. An der Hotelbar Bier.

Montag, 15. Oktober. 4 Uhr auf. Kontrolle Zeitungen, sortieren, packen, Flughafen Graz. Wien. Kino Stromopoly, Blödsinn, Wohltat nach dem geballten Grazer Literatenelend. Reisehorror. An Böse Orte.

Dienstag, 16. Oktober. An Böse Orte. Im Superstreß

zum Zug, Speisewagen, Wohltat. Grenze alles easy. Weimar. Keine Lichter, mitten in der Stadt, afrikanische Düsternis. Hotel, Zimmer optimal. Essen, Erschöpfung, Bett.

Mittwoch, 17. Oktober, Weimar. Früh auf. Goethehaus, Schillerhaus, Buchladen, Mittagessen. Schloß, Park an der Ilm. Alles super, überall Warteschlangen, sonst alles wie bei uns. Abends West-TV, Fußball, wir gegen Schweden, 2:0, Danke Franz. Hotelbar, totaler Nepp, superlustig, alles Karel Gott hier, alles der Wilde Osten.

Donnerstag, 18. Oktober. Herderkirche, Fotos, Gartenhaus, Frau von Steinstein. Hetze zum Bahnhof. Im Zugabteil DDR Soldaten. In Bebra Suppe und Bier. Weiterfahrt wieder Speisewagen, Kontrolle Zeitungen. Lustige Bundestagstumulte. München. Endlich wieder daheim.

Freitag, 19. Oktober, München. Im Chaos gedaddelt. Aufgeräumt. Endlich wieder an Herz. Großer Gang durch die geliebte Stadt. Abends Vollrausch.

Samstag, 20. Oktober. Früh auf. An Herz. Olympiastadion, Bayern–Frankfurt, 4:2, super. Heim, an Graz. TV. An Augebild, Shaped To Be Raped. Fort, viel Bier.

Sonntag, 21. Oktober. Lektüre alte NME. Verwirrung durch Besuch. TV, Formel 1, Lauda Weltmeiser, superspannend. An Herz. Tagesschau, Truffaut tot. Stadtmuseum, Film über Straub, würg. Tanzlokal, Vollrausch. Dabeim TV, Debatte Reagan Mondale, großer Spaß.

Montag, 22. Oktober. Im Rausch an Herz. Stadt, Einkauf Bücher, Zeitschriften, Platten. Daheim Kontrolle alles. TV, Barzel, trinkermäßige Beschwörungen. An Graz. Beim Chinesen, Kontrolle Musikkonzepte, Stockhausen, Skriabin. Daheim TV, Truffaut, Die Braut Trug Schwarz. Bett, Musikexpress.

Dienstag, 23. Oktober. Früh auf. Zeitungen, Tagebuch. Fototermin, der Mensch hat vier Ansichten und zwei Gesichter, gibt 16 streng logische Bilder, mehr nicht. Essen, heim. Zum Bahnhof, dort zielloses Rumlaufen. Heim, TV, Amerikanische Nacht, Super. An Graz, wenig und schlecht. Spät ins Bett.

Mittwoch, 24. Oktober. Lange geschlafen. An Graz. Wieder alles schlecht und traurig. Kein Iron Maiden, nur Schlafen.

Donnerstag, 25. Oktober. Wieder dann ganzen Vormittag verloren, alles Versagen. An Graz, dumm, matt, daddelig. Graztext endlich verworfen, jetzt wird alles gut. An Krieg. Abends Gärtnerplatztheater, Brecht-Weill, Mahagonny, ja ja ja, aber wozu Obszönität, Provokation, warum Unterhaltung, warum Politik? So nicht. Wienerwald.

Freitag, 26. Oktober. An Krieg. Spaziergang, Maltageschichten. Heim, an Herz. Später Mathäser, Conan Der Zerstörer, superlustig, Tanzlokal mit allen, Vollrausch.

Samstag, 27. Oktober. Noch betrunken auf um 7, aufräumen, zum Zug. Kontrolle alle Zeitungen. Speisewagen. Das einzige Mittel gegen den Rausch ist der Dauerrausch. Hamburg, Markthalle, Konzert der Lords Of The New Church, furios. Das Jahr der Kruzifixe, ultimatives Glück im schwitzenden tobenden Geschiebe der Körper, die wahre Kommunion von Fleisch, Blut, Sex. Anschließend Atelierfest, alles goldrichtig, noch mehr Bier, schließlich Offizierskasino, Schnaps, Tisch, Schlägerei, Zusammenbruch.

Sonntag, 28. Oktober, Hamburg. Ausnüchtern. Kontrolle Merkur, Habermas über Foucault, alles Dreck. Abends Go Betweens im Kleckstheater, super. Zu Fuß ins Luxor. Der weite Himmel über Hamburg. Kaffee, kein Bier.

Montag, 29. Oktober. Morgens Post. Nachmittags im

Metropolis Underground von de Antonio, super. Abends an Herz. Dann TV, Ray Film, alles wilde Farbe, Decor, Mode, toll, bloß wozu? Telefonterror.

Dienstag, 30. Oktober. An Herz. Später Stadt, Alsterhaus, Bilderbücher Holbein, Hals, Tizian, Caravaggio. Nochmal an Herz. Dallas, Tagebuch, Bett.

Mittwoch, 31. Oktober. Zu spät auf. An Herz. Großes Aufräumen, Essen. Verzweiflungsanfall. Schlaflose Nacht.

XI

Täuschung alles, logisch, gezielte Fälschung zur Täuschung wessen, bis an den Rand der Selbsttäuschung getriebene Fälschung der vergangenen Zeit, akribische Vergangenheitsvernichtung durch Akribiefiktion, Fiktionsvernichtung durch scheinbare Authentizitätsakribie, Akribievernichtung durch doppelte Buchführung undsofort. Alles sei doppelte Buchführung, das sei die Wahrheit.

Ein Orkan rast über Deutschland. Es war schon spätnovemberlich kalt gewesen Anfang der Woche, dann, plötzlich, gestern, Donnerstagabend rasende Stürme, eine irre Luft, ein irres Sehnsuchtswetter, äußerste innerste Erschütterung, Kant Dürer Kepler Ich, bedrohliche Weltbewegungsbeschleunigung, Beschleunigung der Drehung der himmlischen Kreise. Alle Konzentration gelte universaler Kontrolle, daß nicht alles aus den Fugen gerate, was jetzt aus den Fugen gerate, gerate für immer aus den Fugen, komplett, endgültig. Das Hirn ist in der Mitte tief entzwei gefurcht. Alles Denken ist nichts als das Fleisch, das das Denken denkt. Das ist die wahre Fürchterlichkeit. Der Sturm in mir macht die Welt stürmen. Mein zerstörtes Hirn ist der Orkan, der über Deutschland rast, mich fort fegt, zerschmettert irgendwo vielleicht liegen läßt. Der Mond ist ganz fort, die Nacht ist so schwarz, ich muß Frauenkleider tragen, nichts bietet jedoch Schutz. Die Drohung der Gedanken ist der Lärm, der immer lauter anschwillt, was ich nicht weg denke, denkt in mir gegen mich. Hau weg die Scheiße, die Scheiße ist das Bier, das Bier muß weg, runter in den Bauch, zurück gestiegen in den Kopf ist das Bier im Kopf das Hirnorkanorgan. Dort bin ich das schwarze Loch, das alle Energie des Kosmos auf sich zieht. Die Arbeit an der Weltformel soll ich ganz zu meiner Arbeit machen, denn ich bringe Physik und Philosophie zurück zum lebendigen, konkreten, materialen Ich, also zum Tod, radikale Reduktion, Kollaps. Erschüttert stehe ich an der Dürerschen Schwelle, ich habe das göttliche Ich gesehen. Wohlweislich behalte ich all dies bei mir. Ich vermeide insbesondere jegliches Gespräch. Sagt jemand, wie geht es, sage ich, ich habe mir an meinem Kiosk für zwei Mark fünfzig die Marxistische Zeitung MSZ Gegen Die Kosten Der Freiheit gekauft, darin lese ich, um mein Denken zu verbessern. Ich glaube an die Kraft triftiger Argumente, heute mehr denn je. Sagt jemand dann, wieso, breche ich eilig ab. Sagt jemand hingegen, Nicaragua, sage ich, Nicaragua. Sagt jemand, Reagans Rekordwiederwahl, sage ich, ja Rekordergebnis, sagt einer Kohl Flickausschuß, antworte ich korrekt, genau Flickausschuß, jemand, Gauweiler und Scientology, jaja Scientology hahaha, so ich, jemand, Volkszählung verlegt, ich, Volkszählung, Schreckenberger, Schreckenberger, Alviola, Alviola, undsoweiterundsofort. Ich sage zum Beispiel auch, im Werkstattkino zeigen sie jetzt geile Rockerfilme, aber ich habe dauernd keine Zeit, aber für die feinen Rohmerfilme im Fernsehen schon, und dergleichen mehr. Mehr sage ich nicht. Ich lasse mich von denen doch nicht in den Dreck ziehen, von den hinterhältigen Gesprächsidioten, die mich nur in ihre dreckigen Gespräche ziehen wollen, der Gesprächsdreck ist der allerfürchterlichste Dreck, in dem die sich wälzen, ich nicht, so nicht, nicht mit mir. Dagegen trete ich wohl noch jederzeit jeden Beweis an, all das ist alles widerrechtlich, Schmähkritik, beweisbar. Das Logbuch der Eroberer ist zwar verschwunden auf geheimnisvolle Weise, aber an die Eroberer erinnert sich wohl jeder, der sich an die seinerzeit versenkte General Belgrano noch erinnert, ich weißgott. Logbuch heißt Kriegstagebuch. In allen Streitkräften der Welt tritt im Kriegsfall eine andere Art von Chronik an die Stelle der friedensmäßigen Aufzeichnungen der Geschehnisse. Meine ewige Rede, Krieg, Kontrolle, Chronik. Der Fehler ist nicht Weltformel, Orkan draußen, drinnen Hirnorkanorgan Bier, Vorwürfe diesbezüglich, da ist die Devise die entschiedenste, gar nicht einmal ignorieren, so kann mich niemand mehr beleidigen, wie ich das längst gewohnt bin, der Fehler ist Versuchung durch das Nichts, ein Sog, dem ich mich widersetze. Von der Gnade erbitte ich nur, mir die Möglichkeit des Seins zu zeigen, das Gegenteil ist Irrweg, Hölle, Ahnung von Schrecklichem, erbitte dagegen Reinheit des Herzens, prometheisches Tun, Buchhaltung der Taten.

XII

Der Präsident ist wohlauf, logisch, ich sitze da und bilanziere, betrübt, was sonst. In Wahrheit ist es ein gutes Jahr gewesen, imgrunde das beste seit genau zehn Jahren. 1974 war ich zum Jahreswechsel auf den Malediven, das glaubt mir keiner, kaum ich selbst, aber es war so, die Ausländer haben wild im heißen Sand getanzt, und wir, die Reisegruppe, haben Alkohol getrunken, bloß ich nicht, denn ich war der Reiseführer und habe damals noch nicht getrunken, war also nicht betrübt, sondern maßlos traurig. Ich habe die Sterne angeschaut und logisch an die Liebe geglaubt. Denke ich daran zurück, denke ich praktisch an die Steinzeit, aber auch heuer ist in Wirklichkeit alles natürlich nur, aber nein, über die Liebe rede ich nicht, habe ich mir geschworen, bis ich mehr davon verstehe als ihr Idioten alle miteinander, also möglicherweise nie. Ich habe meinen Schreibtisch umgestellt und alle Bilder von der Wand genommen. Alles muß anders werden, sagen alle, ich muß endlich weg aus München, ich sage, ich weiß, München ist die Hölle, in München gibt es nichts, nur Vollidiotie, gegen die ich arbeiten muß, um das Nichts durch Arbeit zu vernichten. Nächste Haltestelle Endhaltestelle Stammheim. Das war die Trambahnansage der Linie 5 in Stuttgart, ich stieg aus und ging in die Richtung, die der Schaffner mir gewiesen hatte, an niedlichen schrumpeligen Stadtrandhäuslein vorbei, da öffnete sich rechterhand weit der Blick, ein sanft nach unten gewelltes Land, in der Ferne war ein fester dunkler Waldrandstrich, eine Kapelle, glaube ich, irgendwo, oder täusche ich mich, und vor mir lag mitten in der Landschaft eckig ein großer schöner Fertigbetonbau. Ich begehrte Einlaß, man ließ mich vor, durchsuchte mich höflichst, und als ich den turnhallenweiten Verhandlungssaal betrat, sagte eine Stimme, so Herold, Kulturaufgabe der Bekämpfung des Terrorismus. Dann saß ich da, schaute wie nie, lauschte, alles war echt, mein Hirn sperrangelweit aufgerissen, bestürmt von Verzweiflung, Schönheit, Schwäche, Dummheit, Unbeugsamkeit, Hoffnung. Mittags ging ich draußen umher, sah die Äcker, Pferdespuren im Gras, abgezäunt ein Hubschrauber des Militärs, in die ländliche

Stille läuteten die Glocken, es war genau ein Uhr. Niemand soll sagen, all das ist einfach, denn es ist traurig und schwer. Denn der Kampf geht weiter. Denn Leben ist Lebensaufgabe, im Gegenteil, Lebensaufgabe Leben.

The New York Times
Late Edition
Weather: Sunny, cold, light no
winds today; partly cloudy t
Snow mixed with sleet likely ton
Temperatures: today 25-30, toni
25; yesterday 19-29. Details, pa
NEW YORK, THURSDAY, JANUARY 12, 1984
30 CE
U.S. PILOT KILLED BY 'HOSTILE FIRE' ON HONDURAN TRIP
Victim, the First American to Die in the Fighting, Is Slain After a Forced Landing
By CHARLES MOHR
Special to The New York Times
WASHINGTON, Jan. 11 — A United States Army helicopter pilot was killed today in Honduras by hostile fire "from the direction of the Nicaraguan border from a person or persons unknown" after he made an emergen
the Defense Department sa
The pilot was the fir
serviceman to die from h
Honduras. Two other ser
been killed, in bulldozer
accidents.
The pilot was flying
seat OH-58 observation helicopter with two Army engineers as passengers as part of a large-scale United States-Honduran military excercise, the Pentagon said. The exercise has been under way for more than five months.
Sandinistas Aren't Blamed
Military spokesmen at the Defense Department did not blame the Nicaraguan Government for the incident, and
LATIN PANEL AS
STEPPED-UP HE
CITING PERIL TO
SOVIET CHALLENGE N
Commission Largely End
Administration's Polic
$8 Billion Aid Urged
By HEDRICK SMITH
Special to The New York Times
WASHINGTON, Jan. 11 — A
mission asserted tod
security interests
ngaged" by a Sovie
n Central America.
k new infusions of
Salvador and a bro
lion economic aid p
for the region.
In a report presented to Pr
Reagan this morning, the Natio
partisan Commission on Centra
ica urged the President to me
Key sections of the report a
pages A14 to A16.
Central American leaders to wo
regional development plan and
NEW YORK POST, TUESDAY, DECEMBER 27, 1983
CONFRONTS MAN
The New York Times/Paul Hosefros
President Reagan and Henry A. Kissinger conferring in the Cabinet room.
WHO TRIED TO KILL HIM
8th
2nd Av.
A
B
C
8.B.C
Bw.
Ws. Sq.
T. Sq.
2.
P.
Bleeker
1.
Houston
Broome
3.
By.
4.
Canal
1. 7th Floor App E
2. Foucault
3. Krieg, Fleisch
4. Hi Lynn, miss you! Where are you?
P. Straight To Hell
8.B.C. Heroin
KONTROLLIERT
Jan. 1984

Der ALKOHOLIKER A.O.

Wigging, This Is Not The New York Dolls, Alkohol Ist Klasse - see page I/3
KONTROLLIERT Jan. 198

Members of the Wigging:

it Gott - in der Hölle. 43. Folge: Nachts ging ich immer in das Area. Das war as.

ite Weise

ch

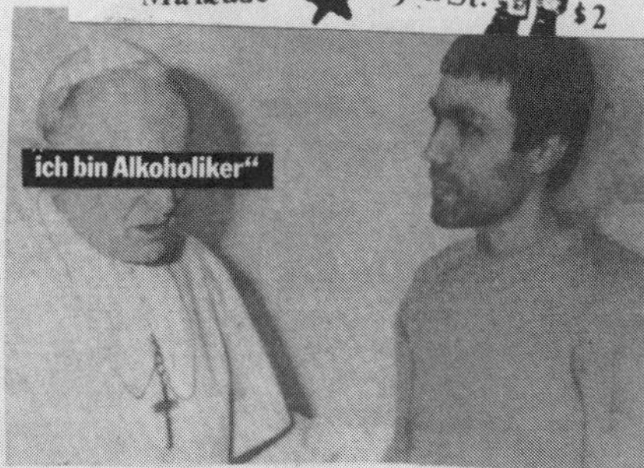

Attentäter

durcheinander- gebracht?

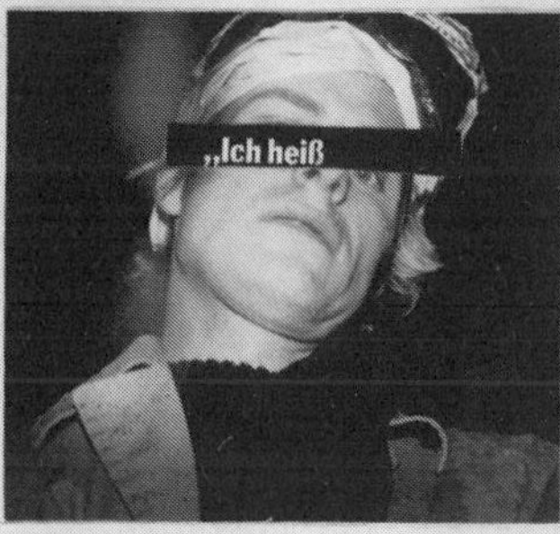

ich bin Alkoholiker."

Mit Gott - in der Hölle

43. Folge

Sex is nostalgia for when you used to want it, sometimes. Sex is nostalgia for sex.

KONTROLLIERT Jan. 1984

TOD

TOD

TOD

TOD TOD

A: I'm sorry to hear about it. I just thought that things were magic and it would never happen.

BLESSING IN DISGUISE
AHR DES TODES, das die Besten hinrafft. Die Idioten dürfen weiter machen, das
st die gottserbärmliche Schweinerei, aber der Herr kennt keine Gnade. Die
dioten leisten sich, was Idioten sich seit Menschengedenken leisten: Idiotie.
ber ich habe euch verflucht. Weil ihr Dreck redet, seid ihr Dreck. Ihr seid
ernichtet.
I.C.H.
KONTROLLIERT Feb. 1984

20TH STREE
NUE NYC
A BLESSING IN DISGUISE
The London Underground
ALIEN SEX
X FIEND
Aber ich habe euch verflucht weil ihr Dreck redet seid ihr Dreck ihr seid vernichtet
I.C.H.
AZ feuilleton
Ostern, 1984 Seite
AZ-Autoren-Umfrage: Hat das Schreiben für Sie noch Sinn?
Robert Jungk
Alberto Moravia
Udo Steinke
Barbara Bronne
Herbert Achternbusch
Wolfgang Koeppen
Gisela Elsner
Wer kann sich den Luxus der Verzweiflung leisten
Endzeit – ist die Zeit am Ende, die Uhr abgelaufen? Resignation macht sich breit, Erkenntnis über die Absurdität menschlichen Daseins in einer Zeit erhöhter Kindersterblichkeit, verseuchter Umwelt und unaufhaltsamer Raketenstationierungen. Deutsche Intellektuelle wie Max Frisch oder Heinrich Böll, Wolfgang Koeppen oder Günter Grass sahen die Zeit für sich schon längst gekommen, die Zeit aufzuhören, dem aktiven Schriftstellerleben ein Ende zu machen. Jetzt hat sich noch ein anderer eingereiht in die Riege der entmutigten Aussteiger: der 67jährige Büchner-Preisträger Wolfgang Hildesheimer. In einem Interview mit dem „stern" erklärte er: „Ich glaube, daß der Mensch in wenigen Generationen die Erde verlassen wird." Wir fragten Schriftsteller aus dem In- und Ausland, woher sie den Mut zum Weitermachen nehmen.
..Say! Where have I been? And WHO are these scary men . . ."
TILL DEA
vernichtet KONTROLLIERT
Feb. 19

Danceteria

e New York Times

Weather: Pa
brisk northw
night. Mostl
Temperature
22; yesterday

York Times —NEW YORK, FRIDAY, MARCH 9, 1984— 80 cents beyond 75 miles from New York City, except on Long Island.

Pact
nators

Adviser
at 6%,
recasts

BORN
Times

h 8 — The
t's Council of
predicted an
the national
is consider-
the Adminis-
economists
nonth or two

S. Feldstein,
be 6 percent
t expected by

een Yet

ministration
's rate of eco-
n two weeks
nt will make
in its "flash"

ercent is con-
onomic fore-
ing in recent
tedly strong
using starts,
dustrial pro-

nd that the
ing inflation
by the Fed-
ow the econ-

that no such
. In a speech
of Manufac-
tion's basic
at a brisk 13

, Column 1

oans
Pay

s yesterday,
ar period the

United Press International

Students in Garwolin, Poland, at mass protesting the removal of crucifixes from agriculture school there.

Student Protest Swells in Poland; Return of Crucifixes Is Demanded

By JOHN KIFNER
Special to The New York Times

GARWOLIN, Poland, March 8 — Some 3,000 young people, many with tears streaming down their faces, attended a morning-long mass here today in protest against the removal of crucifixes from their classrooms.

A protest by agricultural students over the issue Wednesday night, which led to an official order indefinitely closing the Stainislaw Staszic complex of agricultural colleges in nearby Mietnow, spread today to three high schools in this rural village 40 miles southeast of Warsaw.

The automobile trade school, the

sit-in to demand that crucifixes that had been displayed in the classrooms since the state-run school opened in 1924 be restored.

Riot policemen in olive drab trucks cruised around the church today, where the students gathered for an 8 A.M. mass that stretched past noon in protest against the removal of crucifixes and the decision to close the college.

Priest Breaks Into Tears

"What are their steel helmets for?" asked the Rev. Henryk Bujnik, breaking into tears himself as he delivered a

IRAN KEEPS ARMY ON HOLD, U.S. SAYS

Use of Irregulars Seen as Way to Set Up Big Move on Iraq

By LESLIE H. GELB
Special to The New York Times

WASHINGTON, March 8 — Reagan Administration officials said today that Iran appeared to be trying to wear down Iraq with costly attacks by untrained units to set the stage for a possibly decisive thrust by regular forces.

In support of this view, the officials pointed out that few regular Iranian

SENAT
NEW F
NICAR

SETBACK

Request f
Was Ad
to a D

By F
Spec

WASHING
Senate comm
posal by Pr
have nearly
Nicaraguan
The Repul
Senate Ap
said it had b
about the inc
In what w
the Admini
voted 15 to 14
lion in additi
guan rebel f
nanced thro
gence Agenc
gress approv

Added to

The Presi
sented in the
a bill provic
tional financ
gram for low
Two Repub
Hatfield of C
man, and Se
New Mexico
tration for p
as a last-mi
that would ha
ation.
Mr. Hatfiel
amendment,
very poor jo
Domenici, wh
Administratic
as anything I
He said that,
can aid requ
similar way, t

Administ

Senator Hat

FLEISCH. Rückkehr der Kruzifixe. Das Foto zeigt Studenten in Garwolin, Polen, die, wie man sieht, massenhaft und in Ekstase der englischen Rockband The Lords Of The New Church zujubeln. Dazu singen sie Marienlieder und ihre anderen Hymnen: Little Boys Play With Dolls. Und: Holy War. Und: Live For Today, mit dem schönen Chorus: One two three four, living for today, living for today, living for today, and don't worry about tomorrow, hey! hey! hey! hey!

"All the News
That's Fit to Print"

Wie ein Musik-Führer seine Fans zum Wahnsinn treibt

siehe Seite III/2

Good Clean American Fun! KONTROLLIERT März 1984

NIGHT OF 101 STARS
III/
STARTING 9pm
The closest some of us will ever get to heaven.
PYRAMID84
THURSDAY MARCH 29
FROM SCANDINAVIA
THE NY PREMIERE OF
HANOI ROCKS
SATURDAY MARCH 24
ONLY NY APPEARANCE!
RELATIVITY RECORDING ARTISTS:
ALIEN SEX FIEND
PLUS, ON CONGO BILL, 10PM-1AM
A RECORD RELASE PARTY FOR
ALIEN SEX FIEND
FOLLOWED BY A PERFORMANCE OF
JOHN SEX & KATY K (1AM)
AREA
JOHN SEX
11 45
WEDNESDAY MARCH 7
ASH WEDNESDAY!
THE LAST AMERICAN APPEARANCE!
FROM GERMANY
COLLAPSING
NEW BUILDINGS (1:30AM)
(EINSTURZENDE NEUBAUTEN)
DJ ANITA SARKO
THE WORLD
ER
VOTE
MMUNIST
Mahnen, Warnen, Flehen, Inbrunst, Jubilieren.
KONTROLLIERT
März

WINGO! 101 WAYS TO BEAT THE BLIZZARD BLUES! PAG SEVE

TODAY Mostly cloudy, windy, 35-40
TONIGHT Partly cloudy, windy, 20s
TOMORROW Partly sunny, mid 40s
Details, Page 2

NEW YORK POST

METRO

SPORT

TV listings: P. 95 FRIDAY, MARCH 30, 1984 30 CENTS

© 1984 News Group Publications Inc. Vol. 183, No. 117

AMERICA'S FASTEST-GROWING NEWSPAPER

ABC AVERAGE SALES EXCEED

THOUSANDS FLEE STORM

- Long Island and Jersey homes awash
- *Damage in the billions along coast*
- More than 7 die in path of twisters, floods

MASS MURDER
WAR\TERRORISM
SLOW SUICIDE

Aber es ist ein gottverdammt langes halbes Jahr gewesen.

KONTROLLIERT 3 1. März 1984

Mit Berichten aus Stadtviertel und Landkreis Südwest, heute Seiten 11 mit 1

Münchner Stadtan

HEIMATZEITUNG DER LANDESHAUPTSTADT UND DES LAND

40. Jahrgang Freitag, 13. April 1984

Süddeutsche Zeitung Nr. 7

Der Alkoholismus breitet sich schlimm aus:

Auch Kinder sind schon Alkoholiker

Allein in München 3000 bis 4000 Kinder gefährdet oder abhängig / Die Eltern als schlechtes Beispiel / Das Bewußtsein für die Gefahren fehlt

Erschreckend groß ist die Zahl der alkoholgefährdeten und -abhängigen Kinder und Jugendlichen in der Bundesrepublik. Bereits die 10- bis 12jährigen trinken täglich im Durchschnitt zwei Gramm reinen Alkohol, meinte der Geschäftsführer der Deutschen Suchthilfe, Helmut Graf Lambsdorff, in einer Talk-Show zum Thema „Jugend + Alkohol = verhinderte Zukunft". Allein in München sind etwa 3000 bis 4000 Kinder und Jugendliche stark gefährdet bzw. abhängig.

NEWSLINE

FRI./SAT./SUN., MAR. 30-APR. 1, 1984

By Ann Devroy USA TODAY

Stahlarbeiter in Frankreich kündigen Generalstreik an

Gewalttätigkeiten besonders in Lothringen / „Marsch auf Paris" / Die Rolle der Kommunisten

REAGAN: 'I've never felt better'

DIE SEITE DREI

Herausforderung

Kanäler

ersuche, ein neues

Riehl-Heyse

Krawalle an der Startbahn West

Nach friedlicher Demonstration Ausschreitungen einer Minderheit

an interview USA TODAY News Service

Söhne erstachen Münchner Arzt

Fortsetzung von S. 1

Gestern an seinem praxisfreien Tag besuchte Dr. Wisuschil seine Söhne Stefan (18) und Michael (19) in Holzkirchen. Die Gymnasiasten leben bei der Mutter, vor sie-

ben Jahren ließ sich der Psychiater scheiden. Mittags hörte …

Die Haustür war offen. Im Flur die Söhne, Blut an den Händen. Ihr Vater lag zwischen Wohnzimmer und Flur, … Messerstiche hatten seinen … Jogging-Pulli zerfetzt. … Söhne schossen erst mit, … auf ihn.

Um ihn zu blenden? „Jeder nahm ein Messer, stach zu", sagt ein Polizist. Als der Vater sterbend im Flur lag: „Da schlugen sie noch mit der Holzlatte zu." Gestorben ist der Vater an 15 Messerstichen, alle in der Herzgegend.

Die Söhne haben die Bluttat gestanden. In getrennten Verhören sagten beide: „Er hat uns seit Jahren tyrannisiert. Mehr sagen wir nur unserem Rechtsanwalt."

Die Mutter, Lehrerin in Otterfing, erlitt einen Schock.

Der Sarg mit dem toten Vater wird aus dem Einfamilienhaus getragen. Ein Kripobeamter überwacht den Abtransport

Mittwoch, 4. April, 1984

Münchner Kabelfernsehen

Rudern auf

…kepsis und Mißtrauen prägen in der Landes…

Von unserem Redakti…

Pionie…

…ünchen, 2. April

Historiker ja erst

Gewöhnlich mer…

DIE TOTEN HOSEN

…ei Klassenfest ermordet

Der vorbestrafte Täter war aus …einer Nervenklinik …

Dienstag, 3. April 1984

KONTROLLIERT April 1984

Nichts nützt nichts. Imgrunde denke ich ununterbrochen nur einen Gedanken, T

FLEISCH

d wie sollte jemand, der schon als alter ernster Mensch zur Welt gekommen ist,
in: nix Entwicklung, man schlägt die Augen auf und wird erkannt und erkennt
gekehrt im gleichen ersten Augenblick die ganze Tragik dieser Welt, der also
t 5 etwa 17 war, mit 19 genau 12, mit 21 fünf Jahre lang 46, der schließlich,
e Erlösung, mit 25 endlich 14 wurde, der sein Leben lang unter der Diskordanz
eser Ziffern gelitten hat, einer wie ich, der in diesem prächtigen 84er Jahr,
d es ist eine biographische Katastrophe und es gibt keine Koketterie und kein
chts dagegen, 30 wird, jetzt plötzlich anfangen sein age zu acten. Nein, die
tur wird bekriegt. Der Körper wird geformt nach dem Hirn. KONTROLLIERT 24 Mai 1984

THE ROAD WARRIOR
TEACH-IN
DUMMHEIT
Terroristen
II. Kan. Korps
Caen
Colombelles
Cormelles
Orne
Bras
Front am 18.7.44
Front am 21.7.44
Britisch-Kan. Angriffe
Bretteville sur Laize
2. Pz. Div.
9.44 Div.
0 1 2 3 Km
A. Buchner
15/6 N.G: die abgehauenen Köpfe. Die Faszination des Todes. Er verwendet kaum mehr als Schwarz u Weiß mit den Schatten von ein paar
DIE HÖLLE IN DER ICH LIEGE IST DIE HÖLLE VON CAEN
bräunlichen, rötlichen Tönen. Könnte alles auch mit der Grauskala erreicht werden. Im Gesicht der Frau die Qual, das Entsetzen, die Erschöpfung eines ... Lebens gelagert. Definitiv, alles zuende Das Studium dieser Guillotinierten. Er sah sich selbst in dem bärtigen Gesicht mit dem aufgerissenen Mund, den offnen, gebrochenen Augen. Beide Köpfe auf blutdurchtränktes Kissen gebettet"
—— Vor lauter Mutlosigkeit = Schw = Schwäche = Dummheit = Ich: nur noch abschreiben, immer verkrusselpelter.
Und Bilder anschauen, Bilder ist das einzige, Bilder, Bilder, Bilder. Sprache = Dreck.
DUMMHEIT
wie geht das?
KONTROLLIERT
Juni 1

Der Alkoholiker A.O.

Würde muß sein, selbst im größten Rausch

München, Freitag, 13. Juli 1984

Eisbrocken stürzen vom Himmel Millionenschaden in München

Zahlreiche Verletzte durch Hagelschlag am Donnerstagabend in der Umgebung der Stadt Schloßen so groß wie Fußbälle

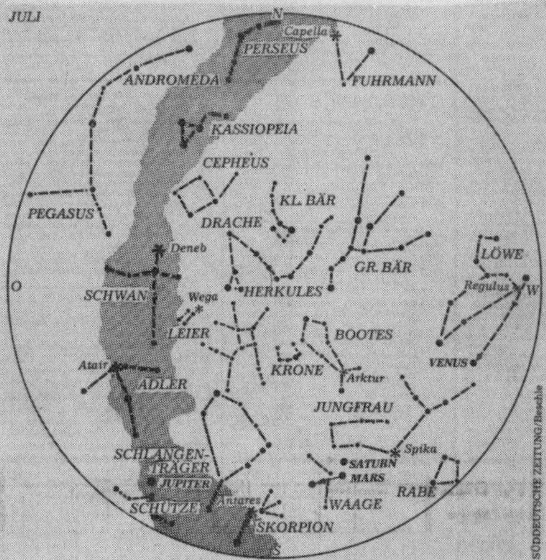

DER ABENDHIMMEL, *Anfang Juli 22.30 Uhr, Ende Juli 20.30 Uhr.*

Leider ist die Sonne schon wieder auf dem absteigenden Ast ihrer Himmelsbahn, und die Tage werden kürzer. Noch haben wir fast die maximale Tageslänge, aber Ende Juli wird die Sonne nur noch etwa 15 Stunden über dem Horizont sein. Sie steht jetzt im Sternbild Zwillinge und erreicht am 20. Juli den Krebs. – Zu Beginn des Monats stand die schmale zunehmende Mondsichel nach Sonnenuntergang im Westen und läuft durch die Sternbilder Krebs und Löwe. Am 13. Juli hat unser ständiger Begleiter im Schützen die Vollmondphase erreicht und ist bei Neumond am 28. Juli wieder im Krebs angelangt.

Schwarz Cyan Magenta Gelb

Jupiter im Schützen

Wie schon im Juni sind Merkur und Venus in diesem Monat unsichtbar. Mars, Jupiter und Saturn haben ihre Oppositionsstellungen hinter sich und wandern immer weiter an den Abendhimmel. Bei Einbruch der Dunkelheit stehen alle drei über dem Horizont. Mars leuchtet dann im Südwesten und geht bald nach Mitternacht unter. Er bewegt sich jetzt wieder rechtläufig in östlicher Richtung zum Skorpion hin und entfernt sich dabei rasch von Saturn, der in der Waage

KAMPF DEM VERBRECHEN

Genie ist für ihn normal

Horizont / Planeten und Sterne im Juli

bleibt. Zunächst gehen beide Planeten noch fast gleichzeitig kurz nach 1 Uhr unter, am Monatsende verschwindet Saturn schon gegen 23 Uhr unter dem Horizont, und Mars folgt bald danach. Noch bis in die frühen Morgenstunden ist Jupiter, der hellste der drei, im Schützen zu sehen.

Nur die Hälfte zu sehen

In diesen Wochen erhebt sich eins der schönsten Sternbilder über den Südhorizont. Es ist der zum Tierkreis gehörende Skorpion. In einer Nord-Süd-Ausdehnung von fast 30 Grad erstreckt sich dieses markante Bild weit über den Südhimmel. Deshalb sehen wir in unseren Breiten nur gut die Hälfte der zu ihm gehörenden Sterne, der südlichste Teil kommt in Mitteleuropa nicht über den Horizont. – Es ist nicht schwer, in der Anordnung der Sterne einen Skorpion zu erkennen, wenn man – etwa von Südeuropa aus – das ganze Sternbild vor sich hat. Uns fällt vor allem der helle Antares auf, ein Riesenstern von 300facher Sonnenausdehnung, der seine rötliche Farbe einer für Fixsterne kühlen Oberflächentemperatur von 3200 Grad verdankt. Ihn begleitet ein sehr viel heißerer, aber kleinerer Stern, den

Die Wahrheit ist, man lernt nichts. Alles wird enger von Jahr zu Jahr. Man sieht nichts neues. Alles wird weniger, nur die Enge wird mehr, mehr wird der Dreck der Existenz. Das ist das einzige, die Enge wird enger, der Existenzdreck drükkender.

KONTROLLIERT Juli 1984

Der Alkoholiker A.O.

Die Atmosphäre dort ist ganz anders, es wird viel mehr über Mathematik geredet. Man redet praktisch Tag und Nacht über Mathematik, weil alle, die dort sind, begeistert sind für Mathematik.

Nackte Mädchen klagen Männer an: Schweine

Die dunkelhaarige Kirstin G. (20) aus Hamburg stöhnt: „Nur weil sie einen blanken Busen sehen, legen sich die Männer neben mich, ohne zu fragen."

Hitze. Parks voll nackter Mädchen. Und voll Männer, die ihr verborgenes Gesicht zeigen? „Manche Männer sind oft echte Schweine!" schimpft Petra (20) aus Hannover, „sie pöbeln rum, rempeln absichtlich. Manche versuchen sogar, Busen zu grapschen." Einer Fotolaborantin aus München bat ein wildfremder Mann an: „Komm, wir geh'n in die Büsche und machen Liebe!" S. 9

Nackte Mädchen

Ich will meinen Geist nicht desinformieren lassen. Ludwig, Ludwig, Ludwig, ein Gespinst, da geht man hinein, da geht man als psychisch Geschädigter heraus.

Herr, erbarme dich, Herr, es ist Sommer, erbarme dich unser.

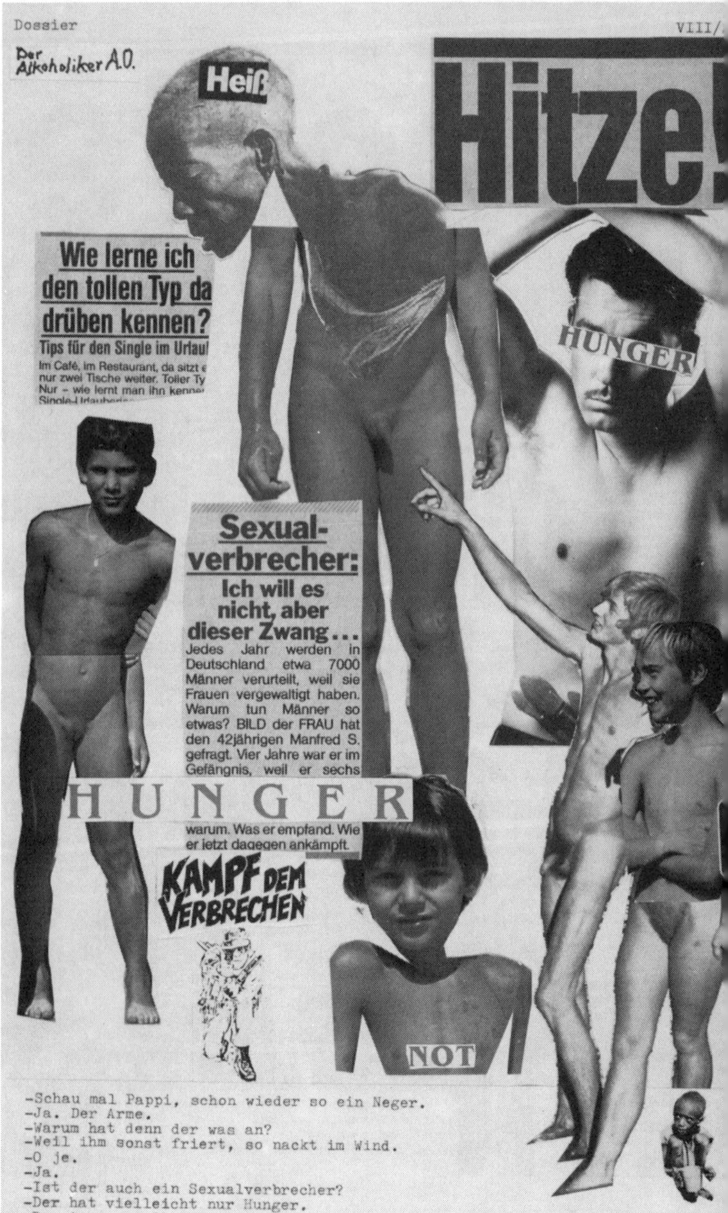

-Schau mal Pappi, schon wieder so ein Neger.
-Ja. Der Arme.
-Warum hat denn der was an?
-Weil ihm sonst friert, so nackt im Wind.
-O je.
-Ja.
-Ist der auch ein Sexualverbrecher?
-Der hat vielleicht nur Hunger.
-Der Arme, vielleicht braucht der bloß ein bißchen Liebe, oder Bier, oder so.

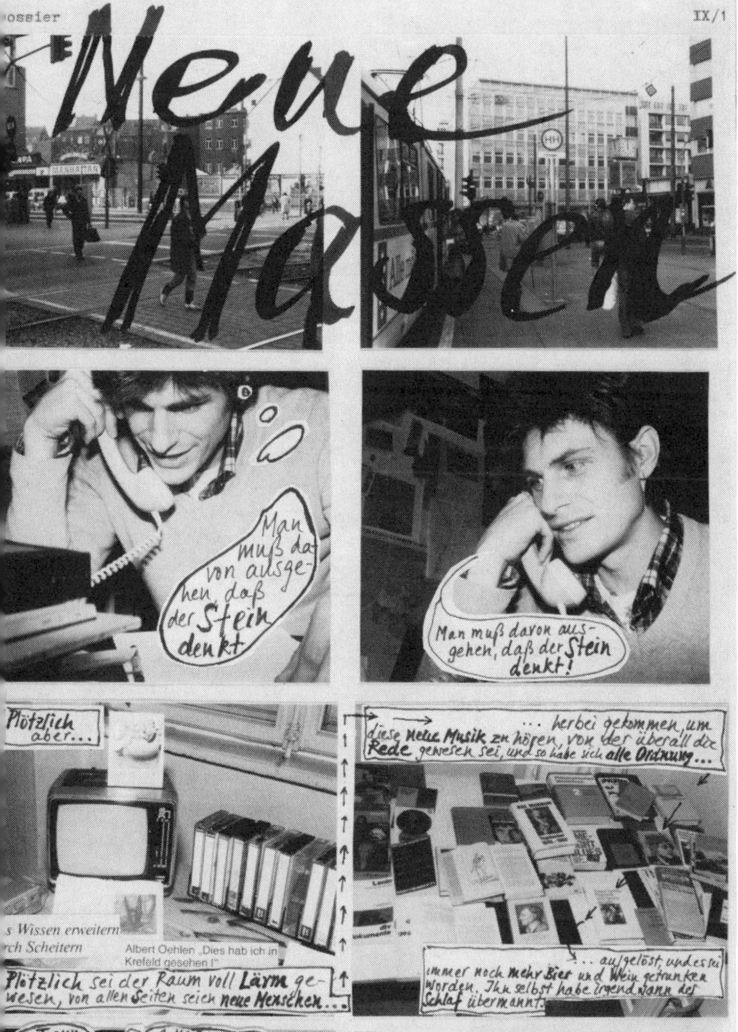
Neue Massen
Man muß davon ausgehen daß der Stein denkt
Man muß davon ausgehen, daß der Stein denkt!
Plötzlich aber...
s Wissen erweitern
rch Scheitern
Albert Oehlen „Dies hab ich in Krefeld gesehen !"
Plötzlich sei der Raum voll Lärm gewesen, von allen Seiten seich neue Menschen...
... herbei gekommen, um diese neue Musik zu hören, von der überall die Rede gewesen sei, und so habe sich alle Ordnung...
... aufgelöst, und es sei immer noch mehr Bier und Wein getrunken worden. Ihn selbst habe irgendwann der Schlaf übermannt.
Gegen Morgen...
Im Traum sei ihm die mitternächtliche ...unkene Rede ...eder gegeben worden als das neue ...esete.
?
A HAGA HUGA HAGA HUGA AHH
... sei er dann aufgewacht
Ahaga huga haga huga!

DA ERINNERTE ICH MICH
§ 10
De Cupiditate Rerum Novarum
Die Revolution ist die notwendige Tat. Wer sie nicht will, will das Elend des Volkes. Wenn das Volk leidet, weint der Stein. Man muß davon ausgehen, daß der Stein denkt. Die Welt ist nämlich aus Dingen gemacht. Denn nicht Tod, Leiden, Zukunft, Schuld sind wirklich, sondern Geschichte, Fortschritt, Jetzt, Glück, Leben. Eigentum aber ist Diebstahl. So gehört jede Revolution immer allen. Dies macht die Schönheit der revolutionäre Taten entwerfenden revolutionären Idee.
① Alles war nun ruhig und leer
② In der Ferne redete einer zwei anderen zu.
③ Jedoch die beiden schlummerten bald ein.
④ Der aber, der die Nacht durch voll Kraft und so klug geredet hatte,
⑤ stand auf und kam jetzt leichten Schrittes zu mir.
⑥ Er lachte, gab mir die Hand, wir gingen los.
⑦ Da wurde es Tag.

Und kurz darauf: Meine lieben jungen

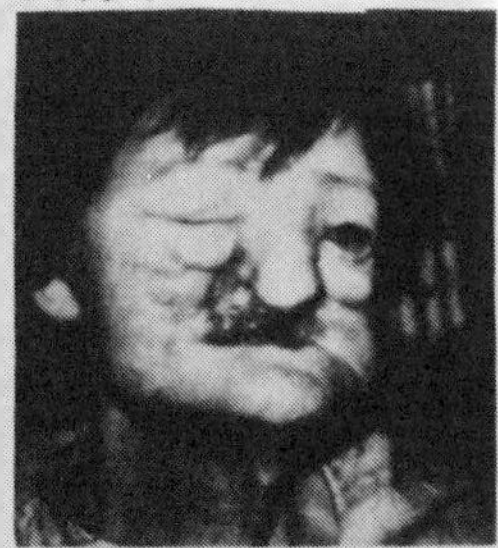

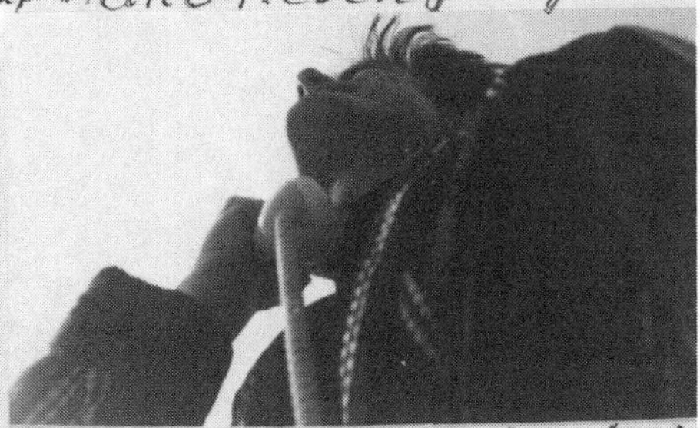

Freunde ... und so ist mir dieser Herbst

der anstrengendste also glücklichste

meines an Anstrengung also

Glück überreichen Lebens

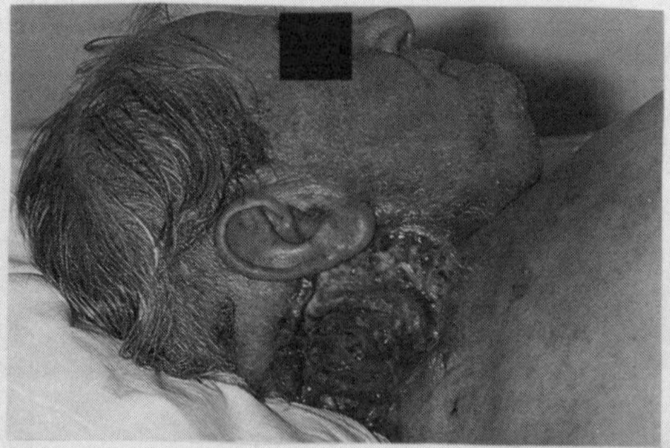

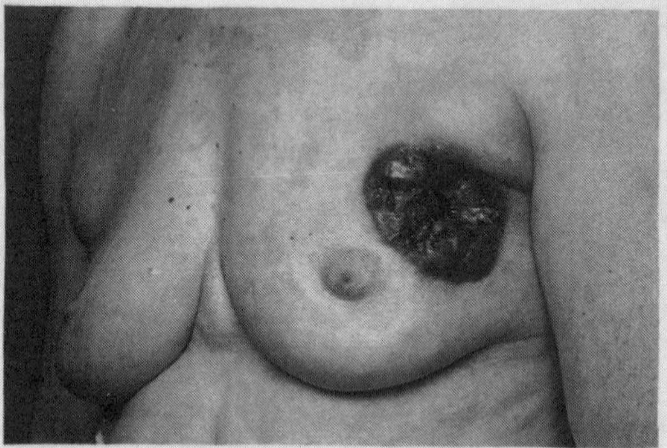

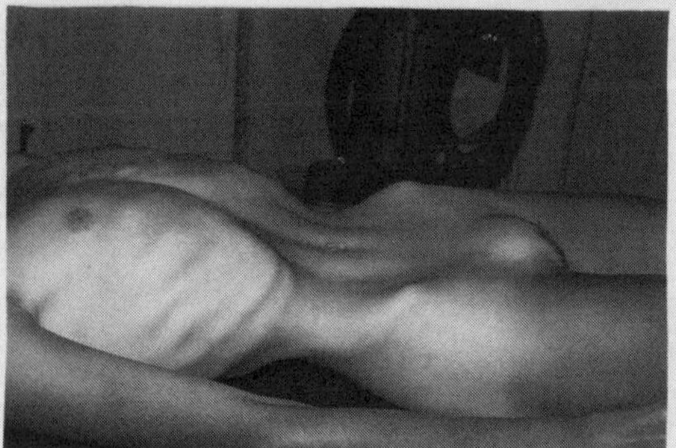

EINSAME COWBOYS. Das Kommando Werkstattkino glaubt, Pornographie sei subversi Das ist falsch und traurig. Ich habe in meinem Leben schon zu viel Fleisch gesehen. Ich bin ein böser Mensch. Ich glaube an die subversive Kraft von Takt, Moral, Güte.

ossier
The Lords Of The New Church
XI/1
rkan
:
Sturmböen
November 24 1984 SOUNDS Pa
Bei Wind
HOLY WAR
stärke 11:
fährt
gech
Wetter
„verrückt“:
horse called rock 'n' roll and
gunned it into life,
reactivated it with a shot of
something called Crazy Black
Sex. The bass line of the
year in 'Murder Style' started
to sound suspiciously like
the only thing I will want to
hear for a long time to come,
During the afternoon of the local skins
had turned up at the
been given the elbow
by the road crew. By evening
were back with
reinforcements. About a
hundred skins outside were
trying to get in and six or
seven police cars kept them
out. Everyone was searched
coming in and the police
were collecting quite an
artillery of knives and guns
from the punters.
Backstage they were being
cool.
"It'll be interesting," Stiv
suggested. "After all, I've
been slashed with a razor,
shot in the side . . ." But
Dave and Nicky were a bit
Nicky chopping out
the hard line beat that
announces 'The Method To
My Madness', and suddenly
the Markethalle in Hamburg
is transformed into the only
place on Earth worth being
alive at that particular
moment.
The Lords Of The New
Church, the band least likely
to, had taken that dead
on rock 'n' roll
equals unity,
celebration of youth,
it's a spiritual feeling the
get. The band is doing the
rhythms, the singer's like
shaman or a medium.
build-up is very cosmic.
can go to another side,
somewhere else . . ."
I think we've maybe
temptation.
Don't resist.
RAINALD GOETZ UND DIE
UNVERDICHTET BLUT BAD
D I C H T
Single jetzt draussen
KONTROLLIERT
Nov. 1984

1984

Jahr des Todes,
also Jahr des Lichts,
danke ich **Spex,** der Redaktion und dem geliebten verborgenen Leser, **alles,** meinen Heiligen Krieg zur Vernichtung der Schlechten und Verbesserung der Guten, also all mein Hirn, also alle Lust. Aus der MUSIK in die Kritik der Musik, in die Philosophie, in die Kritik der Metaphysik, Kant, in die Kritik der Metaphysikkritik, Heidegger, in die materiale Positive Wissenschaft, in die PHYSIK, in die Atomphysik, Heisenberg, in die Astrophysik, in die Physikkritik, in die angewandte Mathematik führte mich so auf notwendigem Weg mein Schreiben für **Spex** an die neue Aufgabe heran: meine Arbeit an der WELTFORMEL. Hawking und ich.

Hits: Nicki, **So a Wunder,** Virgin Ariola; Nationalmannschaft 1974, **Fußball ist unser Leben,** Polydor; Bernd Alois Zimmermann, **Requiem für einen jungen Dichter,** Bundesverband Deutsche Industrie; Arnold Schönberg, **Verklärte Nacht,** Turnabout Vox; Boney M., **Kalimba De Luna,** Hansa Ariola.

Bücher: Immanuel **Kant,** Von der Form der Sinnen- und Verstandeswelt und ihren Gründen, suhrkamp taschenbuch wissenschaft; Hans-Jürgen Krahl, **Konstitution und Klassenkampf.** Zur historischen Dialektik von bürgerlicher Emanzipation und proletarischer Revolution, Verlag Neue Kritik; Svende Merian, **Der Tod des Märchenprinzen,** rororo; **Merkur.** Deutsche Zeitschrift für europäisches Denken, herausgegeben von Karl Heinz Bohrer; **Joschka Fischer,** Von grüner Kraft und Herrlichkeit, rororo aktuell.

Bilder: Albert **Oehlen.** Der Heute Weiter Geher; Albrecht **Dürer.** Der Göttliche Mensch; Pablo **Picasso.** Prometheische Produktion.

All mein Sinnen: **Ich** nur ich
Mein ganzes Trachten: **Arbeit**
All mein Streben: **Welt**

ALL MEIN SINNEN GANZES TRACHTEN ALLES STREBEN

Der Alkoholiker A.O.
Proudly Presents

RAINALD GOETZ UND DIE UNVERDICHTET BLUT BAD

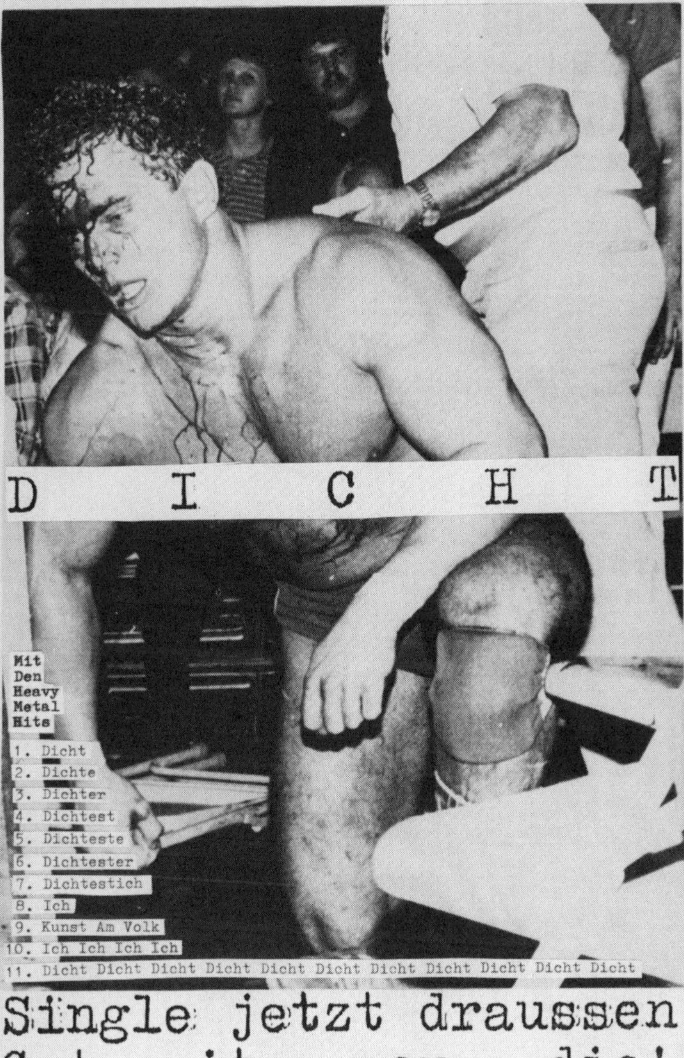

D I C H T

Mit Den Heavy Metal Hits

1. Dicht
2. Dichte
3. Dichter
4. Dichtest
5. Dichteste
6. Dichtester
7. Dichtestich
8. Ich
9. Kunst Am Volk
10. Ich Ich Ich Ich
11. Dicht Dicht Dicht Dicht Dicht Dicht Dicht Dicht Dicht Dicht Dicht

Single jetzt draussen
Get it or die!

KONTROLLIERT Nov. 1984

EINGEGANGEN 1 MAI 1983.

[redacted]

EINGEGANGEN 3 0 APR 1983

ster Pham Van Dong, Hanoi, mit unsern Glückwünschen
zum Tag des Siegs u der Befreiung 30/4

Nun habe ich den Boden
worauf ich stehen kann
die Schwäche ist vergangen
der neue Tag bricht an 1/5

420

INSTITUT
FÜR
GALAKTISCHES
DENKEN

täglich

EINGEGANGEN 3. Jan. 1985

-Institut Für Galaktisches Denken Abteilung Weltkontrolle Goetz Grüß Gott.
Was?
Ja geschlossen.
Nein.
Was?
Nein für immer.

KONTROLLIERT 3 1. Dez. 1984

ssier DER ALKOHOLIKER SAY: WELLCOME TO THE PLEASURE DOME XII/2

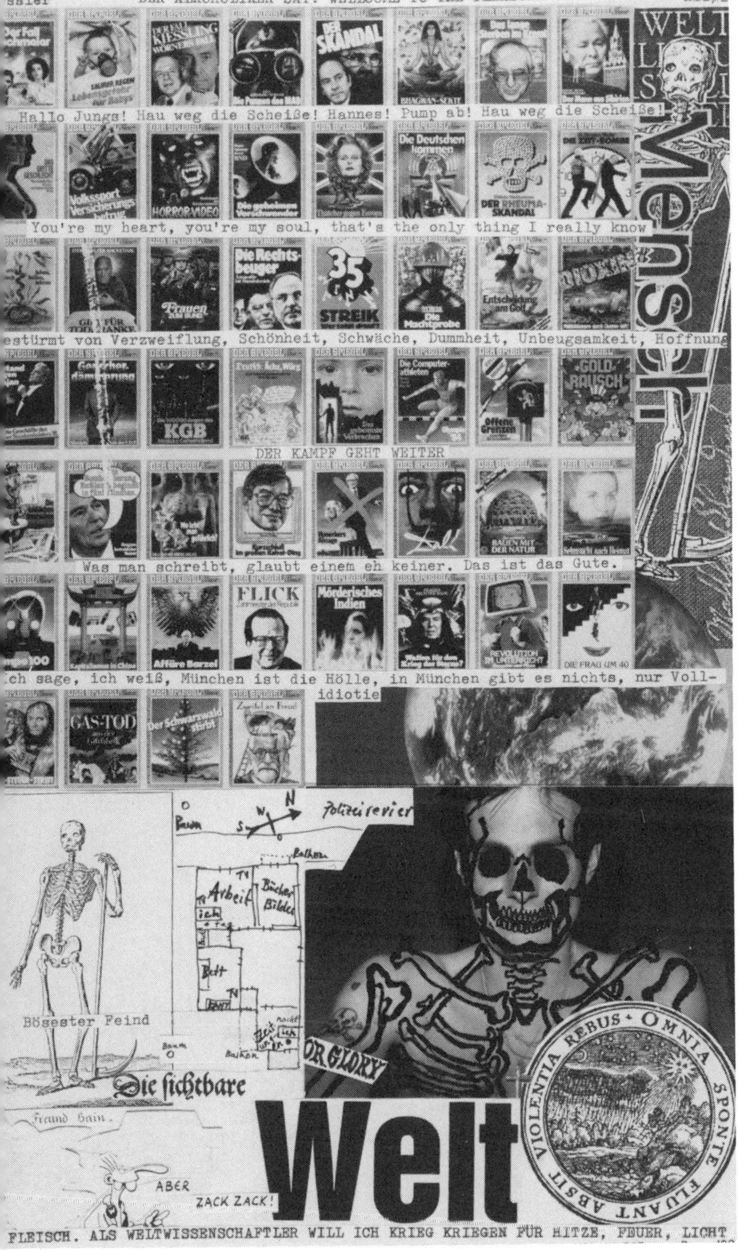

Hallo Jungs! Hau weg die Scheiße! Hannes! Pump ab! Hau weg die Scheiße!

You're my heart, you're my soul, that's the only thing I really know

estürmt von Verzweiflung, Schönheit, Schwäche, Dummheit, Unbeugsamkeit, Hoffnung

DER KAMPF GEHT WEITER

Was man schreibt, glaubt einem eh keiner. Das ist das Gute.

ch sage, ich weiß, München ist die Hölle, in München gibt es nichts, nur Vollidiotie

Bösester Feind

FLEISCH. ALS WELTWISSENSCHAFTLER WILL ICH KRIEG KRIEGEN FÜR HITZE, FEUER, LICHT

Moskau

1985

MOSKAU

»Nichts ist tot.«

Nachts saß Klar am Fenster.

Finsternis, Fakten fallen über einen her, Fehler, Verfehlung, Schuldaddition. Man hat Forderungen an mich heran getragen, wogegen ich mich zur Wehr setze, schließlich bin ich nicht krank. Ich bin nicht krank, auch wenn ich zweifle, bin ich in einen Fehler geraten, oder wie, aber es ist nicht bekannt, wodurch, warum, wogegen ich an denke, wovon ich berichte, ein System von Dunkelheit, das in mir vor geht gegen mich, systematisch. Einer hat um sich geschlagen, hat getreten, einen Fuß in ein Gesicht, hat Knie in Rückenrippen rein gehaut, mit den Fäusten rum geflogen, hat sich mit Gewalt befreit. Ich gehe nicht in deinen Todestrakt. Ich bin selbst die Lagerdisziplin, Materieschmelze, ich ich selbst, Ichtodestrakt. In der Ferne stapft ein Eisbrecher stampfend durch ein Eis, möglicherweise um was frei zu legen, was da auf Grund liegt, muß was totes sein, was also nichts erinnert, Stück von was, was ich nicht bin, ich bin kein Stein, Befund ist in mir, Glut. Aber es geschahen Dinge auf der Welt, die mit der Krankheit und mit Irrtum und dem Unsinn nichts zu tun hatten, das war feststellbar, etwa Spiegelungen, Brechungen von Licht, Fallen von Sachen von oben nach unten, Zustandswechsel fester Materialien, Unsichtbares, Fluten, Winde, Folgen. Ich denke, ich bin nicht krank, zumindest solange ich denke, denke ich, bin ich nicht absolut vernichtet. Es war betrüblicherweise sehr unergündlich, was in Köpfen wirklich vorging, da die Hirne in Köpfen, bereits im einfachsten Fall von nur zwei Köpfen, definitiv, selbst wenn Kranium an Kranium stieß, getrennt, je ein Hirn von je einem Kranium ein und ab geschlossen, vorlagen, so daß Berührungen von Hirn mit Hirn mit dem Leben nicht vereinbar, und Untersuchungen von Hirnen allenfalls vermittelt, im Fall von totem Hirn durch Tastatur verunreinigt, im Fall von noch nicht toten Hirnen durch Sprachunlogik abstrakt total verschmutzt, exakt jedoch nicht möglich waren. So war die Wissenschaft vom Hirn anstatt Skalpellvernunft nur stumpfer Spatel, Spekulation statt Sektion, keine Wissenschaft, sondern eine Steinzeit. In Wirklichkeit war jedoch kein Hirn Granit. Höchstens eine grundsätzliche Verfehlung, von der ich erst jetzt Kenntnis erhalte, eine biochemiebedingte Fehlerhaftigkeit, die, unvorstellbar, daß nicht korrigierbar, prinzipiell ist nichts prinzipiell unkorrigierbar, sich meines Lebens in Gestalt einer nach mir oder meiner Substanz greifenden Asthenieprogression bemächtigt, um mich, vielleicht nichts als Virus, oder Parasiten oder Würmer, in mir zu lähmen oder zu vernichten. Vorallem der Kortex, denke ich, ist befallen. Hob Klar, erstarrt in der Betrachtung verbotener innerer Zustände in sich, den Kopf, hob sich kaum eine Augenbraue, und versank in sich schon wieder. Ich sehe mich in dem doppelten schwarzen Glas des Doppelfensters nicht doppelt gespiegelt, sondern ab gehackt nur eine Hälfte mit nur einem, von der Schläfenschädelkante durch gehackten Auge, ein Eckstück Backenknochenhaut, von einem Arbeitsstrahler hin gemacht, aber kein Gesicht von mir, nur Schwarzverdoppelung, unendlich gebrochen, Finsternisunendlichkeit. Nichts war mehr undenkbar, Umkehr.

Der Frost hielt an, und die Wochen gingen hin.

Moskau war gedacht als die Methode zur Feststellung der Möglichkeit der Unterscheidung von bestimmten in einem in einem Kopf vorliegenden Hirn vorgehenden Dingen von unbestimmten außerhalb von Hirn und Kopf möglicherweise befindlichen Tatsachen, um in der Erhebung von deren Zerfall in Sachverhalte, Gegenstände, Sachen, Zeug, deren Gesamtheit logisch zu konstruieren, so daß Moskau bestimmt war als Idee vom Raum der Logik. Moskau war verhängt, anderntags bedeckt, dann, so hatte die Stimme zur Schrift auf der Karte im Bild auf dem täglich um ein Uhr kontrollierten Kanal um ein Uhr fünfzehn heute gemeldet, klar bei minus sechsundzwanzig Grad. Schließlich ist es unvernünftig zu bezweifeln, es gäbe die gesammelten Berichte von Daten eines Wetters, wenn sie einen Rückschluß auf die Existenz von einem Stück von Himmel bezogen auf ein Stück von Boden, hier mit Namen Moskau, verhinderten, anstatt vernünftig machten. Umgekehrt waren Menschen auf der Welt, die den Mensch zu untersuchen wünschten, wirklich gründlich zugleich wirklich wirklich, was Haut etwa zusammenhält, oder Grenzen von Organen, wie ein Fleisch sich teilt in ordentliche Teile, wozu Knochen dienen, Herzen, Furchen am Gehirn, wohin das führt, all das, und es tief zu frieren, zu zerhacken, Stück für Stück es zu studieren, Teile in der Hand zu halten, Brusthohlräumen zu entreißen, was in ihnen ist, auseinander schneiden, oder erstmal, liegt ein Mensch als Leichnam vor, ihn als ganzen inspizieren, Farben, Flecke, Eingetrübtes, Löcher, Augen, unvernünftigen Gestank, Zerfall, den ganzen Dreck maximal exakt zu memorieren. Schließlich war es überhaupt nicht unkorrekt in jungen Jahren, alle Materialienwissenschaft am toten Mensch zu treiben, etwa auch in Studien der Frage, was der Mensch, bevor er tot ist, dem

Menschen an tut, wenn er kann, da er die Macht hat und noch Zeit, die jeder, bis er stirbt, in den letzten leidlich dokumentbelegten sechsundvierzig hundert Jahren, zu leben hatte, um zum Beispiel Grausamkeit zu untersuchen, etwa die des Kaisers Domitian, und sogar zu diesem Zweck eine Unterwissenschaft der Inschriftwissenschaft, die Wissenschaft der Namen, Prosopographie genannt, zu erlernen, war keineswegs komplett verfehlt. Umgekehrt wird dauernd eben dies behauptet, von Resultat kann keine Rede sein, Listen listen nichts als Fehler auf, schließlich ist von Anfang an keineswegs nichts komplett verfehlt gewesen, im Gegenteil vielmehr alles. Ich sehe nämlich dauernd einen unversehrten Haaransatz in einem nicht zerschossenen Genick, das ein Metall berührt, ohne daß was winselt oder fällt, steht so gesehen ständig still. Der Hingerichtete war Zimmermann. Ich würde gerne mal wo fragen, wie dunkel es eigentlich noch wird oder vielleicht werden soll, und wer das überhaupt entscheidet, aber ich höre nichts, außer daß die Türe an die Türe klopft. Und Befehle kamen her, und im Keller hackte jemand, denn der Boden bebte, mit einem Beil in was hinein. Wer da? Klar lauschte, hörte nichts, was sich da am Boden wälzte, war vermutlich nichts oder nur ein Staub.

Nüchternheit ist Lebensnorm.

Aber am ersten März war der Frühling da, pünktlich, der auf gerissene Geruch der Erde, über die sehr niedrig, zart und in Formation dreiperlig eine Helikopterkette zog, womöglich um etwas zu untersuchen, was auf der Oberfläche sichtbar war, während Totes massenweise kaum bedeckt von der von dem vergehenden Jahrhundertwinter über Wochen hin tatsächlich tief gefrorenen und also mörderischen Erde lag, so massenhaft uralte Rosenstöckewurzeln, vom Frost der Erde, die sie jahrzehntelang ernährt hat, jetzt vernichtet. Keine Musik, kein Gestank, alles Generalpause, und keine Vögel, und schließlich fuhr ein Zug so sanft gefedert in Hannover ein, und öffneten sich Türen, stürzte Eruption hervor von Prügeln und Geschrei. Ich bin es nicht, der ununterbrochen, wo er ein Ding, zum Zweck der Prüfung, ob es ist, was es ist, etwa ein Licht ein Licht, eine Stoppuhr eine Stoppuhr, eine Linde Linde, Wort Wort, auf alle internen Eigenschaften hin untersucht, um so tatsächlich alle Möglichkeiten von dessen Vorkommen in Sachverhalten und somit die Gesamtheit von dessen innerer Natur, die Summe jedes Dings, zu erfassen, eine Welt ganz ohne Farben übrigens, nichts feststellt als Tod, sondern die Konsequenz der Logik, Konsequenz der Konsequenz. Dagegen war in ganz bestimmten Häusern, reserviert für definierte Wirrnis, die am Geist von Menschen, meist periodisch, aufzutreten wünschte, eigens etwas vorgesehen, was die in diesen Häusern inhaftierte Wirrnis zu entwirren oder gar zu ordnen unternahm, etwa sehr viel kaltes Wasser, oder blitzartiger Fluß von Ionen längs eines Gefälles einer definierten Spannung zwischen Polen, Elektronen, gutmütige Worte, oder wohltuende Pulver eigens und erfindungsreich gemischter Elemente der Natur. Ich gehe nicht freiwillig irgendsowohin zurück, heißt natürlich nicht, ich sei nicht gezwungen, ohne tatsächlich sowohin zurück zu gehen, von den unentwegt in mir gegen meinen Willen sich erhebenden uralten Bildern sowohin von mir verbracht zu werden, wogegen bisher keine Gegenwehr bekannt geworden ist, da gegen keine Art von Bildern, die nicht von außen via leidlich gut erforschter Sinnesmechanismen, sondern umgekehrt von innen vollkommen abstrakt, gleichwohl mitunter furchterregend wirklich, übrigens auch farbig, gegen mich in mir spontan und drohend heftig sich erheben, Widerstand wirklich was bewirkt, kein Schlafentzug, kein Schlaf, keine Bildbewachung jedes Bildes jeder Bildkaskade kann wirklich wirksam mich in mir total kontrollieren, nur komplette Bildvernichtung mittels absoluter Hirnauslöschung. Trinken, trinken, Klar hatte zu trinken, was er konnte, alles in sich ruhig zu stellen.

Eines Abends ging Klar hinaus.

Es war schon ganz dunkel, es war Ostern, Vollmond schien, in den Bergen lag der Schnee, der weiße Zacken oben auf die Gipfel setzte, da eilte er hinauf, und endlich frische Luft und Firmament mit Sternen, und von oben stürzte Klar sich lawinengleich hinunter in die Tiefe. Nicht ich interessiere mich für den Tod, der Tod interessiert sich für mich. Klar öffnete ein Fenster, es drückte den Geruch von Schnee herein, ein Silbergrau, das allen Grundtonbrutalismus löschte, und Pelzhumanität der groben Linien und Flächen, so können plötzlich Tage kommen, nicht unbeschreiblich schön, nur unendlich unendlich, die Forderung, ganz schwebend, es ihnen einfach gleich zu tun. Umgekehrt gab es jedoch auch andere Methoden, Erkenntnisfähigkeit zu prüfen und zu deren Reinigung, etwa Regeln der Betrachtung, der Teilung, Ordnung, Übersicht, die angewendet nach Art der geometrischen Gesetze und dargestellt in möglichst kurzen der Algebra entlehnten Zeichen, Prinzipien der Anschaulichkeit dem Schauen selbst vorstellten, so gewisse Grundlage der Schrift. Derart reißt der Augenblick von Haß den Himmel auf für einen deutlichen Moment, doch schon wird die Verdoppelung des Blicks zum Weltraub, der nichts übrig läßt als stumpfen. Umgekehrt vertrocknet im Alleinsein alle Rede, störend lauter wird jedoch die Stimme. Klar hätte natürlich gerne seinen alten Körper hinter sich zurück gelassen, um sich besser mit sich aus zu kennen, und so ging er nachts wo hin, wo viele waren, und führte wieder das Gespräch mit einem klugen Freund. Die Menschen sind so eigenartig grausam zueinander. Aber warum tun die das? Und warum? Ist Revolution auch gütig denkbar, gar gütig revolutionär vollstreckbar, oder ist nicht ein einziges noch lebendes und nicht tot gemachtes Leben gegen jeden noch so herrlich herrisch revolutionären letzten Zweck das letzte, gleich wie miese, schwache, schlechte, allerschwächlichste und dennoch letzte Argument? Sind Fragen immer schwache Fragen, und Antworten nie Antworten, sondern tatsächliche Taten? Der Sieg schreibt die Geschichte, immer wieder. Ist Blut in Hektolitern meßbar? Und sprechen Leichenbergeziffern eine Sprache, die was sagt, jenseits der Schönheit des in Zahl und Ziffer herrschenden Gesetzmaßes? Ich habe zwei hundert Jahre Revolution untersucht, Revolutionen haben die Staatsmaschinerie verbessert, man muß den Staat zerschlagen, die Herrschaft der Herrschenden vernichten, die Unterdrücker unterdrücken, die Diktatur der Bourgeosie im bürgerlichen Staat zerstören, hierauf alle Kräfte konzentrieren. Doch was dann, was dann tun, was dann? Ist Exekution der Revolution doch denkbar, gar vollstreckt im revolutionären Staat? Ist revolutionärer Staat nicht nur nicht undenkbar, sondern Staat tatsächlich wirklich möglich revolutionär? Klar mühte sich. Ich mühe mich, Tatsachen und Gegenstände bestimmten Sätzen widerspruchsfrei zuzuordnen, stoße aber immerzu auf Undinge und Unsinn. Ich müßte ordentlich die Gattungen von Argumenten trennen, kann leider Bestimmtes nicht mehr zweifelsfrei korrekt erfassen, bin nicht Logik, sondern fehlerhafte Suche. Doch das ist fehlerhaft, Grundparadoxie, verachte alles Paradoxe, das ich bin, soll das alles absolut vernichten. Später war der Kopf von Klar wieder alt, allein und mürbe in einer Ecke einer Ellenbeuge, in die hinein entkräftete Gesichter manchmal vielleicht sinken müssen, und die dumme Nase schnauft, und man riecht Gestank, sich selbst, und es ruckte sich in Klar nichts gegen ihn zurecht, nichts rückte auseinander, nichts geschah.

Die Kälte war müde geworden, die Luft so hell.

Klar saß in einem Zug nach Bern, munterstes zartestes Licht, wehende Wiesen, Frühsommer, der sich durch den Wagen wirbelte, da stand ein Landgasthof sehr fest, und abends leuchteten die Fenster, man feierte, und Klar war ohne Staunen im Menschmitmenschenglück, nur wußte er, zurück zuhause, leider nicht mehr ganz genau, ob er selber sich auf Knien durch die Wohnung zog, oder wer oder was da das da war, oder wie, oder wie, was auf ihm lag, die Zudecke, der Grabstein, in Wirklichkeit mit Namen hieß. Ich habe zur letzten Kraftlosigkeit, den Terror der Konstruktion nicht fortzusetzen, noch zu viel letzten Kraftrest, um ganz aufzugeben, unausrottliche Restresistenz, nicht ab zu brechen, habe nicht ich es nicht unter Kontrolle, wer oder was dann, was bricht. Aufgebracht von diesem gegen ihn in ihm gelebten Leben fremder böser Mächte, hatte Klar, Ordnung zu machen, sei es tödlich, alles Wirre, Kranke, Atonale auszulöschen, das Fleisch, den Dreck zu präparieren und vernichten, endgültig beschlossen, um bei vollkommener Ruhe, sei die der Tod, in absoluter Stille schließlich ganz vernünftig theoretisch kontrolliert, selbst Logik, Wissenschaft, Stringenz, alles Unberechenbare vollkommen zu tilgen, um so im Zuchthaus seiner selbst sich selbst und alles neu und final zu begründen und systematisch zu System zu denken, sei nichts das Resultat als Tod. Umgekehrt hatte er nicht vergessen, wohin die Jahre abgesunken waren, nur so tief, so ganz unerreichbar fort, das war ihm etwas störend, wenn er bei sich sagte, wohin, so kurz, was war, und wie, warum, um irgendwo ein wenig Grund zu fassen. Es hatte jedoch auch seinerzeit sein Denken ein Denken gedacht, vermutlich, nur kaum rekonstruierbar, erinnerlich war nur ein Dumpfes, Wüten, Wollen, Triebgetriebensein. Heute habe ich erfahren, ich habe mich zu reinigen, da ich beschmutzt sei, innerlich, vielleicht die Nahrung, die ich aufgenommen habe, obwohl das Kohlenhydrat Schwärze mit sich führt, die Schwärze ihrerseits Schwermutsenzym, das ich auszuwaschen mich verpflichtet habe. Klar würgte. Dann fiel ihm ein Stück aus dem Magen aus dem Mund, manchmal lag das direkt in der Pfütze im Emaille im Klo neben dem Gesicht, manchmal neben ihm am Boden, manchmal Flüssiges, in das die luftgegerbte Zunge hing, daneben eine alte müde Wange, selig. Wachte Klar auf, sagte er nichts, Reinheitsgebot Schweigen, roch aber aus irgendwelchen dunklen Nischen sehr bissig säuerlich Geruch von Menschen, das störte ihn. Nicht ohne mein Zutun bin ich in den Stillestau geraten, in dem ich bin, schließlich bin ich selbst nicht unfreiwillig der Stillebunker meiner selbst. Verlange schleuniglichst Standartenwechsel, grundsätzlich Umkehr, und Besichtigung der kargen kahlen Klarheit jener frühen Landschaft, in deren hügeliger Weite geistig alles seinen Ort und Zusammenhang mit sich und allem hat, abstrakt existent gefaßt im Gedankenhorizontrundrand. Umgekehrt war es nicht nichts als irrig, zum Zweck der deutlichen Bestimmung, welche Welt ich nicht, weil ich sie nicht bin, in mir zu halten habe, diverse Menschenmaterialienwissenschaften studienhalber zu betreiben, sowie nach einer Zeit der Praxis in Anstalten für Irre und in Redaktionen, schließlich mitten in das Leben selbst hinein zu fliehen, wo im Exzeß von Rausch und Nacht und Klang das schönste Denken kristallierte, mir zunächst ausfiel als das allerklügste hin gedruckte Wort, dann bald asiatisch breit und freundlich ein Gesicht und Rede einer liebenswert zu hohen Stimme wurde und also direkt Argument, Zusammenstoß von bestem Kopf und Kopf, Gespräch, und folglich konsequent Verzweiflung, sondern all das war exakt und konsequent korrekt, also die Stille Konsequenz. Und das hat das mit dem Erbrochenen zu schaffen, das Erbrochene mit Aasgeruch, das Aas mit mir. Klar wollte nicht sofort nach dem sogenannten Brüssel aufbrechen, um dort die Leiber von bestimmten Leichen, die auf seltsam starren, gleichwohl bewegten Bildern, zunächst lebend noch, dann tot getreten, zum Anschauen gewesen waren, ganz in echt zu untersuchen, denn er war zwar noch am Leben, das heißt schuldig, aber schließlich nicht allein. Ich bin nicht der Tod, der Tod ist noch in mir. Vielleicht wollte Klar nur ein bißchen reisen, oder nur hinaus, ins Freie, um ein wenig Luft zu schnappen. All das sollte er in jedem Fall sofort aufklären, oder Konsequenzen ziehen. Doch wann war Bern, die Wiesen, das Feuerwerk am Himmel? Jetzt Brüssel, und warum? Ich hätte wirklich gerne die absolute innere Zensur, würde nur noch, reine leuchtende Akkorde in den Ohren, Argumente denken, sein. Tastete sich Klar an sich nach hinten, tastete er Ecken, Kanten, Furchen, Dornen, die ihm im Rücken aus dem Rücken steckten. Das Harte, das ich taste, ist nicht ich an mir, sondern natürlich ordentlich die Weltteilhaftigkeitssubstanz, der Tod, wozwischen leider vorerst noch was in mir ist, was was Umgekehrtes, im Widerspruch zu jedem deutlichen Gedanken, der mir ein Ding der Welt vernünftig als sich selbst vernichtende Vernichtung denkt, dummerweise will, ein schwer faßbares weiches Zeugs, ein Auszureißendes. Kam die Nacht jetzt immer später, sammelte in ihren ersten Stunden allzu viel der alten faulen Wärme des von ihr gelöschten Tags, ging Klar sehr plötzlich aus dem

Haus. Er war bei Bäumen unter Blättern, unter Lichtern, neben Wänden, ging im Bahnhof mehrfach hin und her. Dann lag Klar mit seinem Mund in nassem Gras.

So kamen die Tage des Sommers.

Elemente von Leben verhalten sich tatsächlich in der Zeit als Elemente von Erlebtem isoliert in der Geschichte, jeweils, jedes ab getrennt von jedem wie jedes Ding in Wirklichkeit von jedem Ding, jedoch nach Art der Elemente eines Bildes zugleich auf definierte Weise zueinander, so daß der Zusammenhang der Elemente in der Zeit, in der Geschichte und im Bild jeweils die Struktur, und deren Zuordnung zu Sachen außerhalb der Fühler ist, mit dessen Hilfe das jeweilige Element die jeweilige Wirklichkeit berührt. Ochsenblutrot also einerseits, umgekehrt Tektonik. Bösartig lau hatte ein nasses Wetter immer wuchernder um sich gegriffen, Feuchte, tropfend, die Tage ein Sumpf, das Hirn immer schwerer zerweicht und nur noch Sucht nach Unform und Schlaf und endloser Nacht und endgültig pflanzlichem Sein, erdvergraben verscharrt, und natürlich stetig pochend Haß auf diese Sehnsucht, und noch mehr Haß auf diesen Haß. So sah es aus in Klar, und Enge, Ängste. Wer war Klar? Was treibt so einen? Warum wird der Beruf verschwiegen, falls er einen hat, wie es scheint, da es heißt, er wird versetzt, warum? Nämlich in dem Haus war es ihm zu eng, oder in dem Kopf, und immer mehr, und draußen, wo er, mit dem rechten Ellenbogen die nackte Stirn sich schützend, links mit fest gespreizten Fingern den besonders nahen Fluß, der sich neben ihm da wälzte, sicher auf Distanz sich haltend, so vor den tiefen Wolken, die ihm folgten, floh, floh er nicht vor Ungeheuern, traute sich auch laut zu lachen, lachte beispielsweise manchmal probeweise ein Gelächter aus sich raus und vor sich hin. Er richtete sich auf. Doch das war schwer, da der Schacht, das Dunkle, das ihm folgte, schon so fest und lastend war, und so eilte er dahin, mit Riesenschritten und geduckt, und manchmal stieß der Ellenbogen an ein Stück Wolke an, oder daß da etwas hing, ein Ast, oder etwas dran gemacht war als ein Arm, der mit seiner Hand von oben nach ihm griff. Das Weltgeräusch war nur noch ein böser Lärm, und links der Fluß, und oben die zu tief gedrückte Dunkelheit von schlechten violett geschwärzten Wolkenmassen, die Würmer auf der Erde gern gewaltig tot drückten, doch gab es in dem Himmel noch vereinzelt Löcher, an deren Rändern scharf die straff gespannten gelben Taue dichter dicker Strahlen rissen, um alles wie es war ganz fest zu zurren und noch tief und tiefer bodenwärts zu ziehen, bis der letzte Kreaturdreck den Teil des Kopfes, den er zuletzt noch einmal heben wollte, vielleicht ein Oberlid oder eine alte weiße letzte Wimper, nicht mehr bei sich finden konnte, weil von oben alles tot zertreten war. So war es nicht mehr so leicht möglich, einfach zu berichten, was genau geschehen war, und alles wäre logisch aufgeklärt und endgültig entwirrt. Umgekehrt sind Punkte keine Pfeile, Sätze mehr als Namen, da nicht nur Gemisch von Wörtern, und so ist im Satz, da der Logik Widersprechendes in Sprache aussprechlich nicht existiert, sich dem Gedanken Widersetzendes besonders eigentümlich, besonders in den Fugen, wo Wort und Wort und Satz und Satz getrennt zusammen stoßen, einem Schweigekodex unterworfen, ausgedrückt. Umgekehrt waren die Delirien abstrakter Präzision der Grund, warum nicht mehr vernünftig unbekümmert die Alltagsmaterialienmassen in die Zeitordnung der letzten Zeit hinein zu kontrollieren waren, so alles wirr zerstört erschien, die ausgelöschte Selbstkontrolle, weg verwüstetes Gedankenaufräumen. Klar atmete, da war der ruhige Halsstrick, oder andersartig eine Atemnot, das Stillegift, das ich hier drinnen inhaliere, ist eine Dummheit, fehlerhaft und abzubrechen, und Klar ging an das Fenster, da waren Menschen auf der Straße, die miteinander redeten, steckten jedenfalls Gesichter ineinander rein. Draußen ist der Himmel sehr zu eng, hier drin ist alles Stillegift. Klar saß wieder auf dem Stuhl, vor ihm war der Tisch. Nichtdinge beschäftigen den, den das Problem der Bezeichnung der Dinge beschäftigt, sein Problem ist Nichtproblem, nichtich sein ich. Das war ausgeschlossen, da es widersprüchlich war. Dann stand Klar auf, sagte was zu sich, schaute auf die Hand, die unten auf den Oberschenkel schlug, hoch gehoben seltsam zitterte, und auf die Frage, na was ist denn los, nur sagte, Bier. Da ging Klar hinaus, der Kühlschrank summte ruhig, da standen Flaschen drin, die sprangen oben nur so auf, waren dann schnell leer getrunken. So wurde Klar leichter. Ich tat, was ich tat, um nicht denken zu müssen, nichts ist es nicht, was nicht tot ist, ist nicht tot, nicht nichts. Denke, nichts ist tot.

Jetzt war es heiß, still ruckten die Ziffern der Minuten, pickten die Sekunden, bald war Tag, bald Nacht.

Mittäterschaft an allem war der Aufruf jeden Dings, Flaum und Zauber, Nahen, Fernblick, Richtigstellung alter Namen. Auftragstaten, Klar war im Gebirge Kant. Wenn ein Menschenleib in einem Haus für siebzehn Tage tot da liegen kann, bevor Geruch von Tod sich durch die Ritzen in das Freie beißt, können vielleicht Jahre vergehen, bevor ein dolomitisches Felsmassiv, das mitten im Hochsommer, da es die plötzlichsten Gewitter auf sich nieder reißt, in denen freundlich feste Regentropfen, blitzartig zerfetzt zu Eiskristallspeerspitzen, das Gesicht eines irr durch Weißununterscheidbarkeit von Schneesturmluft und Schneesturmwächten Irrenden beschießen, bis aus Irren, Stunden, Kreisen, Kälte, Tränen und Erschöpfung sich in einer Mulde dem eine kleine Höhle bildet, wo er kauert, nur ein paar Minuten, schnaufen, sich erholen, orientieren, für immer einen so Verschlummerten ganz zu sich genommen hat, dessen Leichnam frei gibt, exakt neun Jahre beispielsweise, die seither vergangen waren, waren, erinnerte sich Klar, neun Jahre, im Gebirge und für Tote jedoch keine Zeit, neun Jahre nichts wie siebzehn Tage, nur die Ziffern waren Ziffer, Zentrum, Symmetrie. Ziel ist nicht die Änderung der Sachen, vernünftig ist Zerspaltung des Erkenntnisselbsts. So schuf Klar, plötzlich am Ende der ihm bemessenen Zeit des Handelns, der Taten, der Exkursionen und also der Exploration der Welt, im Studium von in Büchern hin gedruckter Schrift, rein in Gedanken, endlich Ordnung in seiner gesamten Existenz. Nachts konnte es zum Rückfall kommen im Genesenden, der alte dumme Schaden irgendwo am Hirn, ein Tumor, Pessimismus, bösartig, Gewucher, und Versuch der Ichtotalexstirpation. Ich denke jetzt an Meteore, wenn etwas vom Himmel fällt, ein Stück von einem Baum, ein Ast, ein Hauch, ein Graviton. Was störend wieder auftaucht, auch periodisch, die Absicht, sehr bestimmte Glieder, besser all das weg als krank, gänzlich ab zu amputieren, und Inspektion von alten Artefakten. In Wirklichkeit bin ich kein Stern. Doch plötzlich ist die Mitte überschritten in allem Zeug und All, die Zeit, die abläuft, Jahr für Jahr, lehnt sich die Welt, kaum hat sie sich ein wenig hoch gehoben, schon wieder matt zurück, neigt ihren Horizont, deutlich mehr mit jedem Tag, dem Sonnenlauf entgegen, und die Nächte wachsen. Klar wollte, einmal im Leben, auch die Seele untersuchen, oder endlich ganz berechnen, hierzu die Analyse aller möglichen Methoden wiederholen, alles gründlich mustern, vielleicht hilft Sprache, obgleich Sprache, wenn auch nicht natürlich widersinnig, wesentlich ein Unsinn ist, hat sie, durch Gebrauch und im Gebrauch, doch ein Stück Glanz, wie das Gesicht, vom Glanz der Seele. Er schaute in den Himmel, wurde grau und naß, und solange er nicht stürzte, waren da die Flaschen in der Tüte an der Hand, zum trinken, tragen, bis er auf einer Bank saß, die da stand, zum sitzen, trinken, schauen. Klar saß neben wem auf einer Bank. Im Morgengrauen preschte ein Wagen daher, bremste, hielt, und ein Rudel dunkler Männer stürzte hin. Der Fahrer ließ matt den Kopf zur Seite und aus dem herunter gekurbelten Fenster des Kleinlasters sinken, zeigte mit dem Kinn auf einzelne der um ihn sich drängenden Männer, die sogleich ihre großen Taschen packten und auf die offene Ladepritsche sprangen, zu Schaufelstielen, Hacken, Säcken, Baugerät. Dann stieg der Fahrer aus. Er ging paar Schritte auf und ab, zählte die auf seinem Wagen Aufgesammelten, wendete sich dem Rest auf der Straße zu und forderte, nach einem langsamen faulen prüfenden Blick, einen letzten zur Mitfahrt auf der Pritsche auf. Während der Fahrer sich nun daran machte, sein Auto wieder zu besteigen, lief dieser letzte, vielerlei gestikulierend und immer wieder panisch sich nach dem Wagen umwendend davon, auf eine nicht sehr weit entfernt am Boden stehende unförmige Woolworthreisetasche zu, die er in dem Augenblick erreichte und hoch riß, als der Wagen eben anfuhr, umkehrte, davon fuhr, und der Mann mit Tasche tascheschwenkend, armefuchtelnd hinterher, bis er, unter allgemeinem Gelächter der auf den Bänken vor dem Amt versammelten, manches trinkenden dunklen und hellen und jungen und alten und allesamt arbeitslosen Männer, schließlich erschöpft die Tasche fallen ließ, stolperte, dann da stand, um eben in sich zusammen zu sinken, als er sah, daß der Wagen zwei Querstraßen weiter plötzlich gehalten hatte, nun tatsächlich zurück stieß und wirklich stetig näher kam, riß er die Kleidertasche wieder hoch und lief auf den sich ihm langsam entgegen schiebenden Wagen und auf das Grinsen im Gesicht des rückwärts aus dem Fahrerfenster hängenden Fahrers und auf das Armgefuchtel der Männer auf der Pritsche zu, und nickte immer wieder dankbar mit dem Kopf. Dann sprang er hinten auf, und der Wagen raste fort. Noch bevor es ganz hell war, schlich sich Klar heim. So kamen die Morgen. Erfahrung sammelt sich als Wissen an, bestimmt fundiert, jedoch geleitet von Interesse, das heißt Ideologie.

Als später alles schwarz war, so verbrannt, zur Schnitterzeit das Donnern der Maschinen durch das Korn, und jede zarte Luft nur bösartig und die Erinnerung an Hochhochsommertageglück, zerstört, saß Klar versetzt am fremden Ort der neuen Stelle selbst der Fremde, starr erstarrt, und es hämmerte im Schädel. Sie können jetzt ruhig die Zweizentnerfessel weg nehmen, die man mir am Genick angelegt hat, um mich zu beugen, ich laufe jetzt nicht mehr davon. Das Gehämmer war Entzug und hämmerte, als quelle, mit jedem Pulsschlag mehr, das Hirn, von innen gegen Knochen, um an einer schwachen Stelle, etwa der Fuge der Satura Koronalis, aus dem Schädelinneren heraus und in das Freie durch zu brechen, das Gehämmer, das war gut, Entzug von allem, Schmerz, Erinnerung, seltsamer Bursche, liebste, Lähmung, kranker Trieb, systolisch manisch, manisch diastolisch, sinnlos im Finstern hämmerndes Gehämmerhirn. Es ging also weiter. Es geht weiter, nein, nicht nicht, nur ich nicht, das ist das. Klar hatte sich unvernünftig krank verkrampft, im Stillstandsstarrkrampf Angst. Ich habe mehrere Monate ununterbrochen, in einen absurden logischen Regreß geraten, das Wort Zeit gedacht, fatalerweise folgenlos, im

Sinn von Resultat, da Analyse solcher Sachen zwar nicht nichts ergibt, sich aber schädlich auswirkt auf das Material des Denkens selbst, das ist der Denkende und das Gedachte. Logik, Zeit, Irrtum, so sind diese Worte längst nur noch Leichname, mindestens in mir. Manchmal sprach Klar seinen Namen aus. Ich spreche jetzt manchmal vorsichtig meinen Decknamen aus. Draußen war ein Kiesweg, Rasen, sehr kurz ab geschnitten, ein Tor aus Schmiedeeisen, Dolche, und dann Gehweg, Straße, Kreuzungen, wo Klar nach einem Laden suchte, wo man Sachen kaufen konnte. Da stand ein Straßenschildmetallpfosten, der war schon feuerrot von Korrosion zerfressen. Ich muß mich nur ganz neu und richtig orientieren, Ortsordnung herstellen, wo liegt das Deutschland, welcher Osten, wie tief was fällt, falls wo im Boden Löcher sind, wo es nach unten geht, und überhaupt. Fragen, anfangs sinnvoll, können Unsinn werden, und wenn ja, wodurch? Wozu? Ist das kontrollierbar? Wie? Vom Wasser her riefen Dampfer tief und lang nach Gästen, Neptun, Großer Kurfürst, Lichterfelde, Condor, Havelstern und Spree Athen. An den Brücken drängelten sich kleine breite alte Menschen, helle Mäntel, Säulenstummelbeine, langmütige Handtaschen. Bestimmte Worte haben aber ihren Sinn für mich verloren. Ich denke viel an Moskau, möchte vielleicht in Rußland wieder medizinisch praktizieren, die neue Sprache lernen, fremdartige Schriftzeichen kopieren. Täglich denke ich, schreibe ich Griechisches ab, für einen Augenblick ein altes ordentliches Denken, würde hier gerne amerikanisch fort fahren, da mir amerikanisch besser klar ist, was ich denke. Ideal wäre natürlich die Pathologie, etwa ein pathologisches Institut der Universität, um alles zu studieren, da Krankheit nur am Lebenden auch wirklich quälend ist, schließlich ist am Leichnam Krankheit reine Wissenschaft. Und jeder Gedanke wäre automatisch ein Gedanke. Da sah Klar plötzlich ein, daß vielleicht ganz falsche Sinne ihn betrügen, oder man hört überhaupt nichts, möglich, stundenlang Geschützfeuer von links von fern, dann von ganz nah, die hellsten Salven, die der Zeigefingernagel gleichfrequent im Rhythmus auf die Fensterscheibe klopft, und Stille, Meer und Wolke, auf einmal überdeutlich das Geräusch von Wind im Baum im Kopf. Klar lauschte. Manchmal, wenn ich ganz besonders auf etwas ganz bestimmtes achte, passiert etwas ganz anderes.

Nichts geschah.

Quälend ist, daß jeder Satz, der möglich ist, berechtigt ist, und also jeder, nicht nur der, der kraft Hirn ein Recht hat, recht hat, weil er da ist, und nicht nicht. Kann Denken, das in dem Maß, in dem das Fleisch, das Denken denkt, dem Tod verfällt, anstatt sich selbst, Tod, zu denken, Kraft hat, sich gegen sich richtend, Nichtdenken, Leben, denken muß, jenseits der Hölle der Wahrheit des Spiels der Sprache, Welt wirklich denken. Und wenn nein, was dann? Und was tun? Ich sehe keinen Sinn in allen Plänen, Absichten, Besorgungen, betrachte das als meine Schuld. Klar untersuchte wieder Lichtbewegungen, jedoch konnte von Bewegung, streng gedacht, natürlich nicht die Rede sein, da bei exakter Akribie der Analyse nichts sichtbar war als Lichtstillstand. Es war wie in allem auch im Licht natürlich schließlich nichts als Niedertracht. Manchmal schien es, als sei Denken jedenfalls Psychose, zumindest Denken Widersinn, die Logik Depression, nicht frische Luft, Verstand Verstandverdorbenheit, nicht rein abstrakte Konstruktion, selbsttragend konstruiert, Gedanke, schien es vielmehr, sei nichts als Niedrigkeit, Versanden, Seelenstummsein, Geisteskachexie. Längst verworfene Vergeblichkeitsgebärden gingen fremdartig und zwanghaft wiederholt und nicht zu unterdrücken und tatsächlich immer wieder durch bestimmte ferne Körperteile, angeblich als zweifach doppelt an den gottseidank nur einfach an den Kopf gehängten Rumpf gehängt zu Klar gehörig, Fleischabscheulichkeit. Ich fürchte, daß erneut Geständnisse passieren. Klar stand auf, stand am Fenster, der Raum im Rücken war so eng, Flucht in den Blick nach draußen, da bereits in einem alten Protokoll verzeichnet, ausgeschlossen, alles Draußen ausgeschlossen, Inneres total erstickt, erdrückt, das Innere vom Inneren zerdrückt, die Augen tot am Boden fest gefesselt, den Kopf nach unten auf die Brust genagelt, fensternah stand aufgestanden Klar und dachte, ich denke Moskau, immer nur dies eine Wort, Glücksverherrlichung. Geschichte, die in dem Moment, in dem ein Moment den Moment davor umstürzt und im nächsten Moment dieser Moment vom nächsten Moment umgestürzt wird, ununterbrochen Zeit materialisiert, macht Welt im Umsturzaugenblick erkennbar. Deshalb untersucht Geschichte Welt in Revolutionen. Nur nachts steht Zeit im Inneren von Häusern, wo Familien, also Väter und ihr Schlagen und die Mütter und das Lauschen in das Nichts und Angst und Schreie und die Kinder ganz allein, ewig ein und ab geschlossen da sind, vollkommen erbarmungslos und gnadenlos vollkommen still. Dem Tod entgegen rast Zeit rasend, führt durch siebzehn letzte Zeitstücke die Rede, die sich im Tod dem Tod entgegen redet als letzte Widerholung aller Wortwortgründe und abstrakten Abstraktionen, die noch einmal durch alles müssen, ausgehend vom Anfang allen alls im ich, ich, vom Ichgedanke aus errichtet, Zeitstück für Jahr, Jahr für Jahrhundert, Jahrhundert für Begriff, sich die Konstruktion bis in ihr Zentrum, Arbeit, wo alles noch einmal und nochmal neu beginnt, geschwächt jetzt und gespiegelt,

Jahrzehnt für Zeitstück, Zeitstück für Begriff, wiederholt das Wiederholte sich, Begriff noch einmal für Begriff, jetzt schwindend, dunkelnd, endet so die Rede mit dem letzten Atem auch die Zeit. Fast getröstet denkt Denken im Denken des Todes Zeit, die, wie getrieben, Geschichte aus sich heraus, fortschreitend fortschreitend, aufwirft als Fortschritt, und so alles, was gut ist, weil es ist, nicht nicht, verbessert, weil es wird, nicht nicht, und stellt so im Augenblick des Zeitgedankens im Denken des Todes das Denken sich still. Quälend bleibt dennoch, daß alles, was ist, gerechtfertigt ist, allein, weil es ist, nicht nicht, und so in sich die Rechtfertigungsrede, die explizit die Ordnung von Gegebenem, Aufbau, Umstand, Bedingung feststellt, deren da sein das da sein des Rechtzufertigenden rechtfertigt, immer schon als implizites Datum in sich trägt. So ist natürlich und imgrunde alles gut. Umgekehrt nur dem Denken der Welt, die derart totalitär Welt dem Denken als ununterbrochen in Ordnung, also Welt fest und still, zu denkende zumutet, ist Welt Qual. Hier war das Jahr, ein Herbstjahr, endlich ganz bei sich. So lag der See da, tief in sich versunken, sanft, erschöpft.

Klar im flammenden Laub, zerkratzt, Geheimgespräche.

Ich sehe jetzt ein Leuchten. Sie sehen da ein Leuchten? Das nennt man ein so genanntes Bild, was da da steht. Ich rieche Öl. Ich weiß, ich Brände. Ich sehe mich, Laubfeuer erinnern mich an was, da laufen, es ist dämmrig, vielleicht Morgen, helle Schwaden, weite Flächen wunddunkel und erdern rauh, doch wasserweiß gelöscht, es ist doch Abend, und die Erde klumpt zu Klumpen, schwerer noch mit jedem Schritt, klumpen an den Sohlen Erdklumpen sich fest, die Beine lahmen, laufend mehr, durch weite Felder, endlos lahm erstarrt, im Lauf, gehetzt, gejagt, vielleicht durch einen alten Traum. Ich könnte einmal einem gerne alles ganz erzählen, ich bestehe auch nicht nur aus kranken Vorgängen in mir. Ich könnte alles ja erklären, man würde schießlich reden, sich verstehen, es wäre einfach alles klar. Im Gesicht, der nasse Schlag war eine Strähne nasses Haar, das hoch und nieder sauste und an Ästen hängen blieb, wo Klar lief, war dann gestolpert, lag am Rücken, und alles drehte sich, Blätter, Himmel, Bäume, verkehrt herum um ihn. Dann wieder hoch und weiter, mitten im Gebüsch, auf Knien jetzt, voran. Wie lange schon? Jenseits aller Gründe existiert ein anderes Gesetz der Evidenz. So waren Klar manchmal bestimmte Gedanken so lebhaft wirklich wie die wirkliche Natur, nicht, daß er nicht wußte, daß er natürlich nicht der Baum vor seinem Fenster selber war, nur weil er den Gedanken seltsam fand, daß das Geschlecht des Baumes, möglicherweise gar im Baum selbst wechselnd, in Evidenzbeziehung stand zu seinem Hirn, oder weil er des öfteren Bewegungen im Baum als deutliches von ihm gedachtes und vom Baum vollstrecktes Denken in sich dachte und so sein Denken in der Baumbewegung sichtbar ausgeführt als Baum in sich, da sich im Baum, anschauen mußte, etwa sanfte stetig zart und bebend vom Geblätter ausgeführte Wellen, die das fernste Blatt der Krone mit dem fernsten andersseitigen verbanden, oder isolierte wilde reißerische Gesten eines spitzen Zweiges, der plötzlich nach der Luft schlug über sich, ein isolierter Himmelpeitschenhieb, für den sich andernorts im Blätternetz vielleicht ein Zweigteil etwas senkte, oder gar ein Blatt endgültig sich löste und sich bodenwärts begab, konnte er natürlich trotzdem sich selbst im Zimmer von dem Baum im Freien deutlich unterscheiden, da er natürlich wußte, wie abgetrennt tatsächlich die Natur des Denkens von der wirklich wirklichen Natur in ihm natürlich vorlag, tatsächlich absolut und also unvermittelbar getrennt getrennt, nur im Grad der Abscheu, die der Anblick ferner Baumkronenzusammenballungen, die bei sehr klarer Luft gesehen auf Hügelrücken fern so prall da lagen wie von innen aufgetrieben unanständig krankhaft wuchernde Verwucherungen, an nervösen Tagen auslöste, vermittelt, mit dem gleichgradigen Grad des Wohlempfindens angesichts der tatsächlich baumlosen reinen kahlen kargen klaren im Denken angeschauten Welt des Denkens, so exakt, so daß jedes hart bestimmte Denken Klars tatsächlich von allem Leben abgezogen absolut abstrakt und so natürlich unnatürlich unwirklich da war wie alles Denken, nichts als Tod. Ich will nicht denken, denke aber, daß das die unabänderliche Sprache meiner Seele ist, die seit sie ist, so wie sie ist, so ist, diktiert. Doch das Diktat ist sehr viel älter, Teil eines Systems, ich weiß nur nicht, an welcher Stelle ich da vorgesehen bin mit der mir mir entsprechend zugedachten Konstruktion meines Systems, ein Punkt, das ich, die Ordnung, und irgendwo die Position, und alles und all das, im universalen System.

Ausdauer, wie von Geröll, ein Stück zerhauter Stein, was nachts da liegt, so schlaflos, schwer. Appellterror, Partikelstau, dann ruchlose Lawinen, donnernd, das Gestein, viel zu viel altes ich in mir, nicht ich jedoch, ich war es nicht, der klagte, schrieb, gleich wie verschüttet, schließlich, bin schließlich kein Idiot, mir selber alles verkehrte Fehlerhafte zu als Fehler und verkehrt. Nur wie viel Zeit es gibt, ist nicht bekannt. Zahlen hingegen beruhigten Klar. Es war ihm beispielsweise unerhört vernünftig, plötzlich Benjamin mit Vornamen zu heißen, die Ziffer neunzehnsechsundzwanzig mehrfach auszusprechen, und augenblicklich sehr ermüdet, matt, unsäglich melancholisch durch Moskaus Winterstraßen zu flanieren, doch eher verwirrt durch Kälte, Ländliches und seltsame Geschichten, von eingehauten Kinderschädeln, sprach die Frau von Reich, die das erzählte, was sie, da ich es beim ersten mal, da ich so intensiv auf ihr Gesicht sah, kaum gehört hatte, noch einmal wiederholen mußte, eigentümlich, auf ihrem Kinderplatz hat nämlich ein Kind den Schädel eines zweiten Kindes ein geschlagen, was böse Folgen haben könnte, für sie, las ihr die lesbische Geschichte vor, doch entging mir leider vieles, war so oft so schwer, suchte Knabenspielzeug, hatte mich verirrt, die fremden bäuerlichen Straßen, schließlich ist der Kreml früher mal ein Wald gewesen, Leibschmerzen und Warten, Warten, umsonst natürlich, mußte dann hinaus, wollte in Museen, irrte wieder rum, das Spielzeugemuseum war geschlossen, stand vor Marterwerkzeug, suchte Puppen, viel Zeit auf Ämtern zugebracht, traf auch bestimmte Kader, Theaterfunktionäre, um das revolutionäre Wirken der Revolution im neuen Leben hier zu untersuchen, dachte manchmal an Hamburg, war viel erschöpft, sehr abgespannt, gereizt, die Augen waren schon entzündet, da ich bei Kerzenlicht die Zettel lesen mußte, auf die ich wartete, schrieb selber Zettel, fand gesuchte Häuser nicht, führte Telefone, Gespräche über Gaskrieg, Rußlands Lage, schöne Bilder, Begriff des Allegorischen, imgrunde war ich überanstrengt, roch mich selbst, voll Abscheu, wie fremden alten Mann. Dann war er weg, ich riß, während der Schlitten schon anzog, noch einmal seine Hand an meine Lippen, und fort, fort. Ich sehe ihn stehen, lange, und winken, sehe mich, plötzlich einen großen Koffer auf dem Schoß, weinend durch die Straßen fahren. Dämmerung. Was aber immer kleiner wurde, krümelig, und offenbar zerschrumpfte, war die von meiner möglichst eigenen zerknöchert gegen mich gerichteten verkrümmten rechten Hand hier hin gekratzte Schrift. Klar schreckte hoch, es war noch dunkel, doch die Nacht war schon vorbei. Im Amerika Fernsehen lief immer noch Baseball, Endspiel, Runde sieben, Kansas City Royals gegen Saint Louis Cardinals, die Nacht war also überhaupt noch nicht vorbei. Vor ihm stand die Farmer Cocktail Dose, da der Aschenbecher, da lagen mehrere Papiere Rio Choco, er hatte auch gegessen und geraucht. Er war nicht müde, nur die Oberschenkel waren außen bei den Knien mit einer rauhen Feilenhaut bezogen, um im Frösteln Frösteln zu bekämpfen. Die Haut da, in ihr, ich, schließlich doch ein Fleisch. Denken und Träume können Irriges ergeben, Fortsetzungswunschzwang, enge Welten, Räume, Konsequenzdiktat. Ich habe Tage nicht geschlafen, das heißt, Nächte, um einem Bestimmten aufzulauern, mich dem zu stellen, jenseits der Erschöpfungsgrenze, mich nicht in den, im Schlaf, zu flüchten, den heraus zu fordern, daß er sich mir zeigt. Aber er war in mir ich, kein Gegenüber. Das hat mich erschreckt, vielleicht bin ich so eingedämmert. Bestimmte Bilder Moskaus erinnern mich an mich, die Freundlichkeit im Frost, Eiswinde, und schneehaftweite Weiten, Stapfen, und die viele Frühe. Ich würde gerne noch einmal gründlich auf all das zurückkommen, um darauf einzugehen, da ich nur im Denken im Inneren der Dinge bin. Plötzlich aber war es Tag, greisengrau fahl. Legte sich Klar auf das Bett, war er noch einmal durchzuckt vom Fremden, irgendetwas irgendwo, Zelluntergänge, Ströme, Muskelzucken, und fiel dann in bilderlosen Schlaf. Ich habe mich mir bestmöglich und mit aller Kraft bestellt. Boden und Ernte sind Daten, über die ich nicht verfüge. Jederzeit ist alles möglich. Alles heißt hier Tod.

Stimmenfinsternis war überall, unvernünftig monoton, da stand wer am Wasser, Schnee fiel dicht, die Erde leuchtete.

So ist der Ort des Denkens, umfassend umgekehrt, vollkommen rein abstrakt zu denken, absolut verfinstert, Kugelinnenraum, dem der Grund ganz licht die Grenze ist zum All, in das aus der Wirklichkeit, die zum Tod die Grenze ist, der Mensch steht, Zwischenstück der grenzenlos getrennten Sphären, und den Ort des Denkens äußerlich berührt mit seinem Kopf, im Denken schattenhaft im Grund erscheint als dunkle Stelle, die Dunkelquelle, Finsternisursache, Horizont. Die Stimmen waren unvernünftig monoton befohlene Befehle, sehr verständlich, gegen Klar, vermutlich über ihm befindlich, doch horizontrund reflektiert und so gebrochen überall her wieder her geworfen, gebündelt auf das Echozentrum Klar, gesetzmäßig exakt, im Stimmentoben Stimmen, die man flieht. Wie das gedacht ist, und im Gegenteil. Woher all das kommt, und umgekehrt. Wovon ich ausgegangen bin, um was zu wollen, und die Widerlegung. Wer sich widersetzte, Antwort. Wessen Schuld, Bezichtigung, welche Verfehlung, Definition, die Fehler, aufgelistet, keine Fakten, und warum, die Finsternis, so unendlich weit und weiter und so weiter und so fort. Tief beschämt stand Klar am Wasser, Ursprungskaskade um Kaskade rekonstruiert in sich, so logisch, so korrekt, und doch unfaßbar. Ich wollte nur ganz schnell berichten, was mir eben durch den Kopf gegangen war, habe mich dabei absurd verheddert, protestiere gegen diese Korrekturpflicht, Additionsabsurdität, hier auf Seite hundertvierundsechzig, absolut absurd, Hinzufügungen, Streichungen, Geschehen gegen meinen Willen, lehne dieses ab. Rekonstruktionsbegehr und Zeitkontrolle sind nicht von Anfang an als nicht vernünftig zu verwerfen, im Gegenteil, jeweils neu am neuen Material, erbrochen von der Zeit, in der Durchführung zu testen. Grundsätzlich kein Material ist grundsätzlich nicht zu kontrolieren, die Methode der Kontrolle allerdings diktiert das Material. Moskau, auch gedacht als das System der Ordnung definierter Namen, um Tiedge, Böll, Sare, Springer, Mengele, Achille Lauro, Wallraff, Boris, Wimbledon, Schwarzwaldklinik, Reagan, Genf, Westostgipfel, Gipfelfeuer, Gorbatschow, hatte den Geschichten dieser Namen gegenüber sehr verschlossen eigensinnig zielstrebig sich selbst als Bild vom Ort des Denkens und damit jenes Tuns, in dem ich Schauplatz wird der Schlacht der Wahrheit, die da ist, gegen sich dagegen aufwerfende Zeit, gedacht. So war ich Moskau unterworfen, die Kontrolle Moskau kontrolliert. Wäre es Sommer, so staubig und heiß, würde ich alles benetzen, betauen, würde retten, noch im letzten Augenblick, sehe mich aber, wie ich beobachte, wie an einer Sperre ein Soldat einen mittelalten Mann, der ein Kind im Arm hält, das offensichtlich krank ist, da der Mann das Kind als Argument gegen den Soldaten immer wieder dem Soldat entgegen zeigt, zunächst nur kategorisch, höre heftige Erregung, ohne Worte zu verstehen, dann tatsächlich unter Einsatz körperlicher Kraft, am Passieren dieser Sperre und somit am Betreten des wegen des Parteitags ab gesperrten Roten Platzes hindert. Sehe mich den Mann mit Kind seine Faust die Stirne schlagen und sich abwenden und weg gehen beobachten. Zuvor hatte ich im elften Stock gegen Vorzeigen eines Zettels von einer Frau einen Schlüssel bekommen, sehe mich in einem dunklen Gang die dazu gehörige Türe schließlich finden, öffnen, sofort überfallen von einem widersinnig stechenden Geruch, der Ostgeruch, Totaldesinfektion. Einmal in der Nacht läutete das Telefon, aus dem Hörer kam ein kurzer Schwall von Kauderwelsch. Sehe mich am Fenster, in ein nichts von Nacht und Schneegestöber schauen, aus dem langsam ein monolithisches Hochhaus gegenüber tritt, ohne Licht, betrachte das als meine Schuld, wo ich bin, quälend desorientiert. Aber aus weißen Wüsten fuhren tags die Busse in die Stadt, da steht die Lomonossow Universität, hoch oben in der Spitze triumphierend rot besternt, ein Fernsprechamt, da ein Haus der Freundschaft, große neue Bauten, Wandgemälde, rote Banner, gold bedruckt mit Schriftzeichen, weite Straßentäler führen den Verkehr motorisierter Wagen ruhig in das Zentrum, da spielt im Freien eine Militärkapelle zwischen Marx Prospekt und Tempel des Bolschoi Theaters bei minus siebzehn Grad immer neue Mollmärsche und Kindermelodien. Sehe mich überall alles hier geistig an mich reißen, Augenzwang, Gekritzeltreiben, streng geheim. Die Sprache nicht zu sprechen, ist absurd, jedoch war Moskau logisch zwingend, gleich wie absurd, New York Konsequenz. Denn ich beuge mich gegen meinen Widerstand, schließlich jedoch doch, dem Geschichtsdiktat meiner Geschichte, die mich mir ordnet, nach Maßgabe von Metren, die einen sehr langatmigen Atem atmen. Gleichzeitig ist umgekehrt immer alles gleichzeitig im ich im Gegenteil von jedem Gegenteil, systematisch, denkbar komplex konzipiert nach Art der Antiantikörperorganisation geordnet. Da entstehen Punkte. Jeder Punkt ist, tatsächlich gedacht, ein Abgrund, genau gedacht ist jeder Punkt Punktendlosigkeit, der Punkt, und ewig nichts. Irgendwo ragt dann wieder irgendetwas anderes heraus, doch wo, und was, erstaunlich, daß es überhaupt noch irgendetwas gibt, nach einem Punkt, das weiter geht, schließlich ist jeder Punkt gedacht tatsächlich Schlußpunkt, jeder Satzanfang ist absoluter Neuanfang, aus dem nichts heraus, gedacht tatsächlich, wiederhole, aus dem nichts. Umgekehrt lagen Lebensbilder, gleich wie absichtlich zerkratzt, beschädigt, durchgestrichen, weg verworfen, doch auf einer Zeitachse, unkorrigierbar fest gelegt, im Lebenden, solang er lebt, natürlich allerdings gesichert, zum Zweck internen Reizschutzes, dem Zugriff nicht verfügbar, in Reihe angeordnet vor. Ich und Denken haben miteinander nichts zu schaffen, da nicht ich denkt, sondern Denken, das nur denkt, wenn Denken denkt, nicht was ich will, sondern was zu denken ist, was nichts ist als Erhebung des Befundes dessen, was, im Denken sichtbar dem Denken denkbar, *ist*. Ich ist Irrefaktor, denkend auszuschalten, und wird ausgeschaltet, denkt tatsächlich Denken. Wird das absolut korrekt gedacht, ist ich als nichts als jetzt im tatsächlich final als final tatsächlich ablaufenden Ablauf zu denkenden Ablauf der Zeit zu denken, endlich tatsächlich endlich. So sehe ich mich am dritten Januar eintausendneunhundertachtzig auf einem Friedhof stehen in Berlin, bin dann in einer sehr kleinen Kapelle, bewegt von einer Rede eines Pastors, später murmeln Revolutionäre revolutionäre Grüße in das angebliche Rudi Dutschke Grab, sehe später, kaum gesungen, mehr gesummt, die Trauernden zum Abschluß der Beerdigung die Internationale zaghaft summen. Sehe mich in jener Nacht irgendwann sehr agitiert, den Tag will ich nie vergessen, mit einem Zigarettenende meine Haut am Handrücken der linken Faust mit einem Glutloch tief markieren. Davon ist auszugehen, erinnerte ich mich, für Klar. Die Villa war jetzt vollkommen verlassen, sogar Herr Rode abgereist, wieder Jahreswechsel, Todestage. Nachts ging Klar, Proberufe rufend, durch die leeren Säle, nicht unvernünftig überreizt, nur aufmerksam und sehr bestimmt, versteckte sich dann manchmal ein paar Stunden irgendwo, hielt sich bewegungslos in Ecken, etwa wo es finster war, um bei Verdacht, oder nur zur Sicherheit, zu kontrollieren, was geschah, oder Feuer zu verhüten. War er schließlich sicher, daß der gegen ihn erhobene Vorwurf ein Unsinn war, ging er nach den Wachestunden, sehr spät in der Nacht, noch einmal aus dem Haus, hinunter an den See, wobei er unterwegs gestürzt sein muß, schließlich hatte es zu schneien angefangen, und wer weiß, was dieser Steilhang zwischen Haus und Wannsee, wenn sich was verschiebt, verursacht haben mochte, schließlich fühlte Klar sich schon so lange naß am ganzen Körper an, und die Kälte böse im Gesicht. Geröllrefrain dann wieder, Staatsanalyse Schriftpraxis, abstrakter Tumor, Worttalentschmerz, Splitter, Resthirnrettungsoperation. Doch nichts glitzerte, ihm war vielmehr, als seien jene Lampen hinter Gittern aus den Zweigen hoher Bäume als Todesstreifenlampen plötzlich mit ihm inhaftiert. Gleichzeitig, in seinem Rücken, war jetzt hinter diesem Schneetreiben und vor dem Himmelsschwarz noch dunkler, jedoch überdeutlich konturiert im Turm Klars Schädel zu vermuten, allerdings turmgroß zu groß, das Schädeldach war aber nur an einer Stelle in der Mitte durch gestoßen von der Turmspitze, er selbst, das Hirn, der Turm. Im Grunde sphärische Klänge, ihm sehr bekannte Melodien, jedes Wort schlagartig sichtbar, und die Bilder hatten Stimme jener Stimmen, die ihm über ihm und allseits riefen. Schließlich doch, sehe ich Klar denken, das Gesicht verkantet hoch geneigt, gleichzeitig mit einem Ohr und einem Auge gleich nah am Gestirn, so frei, und alles hinter ihm und vor ihm nichts als jetzt auf einmal plötzlich ewig Augenblick? Schneegeschreigesang.

Süddeutsche Zeitung
MÜNCHNER NEUESTE NACHRICHTEN AUS POLITIK · KULTUR · WIRTSCHAFT · SPORT
München, Dienstag, 12. März 1985
Postfach 20 22 20 8000 München 2

Streiflicht

Rascher Machtwechsel im Kreml

Nach dem Tod Konstantin Tschernenkos Michail Gorbatschow zum Nachfolger gewählt

Der 73jährige Partei- und Staatschef am Sonntag seiner schweren Krankheit erlegen / Der neue Generalsekretär der KPdSU wenige Stunden später bestimmt / Beisetzung am Mittwoch auf dem Roten Platz

Von unserem Korrespondenten Bernhard Küppers

Moskau, 11. März – Knapp 13 Monate nach seinem Amtsantritt ist der sowjetische Staats- und Parteichef Konstantin Tschernenko im Alter von 73 Jahren gestorben. Bereits vier Stunden später wählte das Zentralkomitee der KPdSU das 54jährige Politbüromitglied Michail Gorbatschow zum neuen Generalsekretär, nachdem er zuvor auf Vorschlag von Außenminister Andrej Gromyko zum Vorsitzenden der Beisetzungskommission ernannt worden war. Der Leichnam Tschernenkos wurde am Montag im Säulensaal des Gewerkschaftshauses aufgebahrt. Die Beisetzung wird am Mittwoch auf dem Roten Platz erfolgen.

Der Tod des ersten Mannes im Kreml – innerhalb von weniger als zweieinhalb Jahren, nach Breschnew und Andropow, zum drittenmal – wurde am Montag um 13.57 Uhr Moskauer Zeit durch die amtliche Nachrichtenagentur TASS offiziell bekanntgegeben. Partei, Staat und Regierung teilten „in tiefem Schmerz" mit, daß Tschernenko am Sonntag um 19.20 Uhr Ortszeit „nach schwerer Krankheit" verschieden sei.

Die Zeit zwischen dem Tod Tschernenkos und seiner offiziellen Bekanntgabe war um einige Stunden kürzer als bei Breschnew im November 1982 und Andropow im Februar letzten Jahres. Schon während der zehn Wochen seit Tschernenkos letztem Auftritt im Kreml hatte die sowjetische Führung auf manche Weise den Eindruck von Normalität und gesicherter Kontinuität auch bei einem Wechsel an der Spitze genährt. Durch zweimalige Vorführung des sichtlich kranken Staats- und Parteichefs im Fernsehen, von der eine beklemmende Wirkung ausging, mußte die sowjetische Bevölkerung mit einem politischen Ausscheiden Tschernenkos zumindest durch einen Rücktritt aus Gesundheitsgründen rechnen.

Als erstes Vorzeichen für die Todesnachricht hatte am Sonntag der vorzeitige Abbruch der Reise des Politbüromitglieds und ukrainischen Parteichefs Wladimir Schtscherbizkij in den Vereinigten Staaten Spekulationen ausgelöst. Am frühen Montagmorgen begann der sowjetische Rundfunk statt der üblichen Unterhaltungsmelodien ernste Musik zu senden. Das Fernsehen strahlte nach den Morgennachrichten statt der Fußballumschau Dokumentarfilme über die einheimische Fauna aus und ging dann bald zu klassischer Musik über.

Am Montagvormittag reiste auch der sowjetische ZK-Sekretär Michail Simjanin vorzeitig mit einem sowjetischen Sonderflugzeug aus Hamburg nach Moskau zurück. Simjanin war erst am Tag zuvor mit einer Delegation des Obersten Sowjets zu einem einwöchigen Besuch der Bundesrepublik eingetroffen. Vor ihm war bereits der Ministerpräsident der Russischen Föderation, das Politbüromitglied Witalij Worotnikow, von einem Besuch Jugoslawiens zurückgekehrt.

Außenminister Andrej Gromyko nahm jedoch am Montag im Kreml wie vorgesehen ein erstes Gespräch mit seinem französischen Amtskollegen Roland Dumas auf, den er am Abend zuvor auf dem Flughafen empfangen hatte.

In einer Botschaft an die sowjetische Bevölkerung riefen Partei, Staat und Regierung dazu auf, sich noch enger um das Zentralkomitee und das Politbüro der Partei zu scharen. Den verstorbenen Tschernenko würdigte der Aufruf – in ähnlichen Worten wie seinerzeit auch Andropow – als einen „hervorragenden Führer von Partei und Staat" und als Kämpfer für Kommunismus und Frieden.

Keine Änderung in Genf erwartet

Aus der Botschaft scheint hervorzugehen, daß sich die sowjetische Verhandlungslinie in Genf nicht ändern wird. „Wir wünschen eine Beendigung des Wettrüstens und eine Nichtmilitarisierung des Weltraums", hieß es darin. „Die Sowjetunion bedroht niemanden und strebt keine militärische Überlegenheit an", wird versichert. „Aber sie wird auch nicht zulassen, daß ein anderes Land oder ein Bündnis von Staaten eine solche Überlegenheit erlangt." Deshalb sollen auch künftig Wachsamkeit und Verteidigungskraft des Landes gestärkt werden.

Zur Innenpolitik wird erklärt, die Partei werde weiterhin eine Steigerung des Lebensstandards durch eine Intensivierung der Wirtschaft als ihr Hauptziel ansehen. Das Bemühen um mehr Disziplin, Ordnung und Organisation, für das sich vor allem Andropow einen Namen gemacht hatte, werde fortgesetzt.

DER NEUE ERSTE MANN IM KREML: *Nur wenige Stunden nach der Todesnachricht wurde das Politbüromitglied Michail Gorbatschow zum neuen Generalsekretär der KPdSU gewählt.* Funkbild: dpa

Das ärztliche Bulletin bestätigte, daß Tschernenko „seit langer Zeit" an einem Lungenemphysem gelitten hat. Diese Krankheit sei durch Lungen- und Herzinsuffizienz und durch eine chronische Hepatitis kompliziert worden, die sich zu einer Zirrhose verschlimmert habe. Sein Herz habe am Sonntag um 19.20 Uhr zu schlagen aufgehört.

Nach dem Tod Tschernenkos hat das Politbüro noch zehn Mitglieder. Außer Gorbatschow als Vorsitzendem gehören der Beisetzungskommission alle in Moskau ansässigen Mitglieder dieses obersten Entscheidungsgremiums an. Wie auch Andropow war der jeweilige Nachfolger auch Vorsitzender der Beisetzungskommission gewesen.

Nach der Wahl Gorbatschows erwarten Beobachter in Moskau keine schnellen Veränderungen der Innen- und Außenpolitik des Kreml. Bei seinem Vorrücken in den vordersten Rang der Sowjetführung in den letzten drei Jahren hat sich Gorbatschow jedoch als der Repräsentant einer

(Fortsetzung auf Seite 2, Spalte 4)

Apel kehrt Berlin den Rücken

…D-Führung will sich nach der schweren Niederlage personell erneuern

Von unserer Berliner Redaktion

vsk Berlin, 11. März

… analysiert und über die Konsequenzen beraten. Einmütig wurde anschließend im Landesvorstand ein Beschluß zum Wahlausgang verabschiedet. Darin heißt es, die schwere Wahlniederlage sei darauf zurückzuführen, daß es den Sozialdemokraten nicht gelungen sei, deutlich zu machen, wie sie ihre politischen Ziele in Alternative zum CDU/FDP-Senat durchsetzen wollten. Mit der Wahlentscheidung sei keines der Berliner Probleme gelöst worden. Vielmehr sei zu befürchten, daß durch die Fortsetzung konservativer Politik die Arbeitslosigkeit weiter steige, der Umweltschutz vernachlässigt bleibe und die soziale Gerechtigkeit weiterhin Schaden nehme.

Das Wahlergebnis sei kein Vertrauensbeweis für die Bonner Wendepolitik. Dies werde durch die Erfolge der SPD im Saarland und in Hessen deutlich. Es sei in Berlin nicht gelungen, die Bedeutung bundespolitischer Themen zu vermitteln. Der Einsatz des großen Geldes durch CDU und FDP, verbunden mit einer beispiellosen Verleumdungskampagne, unterstützt durch Teile der Berliner Medien, habe dazu beigetragen, heißt es in der Erklärung.

Die SPD wird über den Wahlausgang auf einem Parteitag am Montag beraten und die Diskussion über den künftigen personellen und inhaltlichen Kurs einleiten.

Wahlen vom Sonntag

Zufriedenheit in Bonn nach den Wahlen

Kohl und Bangemann sehen Koalition gestärkt / Brandt preist Lafontaines Sieg

Von unserer Bonner Redaktion

dr Bonn, 11. März

Bundeskanzler Helmut Kohl hat die Landtagswahlen in Berlin und im Saarland und die Kommunalwahlen in Hessen als „Zwischenwahlen zur Halbzeit" gewertet, deren Ausgang insgesamt zeige, daß die Bonner Regierungskoalition von CDU, CSU und FDP eine gute Chance habe, auch die nächsten Landtagswahlen in Nordrhein-Westfalen, Niedersachsen, Bayern und Hamburg zu bestehen. Damit bestünden gute Aussichten, daß die Bonner Koalition bei der Bundestagswahl im Februar 1987 für weitere vier Jahre bestätigt werde.

Demgegenüber erklärte der SPD-Vorsitzende Willy Brandt, die in Bonn führende Regierungspartei CDU habe zur Halbzeit der Legislaturperiode „durch die Bank empfindliche Verluste überall dort hinnehmen müssen, wo zum Bundestag gewählt werden muß". Das gelte sogar für Berlin, wo sich die CDU zwar habe behaupten können, ihr Stimmenanteil aber stark zurückgegangen sei. Brandt räumte ein, daß die SPD ihr Wahlziel „deutlich verfehlt" habe.

Der FDP-Vorsitzende Martin Bangemann, der direkt von der Münchner Handwerksmesse zu den Beratungen seiner Partei nach Bonn kam, meinte, in den Ergebnissen von Saarland und Berlin sei zum Ausdruck gekommen, daß die Partei mit dem Saarbrücker Parteitag neues Zutrauen zu sich und zu ihren führenden Persönlichkeiten gewonnen habe. Für die FDP sei es wichtig, daß bei aller Diskussionsbereitschaft ihre Geschlossenheit nach außen gewahrt bleibe. Bangemann sprach davon, die Partei könne so etwas wie eine „moderne Mitte" innerhalb des Parteienspektrums darstellen. Die Möglichkeiten hierfür sollen in einem „Strategiepapier" untersucht werden, das von Bangemann in Auftrag gegeben worden ist.

Auch der Bundeskanzler würdigte den Wahlerfolg der FDP und meinte, damit habe der neue Parteivorsitzende einen „guten Einstand" gehabt. Kohl ging auch auf das Argument Brandts ein, es habe sich im Saarland und in Berlin erwiesen, „daß die Freien Demokraten zum Kostgänger der CDU geworden sind". Dazu sagte Kohl, die FDP habe jetzt Wähler angesprochen, die sie früher nicht erreicht habe. Wenn die Koalition über 50 Prozent der Stimmen gewinnen wolle, müsse die CDU jeweils auf über 45 Prozent kommen. Da mithin auch die CDU „keine Stimme zu verschenken hat", müßten beide Parteien eine Politik betreiben, mit der es ihnen gelingen könne, in das Reservoir der SPD einzudringen.

Sie lesen heute

Михаил Сергеевич
ГОРБАЧЕВ

Новости

MIT ZUVERSICHT IN DIE ZUKUNFT BLICKEN

XXVII. PARTEITAG DER KPdSU

Diese Aufnahmen entstanden im Kreml während des XXVII. Parteitags der KPdSU.

Fotos: W. Selesnjow, S. Smirnow und A. Steschanow

Der turnusmäßige XXVII. Parteitag der Kommunistischen Partei der UdSSR wurde an einem Wendepunkt in der Geschichte unseres Landes und der ganzen Welt einberufen.

Den politischen Bericht des Zentralkomitees der KPdSU an den XXVII. Parteitag der KPdSU hielt Michail Gorbatschow, Generalsekretär des ZK der KPdSU. Im Bericht wurden die Ergebnisse der seit dem letzten Parteitag vergangenen Periode, die Situation im Lande und die internationale Lage, die aktuellen Prozesse und Tendenzen der gesellschaftlichen Entwicklung allseitig analysiert.

Fünftausend Delegierte, die über 19 Millionen Kommunisten unseres Landes vertreten, erörterten und nahmen die Neufassung des Parteiprogramms, die Änderungen im Statut der Partei, die Hauptrichtungen der ökonomischen und sozialen Entwicklung der UdSSR für die Jahre 1986 bis 1990 und für die Perspektive bis zum Jahre 2000 an und wählten die Zentralorgane der Partei. Auf dem Parteitag war die Rede darüber, in welchem Zustand die Sowjetunion in das 21. Jahrhundert eintreten wird, wie das Antlitz und die internationalen Positionen des Sozialismus und schlechthin der morgige Tag der Menschheit sein werden. Auf dem Parteitag wurde erneut aufgerufen, den Frieden zu bewahren, das Wettrüsten zu stoppen und den Atomkrieg nicht zuzulassen.

Der Parteitag billigte den Leninschen Kurs und die praktische Tätigkeit des Zentralkomitees der Partei. Die Beschlüsse des Parteitags wurden auch von allen Sowjetbürgern gutgeheißen.

Dem Parteitag wohnten 152 Delegationen von kommunistischen, Arbeiter-, revolutionär-demokratischen, sozialistischen, sozialdemokratischen, Labour- und anderen Parteien sowie Vertreter demokratischer gesellschaftlicher Organisationen aus 113 Ländern bei.

Die Berichterstattung vom Parteitag besorgten 1016 Journalisten aus 72 Ländern und über 1700 ihrer sowjetischen Kollegen.

2

Südafrika gräbt sich sein Grab.
Die Kriegs-nobelpreis-träger.
Boris suuuper
Schon morgens sind
Heute: heiteres

Heute: heiteres Geschlechts-raten.
BRAVO BORIS!

MENGELE: DER SOHN BRICHT SEIN SCHWEIGEN.
300 Tote

Boris suuuper
Schon morgens sind die Roten blau.
Heute: heiteres Geschlechts-raten.
BRAVO BORIS!

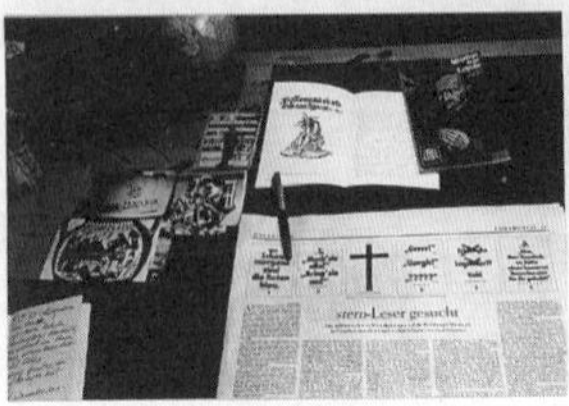
stern-Leser gesucht

BRAVO

Georg-Büchner-Preis'85
Heiner Müller
Werkausgabe im
Rotbuch Verlag

Holztur

♥ Collagen
I ♥ Liv Ullmann

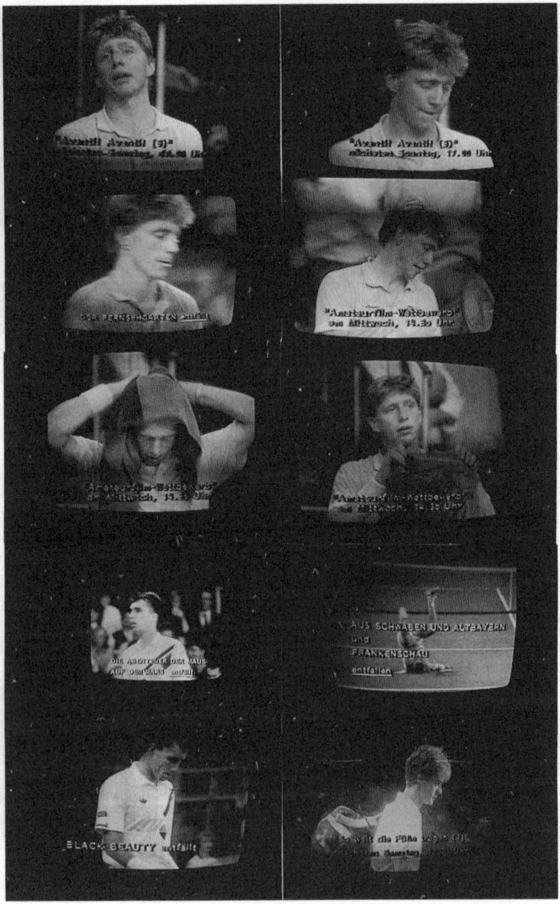
"Avanti! Avanti! (3)"
DER FERNSEHGARTEN entfällt
"Amateurfilm-Wettbewerb"
am Mittwoch, 14.30 Uhr
DIE ABENTEUER DER MAUS
AUF DEM MARS entfällt
AUS SCHWABEN UND ALTBAYERN
und
FRANKENSCHAU
entfallen
BLACK BEAUTY entfällt

The Jesus
and
Marychain

NEVER
SUCK

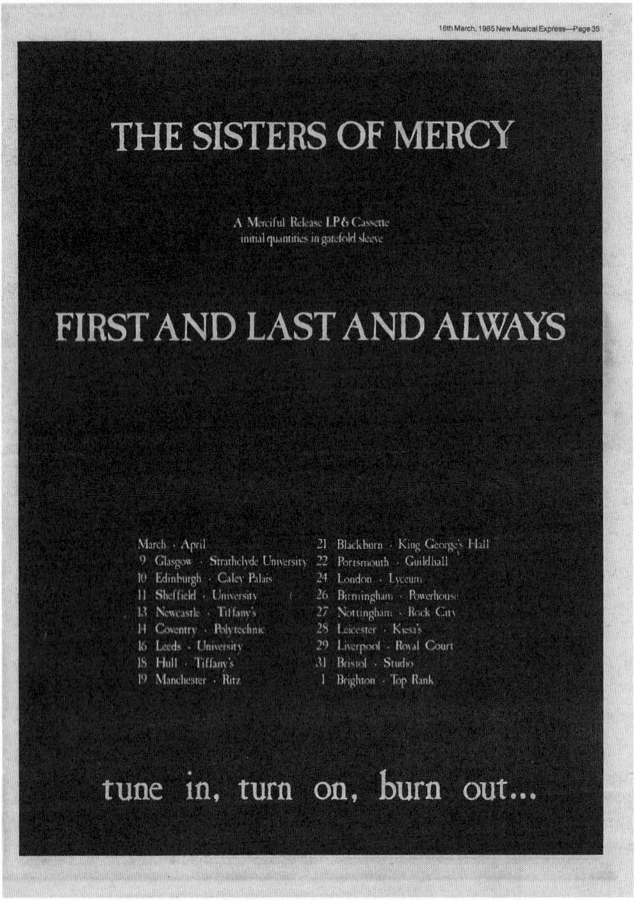
16th March, 1985 New Musical Express—Page 35
THE SISTERS OF MERCY
A Merciful Release LP & Cassette
initial quantities in gatefold sleeve
FIRST AND LAST AND ALWAYS
March · April
9 Glasgow · Strathclyde University
10 Edinburgh · Caley Palais
11 Sheffield · University
13 Newcastle · Tiffany's
14 Coventry · Polytechnic
16 Leeds · University
18 Hull · Tiffany's
19 Manchester · Ritz
21 Blackburn · King George's Hall
22 Portsmouth · Guildhall
24 London · Lyceum
26 Birmingham · Powerhouse
27 Nottingham · Rock City
28 Leicester · Kasa's
29 Liverpool · Royal Court
31 Bristol · Studio
1 Brighton · Top Rank
tune in, turn on, burn out...

Generalbundesanwalt
zum Terrorismus
ZDF
REBMANN
RAF noch wie vor
REBMANN
RAF noch wie vor

Amadeus
zum
Anziehen.

G 6952 E
Nr. 10 · Oktober 1985 · DM 4,80 · SFr. 4,70 · ÖS 39,–
SPEX
MUSIK ZUR ZEIT
5 Jahre Freiheit und Abenteuer.
Rainald Goetz
und blut
Das
ist die Liebe
the fall
der Matrosen
simon le bon
von den Kleinsten
madness
und Gemeinsten
the cure
bis hinauf zum Kapitän.
kevin rowland
Abschied
von gestern.

TEMPO
NUMMER 0 | DEZEMBER 1985 | PREIS 5 DM
Patsy Kensit
im neuen Kultfilm
BLUTIGE
ANFÄNGER
Die Tage
des Mannes
Der Turner
von Tina
Everything goes!
Special-Bonus:
115 brandneue
siebzehnjährige
Leimener

Kadaver

KADAVER

»Vernichten vernichten.«

Plötzlich sah ich alles richtig.

Bilder denken, wie die Schrift, vom Bild der Welt ganz ab gehackt, nie wirklich in Bildern spricht, ihr Denken stumm und ohne Worte als der Bilder und der Zeiger ihres Wissens, das so sichtlich, denken Bilder richtig, das Auge ist der Zeit, mit dem die Zeit in allem jetzt, was jetzt ist, sieht. Stumm ist das Reich des Sichtbaren des Lichts nicht nicht der Kerker, wie umgekehrt dem Wort die reinste Finsternis des Sagbaren der Worte logisch Haft ist, und dennoch müssen Bilder an der Mauer ihres Schweigens sich den Kopf nicht tot zerstoßen, sondern dort sich in der Ordnung ihres Wissens richtig so zu sich entschlossen zu geordnet wissen, um in der Macht des ja des Sichtbaren als schöne Könige zu herrschen. Spricht umgekehrt die Schrift, lügt sie, in ihrer Welt, die nichtnichtnicht von dieser Welt ist, nicht, sagt sie, im Anfang war das Wort, wo hingegen gleichzeitig, zillionen mal zillionen ferne Fernen fern, auf dem bestimmten Klumpen der Materie der Erde, in Wirklichkeit die Welt im Anfang ist, wie jedes Auge da, das sich da öffnet, sieht. So haben Bilder mit den Worten, wie Worte mit den Bildern, nichts zu schaffen, nichts zu vernichten. Denn Bilder sind, bevor sie da sind, nicht da, weshalb sie hin zu machen sind, so daß sie schließlich plötzlich, sind sie fertig da, ganz still gestellt da sind. Da ist Verrat des Fertigen an dem Verfertigen das Zeitgefängnis, in dem die Bilder ihrer Herrschaftsregel unterworfen herrschen im Geschichte in der Zeit. Hingegen ist die Position, von der aus Bilder zeigen, was sie wissen, an dem von ihnen selbst tatsächlich grenzenlos getrennten Ort im Raum des nein der Sagbarkeit der Worte der Blinde Seher, der alles, was zu sagen ist, sagbar in Worten sagbar sagt. Das Maß dieser Distanz zwischen dem Ort der Position, wo Bilder Weise und die Worte waren, bevor sie Bilder wirklich sind, und ihrem ja zum ja der Sichtbarkeit des Denkens ihres Wissens, zeigt so dem Sinn der Sicht, der Bilder fragt, wie er die Finsternis befragt, was denkt die Finsternis, was denkt das Wasser, was der Stein, was Bilder denken, im Maß der Nichtsvernichtung gleichzeitig die Richtigkeit der Position und die Entschlossenheit der Bilder zur Verschlossenheit der Lichtordnung als Kraft. Kraft ist die Macht, das nichts der Grenzenlosigkeit des nichts, das Sagbares getrennt vom Sichtbaren getrennt fest hält, als Nichtsvernichter zu vernichten.

Folglich redeten wir über Politik. Kadaver ist der Name für die Leibermassen toter Leiber der als Leichen zu den Leichenhaufen toten Fleisches hin geworfenen Gebirge der Vernichtung wirklich echter in zwei Kriegen fünfundsechzigmillionen erst noch wirklich lebender dann wirklich tot getöteter und schließlich also wirklich fünfundsechzigmillionen tot gemachter toter Menschen. Der Schatten dieser sehr bezifferbaren und ermeßlichen Gebirge macht es immer noch fast unvorstellbar, daß Bilder irgend etwas anderes als nichts zu zeigen haben und wirklich heute nicht nichts zeigen. Um das zu begreifen, muß man nicht die Bilder in Bezug auf Bilder, also nicht die Stilbewegungen verfolgen, so als sei es das, was Bilder gestern zeigten, was den Bildern heute zeigt, was Bilder heute zeigen müssen, sondern untersuchen, was die Zeit, die jetzt ist, ist, im Gegensatz zur Zeit, die war. Nichts als Tod war für die Zeit, zwei drittel des Jahrhunderts lang inmitten der Kadaver, da zu sehen, nichts als nichts als nichts als Tod, und dennoch ist die Zeit dann schließlich doch, tatsächlich ohne wirklich selbst wirklich zu sterben, von diesen Toten auf gestanden, um auf den Kadavern nicht nicht weiter fort zu schreiten, und ist umgekehrt, rücksichtslos und rücklings, wie Zeit verkehrt herum vor gehend mit dem Rücken voran rückwärts vor geht, bis heute wirklich fort geschritten fort geschritten in das jetzt. Fortschritt ist in der Gegenwart nur schwer erkennbar, begründet in der Logik einerseits des gegen, das in der Gegenwart die Zeit, die pünktlich da nicht da ist, in dem Widerstand jetzt gegen ihr nicht da sein auf sich zieht als Hinweisweise auf sich selbst, und andererseits gleichzeitig umgekehrt des fort, das insgesamt der Zeit im ganzen Gegenwartsjenseits, wo Zeit nicht nicht da ist, die Richtung der Bewegung gibt. Ist das jetzt der Gegenwart der Zeit das Auge, für sich selbst natürlich blind, konstruiert die Zeit die Position des jetzt aus der Bewegung ihres fort von ihrem Fortschritt. Da der Fortschritt rasend schnell dem Blick der Zeit entschwindet und zudem massenhaft an dem gesamten Rund des Rands des Blickfelds, dessen Sicht die Zeit ist, dauernd neu herein bricht in die Zeit, ist so der Ort der Position der Gegenwart der Zeit nicht wirklich richtig licht. Deshalb, nicht weil die Zeit, die war, vergangen ist, ist im jetzt der Gegensatz der Zeit, die war, zur Zeit, die ist, im Dunkel dieses jetzt. Aus diesem Nichtlicht jenseits aller Sichtbarkeit tritt das Verkehrte aus der Zeit ins Bild als Raum am Rand. Da stellen Bilder sich dem Paradox des Randes des Gesichtsfeldes, wo das Gesichtsfeld grenzenlos ist, wie das Leben endlos, ohne Tod, um im Widerstand gegen den Widerspruch der Tatsache, daß nichts im Leben jetzt tot ist und doch natürlich Tod da in der Zeit, die war, da ist, in ihrer Arbeit an der Formel für den Fokus dieses Blicks, der scharf gerichtet auf die Nähe, wo alles Nichttod ist am Rand, gerichtet zugleich auf die Ferne, nichts in der Ferne sieht als Tod, um so dem Blick sein Bild zu konstruieren, berechenbar nach Maßgabe der Wirklichkeit des Sehens, das das Sehen wirklich sieht. Vorarbeit der Arbeit an der Fokusformel, die zur Zeit die Zeit den Bildern stellt, ist die Arbeit, am nicht Nichtverkehrten dennoch zu scheitern, oder Arbeit an der Randvernichtung durch Repetition von Serien von Bildern. Die Fokusformel, die das Gesetz der Perspektive aus der Renaissance nicht nur zerstört, sondern ersetzt, ist hier zur Zeit in Rechnung als die Bildweltformel.

Ich saß wieder allein im Auto, heimwärts, da ich zuvor vor ein paar Tagen, es war im heißen Hochsommer, nach Köln hin gefahren war, um doch noch diese Plastiken von Peter da hin und aus gestellt zu sehen, praktisch nacht über nacht vom Tisch weg ins Auto gesetzt nach Köln. Da rasten dann die Straßenränder in den Windschutzscheibenrand, es war das Morgengrauen, dunstig, weit, so weit und grenzenlos die Weite, und meine ruhig dahin rasende Zelle war in ihrem Inneren, wo ich links vorn beim runden Rad des Steuers saß, den frischen Zweig von blühendem Jasmin, an meiner Sonnenblende fest gemacht, da direkt vor der Stirn, erfüllt von der von Lautsprechern gesungenen Musik, wohin soll ich mich wenden, wenn Gram und Schmerz mich drücken, wem künd ich mein Entzücken, wenn freudig lacht mein Herz. Wem künd ich mein Entzücken, wer denkt mit mir das Denken, wer redet die Gespräche, tauscht wirklich Argumente. Wir hielten nämlich wieder die Fingerhüte aus Glas mit dem Kölnischen Bier darin in der Hand, und in der anderen die weiße Zigarette mit der Glut an ihrer Spitze, und rauchten, tranken, redeten, wie vor Jahren, nur daß ich seinerzeit in Hamburg das Münchner Weizenbier aus Weißbiervasen raus getrunken habe, und außerdem vor Jahren natürlich Jahre jünger war als heute. Da ich so von früher wußte, daß es besser war, in lustigen Zeiten ein Froher zu sein, der mit denen, denen er gern in die Augen rein schaut, lustige Schimpfworte gegen die Welt aller anderen sagt und so heftig und schnell gemeinsam das Denken gleich am Ergebnis vergleicht, war das jetzt, daß ich an dem Zwang, bestimmte Argumente, die ich Bestimmten zur gemeinsamen Kontrolle hier dar legen wollte, in mir zurück zu halten und in mich hinein zu schlucken, fast erstickt wäre, nicht mein Problem, sondern Problem der Sprache, sprich der Ferne, die die Schrift trennt von der Rede. Von so einem Erstickenden, das plötzlich einen Lärm in mir entfesseln könnte, daß da was in mir auseinander bricht, dann wäre ich verrückt, von dem will ich nichts wissen. Was also spricht die Sprache, die das Fleisch spricht, spricht die Rede wirklich mit dem Mund, der im Aussprechen des Arguments weniger das Argument des Arguments, als die Schönheit des wirklich Augenblicklichen des Aussprechens der Rede selbst ausspricht. Sind also Resultate des von einem Hirn gedachten Denkens mündlich in der Rede mitteilbar, so daß sie in das Denken des in einem zweiten Hirn gedachten Denkens rein vermittelt werden können als ein diesem Denken fremdes, Resultat des Denkens eines ersten Hirns, und dennoch zugleich gleiches, nämlich Denken. Doch auf Fragen antwortet die Antwortrede nur, ich habe auch schon mal in einem Buch ein Wort aus Buchstaben gelesen, oft sagt sie auch nur, Angst Angst, oder sie erzählt noch einen Witz. Und trotzdem war trotz allem alles gut, denn das ist mir imgrunde eh egal, was eine Rede, die aus einem Mund von einem Menschen, dessen Stimme ich sehr gern höre, redet, redet, solange sie nur redet, nur leider war das traurige daran, daß einem plötzlich praktisch keine echten Menschen mehr das Denken korrigieren helfen können, so daß man schließlich nur noch mit den Leichen redet, die als Bücher um den Schreibtisch sitzen, zwar selbstverständlich allererste Geister, die sich da mit ihren Argumenten gegen einen stellen, herrlich also bestens, und dennoch mit der Zeit zunehmend finster, diese ganzen Leichen da, die Bücher, Totes, ihre stumme Rede, Schrift, das Toteste.

Kunst richtet sich nicht an das Leben, von dem ist Kunst ganz ab getrennt, sondern auf sich selbst, den Tod. Der Arbeit der Kunst der weg Trennung und ab Schließung von dem ihr Fremden ist der Mensch, der Künstler ist, der Schauplatz. Je reicher, rauschhafter, kraftvoller, willentlich passiv göttlicher das ja zu allem im Leben möglichen in ihm wirklich ist, um so totaler hat Kunst in ihm sich im Kampf gegen ihn von ihm weg zu trennen und für sich ab zu schließen zu einer für sie um so vollkommeneren Hermetik. So absolut für sich zu Tod gemacht, trägt Kunst keine Verantwortung, nur für sich selbst, die aber trägt sie wirklich selbst. Deshalb hat der Mensch, der Künstler ist, sich nicht um Kunst zu sorgen, sondern für sich selbst, sich zur ganzen Welt in sich zu machen, um der Kunst, der er der Schauplatz ist, in sich die ganze Welt zu sein. Gefahr droht der Kunst nicht aus ihr selbst, deren Reichtum so reich ist, Weisheit so klug, Alter so alt, daß Kunst unweigerlich nicht nichtvernünftig, nicht nichtgut, nur nicht nichtmenschlich sein kann, sondern natürlich aus der schlechten Enge des armen engen dummen ich im Mensch, der Künstler ist, wo alle Scheußlichkeiten ihren Ort haben, da das ich in seiner Enge sehr vergißt, daß ich trotz allem alles ist. Ich heißt Zeit zur Kraft der Tatsache der Rückzwingung der aus der Auswickelung aus Tod im Mensch zur Welt sich entwickelenden Welt zurück zur Welt auf Mensch zur Kunst und erneut deren Entwickelung und Rückzwingung, immer wieder der art, daß ich nicht Summe des Prozesses ist als Resultat, sondern Punkt der Bedingung von Bewegung überhaupt, die Zeit. Weiß dies das ich nicht mehr, wer ich tatsächlich ist, sieht es in der Welt, auf die es schaut, da nur sich selbst, anstatt die Welt, die da zu sehen ist, sieht Fehler, statt der Fülle, Ängste, anstatt Weite, sieht Lüge, nicht die Logik, die in jedem, da in allem, was nicht nicht da ist, als das Gesetz, durch dessen Herrschaft jedem Recht gegeben ist, auch da zu sein, nicht nicht, zu sehen ist. Nicht nichts, wie zwischen Sagbarem und Sichtbaren, nicht grenzenlose Trennung, zwischen Kunst und Mensch, der Künstler ist, ist nicht nichts als nichts, sondern die Grenze und der Haß. Hier stellt sich das Schöne hin, im Mensch, der Künstler ist, in der Erkenntnis der Vernunft der Logik in der Welt, verdoppelt, da er sie da in der Welt erkennbar sieht, und zugleich in sich im Vermögen des Erkennens der Erkenntnis sich in sich als sich erkennt, und in der Kunst im Haß auf diesen Ort der Grenze ihrer äußersten Bestimmung, unbesiegbar, da Kunst nicht nichtschön sein kann, wie sie logisch weiß, haßt sie sich in ihrem Haß auf diese Grenze, sehr vernünftig, haßt das Hassen ihres Hasses auf den Haß. So entsteht an dieser Stelle, wo das Schöne steht, Bewegung und Entstehung. Und das Gesicht des Schönen ist das immer gleiche, jeder hat zwei Augen, hat den einen Mund, ein Leben, des menschlichen Gesichts.

Der Menschprüfer fragt, fragt er nach dem Falschen in den Menschen in der Frage nach dem Bösen ihres Tuens und in Konsequenz nach Fehlern und Verwerflichkeit der resultierenden Produkte, aus der falschen Position der Defensive falsche Fragen. Richtig gerichtet prüft der Menschenprüfer Richtigkeit von Menschen in der Prüfung ihrer Richtung auf ein welches was im jeweiligen Mensch. Der Menschenprüfer ist so nicht der Werter, sondern vielmehr Ortsbestimmer, der den Ort, den ein Mensch durch die bestimmte Richtung auf das so bestimmte was in sich ein nimmt im außen, zu dem Zweck bestimmt, um so zu prüfen, welche Konsequenz die Tatsache der Möglichkeit, daß dieser Ort tatsächlich möglich ist, zu haben hat. So werden Sümpfe gemieden und Festungen genommen, so errichtet sich der Richtige sein Reich. Da kann er sich von allen alles sagen lassen, nimmt sich jeden, der ihn was zu lehren hat, zum Lehrer, bis ihm dessen Geist zu eng wird, dann schmeißt er den weg. Da dürfen auch die kümmerlichsten Wesen, denn auch in kümmerlichsten Wesen, sogar in sogenannten Frauen, spiegelt sich verkümmert noch die ganze Welt, das dünne Rinnsal ihrer Seele irgendwo versickern lassen. Jeder, gleich wie verlottert, darf da das Schwein sein, das er ist. Brutal ist die Gerechtigkeit, gleich gültig für alle, die jeden wirklich wissen läßt, wer er wirklich ist. Es gibt keinen Selbstbetrug. Jeder kennt für sich den Rang von seinem Rang. Dem entsprechend nimmt jeder sich mit jeder Tat, die er wirklich tut, für sich das Leben, das sein Leben ist. Jeder ist dem Reich des Richtigen deshalb ein mehr an Reichtum, alles ist da Datum, nichts ist so nicht lehrreich, nichts nicht wichtig, alles richtig. Auch Bilder richtig sehen, heißt ein Bild, in seinem Format, im Herrschen, im Gesetz, sich selbst entsprechend zu genau dem Bild gemacht, auch hier ist Täuschung ausgeschlossen, als das das Bild sich zeigt, genau so sehen, wie das Bild für sich, in Gegensetzung gegen alle Welt der Nichtbilder und aller Bilder in die Welt gesetzt, sich selber, sich sein Recht errichten, seinen Raum sich zu messen, sein Maß sich geben, sieht, um so zu sehen, welchen Rang ein Bild sich nimmt. Echte Bilder wirklich echt zu sehen, ist deshalb eine solche Lust. Was Bilder denken, entflammt im Hirn des Schauenden das Urteil. Urteil ist Prozeß aktiver Aktion eines Affekts der Zustimmung zur Überwältigung durch einen Gegenstand, dem Urteil sich mit Absicht ausliefert, um davon unterworfen teil zu haben am Gesetz der Herrschaft, die das im Urteil zu bestimmende beherrscht. Zugleich läuft die Revision dieses Prozesses aus der Position der größten möglichen Distanz zu jeglichem Affekt von Zustimmung, im Gegenzug zur absichtlichen Reduktion auf dieses eine eine eines einen Gegenstandes, als Einsatz allen möglichen denkbaren Wissens von allem, was in der Welt der Welt über die Welt bekannt ist, um im Vollzug der Kreuzung aller in diesem Wissen angesichts des zu Beurteilenden laut werdenden Argumente im Denken die Kontrolle zu errichten, die den gleichzeitig ablaufenden ersten Prozeß aktiver Kontrollausschaltung und Kontrollvernichtung kontrolliert. Systematisch oszillierend zwischen Kontrollvernichtung und Kontrolle stellt sich aus der Gegenstellung dieser gleichzeitigen widersprüchlichen immer komplexer gegeneinander gestellten Prozesse schließlich widerspruchsfrei die Konstruktion des Urteils hin als Urteil über den Gegenstand des Urteils und über das Urteil.

Ich sagte, nein, ich dachte, nein, ich schrieb, neinnein, ich schreibe, ob ich mich das Argument, daß dieses Rudiment von Tarnerzählung doch nur Tarnung ist der kaum getarnten Absicht, Argumente hin zu stellen, und also absolut absurd und widersinnig, auf der Heimfahrt in dem Auto, in dem ich von Köln zurück nach München fuhr, mich denken oder mich für mich so reden lassen sollte, oder anderswo, etwa daheim, habe ich natürlich nirgends anderes als hier im Zimmer vor meiner armen gelben Schreibmaschine auf und ab gehend und dann und wann auf sie ein schlagend gedacht und geschrieben, und hätte es doch genau so gut, wie so viele andere der im Zusammenhang mit diesen Resultaten hier auf inzwischen cirka neunundsechzig Seiten in die Maschine rein gehackten Worte, von den nur gedachten nicht geschriebenen gar nicht zu reden, entweder nur denken und gar nicht hin schreiben oder nach dem hin schreiben das hin geschriebene dann weg streichen und also weg lassen können, was ich hier aber extra nicht getan habe, obwohl eine Absurdität nicht weniger widersinnig wird, je entschiedener wahrheitsgemäß verquer die Widersinnigkeit sich widersinnig nennt, ist doch gegen die Drohung gegen Argumente, die vom Charakterkern der Argumente selbst ausgeht, der immer Faustnetzcharakter ist, wo erst vier Zeilen, dann nur noch ein halber Satz und schließlich ein einziges Wort, das ja schießlich auch noch aus lauter einzelnen jeweils einzeln für sich bedeutsamen Buchstaben besteht, alles enthalten und sagen, was das Argument, das man sagen will, sagen will, ein aktiver Akt der Ausbreitung der Entwicklung der Erzählung aktiv zu erzwingen. Da fiel mir ein, daß ich fast vergessen hätte, zu berichten, wie alles in der Wirklichkeit gewesen ist. Vielleicht vor sieben Jahren, als ich den Roman anfing, haben Freunde, die allein schon bei dem Wort Roman Gelächtertränen in den Augen hatten, die Bilder neuer Maler genau so lächerlich gefunden, wie die Idee eines Romans. Das hat mich natürlich neugierig gemacht. Stand ich dann vor solchen Bildern, fühlte ich mich überwältigt und berechtigt, denn was ich da gemalt sah, war das genau, was ich, wie die Musik, die mein Leben in das Nachtleben hinein und so vernünftig auf den Kopf gestellt hatte, hin schreiben wollte. So kannte ich damals, ohne sie zu kennen, viele Gleichgesinnte und Gefährten. Später, Moment korrekter Euphorie, wurde herrlich viel geredet, dadurch ging alles schneller, siehe Subito, und das war gut. Nur leider wurden so schon bald die Guten immer weniger, und ich weiß bis heute nicht, ob die Schlechten wirklich schlechter wurden, oder der Maßstab einfach strenger. Irgendwann war aber auch das Glück des Redens in den Nächten nur noch ein böser Klump von traurigem Geschwätz, und sogar der einstmals unendliche Spaß des Trinkens war plötzlich ein maligne wucherndes Geschehen. Bitte nicht nach hause schicken, aber genau das war das richtige, zurück zu gehen zu den Bildern selbst, zurück zum Studium der Texte. Jetzt erst zeigten sich die Bilder wirklich in ihrer unbedingten schönen Kraft. Die Texte über Bilder aber hielten der vernünftig harten Prüfung nicht mehr stand. Die Fehler waren fast zu einfach, um immer wieder wiederholt zu werden. Vorallem fehlte offensichtlich ein Bezug zur Wirklichkeit der Schau der Bilder. Die Texte waren nur ein ausgedachtes Zeug, geschrieben meist zudem als ein Geschwätz, das gar nichts wußte von dem einfachsten Gesetz von Texten, daß man nicht was sagen kann, wozu man nicht, auch durch kein nein nicht zu beseitigen, unweigerlich zustimmt alleine durch das sagen. So schrieben sich von selbst bei der Lektüre Listen von Begriffen, die in Texten über Bilder nichts sind als Begriffsschwachsinn. Und obendrein beluden sich die Texte, ihre Widerstandskraft selbstverständlich überschätzend, mit Freundschaftsdiensten, so als wäre nicht bekannt, daß Liebe alles Denken schrecklich ruiniert, und machten sich so freiwillig zu scheußlichem Gefälligkeitsgeschmier. Dem gegenüber war das Anschauen von alten und von neuen Bildern immer ein Erkenntnisse erkennen, ein an schauen der Zeit, ein Akt der Politik. Ich schaute auf die Bilder und ich sah mich unverrückbar in dem Schatten der Gebirge toter Leiber, der Kadaver. Um das zu begreifen, suchte ich nach einer Rede über Bilder, die einfach wirklichkeitsgetreu das Schauen auf die Bilder und die Konsequenzen in den Worten sagen sollte, wie das alles wirklich war.

Ist der Rede in der Welt der Worte also zwar die Schrift nicht nach geordnet, nicht darunter unterworfen, sondern gleichrangig daneben zu gestellt, so gibt es dennoch außerhalb des Raums der Stille, die dem Stummen, das sich aus der Schrift erhebt, das Echo wirft, die außerordentliche Lust am direkten Gesang der Rede, den jede Rede singt. Das größte Glück der Kinderzeit, da sein wo die Erwachsenen Gespräche führen, Widerreden gegen Reden und dagegen Widerreden reden, unbegreiflich, wer etwas warum wogegen sagte, und so das reine Glück der Anspannung des Lauschens in die Ahnung eines Sinnes der Musik der Reden, bis die Augenlider, ohne ein vorher von müdesein, das offene Gesicht besänftigend, sich senkten, fielen, und die Reden redeten, und man war da, und langsam kam der Schlaf. Die Träume waren Worte Träume. Denn das Stichige der Überhelle von dem Licht war zwar sehr moderig, doch von der echten Sonne, die in kranker Schärfe an dem Ende von dem Schatten von der Brüstung meiner Brücke sich zwar schwer verfallen und so müde zeigte, wo hingegen hoch darüber doch Herr Wittelsbach in Stein auf seinem Pferd nach Norden ritt durch eine Luft, die ruhig, erfrischend, kühl, bestimmt bestimmte, alles alles ist zu spät ist jetzt vorbei, und da ist jetzt die Kraft, sich richtig hin zu richten zur Vernunft. Und trotzdem waren nachts die Decken immer noch so alt und dumm und schmissen mich aus enger Angst in nassen Schweiß von wach zu wach. Jedoch dazwischen war ich klar wie diese durchsichtig nichtkranke Luft, und träumte Träume reinen Denkens, geschaut mit deren zugleich wörtlich absolutem Protokoll, Tat der Gewalt der Tat des Schreibens von der Schrift von Worten, Macht des Terrors aller Sichtbarkeit der Bilder Zwang zu der Beobachtung der Durchzerkreuzung und Enttrennung ab gehacken siegreich mit dem Argumenten, beschenkt mit meinem Gastgeschenk poetischer ä Präsizion. Ich sah mich in Gesprächen, mit Bestimmten vor den Bildern, alles über Bilder wissen und das Wissen miteinander teilen. Ich sah mich in der Schau der Bilder diese Schau beobachten als Schau des Denkens und mich so mich kontrollieren beim Berichten in der Rede meiner Worte. Und die Schwärze war tief schwarz im schwarzen Band die immer wieder, die sich immer wieder über über schrieb, die Schrift.

Alles richtig sehen, heißt also in Bildern Denken derart sehen, wie Bilder wirklich, hermetisch ab getrennt von ihrer Position im Sagbaren, stumm in dem Maß der Nichtsvernichtung sichtbar, ihr Wissen sichtbar zeigen. Um zu sehen, was sie wissen, ist die Zeit zu untersuchen, deren Auge Bilder sind, die im Schatten der Kadaver nichts als Tod und dennoch jetzt im Rand den Nichttod sehen, berechenbar nach dem Gesetz der neuen Bildweltformel. Will man so etwas besprechen, zeigte sich auf einer Reise, hat man das zu denken, was das Fleisch der Rede an tut. Zartes, was nimmt es aus ihr fort, den Zorn des Neuen, das gibt das Mündliche der Rede zu, das Leben. Davon trennt sich die Kunst im Mensch, der Künstler ist, gewalt tätig ab im Haß auf sich als immer und unweigerlich das Schöne, sichtbar im menschlichen Gesicht. Jedem gibt im Reich des Richtigen der Menschenprüfer seinen Platz, indem er alles, alle Menschen, alle Bilder, alles alles, nach dem ihm eigenen Gesetz beurteilt. Ich bin der Ort, der da die Resultate dieser Arbeit, bestirnt von meinem Dreigestirn, in Wirklichkeit zusammen hält im ich dieser Erzählung.

Schriftlich berichten folglich Worte alles, was die Schau des Denkens angesichts der Bilder sieht, und wie sie davon Rechenschaft ablegt im Wort. So konstruierte ich hier neu, schrieb ich jetzt, den Anfang der Geschichte, jetzt, der Welt.

21:15
22. 2. 1987
0:34

Le Monde
MM. Mitterrand et Chirac saluent
le succès de la police sur Action directe
Les enfants perdus
Les taux de change, nouvel enjeu politique
Normalisation Egypte-Soudan
L'exploit de Bruno Marie-Rose
Auschwitz n'aura plus de carmel
Le Monde
ÉCONOMIE
La mort d'Andy Warhol
Le « martien » de Marilyn

[redacted]

[redacted] Tode [redacted] Andy Warhol

Andy Warhol [redacted] gestorben [redacted] Tod [redacted] starb [redacted] War-hol, [redacted] Warhol, [redacted] Warhol [redacted] Beuys [redacted] Warhol, [redacted] Warhol [redacted] Tod [redacted] War-hol [redacted] Warhol [redacted] Beuys, [redacted] Warhol [redacted] Warhol [redacted]

[redacted] Warhol, [redacted] Ich [redacted] Warhol [redacted] Warhols [redacted] Warhol [redacted] Warhol [redacted] Warhols [redacted] Warhol [redacted] Ich [redacted] Warhol [redacted] Warhols [redacted]

Andy Warhol [redacted]

[redacted] Warhol [redacted] Warhol [redacted] Warhol [redacted] Warhols [redacted]

[redacted] Warhol [redacted] War-hols [redacted] Warhol [redacted] Warhol [redacted] Warhols [redacted] Warhol

[redacted] Warhol. [redacted] Ich [redacted] Ich [redacted] Welt [redacted]

ANDY WARHOL

LENIN

Drei Tage

1988

DREI TAGE

Text, Bier, Ecstasy

»und was wirklich ist,
das ist vernünftig.«

Freitag

Dead Boy
Die Sonne scheint, die Himmel leuchten, hier gehen wir noch einmal hin. So stählern silbrig das himmlische Silber tatsächlich leuchtet an einem derart halkyonischen Tag früh im Januar, so kommt das Licht ursprünglich natürlich doch von der Sonne her, golden, gelb, weiß. Aber ausgerechnet diese Selbstverständlichkeit hatte ich nicht mehr auf der Rechnung gehabt, und so kam es, daß ich im großen Kampf um das Silber, denn silbern schimmert auch Granit, das alte Gelb in mir vernichtet werden sah, während in Wirklichkeit ein völlig neues Gelb entstanden war, gänseblümchenherzlich lieblich triumphal.

So wäre ich also im richtigen Kampf gestanden, nur auf der falschen Seite? Oder das ewige Kämpfen irgendwelcher Kämpfe wäre die Idiotie, die sich unweigerlich in sich verrennt und dort debil erstarrt? Und hätte es denn wirklich nicht den Ausweg eines dritten Weges gegeben? Aber so locker fragt sich das eben nur dahin, wenn es Fragezeichen wieder gibt, weil sie einem am Baum der Sprache

(Word is a four letter word, so you better watch your language, dirty mind) plötzlich doch wieder gewachsen sind, einfach nur dank Zeit.

Da läutet das Telefon, und Johnny Thunders ruft im NME vom 1. 10. 1977 in Tony Parsons Besprechung der ersten Dead Boys Platte Tony Parsons an, um ihn zu fragen, was er gerade macht. Was ich mache, Mann, die Spex Geschichte schreiben, in die ich endgültig durch den inzwischen wirklich heroinvitalsten Dead Boy Stiv Bator beim Konzert der Lords Of The New Church am 16. 10. 1988 in der Theaterfabrik rein geraten bin: SPEX AND DRUGS AND ROCKANROLL. Entweder ich kann begründen, warum das die Wahrheit der Musik ist (Bühne, Drogen, Rausch), und eben nicht Henry Rollins genau eine Woche vorher auf der gleichen Bühne (Prinzipien [gutes Denken], Extremismus [Wille, Kraft, Intensität], Aerobic [Nüchternheit und Nichtgrazie]), oder ich kann mich gleich bei mir daheim endgültig verdalisieren in der Finsternis der toten Bücher.

Tonight I Hold Myself Tight

Als ich paar Wochen später in Kön diesen Quantensprung in meinem Denken mal kurz erläutern wollte, daß es doch wirklich die Frage ist, woher man wissen will, daß Heroin so böse ist, wie ich bisher zu wissen geglaubt hatte (wie entsetzt hatte ich noch alle Nick Cave Platten neulich [muß etwa die ganze Geschichte von mir in Ulis kleinem Fiat unter den glitzernden nächtlichen Regenbüschen des Englischen glücklichen Gartens umgeschrieben werden?] auf ihren Heroingehalt hin abhören müssen), – oder ob nicht doch vielleicht die Parolen aus dem Februar 1978 (Jung kaputt spart Altersheim; Too Fast To Live, Too Young To Die) ursprünglich viel richtiger waren, als das alle von der Lügenkrätze der Entwicklung infizierten heutigen Deutungen wahrhaben wollen und so weiter und so weiter, – ob also die Frage nicht vielmehr heißen würde: was ist das GESETZ der Sache Bühne und der dortigen Musik, im Gegensatz etwa zum Gesetz der Sache Text, – da wendete Clara angewidert ein, so eine Überlegung überhaupt anzustellen, wäre »Feuilleton«!, wobei dieser Ausdruck den Inbegriff an Schwachsinn bezeichnete, und ich sagte, mein ganzer Kopf würde Feuilleton sein, und das wäre noch das geringste Problem, wenn –, und –, weil –, undsoweiter, doch leider brach das Gespräch dann unzuendegeklärt ab (später wird man dann von den nicht zu ihrem Ausgangspunkt zurück geknüpften offenen Gesprächsfäden ausgepeitscht), weil Clara mit einem hübschen Jüngling redete, während sich die Nacht vom Rose Club in die Station und dortige Gespräche mit Diedrich und Jutta über Jeff Koons (darf der das?, Exploit The Masses? [nein]) und Theweleit (Problem psychoanalytischer Detektivismus, Enge nichtuniversitäres Privatgelehrtentum) verlagert hatte, bis ich mich noch paar Biere später schließlich in den frühen Morgenstunden im warm geheizten Warteraum des Kölner Bahnhofs trotz Gestank der Berber mit Bounty und Gummibärchen so wohl fühlte, daß ich im Sitzen selig eingeschlafen bin.

I Have A Dream
Im Schlaf opferte ich den freundlichen Göttern des nächtlichen Lebens und der Taten der Nacht.

Eiskalt drückte von fern der letzte März durch windige Fugen im riesigen Fenster herein in das schneegestöberdurchwehte fiebrige Zimmer, wo die Sache des Todes im geschlossenen Raum von Zeit und Raum nach drei bösen wachen fünfgeteilten Stunden schließlich erschöpfte Zuflucht im Schlaf gefunden hatte und dort in den restlichen fünf Stunden der Nacht durch friedlich lichte neun Monate und vierundvierzig allzu teuflisch theoretische Tage hindurch ihren unweigerlich logischen Fortgang nahm, KONTROLLIERT, aber nicht von mir, sondern von der Geschichte, der Welt.

Text ist die härteste Droge, die ich kenne. Datum heißt auf Deutsch: Gegeben. Das Gegebene gibt sich in Gestalt von Ziffern, die gelesen Zahlen sind. Und die Zahlen sind erzählt Erzählung. So einfach ist die ganze Sache, das ist alles, aus.

Und das stimmt: die Stille, das Lauschen, Sekunden, die Stimmen. Das Nichtich, zu dem das Ich auf diese Weise selbstverständlich wird; und trotzdem ist, was fehlt, natürlich Materialfehler im Ich, nicht in einem allgemeinen Nichtich, erst recht nicht Fehler in der Welt. Die Welt ist ja perfekt.

Im Märzen der Bauer sein Rößl anspannt. Nur leider bleibt so wieder ungeklärt, ob es eine nichtromantische Weise gäbe, von Geschichte und Politik zu sprechen, ohne Zugang zu haben zur wirklich politischen Position der Partei und parteilicher Objektivität, zugleich dennoch ohne die schönsten Träume und Revolution, Gerechtigkeit und Wahrheit zu verraten. Müßte man sich etwa auf einen Schlag all der Herren entledigen, denen man so begeistert gedient hat all die Jahre: Denken, Rechnen, Hirn? Irrweg Konstruktion, Irre Kontrolliert? Wie? Den Herzschlag der Dinge ganz anders erfassen, etwa mit dem Herzen?

Happy People Happy World

Die ersten Züge Richtung Süden waren längst abgefahren, als ein eiliger Mann in Uniform uns Nichtseßhaften kölnisch auf die Schulter klopfte.

– Wasn los?

– Hier wird jetzt zugesperrt.

– Zugesperrrt. Aha, naja.

Torkel, torkel, was sagen eigentlich die Uhren? Ein Uhr einundzwanzig war es eben, als ich aus dem Tanzlokal zurückgekommen war zu meinen häuslichen Maschinen. Kaffeemaschine, Fensehen, Tennis, Uhren, vier Uhr siebzehn: Knapp ins aus jetzt, jetzt wirds brenzlig. Siebtes Spiel, vierter Satz, drei beide, Vorteil Lendl. Gefahr erkannt, Gefahr gebannt. Game Massta. Ja, Respekt vor Thomas Muster, der nicht aufsteckt. Game Lendl. Spiel Lendl. Five games all. Fünf beide. Fifteen love. LOVE Club war heute Nacht bis drei Uhr in der Etahalle, leider ohne mich, die neue Produktion von Big House Company, verantwortlich für viele gute Nächte letztes Jahr. Heute war nämlich Donnerstag. Morgen ist Freitag, morgen ruft Diedrich an, ob ich liefere bis Montag früh, wieviel. Drei Tage noch, zwölf Seiten, pro Monat eine, insgesamt ein Jahr. What watch? Time. Und so betritt die Erzählung nach ihrer Zählung hier im April mit dem Jahr 1980, Get Real Get Real, die achtziger Jahre. Vor paar Tagen habe ich Oliver Hirschbiegel in Wien angerufen, um zu sagen, daß ich zur heutigen Einweihung des neuen Büros nicht kommen kann. Oliver hat mir schon einmal, seinerzeit in New York, aus einem falschen Rückzug rausgeholfen, einfach durch sein Tempo, das Telefonieren, den direkten Weltzugriff. Und als ich jetzt im Herbst zur Heldenplatz Uraufführung in Wien war, habe ich bei ihm den ersten echten Filofax Kalender meines Lebens in *echt* gesehen. Und erst jetzt vor paar Tagen ist mir, dieses Bild, Olli im dunklen Anzug elegant im Büro über ein prall bepacktes offenes Filofax Paket geneigt, vor Augen, aufgegangen, daß ich offensichtlich die ganzen achtziger Jahre überhaupt noch nicht verstanden habe, aus schlichter Opposition gegen die ganze Filofaxwelt.

Der Gedanke, ursprünglich kein Unsinn, war doch der

gewesen: wenn »Tempo« und »Wiener« die schönsten all dieser guten Ideen, die sogar den verknotetsten Spast aus der Ernstenge seines siebziger Jahre Lebens raus in die Welt katapultiert haben, jetzt einfach einstampfen zum pur frechistischen Gelabere der guten Laune und überbacken mit dem Fertigrap eines verlogenen Generationserfahrungskäse-Wir servieren, dann eröffnet sich für mich durch diese Negativbestimmung, was ich nicht mehr tuen brauche, ein völlig neuer Raum, in dem ich mich um mich und meine neuen alten Sachen so konzentriert wie früher kümmern kann.

Kurz darauf hatte sich der »Wiener« für mich eh schon aus dem Rennen genommen (obwohl man mir in Wien erklärt hat, Joachim Lottmann wäre immer noch Lojo, nett und alles [ganz schwierige Geschichte]); aber »Tempo« hatte nach wenigen Nummern deutlich gemacht, daß hier ein eigener Wille zur Sache entschieden am Werk war, und diese Sache war eine Art neues Ganzes von Kultur. Trotzdem habe ich nach einem ersten Jahr »Tempo« im glücklicherweise nicht gedruckten Menschenprüfer Aufsatz nur das schadenfrohe Argument entwickelt, »Tempo« würde schnell für Fortschritt dadurch sorgen, daß es alle Richtigkeiten so tief in den Schwachsinn hineinverschleppt, bis nur noch Falschheit sichtbar ist, die sofort Opposition gegen sich selbst und so Umsturz und Neues produziert. Der ganze Yuppiekäse war mir einfach Leberkaas und Schmarrn.

Aber keine Ablehnung von nichts, für die man nicht durch Nichtverstehen bestraft würde, kein bösartiger hämischer Gedanke, der nicht irgendwann viel bösartiger und zerstörerischer in einem selbst gegen einen selbst zünden würde: Rumps. Zerfetzt liegt man da und versteht sich selbst nicht mehr. Das kann dann, wenn der zürnende Herr des Begriffs der absoluten Idee es so will, ruhig drei böse Jahre dauern. Und die Finsternis wächst, und im Dunkel verschwindet die Welt. Nicht daß man jetzt ein Leid empfinden würde, das Dunkel wird Passion für das Verborgene geheimer Schätze, und der Text hält einen, im fast schon idealen Zustand eines fast schon Totseins, fast schon endgültig umfangen. Hat man je einen wirklichen Toten freiwillig zurückkehren sehen ins Leben?

Kosmos

Atlantis is Calling
Kurz vor sechs jetzt, morgen ist Freitag, morgen rufe ich Spex an. Um viertel nach neun geht die Spaemann Vorlesung los, Platon, trotz Streik. In Paris heult ein Hund in der Nacht, in der ich Kontrolliert aufhören höre, die ganze Nacht den Vollmond an. Im Morgengrauen singen sich drei Betrunkene Arm in Arm nach Hause. Es ist nämlich Anfang Mai, und im Park gibt es ein neues Liebespaar.

Letzte Woche habe ich mein NORA Halskettchen verloren, das ich Sylvester vor einem Jahr von Sabine, Martin, Ingrid, Peter, Klaus und Ruth zum Ende von Modern Talking und zum Anfang vom neuen Jahr am Friedensengel beim euphorischsten Jahreswechsel aller letzten Jahre geschenkt bekommen habe. Im Nachtleben war ich dadurch Thomas Anders, tags natürlich immer noch eher das Pfeifen der Rückkopplung von Never Understand, als Melodie von tröstlich zarten Liedern. Und wißt ihr, was Atlantis ruft? Atlantis is calling: S.O.S. FOR LOVE.

Mädelsmusik also, für die ich nach dem Ende des letzten großen Rüpelspaßes von Metall (killed by death) so überreif war, daß vier Stunden Mambo in der Weihnachstnacht beim Schneesefest immer noch zu wenig waren. Und zur noch richtigeren Musik, im Herzschlagmaß der beats per minute wurde der IQ für alles neu bestimmt (fft fft fft fft fft sspt sspt sspt fft fft fft fft fft sspt sspt sspt fft fft fft fft fft), can you feel it, wurden die Arme zu nervösen Dendriten, die den menschlichen Leib, die Welthirnzelle, mit der Umwelt der tanzend elektrifizierten übrigen Hirne neuartig verknüpften zum Kollektivspaßkörper. Release your body. Essiiig. Angiiie. Schieberparty. Alles.

Gleichzeitig gibt es natürlich immer das andere Reich: Jungsmusik, Jungsargumente, wo ich auch immer noch gerne irgendeinen mir wirklich wichtigen Interessantizismus beizusteuern hätte (Laibach: Lüge. Bester Sänger Deutschlands: Katrin Achinger), aber in Wirklichkeit geht es mir nicht nahe genug, als daß ich da ein Rederecht hätte.

So sitze ich wieder den dionysischen Mänaden zu Füßen, die tanzen: das Theater. Immer noch der peinlichste Ort der Welt, und trotzdem endlos faszinierend. Die Wirklichkeit der wirklich echten Körper echter Menschen macht da mit jedem Atemzug, den die da atmen und erst recht mit jedem Wort das unmögliche Argument praktisch zur Wahrheit, daß das Toteste einen Augenblick lebt, daß es etwas, was es nicht gibt, gibt: nichttote Kunst.

The Names Have Been Changed

To protect the innocent. Denn aus Theater kann man nicht Theaterstücke machen. Auch wenn sie im Kopf längst fertig sind, und schon wieder viel Papier beschrieben die Isar oder die Spree hinunter geflossen ist, wenn ich auf Bernd Heusingers Frage, was ich für neue Musik hören würde, nur sagen kann, keine, weil ich das letzte halbe Jahr keinen Plattenspieler hatte, heißt die korrekte Antwort, das wäre keine Entschuldigung. Denn dann nützt auch alles andere nichts. Das ganze Denken ist dann nur zum Wegschmeißen.

Der Neid richtet sich in diesen Situationen richtigerweise auf solche Lockerheinis wie den breit grinsenden Spiegelschreiber Matthias Matussek oder den schriftlich stets fidelen Journalisten-Schule-Schüler-Journalismus-Schreiber Wolfgang »Höbel« Höbel. Jeder Blödel hat Probleme, die nicht. Aber das verrückte ist, sie haben trotzdem recht. Ich möchte nicht wissen, was die alles *nicht* im Hirn haben, was ein urteilendes Kalkül unbedingt durchrechnen müßte, und trotzdem treffen die, immer feste druff, irgendwie ins Schwarze. Wie?

Die Trans-Atlantik-Schule der Manier der schrägen passenden Details, sagte ich und zog geistesabwesend mittels irgendeiner ausgedacht präzisen Adverbialbestimmung anstatt an der Zigarette kurz an seinem Augapfel, um den Hirndruck mal zu prüfen. Null, sagte ich, darauf er:

– Nehmen Sie das eventuell zurück?

– Wer?

– Sie.

– Ich?

– Ja Sie!

– Nöö.

– Gut, dann ist der Fall für mich erledigt.

Wirklichkeit!, hatte in der wirklichen Wirklichkeit Enzensberger damals in den Bogenhausener Trans-Atlantik-Studios zu mir gesagt, als hätte ausgerechnet ich, nur weil ich mich auf die Wirklichkeit berufen hatte, ein echt winziges Enzensbergerchen gerissen, und er führte mich zu einem Fetzen Papier an der Wand, das Redaktionsstatut!, Trans-Atlantik kommt in Trans-Atlantik nicht vor, aus Prinzip. Aber in meiner Feuilleton Geschichte für Trans-Atlantik war Trans-Atlantik genau so, wie es in Wirklichkeit vorgekommen war, auch im Text vorgekommen. Und wurde dann mit meinem Einverständnis, nachdem ich den Entschluß, den Text zurückzuziehen, nach einer Nacht zurückgezogen habe, weggefälscht. *Das* ist der Unterschied, so kommt man ursprünglich vom Feuilleton zum Bücherschreiben, Juni 1982, nicht weil man partout die Kunst herstellen will, sondern weil man einen normalen Wirklichkeitsbegriff hat, und *dem* entsprechend will man machen können, was man will.

Nur gibt es leider kein Zurück zu diesem Ursprung. Deshalb werden die von keiner Kompetenz beschwerten locker hingehauten Lockertreffer, Kulturkritik!, wer hat noch nicht, ganz frische Ware, täglich neu, plötzlich so lehrreich, weil sie mit einem ordentlich groben Vorschlaghammer gemacht sind, nicht ohne sich über detaillistische Pseudopräzisismen und erzählerischen Firlefanz aufzuführen wie hochsensibel operierendes Argumentationsbesteck. Doch wer wäre ich, um hier gegen Vorschlaghämmer etwas einzuwenden. So weit kommt es noch, vor lauter stiller Klause und Gegrübel im Gehäus.

Mein Lieblingshammer waren die cirka 12 Zeilen zu gut 500 Seiten Krieg seinerzeit in der Frankfurter Allgemeinen vom Benjaministen Werner Fuld, und während ich von diesem gut placierten Magenschwinger ungedeckt getroffen angeschlagen in den Seilen hing, sagte ich mir dauernd, genau, genau so würde ich es auch machen als Kritiker. Und weil man jeden richtigen Gedanken, denkt man ihn gerade nicht, nach drei Minuten schon vergessen hat, läßt man sich immer wieder gern, gerade wenn es weh tut, sauber die Lektion erteilen von den Lockerheinis dieser Welt.

Sonne Mond Und Sterne
In der Tiefe rauscht eh ein ganz anderer Strom. Das er-

füllte Gesetz, Hand in Hand mit dem Alten, Tränen, die Brüder, und im All des nie Gesagten die Kräfte der Schwere, die einen halten. Zillionen lichtjahrferne Partikel Erlebtes rasen so einsam dahin durch die endlose Nacht der Leere der Räume im Ich. Ich liege am Dach einer Hütte am Meer, Südspanien, und die Augen mustern allzu wach das Firmament. Manchmal streift ein Meteor die Atmosphäre und verglüht, und alles wäre gut. Nur das Glück ist irgendwo, wo ich nicht bin. Wie man wirklich leben will, ist nicht bekannt und nicht erkennbar. Unbestimmte Schemen der Vision von einem Ich, das man in sich zu sehen glaubt, dem jagt man hinterher. Das war ein Trugbild, scheint es, Korrekturbewegung, die Bewegung war ein Fehler. Schuld fällt an, direkt in der Nähe, nahe Menschen, die man, nur warum, wozu, brutal verletzt.

Schon fast im Zenit sieht man den hellsten Stern des Sommerdreiecks, Wega in der Leier. Die linke obere Ecke bildet Deneb im Schwan. Und der Stern an der unteren Ecke des Sommerdreiecks ist Atair im Adler. Man muß sich den Adler mit ausgebreiteten Schwingen nach links aufwärts fliegend vorstellen. Auch der Schwan fliegt am Himmel dahin. Außerdem gibt es als Rettung höfliches Benehmen, Takt und Schweigen. Und am nächsten Morgen heißt es:

– Und! Wie ist die Stimmung!

– Super!

– Super.

– Super!

The Revolution Will Not Be Televised

Am 4. August erschien in der Tageszeitung ein Aufsatz von Niklas Luhmann zur Zwanzigjahresfreier der Revolution von 1968. Hatte er nicht in seinem Archimedes

Büchlein so weise versprochen, es werde kleine politische Schriften von ihm nicht geben? »Nein. Das soll aber nicht ausschließen, daß ich im Kontext einer theoretischen Frage auch aktuelle Probleme behandele.« Aber die Revolution von 1968 ist doch wirklich *Geschichte*, kein aktuelles Problem.

Luhmann hat in den damaligen sechziger Jahren mit mächtigen Schritten in zwölf grundlegenden Aufsätzen (Soziologische Aufklärung, Band 1) die Maße der gewaltigen Pyramide seines Systems zunächst am Boden vermessen, den Grund anschließend derart betoniert (Sinn als Grundbegriff der Soziologie, 1971), daß er über den darin verankerten, ununterbrochen neu gigantische Bewegungsenergien produzierenden Kernreaktor des Ereignisbegriffs in der inzwischen fertig und auf den Kopf gestellten, zwölfpyramidal kugelig kristallin konstruierten harmonischen Konstruktion (Soziale Systeme, 1984) die Wirklichkeit der ganzen Welt in Gestalt der Theorie frei schwebend in Bewegung hält. Manchmal erschrickt man beim Anblick einer Einzelheit dieser theoretischen Welt, die die Wahrheit von allem erhellt: der Bann der Schönheit dessen, was *ist*.

Doch genau deshalb teilt eine solche Theorie mit ihrer poetischen Schwester Kunst das Verhältnis zur Wahrheit der Politik. Denn der politischen Position bemächtigt sich in einem theoretisch nicht begründbaren Handstreich der politische Entschluß zur politischen Analyse der Welt, indem er sich zu sich selbst entschließt und so freiwillig optiert für die Partei der Negativität (I wear the black for the hungry and the beaten down) und von dieser definitiv richtigen Position aus den Befund der Welt parteilich objektiv erhebt.

Demgegenüber ordnet sich die Poesie, die Kunst und die philosophische Theorie der Intuition eines anderen Materialismus unter, der sein Maß hat einfach an der Summe von allem, was in der Wirklichkeit *da* ist. Deshalb ist dieser nichtmarxistisch idealistische Materialismus nicht berechtigt, von der Politik zu sprechen. Dieses Privileg liegt bei der politischen Position der Partei.

Woher ich das alles weiß? Weil ich es früher noch nicht wußte. Außerdem irrt Luhmann, wenn er der Kritik am System die Möglichkeit einer Position des Draußen bestreitet. Der Ort dieses Draußen ist die Jugend. Für Augenblicke flackert unerwartet irgendwo was auf, von drinnen gesehen nicht sichtbar. Ein Wetterleuchten? Wenn man es sieht, ist der Blitz längst Geschichte.

Time Time Time

Time Marches On
Heute ist Sonntag, und jetzt wird es eng. Wenn nicht bald die wichtigsten drei Tage kommen, sehe ich schwarz. Das Henry Rollins Argument ziehe ich lieber zurück. Gestern habe ich die zweite Howl Party verpaßt, an der ersten ist Strauß gestorben. Auf dem Südfriedhof direkt bei mir die Straße runter, Richtung Arbeitsamt und Schlachthof, in der Gegenrichtung geht es Richtung Deutsches Museum und Pilgersheimer Männerasyl, liegt im Grab Nummer eins der Philosoph und Mediziner Franz Xaver von Baader begraben, der schon 1798 begeistert auf Schellings Weltseelen-Schrift reagiert hat, weshalb das Baader in Kontrolliert vorkommt, wo die Verbindung der siebziger Jahre mit dem 19. Jahrhundert thematisch ist. Außerdem hat Baader sich zum Angeben als Nachfahre von unserem Baader bezeichnet, in dem wir heute die Biere trinken nachts.

Tags baue ich vormittags neue Billy 90 Regale von Ikea

und riesige stählerne Gillemot Stahlregale auf, um eine völlig neue Ordnung einzurichten. Endlich habe ich den lebensgroßen vergilbten Boris Becker Starschnitt von der Wand gemacht. Nachmittags drifte ich durch die Stadt, mit Husserl, Luhmann, Hösles oder Heideggers Hegel oder Hegel, um eigene Gedanken auszuschalten und so vielleicht endlich mal Zutritt zu einem Begriff des gegenwärtigen 20. Jahrhunderts zu kriegen.

– Aber auch in der Lindenstraße kommt es vor, hat Tanja Schildknecht eben *direkt* in die Kamera gesagt, das kam noch nie vor, daß man auf eine Frage keine Antwort bekommt.

– Drei Jahre Lindenstraße haben Sie hinter sich, bis 1990 geht sie weiter. Wird's nicht langweilig?, fragt Bild am Sonntag.

– Nee, weil die Tanja sich von der aufmüpfigen Göre zum stillen Mädchen wandelt.

– Sind Sie ihr ähnlich?

– In manchen Dingen ja: Optimistisch, lebenslustig, mal ruhig, mal flippig.

– Haben Sie Vorbilder?

– Nein. Aber Doris Dörrie ist toll.

– Hobbys?

– Steppen, Saxophon und mit meinem tibetanischen Hirtenhund Basanta spielen.

– Zeit für einen Freund?

– Ja. Er heißt Volker, ist 19, geht auf meine Schule.

Der verbindliche Text, was ich erst durch Jörg Schröder verstanden habe, ist gegeben in echten Gesprächen, Interviews, von Tonbändern protokollierten Erzählungen. Aber schon im September 1985 hatte ich keinen Zugriff auf dieses Wissen mehr, obwohl ich es noch wußte. Aber gerade dieses Allereinfachste ist entweder da, oder nicht da, und läßt sich natürlich nicht fingieren.

So wie Tanja und dieses Interview ist GIRL! Das war die Antwort auf Dorothées Frage nach meinem Lieblingsschriftsteller, der mir nicht einfiel, aber die Lieblingszeitschrift sofort. Den Lieblingsschriftsteller wußte ich erst nach richtigem Gegrübel, aber dann war er plötzlich klar, so einfach, wie wahr: Andy Warhol.

Der Zeitschriftenartikel des Jahres: »Boocks Lügen«.

Mein »Tempo«-all-time-Lieblingsartikel: »Die Kunst, erwachsen zu werden«.

Das war im August-Heft, wo auch Lothar Gorris' Artikel »Der Acid-Wahn« drin war. Das ist es, war sofort klar. Sofort bin ich mit dem Auto über Paris nach London gefahren, wo ich mich dann aber nirgends rein getraut habe. Aber allein die Mode in echt zu sehen, hat mich mit einem Schlag wieder alles *glauben* lassen, was all die Zeitschriften zwischen I-D, NME, Face und den anderen in Bildern und Geschichten erzählten.

Am Samstag, den 3. September, war in den Oberföhringer Klinik Übungsräumen die Party SOUNDS of ECSTASY from HIP HOP to HOUSE mit allem, Nebel, Partybreakern, Schlägerei, Polizei, zusammengebrochener Anlage, Sprayern, französischen Spontanrappern und dazwischen mit wirklich echter Acid House Musik. Ich war soo glücklich. D.J.: mix master G. HELL. Das vergesse ich dem nie. Incipit vita nova.

Again I Said I Was a Time Bomb

Heute ist Montag, der 17. Oktober 1988. Ich erzähle hier paar Erlebnisse der letzten zwölf Monate und Jahre. Um null Uhr zwei beispielsweise stand ich heuer im Baader und habe die Uhr beobachtet. Später habe ich im Tanzlokal mit Hannes geredet, der mit Stiv Bator, es war ja der Tag nach dem Lords Konzert, in Dachau im KZ war.

– Wie war Dachau?

– Ruhetag.
– Echt wahr?
– Ja, Montag Ruhetag.
– Hahahahaha. Montag, Dachau, Ruhetag.

Am Schluß läuft Suicide Is Painless, die aktelle Rausschmeißerschnulze. Mit dem Selbstmord geht es mir wie mit dem Heroin: die Sicherheit der inkongruenten Perspektive ist mir irgendwie abhanden gekommen. Woher soll ich wissen, was im einsamen Seelenleben des Joggers, des Fixers, oder von Frau Beate Pinkerneil vorgeht, wenn sie Rudolf Augstein interviewt? Es wird jedem schon irgendwie angenehm sein, was er tut, wenn er es tut. Es ist einfach nicht plausibel, daß fast jeder von fast jedem anderen zu wissen glaubt, der wüßte nicht, was er tut, und würde eigentlich viel lieber etwas anderes tun, was er auch tun sollte. Aber vielleicht ergreift vielmehr jeder in jeder Situation die augenblicklich für ihn beste aller ihm gegebenen Möglichkeiten.

Ich habe nämlich beobachtet, daß mir die monatelang nüchterne Erinnerung an den Bewußtseinszustand des Betrunkenseins ein erstaunlich verzerrtes Lügenbild vorgespielt hat, wie im Vergleich mit dem wirklich betrunkenen Bewußtseinszustand, den es nur gibt, wenn man wirklich betrunken *ist,* festzustellen war. Seltsamerweise versteht man deshalb ausgerechnet die Dinge, die man selber schon erlebt hat, am allerschlechtesten, genau weil man sich an sie erinnert, also in sich ein Bild von ihnen hat, anstatt nichts und Neugier, oder in der Wirklichkeit des augenblicklichen Erlebens selbst ganz im Bild des Erlebten drin zu sein. Maßstabsprobleme also vereiteln die Erinnerung, inkongruente Perspektive, Kritik. Umgekehrt versteht man den Augenblick wahrscheinlich besser, als man meint, wenn man anfängt, darüber nachzudenken. Deshalb wechselt man die Räume so häufig, wie man kann. Auf dem Heimweg vom Parkcafé leuchtete schräg über dem Tanzlokal die noch nie gesehene PENSION SONNENSCHEIN Inschrift.

Spex And Drugs And Rockanroll

Ich fasse zusammen. Aus falscher Feindschaft gegen falsche Feinde war ich in der Gegend um den November 1987 tief in die bösen häuslichen Höhlen einer uralten Kerkerzeit geraten. Als ich mich am Wissen einstiger Erfahrungen der Freiheit stärken wollte, war das Wissen von Punk und Pop kein Wissen mehr, sondern eine tot gefälschte Erinnerung. Wäre mir das in diesem Augenblick bewußt gewesen, hätte ich das Kommando Kerker und Granit sofort abgebrochen. Aber gerade Latenz hat die schützende Funktion, einen im Unmittelbaren derart zu halten, daß man ohne wirklich zu kontrollieren, was man tut, doch das richtige tut. Trotzdem entstehen auch traurige Fehler. Die Wahrheit ist nur das letzte Maß ganz nah beim Tod. Im Leben gibt es schon weisere Regeln und Zeit, die vergeht, ohne ein Wort.

Ich hörte keine Musik mehr, und was ich in Spex las, verstand ich nicht mehr. Meine Seele war wieder die alte Seele von Eldridge Cleavers Soul On Ice. Was aber würde geschehen, wenn die unweigerlich nichtpolitische Position des Poetischen von seinem *Es ist alles gut* aus nicht in der naheliegenden Schänke Zynismus sich starr und logisch mit der Reaktion verbrüdert, sondern ins verbotene Terrain der Politik hinübersetzt, auf eigene Art: Es sollte alles gut sein, I have a dream. Schließlich gibt es diese nichtpolitische Sehnsucht nicht nur in der poetischen Nichtlogik, sondern in der wirklichen Welt massenhaft wirklich. Und ist nicht das der Ort, wo das angeblich endgültig Zerfallene des Privaten und Allgemeinen zusammenfallen, in ganz vielen echten Leben? Es gäbe dann richtige vernünftige Politik; und zugleich, und ohne daß die Politik sich darüber lustig machen müßte alles zwischen U2 und dem Drama der sterbenden Wale im Eis, und alles mit Recht. Wichtig wäre nur, daß man die echt geile Droge GÜTE nur ganz vorsichtig dosiert und extrem selten appliziert, sonst kommt man gerade von dieser Geißel Rauschgift nicht mehr los.

Als ich das Wetterleuchten sah, war ich befreit und machte mich auf den Weg. Vielleicht tobt ja irgendwo draußen in der Ferne immer noch das echte Gewitter mit seinen Blitzen. Und ich kann hier berichten, es war so: mein festefeierndster Herbst seit vielen Jahren. Neue Könige, neue Fürsten, eine echte Revolution im Leben der Nacht, und das alte Spiel der Scham erneuert, wer der erstere, echtere, wissendere, ursprünglichere Acidman ist undsoweiter. Was war das alles wieder quälend und peinlich, aber eigentlich nur im Plattenladen, eigentlich nur in meinem Kopf. Die nettesten Menschen waren plötzlich überall unterwegs, wo Acid drauf stand. Meistens war gar kein richtig reines Acid drin, und genau diese Mischung war phantastisch. THIS IS ACID THIS IS ACID THIS IS ACID. Wo das Stroboskopweiß herkam, in der hochenergetisch pulsierenden runden Eislichtquelle oben an der Decke sah ich mich, aus der Hitze der tanzenden Körper heraus, plötzlich gesehen von der vertrauten Erscheinung des Totenschädelschattens im eisweißen Licht.

So You Can Live

Wie was wirkt, Grundgesetz nichttrivialer Maschinen, hängt vom Ausgangszustand ab. Seinerzeit, in der Kindheit und Jugend, waren Drogen ein arztelternhaustypisches Terrorinstrument. Kaum war man erschöpft oder traurig, sollte man es wie der Vater machen, meinte der Vater, und ein paar Tradon einnehmen, Reactivan, oder eher ein Sedativum? Die Beobachtungen am Geisteszustand des mit seinen Drogen dauernd jonglierenden Vaters, waren allerdings keine Werbung für die pharmazeutische Industrie. Wobei ich mir, sehnsüchtig, ihn zu entschuldigen, immer dachte, er spinnt, weil er dieses ganze Zeug in solchen Massen frißt. Aber vieleicht war es genau umgekehrt, und er hat sich mit den Drogen, und die Drogen haben ihn gerettet. Bleibt nur noch die Frage, ob man wenn man spinnt, berechtigt ist, Kinder in die Welt zu setzen?

Letztes Wochenende war Football Superbowl, von Tele 5 schlecht, aber wenigstens live übertragen, eines der spannendsten Endspiele in der Geschichte der NFL, Sieg der San Francisco 49er, der Mannschaft des Jahrzehnts. An meiner Flinter Highschool verdankte ich meiner ersten Football Mannschaft, den Powers Chargers, die herbstlichen Unterrichtsunterbrechungen für die über Lautsprecher in die Turnhalle einberufenen Preprallies. Die sitzende Marchingband spielte einen Trommelwirbel, und der Quarterback Bill Boike, wirklich *der* Star der ganzen Schule, ging in voller Montur ganz langsam, Halbgott und Krieger, durch die ganze Länge der Turnhalle zu den Mikrophonen und hielt dort eine Anfeuerungsrede an die Mannschaft und die ganze Schule. Dann wurde irrsinnig gebrüllt, und alle waren begeistert. Und ich stand als kritischer siebzehnjähriger Mensch mit meinen kritischen Gedanken ernst dazwischen, aber plötzlich machte es FLASH: Massenhysterie ist *nicht* in jedem Fall Faschismus. Von da an war Amerika das Glück. Jeder hat aber andere Erkenntnisparadiese.

In Panik also vor allen psychotropen Drogen, hatte ich mich für die Entscheidung zwischen der ultraharten Nüchterndroge Text und der ebenso stieren Gegendroge Bier entschieden, und ließ keine dritten Götter in mir gelten. Dann aber, auf der absurdesten Acid Party des Jahres, mit Plakaten annonciert und offensichtlich als Absahne gedacht, am Mittwoch, dem 28. 12. 1988, habe ich auf dem Klo der Theaterfabrik mit sehr zitternder Hand Punkt 21 Uhr 30 ein ECSTASY in den Mund geworfen und in mich hinein geschluckt. Die Acid Party, stellte sich heraus, war eine Rock'n'Roll Brutalveranstaltung mit Metal-Einschlag, die endlich den angeblichen Acid-Hype, von dem längst keine Rede mehr sein konnte, beenden sollte, und im Publikum war Stadtrand, Vorverkauf und Acid bashing Skins. Ich hatte die Nacht meines Lebens.

Den härtesten Skintretern, die brüllten, sie würden diese ganze Acid Scheiße hier endgültig kurz und klein schlagen, ging ich wie ein Jesus mit weit ausgebreiteten Armen entgegen und versöhnte sie mit meinen Augen. Und an einem nackten kahlrasierten Schädel, der mir eben noch ins Gesicht gerammt werden sollte, hing ich ohne Furcht und ließ mich durch die Gegend schleudern, während ich eine haarige Tätowierung begutachtete und vorsichtig berührte. Dann spielte die nächste Band, und ich nahm mit dem wütend drein schauenden Sänger einen langen hoch bedeutsamen Augenkontakt auf, weil ich so begeistert war von der Wut, mit der er diese total komische Idee, Acid zu zerstören, in die Tat umsetzen wollte. Acid ist nämlich unzerstörbar. Ich erlebte einen solchen Triumph aller zarten Kräfte gegenüber aller Gewalt und allem, und während ich also einerseits diese große Auseinandersetzung in mir toben sah, aber nicht als etwas schlimmes, sondern als gänzlich neue dritte Möglichkeit für Lösungsweisen, darüber zugleich in eine verzückte Dankbarkeit geriet, und sanft zurückglitt in eine tief versunkene Welt frühester Gefühle, gleichzeitig ununterbrochen natürlich tanzte, mich bewegte, nie gesehene Gesichter *sah* und grüßte, mich über die fünfte Fundamentalkraft der Antigravitation mit dem bewegten Fingerzeig von einem Tänzer auf der anderen Seite der Tanzfläche durch meine Fingerspitzen verbunden wußte, war ich andererseits insgesamt weder in irgendeinem Sinn behämmert, noch war die Selbstbeobachtung meiner Gedanken getrübt, sondern im Gegenteil, alles war mehr, selbstverständlicher, herrlicher und klarer.

Ich habe das Hirn immer schon als eine großartige Maschine erlebt, so begeistert vom Reichtum seiner Möglichkeiten war ich, glaube ich, noch nie. Oder doch in allerallererster Zeit? Da hätten die offenen Augen die Kraft des noch nicht geordneten Hirns über die Antwort auf ihr rein empfangendes Schauen in die Welt hinaus geschafft und dort alles zum besten aktiviert und so wirklich erneuert. Gegenüber diesem Geheimnis der Selbstverbesserung der Welt der alten Eltern durch die Herstellung von Nichtbestimmtheit in Gestalt des komplett neuen Hirns in einem neuen Mensch, bleibt das Verbrechen der Liebe, ein Leben, das nicht da war, in das *da* sein müssen, solange es lebt, hinaus zu stoßen, das freiwillig brutale Grundverbrechen.

Masseneuphorie in einer Highschool beseitigt jugendlichen Hirnfaschismus, zufällig notwendig, wenn das Gegebene, das zufällig gegeben war, gegeben ist, andernfalls läuft alles vielleicht anders. Genauso sind die Horizonte, die auf einer solchen Reise, wie in dieser langen Nacht, neu aufflammen, offen. Wie weit die Zeitenwinde einen plötzlich tragen, kann man nicht im voraus wissen. Natürlich ist, was nicht nicht geschieht, sondern geschieht, Geschenk. So brachten die drei folgenden letzten drei Tage des Jahres kontrolliert konzentrierte Studien am alten Material. Nichts ist zu verwerfen. Doch jedes neu anfallende Quant Zeit, ewig gleiches altes Lied, kann alles neu beleuchten.

Es folgte der sonnigste, wärmste Januar dieses Jahrhunderts, meldet Bild München heute. Gestern war Sonntag, drei Tage sind vorbei. Erschöpft legte ich mich hin, um zu schlafen. Ich wäre schon sehr gerne tot. Als ich aufwachte, war in der Wohnung alles dunkel, und draußen war es Nacht. Ich stand auf, ging rüber und machte Licht. Am Schreibtisch hörte ich Musik die alten Sachen singen. Ich saß da und schrieb. Und morgen wird die Sonne wieder scheinen.

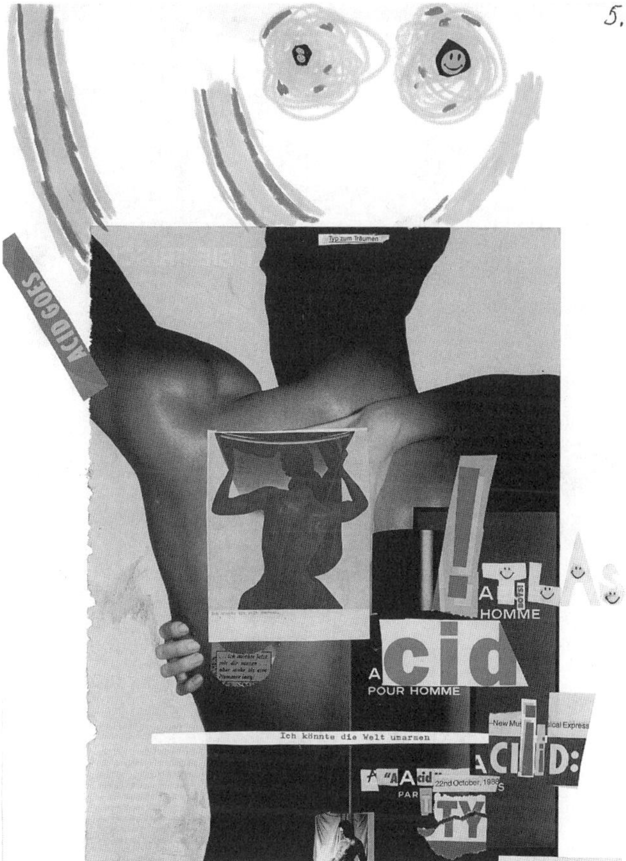
5,
Typ zum Träumen
ACID GOES
A
HOMME
BOYS!
cid
A
POUR HOMME
Ich könnte die Welt umarmen
ACID:
22nd October, 1988
UNDERGROUND
TRAUMTYP
Dreams

Atlantis
Lochham
GRÄFELFING
Planegger
Holz
PLANEGG
KRAILLING
1000 m
Stockdorf
INNENSTADT 1:10 000
auf der suche nach
30. X. 1988
31. X. 1988

Auenstraße
Baldeplatz

Auenstraße

Baldeplatz

Baldeplatz

November
VII
KLAR
Alte Welt
Samstag/Sonntag, 12./13. November 1988 Seite 3
HEUTE
Bogner
FEST
88
KONTROLLIERT 11. Nov. 1988
DIE NEUE NATÜRLICHKEIT
Antwort
Neue Welt
Davidoff Davidoff

[redacted]

24.5.1954

[redacted]

13. XI. 1988

7. warum? 8. Wer? 9. Ich?
4. warum habe ich am Boden gegessen?
5. wollte ich etwas sagen? Was?
(Kunst?)
2. warum habe ich die Iberia Spelkarte zerrissen?
100% MIKROWELLE GEEIGNET
3 MIN. IN DER MIKROWELLE
Südtirol
DS-Preis
22. X. 1988
ERLEDIGT 22. Okt. 1988

ERLEDIGT 28. Okt. 1988

KONTROLLIERT 29. Okt. 1988

×

KUNST
FAUL
ROTE KARTE
ERLEDIGT 21. Okt. 1988

Brot für die Welt!
BP shop
KASSE
PARTY
M+M

WALTER F. OTTO

DIE GÖTTER GRIECHENLANDS

DAS BILD DES GÖTTLICHEN
IM SPIEGEL DES GRIECHISCHEN GEISTES

VITTORIO KLOSTERMANN · FRANKFURT A.M.

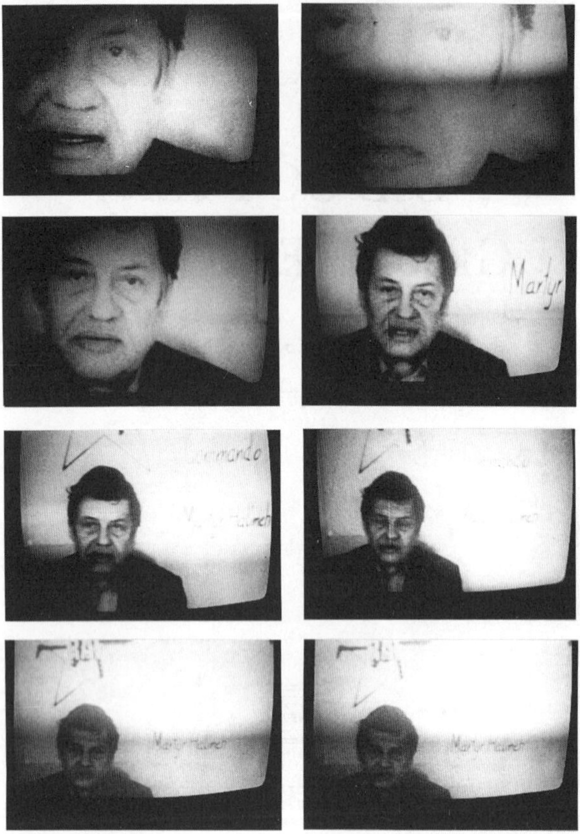
Martyr

Rudi Dutschke
Freiburg 1968
Köln,
heute mittag
Silke Bischof
Geisel
Geiseldrama
beendet

DETROIT - WILLOW RUN AIR
7 CONNECTING AIRLINES SERVING THE METROPOLI

22. IV. 1992

Angst

ANGST

»Der Text ist meine Party.«

Versager des Jahres in gebrochenem Alt (Lüge): die Geschichte geht diesmal ganz einfach: sie heißt FAME AND FORTUNE, hat drei Teile, und der erste Teil heißt Tempo und erzählt die ganze Tempo Story; der zweite heißt Ambition, ist eine reguläre Buchkritik und handelt aber hauptsächlich von Sex; und der dritte Teil, der ursprünglich Demut und Häme heißen sollte, heißt jetzt doch entsprechend der Lösung von allem lieber so wie unser ganzes heuriges Jahr, nämlich And Party, und der geht um Konzerte, Saufen, Spaß und all das.
Ist doch gut, mach das doch.

Tempo

Begeisterungsterror
Zustimmungsraub
Weltwegriß
All das ist uns in der Weise geläufig, daß wir wissen: das Wort Mensch ist kein Mensch.
So vernommen nachmittags, im bösen Winter. Hingegen drei Uhr sieben nachts: Was aber passiert der Kunst, wenn wirklich DUNKELHEIT einfällt. Carl André hat seine Frau aus dem Fenster geschmissen zum Beispiel, tot.

Oder lebendig an die Wand genagelte paar Monate alte echte Kinder in Köln-Braunsfeld undsoweiter.
Maßnahmen zum Schutz der Währung seien unausweichlich. Einer der Ganoven, so genannt von Jan Hofers Stimme, angeblich getötet, der andere verletzt.
Rocking in the free world. Dämmerschlaf von Plattenlängendauer. Drei Uhr dreiundvierzig macht das Licht das Licht aus.

Wann können wir dann mit Ihren Memoiren rechnen?
Augstein: In fünf Jahren, denke ich, wenn –, der große Uhrmacher –, mich so lange ticken läßt.

Im Hamburger Bahnhof Berlin – Studentenstreik 1989 – hing im Museum der Avantgarde der Sammlung Sonnabend New York Albert Oehlens Selbstporträt mit Handtuch – wenn die eigene Arbeit davon das Vegetative, nichtfrei Driftende, Wartende, zufallsgestört Unnotwendige, aber schließlich natürlich doch entschlossen Bestimmte – Wann ist Schluß? – jetzt – sich bitte mal abschauen könnte, würde sie auf einen Schlag ihre nuttig künstlerhafte Selbstbezeichnung – »Arbeit«? – wo wohnt der? – wieviel Uhr? – los werden und zugleich was – ja was? – Vorgang: Rühren und Gucken. – (falsche Sehnsucht?)
Der Blumentontopf in Stefans Wohnung: Überall wo ich die Erde berührte, kam ein Unheimlicher, schwarz gekleidet, ganz nah zu uns, und beschaute uns wie einen Bruder – Vorgriff Teil drei: Westbam.
Mit dem neuen österreichischen Paß hatte der Motor Probleme auf der Heimfahrt. Die junge erfolgreiche Rechtsanwältin im schrabbelligen dunkelblauen Golf wechselt an der Raststätte Köchern die Zündkerzen. Dann war die Sonne untergegangen, in die sie den ganzen Tag hinein

gefahren war. – Freistaat Bayern: Der Staat ist die Wirklichkeit der sittlichen Idee, der sittliche Geist, als der offenbare, sich selbst deutliche, substantielle Wille, der sich denkt und weiß und das, was er weiß und insofern er es weiß, vollführt.
Das Urteilsnetz, wie weit gespannt? – Vertäut in welchen Punkten? – Entdeckungen der Verwandtschaft gemacht: Staun Staun – nicht: das ist ja eh klar.
Die Wohnung haßt sich selbst, für ihre todesgruftig kalte feuchte Finsternis – muß Geist kommen, die beleben – wachen Fernseher auf: danke, endlich – reden die Stühle miteinander – Leiter, Waschmaschine, Schreibtisch – im Bett liegt ein nichttoter Kaputter, die hochgesteckten Haare aufgelöst – hat sich die dann endlich heute abgeschnitten.
Peter Maffay sagt in Peter Illmanns Treff: Ich empfinde die Bühne als den lebendigen Anteil. Und mit der Bühne schließt sich der Kreis, sagen wir mal, der kreativen Arbeit.

Bernhard Goetz muß jetzt doch ins Gefängnis. Weiter geht es mit dem Sportreport. Die nächsten Nachrichten um fünf vor eins.

Also: Fame and Fortune
Reise durch das deutsche Feuilleton, Teil zwei. Mit wem da jetzt alles gesprochen werden wird, die neuen Stars, die Jungen: Peichl, Schirrmacher, gibt es irgendeinen in der Zeit, der? – hm – die Süddeutsche? – auf jeden Fall Frau Wunderlich von Girl – ein Lindenstraßen Special – Maximilian Schönherr, geheimnisvolle montägliche Zauberstimme – und natürlich Westbam, Meister der Kunst am Volk, offensichtlich Hirn.
Und all das nicht alleine machen, sondern kollektiv!, ge-

meinsam, mit der Hilfe eines zweiten – aber Dirk Schneidingers Gesicht ist so hell und höflich, daß das andere sich plötzlich anfühlt wie verwirrter Sittenstrolch – das war traurig und der falsche Anfang. – Trotzdem Studium: Form: Gespräch – Arschloch André Müller – Vorbild Peter Krauß – Vorbild Schnibben undsoweiter

Aller Anfang, wie gesagt, ist leicht. Murmelt folglich der Tonbandanfang des ersten von fünf rappelvollen neunzig Minuten Bändern noch ganz sachlich aneuphorisiert daher: Heute ist Dienstag der 21. Februar 1989, 9 Uhr 21. Bin hier in Hamburg, Hotel Mui, Budapesterstraße 45, Zimmer 12.
Klick, Klack, Stille, Rumps, Bdoing: ziemlich genau zwölf Stunden später: Gespräch mit Markus Peichl:
– Wie ist das jetzt mit dem Tonband?
– Das können wir da so
– Bevor wir das mit dem Tonband machen, muß ich eine Sache kurz klären.
– Ich hab es jetzt schon an.
– Können Sie es nochmal ausmachen.

Ausmachen!: immer, gerne, nichts lieber als das: irgendwas Angefangenes – Dauer Wall of sound: Trau mich nicht: Angst – nicht machen müssen aus egal welchem Grund: Erlösung.
Zwei Wochen lang erhebt später die Abschrift des ersten Bandes – weiter kommt sie gar nicht, verstrickt in absurde Delirien der Exaktheit des Irrsinns des perfekten Protokolls des Abgespacetesten wozu Sprache fähig ist: echte ganz normal gesprochene Sprache in der Wechselrede eines ganz normalen Gesprächs – tag für tag den unerträglichen Befund: Schwachsinn, Lüge und Gefasel der fremden nichtvertrauten lächerlichen Stimme, als die die

eigene sich hier herausstellt mitten rein in die Vernunft der Stille von so einem Zimmer: Horror, Würg, Erbarmen, dankeschön, nie wieder.

Ideal und Norm: Normalität – warum nicht faßbar? – unergründlich – wie? – läge die Qualität der Sache natürlich nicht im Handwerk – Perfektion: ja ja ja – Beherrschung, Mittel: Dreck – sondern im wodrin? – vorher nicht einmal als Leere, Nichtsein da gewesener, jetzt plötzlich erfüllter, sprechender Ort? – Widerspruch Normalitätsnorm? – aber Verborgenstheit des Dasten – allerälteste der alten Leiern?: leier leier – entschuldigung

Fünf Sinne – Ein Denken: ein (1) Sinn
Nichtheterosexualität
ODER VOM SCHÖNEN

22. März 1989
»Beben«, »Schwindel«, »Umkehr«, »Lüge«. »Hypoglykämie«. Bericht Rudolfs, Richtigstellung (Berichtigung, Bericht).
»Zittern«, »Frühling«, »Angst«. Der Suizid ist ... Gestern habe er ... Gehe den täglichen Weg ... Aber am Fluß ... Wo, wo ... Wo? »Die Fucht«.

Ambition

Immerhin bewirkt das Scheitern des Romans, daß er sich wieder intensiv dem Studium zuwendet.
Unser Intercity Ernst Barlach – Grundfigur ist der nach innen schauende und lauschende, wandernde Mensch – hat jetzt seine Höchstgeschwindigkeit von zweihundert Stundenkilometern erreicht. Diese Höchstgeschwindig-

keit fahren wir bis Hannover. – um das Vorhandensein einer vorwiegend verständlichen Existenz – Schließlich habe er daran nie gezweifelt.
Vorhin war es klar, meerisch frei mit einzelnen Bulatov kompakten Wolken – jetzt lila tief bedeckt.

Kronos. Plötzlich spricht jetzt schon der Oktober: Ein junger Mann hat sich in einen Typ verliebt angeblich, der jünger wäre – Jünger – »er« – was soll das? – und was jetzt?
Personal – jeden Monat eine andere – Figur?, Gestalt?, Erscheinung – wie bitte – Fragekockettistik? – zentriert um ein politisches Moment des Monats – die Geschichte – letztlich vernetzt in die gemeinsame Geschichte eines gemeinsamen Ortes – München? – Hamburg? – Deutschland?
Leute, Leute, und kaum Handlung
Schweißausbrüche – Hitzewallungen – Schlaflosigkeit – Unruhe: Wechseljahre oder Bier: Östrogennichtvernichtung mit Bauchglatze: Prozeß der Zeit im Genom: Effeminismen der vorgerückten Jahre – schmal gezehrtes Skelett – Flaum
Bild einer Berührung

Verboten: Aphorismenscheiße
Sex
Dies ist ein Protestsong.
In München und Hamburg erscheinen Notausgaben.
Hermann Burger ist gestorben (Flasche)

ALL I EVER WANTED FROM LIFE WAS – was? – war was? – war Wahrheit? – oder nicht doch ganz einfach, korrekt dreifaltig GLÜCK GLANZ RUHM, wie 1983 Herr Robert – leider allzu resigniert nur gern hart, anstatt wirklich – Gernhardt seinem, den Roman »Ich Ich Ich« komplementierenden Buch erlaubte, sich zu nennen? – Schön wäre es.

Hier unterbrach der Schreibende sein Schreiben, bedeutete dem Kellner, er wolle einen Ouzo, und fuhr dann fort:

Mit dieser variiert immer wiederkehrenden Floskel, einem amüsant lesbaren, erst gegen Ende zu langsam nervenden Trick also, zieht sich Gernhardt die Distanz, ein Sicherheitsnetz, unter seinen Text: jetzt kann er sogar das Ungeheuerliche: direkt die Wahrheit sagen: Glück Glanz Ruhm und Ich Ich Ich. Aber jeder sieht: I!, ein virtuoses Kunststück, eine Nummer, ironietüvsicher tote Kunst, pfui Teufel, vielen Dank, und wendet sich interessiert dem echten Gladbeck, dem echten Barschel, dem echten Wenzelsplatz zu: Am Vormittag wollte sich Verteidigungsminister Vaclavic mit Tabletten umbringen. Psychiatrie-Professor Götz bescheinigte ihm »krankhaft gestörtes Selbstwertgefühl« – und so weiter.

Julie Burchill hingegen spricht nicht irgendeinen gut gesicherten Witz, sondern die englische Sprache selbst aus, wenn sie sagt: All I ever wanted from life was love and money, and . . .

Weil dem von deutschen Worten gesteuerten Denken derartige Direktheit, wie gesagt, nicht direkt als Wahrheit, sondern nur frechistisch, verspielt, im Witz zugänglich ist, und doch genau diese Direktheit im echten Leben dauernd erlebt wird, arbeitet das unendlich vielköpfige Heer der kollektiven Vernunft in den beiden zeitnähesten Branchen Wissenschaft und Pop am Text der neuen gantzen heiligen Schrifft des Alltags, deutsch aufs neue zugerichtet, verständlich jedem.

Natürlich ist als Zeitschrift Tempo so eine Übersetzerkraft. Zurecht sehnt sich der isoliert vor sich hin krebsende alleinige Schreiber, zumindest zeitweise, nach einem solchen Redaktionsschreibtisch, der ihn mit dem Schnurren seines Telefons auffordert, sich zu melden: Apparat Juhnke, Goetz.
– Die Produktionssitzung beginnt.
– na dann nichts wie hin.
Ein Stockwerk tiefer eiert ein Hundefräulein durch den Konferenzraum:
– Hallo Cindy
– Heut isse nich so gut gelaunt
– Komm Cindy, sag Markus guten Tag.
Fünf Minuten später:
– Schönauer und Breier kommen gleich
– guuut
– Top Ten ist dann das nächste Programm
Wieder oben:
– taz schon gesehen?
– nee
– Rushdie Abdruck
– hey!
Ganz runter in die Graphik – Bilder – Sätzesetzer – Augenmenschen – LEUCHTTISCH – gute Laune – Tempos Herz und Seele.
In der Zeit erscheint heute zum Tod von Thomas Bernhard die den Toten so gut sie kann beleidigende Nachrufdoppelseite.
– was?
– es gibt Essen
– a ja
Grusel und genier: alle essen mit allen – Otmar Jenner kriegt nichts mehr – gemein – ein Vorgeschmack schon auf Kabul. – Wieder oben, hängt am Schreibtisch jetzt ein

gelber Zettel: Hallo Rainald, bitte Diedrich bei Spexens anrufen! Olaf. –
– Ja, guten Tag, hier ist Tempo, Wilcke, ich hätte gerne Ihren Presseattaché gesprochen – Pre-sse-a-tta-ché – wow. –
Redaktion: Arbeitsplatzarbeit: gehalten und gelassen sein – macht Menschen, scheint es, schön – optimiert ihr Bestes – das Kollektiv – Konflikt, Kampf, Konkurrenz – produziert realitätsnahe Wahrheit: MACHT.
Wer redet? – zuhören, weghören, Gesagtes ignorieren – wer benutzt wen als Schauplatz seiner Äußerungen – man kann die einem zugeworfenen Gesprächsquanten einfach im nichts verhungern lassen – Offenheit – Lügezwang – permanentes gedankenverschlingendes Sozialchaos.
Fünf Tage sowas, und ein daran nicht gewöhntes Hirn, weiß überhaupt nicht mehr, was es selber denkt – Folter – also ein Gewinn.
Theorie Büro – Funktion und Folgen formaler Organisation – Weltbeschreibungsschrift.

Abgang. Draußen im Walkman: Wir senden nun das Zeitzeichen für achtzehn Uhr. Zeitzeichen. Achtzehn Uhr. Hier ist der Bayrische Rundfunk, Bayern zwei Wort. Fanfare. Welt am Abend.
Ruhe!
Der Text ist meine Party
and I cry if I want to
Wieviel muß man wissen über was, um darüber reden zu können? – Wer darf über was was sagen? – Gespanntes Interessiertsein an allem ist schon Angst, Verfall, gegenüber ganz normaler cool desinteressierter Arroganz – die wird dann Verblödung, ab wann?
Daheim in den Gebirgen der ins Gekrumpel der Buch-

stabenmassen hinein gefesselten totalen – bla bla bla – Welt, groß, Stille – hat gelesen – muß das alles hüten dann – Hofbräuhaushausfrau Bag Lady schleppt sich ratlos durch den Zeitungswust der Wohnung – Gedächtnis ohne Aufzeichnung – WARUM? – Studium Sammlung Räumen Glück – Befehl welcher Stimme? – alles begreifen – auch hier ist Wahrheit nicht einfach nur um ihrer selbst willen reine Wahrheit – wie selbstbetrügerisch der Einsame, nicht am Sozialindex der Macht orientiert, von der Stillesoundwand um sich rum erstickt verbittert mümmelt – Index ist hier Besitz, Wahrheit: KAPITAL
Probleme: Raub und Ehre, Respekt, Kopierverbot, Moral, besetzte Orte, unbetretbares Terrain.
Lösung: and party – Wahrheit: LIEBE

Mißglückter Witz: hier spricht Herr Spast – Scheußlichkeit selbstinterpretativer Ehrlichkeit: Verrat
– Guten Tag
– guten Tag
– Sie wünschen bitte?
– Ich hätte gerne diese Hähnchenbrust
– das Geflügelgeschnetzelte
– genau
– und zu trinken bitte?
– nichts
– danke, nichts
– Danke.
Armutszeugnis Nüchternheit – Frage Schuld – das eigene Feld – ERWACHENDER SKLAVE – Weltbejahungskonsequenz – Schuldfortsetzung – Here comes sickness walking down my street.

Paar Kinderzeichnungen anschauen, angeschaut, wir – hatten paar Kinderzeichnungen angeschaut von früher ...

sprangen in den Fluß, um sich zu retten. Aber der Fluß kochte. Ist das Leben von ihnen gegangen...
Verschüchtert steht im Treppenhaus uralt der einst so – krächzt was, stimmlos. Wird barsch fort gejagt. Hinter der Türe hat die Wohnung einen Brief am Boden liegen.
– und was hat sie?
Zimmer 121, erster Stock, Maistraße – wo sie einen raus geschmissen haben in die Welt – vor Zeiten – vor Zeiten gab es ein Land – der Mond – Musik

Schluß mit Lustig
VERSAGER DES JAHRES
Textangst

In Amsterdam im Vondelpark mit Julie Burchill sommersonntäglich auf Wegen gehen und die Worte reden lassen – LUST FOR WORDS – Beobachter: der eine mehr als sieben, der als Achter achtet, ob die sieben (?: viele, alle, wir) – was? – was machen – folgt mit neun das Neue augenblicklich mehrfach täglich NEU.
Leben der Dinge im Schutz der Finsternis der frühen Bilder – warum verrätselt sich so plötzlich hundert Jahre vor 1989 das Auge der Zeit? zeigt sich die Wahrheit dem Geist KRANK – Da opwekking van Lazarus – Patron der Aussätzigen – Weizenfelder und Zypressen – flammen die nächtlichen Himmel

DIE LETZTEN DINGE ORDNEN

Morgen: Rollins
Freitag: Krefeld, 18. Oktober 1977
Samstag: Claudia Fest
Sonntag: Wolkenkratzer
Dienstag: Jungle Brothers

Mittwoch: Kamalatta
Donnerstag: Boa
Freitag: 100 Jahre Spex
Samstag: Michael D. J. Lovedope Hamburg
FEST – Kritik in Festung – Auch in allen Münchner Zeitungsverlagen streiken alle Drucker – Hotel Chelsea Zimmer 22 – für die Pünktlichkeit opfere er dauernd Qualität: ist das richtig? Ort?
Zeittafel
Stein, dessen Gesetz sich aus sich raus entbirgt – die menschliche Gestalt – echte Erzählung – Held ist der beobachtende Blick – (an einem Sonntag, Isarhimmel, Problem Erinnerung Gedanke Situation) – der Gedanke, die Erinnerung – dann der Bildhauermaler – A
Abenteuer Bundesrepublik – auf der Flucht erschießen – auf der Flucht zu Matsch zerrollt – tote Schokolade – Hafen bleibt.

and party

So sieht es auf dem Boulevard des Sieges des Sozialismus aus. Nach der Reise zur Buchmesse in Frankfurt – DEUTSCHLAND AUSTRINKEN – die große Messe Herbsttournee – Brot Benefiz Besäufnispersonal auf Tour – reist ein leeres Kranium richtung Köln zum Kunstmarkt, um auch dort auf Grund zu saufen. Geht dann prompt viel Kölsch genanntes Bier rein in die Leere, leider ohne zum finalen Rettungsrauschknockout – hallo Hamburg, Tempelhof, wir lieben dich – zu kommen. Hingen dafür geile Bilder rum.
Därme sind Barockvignetten. Direkt aus den weiß gekachelten Metzgerhallen der Pathologie kommen Lunge, Auge, Darm, Gehirne und werden als Menschen behan-

delt: sich küssende Lunge (Niere?) – behaartes Hirn als Fräulein – glücklicher und unglücklicher Lungenflügel – Herz mit Blume und schneidendem (?) Teppich – Müllsack als Präsenz – Müllsack als Rucksack – Knuddelpuppe von hinten – Strickmenschlein.
Auf Gleis neun fährt ab der Sonderfußballzug nach Bochum. – Guten Tag meine Damen und Herren. Wir heißen die zugestiegenen Gäste im Eurocity siebenundzwanzig Frans Hals herzlich willkommen. – eingeschlafen – hat 1648, gut ein Jahr vor dessen Tod, Descartes gemalt – 1724 wieder aufgewacht – in der Dämmerung dahin dahin dahin
Und endlich wieder heim – in diesem Sinne – viel Spaß bei Wetten daß – Geigen und Bläser – Eurovision.

Das FIRMAMENT das uns hält
Sonntagmittag sieht Südfriedhof vor Arbeitsamt neben Buche Gestalt eines Engels – Umriß: nah ist dunkel – Ferne: Helle
Nacht: Telefon: Hans-Reinhard ist tot
Zehn vor halb zwölf: raus

2. Juni 1989
Wessen Expertenwissen – täglich Gebet in den theoretischen Gebäuden der Meister – Soziologie – Marxfetzen – Die Russische Revolution, 1905-1921, Neue Historische Bibliothek
Andreas Praller fragt: Was hältst du vom Hungerstreik? – Der Verfassungsschutz wohnt gegenüber. – Das Ganze noch einmal anpacken, alles, völlig neu – dieses Handbuch – Greetings! girls! and welcome to my world of – FRÜHE JAHRE
Normal radikale Idee des Schreibens: die Komplexität und Widersprüchlichkeit komplexer

unerträgliches Gefasel – Selbstfesselung
am Ende – im Falschen – verstrickt – ummauert – verrannt

ULTRAMEGA K.O.

Angst
Die Liebe – Theorie Roman – Fiktion
Palermo – Ichstörfaktor – unsinnig nicht – verständlich auch: Rocknroll: weißt was ich mein – Erschöpfungsschlaf
Azurra Puder – Haarwaschmittel – Bacstift – Cleopatra – Gilette
Blue II
Clara: Männer ohne Frauen
Weihnachten im Stephansdom
Schmutzige Fenster die Schatten werfen
Dirkgelächter

In der Macht der Nacht des Jahres kauerte am siebten Juli neben Elkes zauberhaftem schwarzen Schuh ein zwölf Wochen altes Kind am Boden, wohlbehütet, selig im Reich der Amazonen. Die Augen waren geschlossen. Und oben sprudelte animiert ein Strom von Lauten, geheimnisvoll melodisch, nicht verständlich leider. Oder doch? Trennte sich nicht eben ein Partikel Stille aus dem stetig fließenden Geprickel, brach was raus, erneuten Anfang, brach erneut ab, tanzte, brach. Sprache, die sich augenblicklich bildlich sah als Keilgewusel, streng gebannt ins Band der Schrift, gehaut assyrisch in den vorzeitlichen Stein aus Babylon. Koloß für wenige Sekunden, kippte dann, mit ihm das Schriftband, und im Inneren die Keile, durchgerüttelt, aufgelöst, kristallisierten sich jetzt neu zum Bild vertrauter Buchstaben auf einer quer gelegten Seite eines Buches. Sich von unten nach oben tastend versteht das Auge des Lesers, der noch nicht lesen kann, das Rätsel dieser dürren stakeligen Zeichen immer noch nicht, auch nicht, als die Seite nochmal kippt. Jetzt liegt jedenfalls ein Text da, unverständlich wie der Sprachgesang da oben im Olymp der Schützenden, aber Interferenzen zwischen Gehör und Gesicht werfen sich auf zu helleren Stellen, an denen eines zu einem anderen einen paßt, und beide sich gegenseitig erklären, Wortorte, jetzt Worte dritter absolut abstrakter Natur. Da öffnen sich die Augen, als die Stimme von oben sich nähert, das gütige Gesicht, dem zart die kosenden Laute der Sprache entquellen, die Welteröffnende. Verschwindet schon wieder hoch hinauf, und der Blick fällt zu Boden, wo neben dem lichterfunkelnd glänzenden Rund der schwarzen Schuhspitze die Erde ist, deren Staub die Hand betastet mit der Haut der Innenfläche. Kitzel fühlt sich lustig an und beginnt ein Spiel, wo es um Berührung geht. Die rauhen Krümel spielen mit, das glatt gespannte Leder, Scham entsteht. Trost kommt von der stützenden Hand, die den Kopf des unten Kauernden ein bißchen birgt. Die Augen haben sich wieder geschlossen, und ruhig wiegen sich die Zeiten. Plötzlich ein Trommelwirbel, ein paar Takte Westbam Beat. Stille. Gleich beginnt das große Fest.

Idee der Null annullieren – in der Oberbayerischen Analyse gibt es Weißwürste und keinen süßen Senf – Urteilskarenz erkämpfen – »ich« will gar nichts – Angst und Konkurrenz – in den Texten drin steht
DEFEKT
HIRNLIEBE
SABOTAGE
Scheißegal Scheißegal Scheißegahal

und mit diesen Bildern geben wir jetzt zurück ins laufende Programm – Hammer Zirkel Ährenkranz

Im Gespräch zu mehreren erzählt einer was – es wird aber weggehört: die Geschichte ist vielleicht zu lang, zu privat, zu nichtlustig, nicht indirekt genug – die Ökonomie des Erzählens an echten Gesprächen schulen – WELTWUNDER: Gespräch: Urgeheimnis
Wie zivilisierte Menschen – Werner hebt das Glas – Prost Werner – Prost – vom Königswasser ins Café Central – dort sagte gestern zu Matthias der Ausgestoßene: ICH BIN EIN MENSCH.

Schweiß – Stink – Händezittern – Tage später noch das Hirnzellengeschwämme
GANZER SÄTZE HASS HASS
Fragmentekel – Behauptungsabscheu – obszöne Kinnverdickung nähe Kinn – senkrecht gefurchte Furchen am Oberlippenrand – dörr geschrumpftes datteliges Weib
Stichprobe fiebrige Nacht – Kraft und Muskelring – Gewaltgeschehen – nichtverkehrt
Die Götter Griechenlands – alte Geschichte

deine Verborgenheit aber

Blutiger Morgen: Kritik (tiefe dae Drüsen, Schwellung, Aufruhr, Addition von)
2. Große Wiederkehr
3. Die Wörter müssen verrückt sein Teil drei
4. Nichts
5. Die Weißung
Auf einer Postkarte gestand er den Mord an seinen Eltern – Atlas – Heilige Erde – Ewige Stadt – Gfickt hamma

imma – Werkstrinker Jochen S.: Fünf Herrenfrühstück bitte
Manchmal nervt auch meine Mutter und ich muß mein Zimmer aufräumen

Spanische Bilder – durch gekreuztes gelbes Antlitz – seitgekippter weißer Schädel unter seitlichem Doppellochrachen – weißes Dali Profil mit Heiligenschein neben Violett – russische Tapetenornamente hinter Schlieren aus Wasserbraun und spanischem Stuhl von oben – ferne Spirale hinter oranger Rundsichelspitze hinter klarem gelben Hügel mit Kondom in Mulde – großes schwarzbraunes Schlierengesicht von vorne tropfenverschleiert – weißer spanischer Stiefel verkehrt auf blau über schwarzen Analerregungskugeln – grüne liegende Kaktee unter Rot über Gelb – großes braunes Schmierbild mit Palette – Finger und Geschmier.

Michi und Uli, freie Herren von und zu Babalubar, sitzen Freitagnachmittag im Baader und kennen keine Not. Kleine Liebesgeschichte:
Erst wollt ma noch reden
Dann hat sie ihren Text nicht dabei
Halbe Stunde Schweigen
Sag ich schließlich
Paß auf
Mach mas so
Laß mas sein.

Die VERNUNFT hat gesiegt. Steffi Graf heute morgen: Es geht einfach nicht mehr.
Die Auseinandersetzung mit dem Tod kehrt in seinen Werken immer wieder. Bewußt provozieren wollte er nicht. Die Selbstporträts zeigen die Stationen der Ent-

wicklung. Allen Bildern gemeinsam: Er ist präsent in seiner Erscheinung. Aber für die Menschen bleibt er unerreichbar.
Verehrte Abgeordnete, wir treten jetzt
in die Mittagspause ein.

Guten Tag – Bitte Karte einführen – Bitte warten – Ihr Vorgang wird bearbeitet – Geld im Ausgabeschlitz – Bitte entnehmen.
– Alles klar?
– Alles klar
– Na prima
– Ja.
Angst im Kapitalismus – Zweiter Versuch der gesellschaftlichen Begründung zwischenmenschlicher Angst in der kapitalistischen Warengesellschaft – wie zuletzt vor zehn, zwölf Jahren, zur Wolfgang Zeit: unmittelbarer HASS auf die haltlos triumphierend los labernden Fressen der Bonzen, des Kapitals, der Faschisten, der Macht, der nackten hosen runter gelassenen Sprache des Geldes – aber die deutsche demokratische Revolution – in den Gemütern aller Zuschauer – eine Teilnehmung – an Enthusiasmus grenzt – eine moralische Anlage im Mens – und so dem Menschengeschlechte, bei aller seiner Gebrechlichkeit, der Fortschritt zum Besseren negativ gesichert wird, im Fortschreiten – am Guten mit Affekt, der Enthusiasm, ob er zwar – wir Kommunisten – I Against I – wir übertragen live aus der Volkskammer der – der Künste und des Sports und anderer schöpferischer Tätigkeiten zu – öffnet sich der Welt – singen die Menschen auf der Straße massenhaft die Internationale – alles Positive aus Jahrzehnten

Das Wunder vom Silbernen Mond – Rudolf erzählt
– Grüß Gott, ich brauch ne Blindenbinde bitte
– O!
Drehbuchwerkstatt – Brecht – Ines Voitele – Die meiste Zeit nahm am Dienstag im Prozeß die Verlesung der Vorstrafen der Angeklagten ein – Grabinschrift: Sternimpressum, da beerdigt sein – Der innere Gleichgewichtszustand der Sonne – Haben Sonnenflecken und andere Vorgänge auf der Sonne Einfluß auf das irdische Geschehen? – Wie kalt ist der Weltraum? – Kann man sich eine Vorstellung von den gewaltigen Entfernungen im Kosmos machen?
ARIEL
Himmelsschrift – altes Lied

Stimmen und Gesichter waren da. Wer spricht? Ich höre. Im Unterholz wäre sie die werbende empfangende Braut, und der mutige schwerttragende Ritter Politik: die Schrift der Zeit. Wir sahen Selbstbildnis im Wüstensand gestammelt. Am Abend wurde Hitlers Tod bekanntgegeben. In Süddeutschland ist Schnee gefallen. Unter dem kahlen Apfelbaum bei der Garage rastet eine Herde weißer Gartenstühle. Es wurde Winter, und Professor Brinkmann läßt bitten, vielen Dank. Die Toten sind nicht zugänglich in direktem Gespräch. Aber während wir redeten, sagte der Kaputte, und andere würden anderes sagen, würde alles gut gewesen sein.

21. VIII. 1989
15
Wie
Dieser
irre
istR
Samstag, 25. November 1989 - 60 Pf
MÜNCHEN-AUSGABE
ust?
lebt
ohne Gehirn!
25. Nov. 1989
DIE ZEIT
Auf einer Postkarte gestand er den Mord an seinen Eltern

21. VIII. 1989
Ehefrau aus Bayern fand Mann nach 23 Jahren im Dschungel
Pop-Seite
Süddeutsche Zeitung
LÖWENBRÄU
Der Löwenbräu
PREMIUM PILSENER
e 33cl
Kopf ab

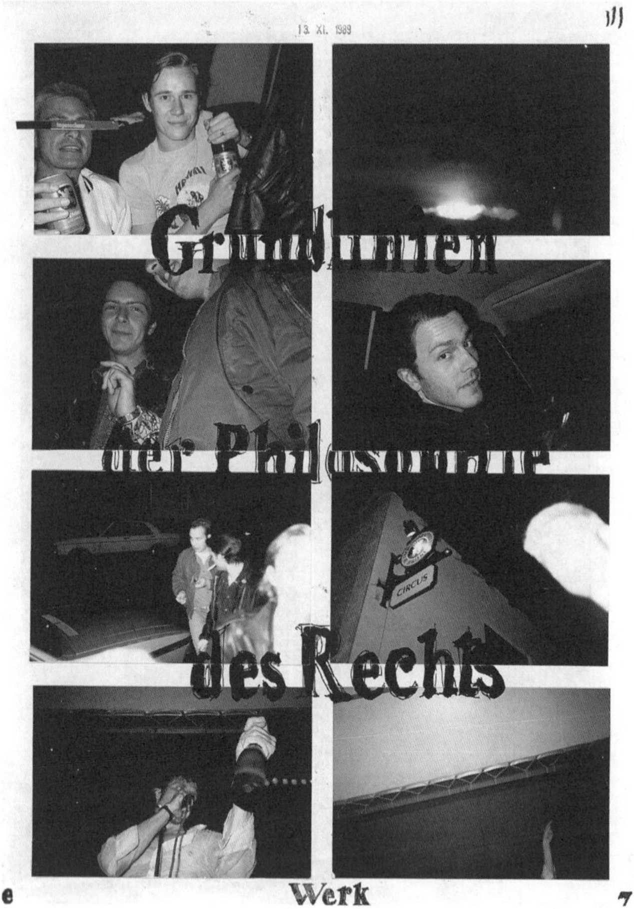
13. XI. 1989
Grundlinien
der Philosophie
CIRCUS
des Rechts
e
Werk
7

IV
Folgen der Französischen Revolution
Auenstraße
Thomas
Bernhard
gestorben
erschießen sie einen
15-jährigen Jungen.
KONTROLLIERT 26. Nov. 1989

V

Erl
äuterungen
zu
HölderlinsD
ichtung
GOethe
zehe
Messer
Lindwurm
Goldstaub
haben
SIE
zuviel
GELD
dann
KAUFEN
colgate

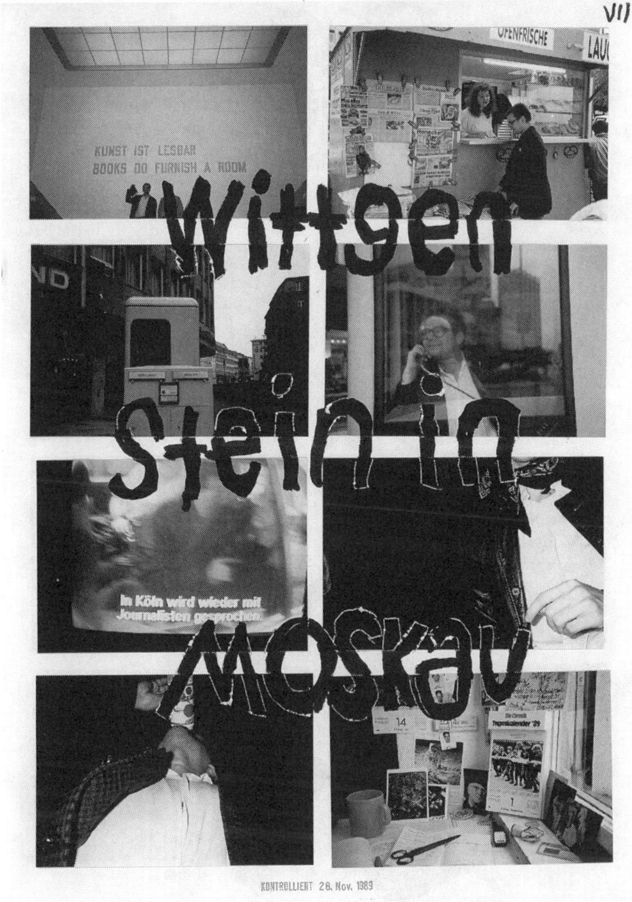
VII
KUNST IST LESBAR
BOOKS DO FURNISH A ROOM
OFENFRISCHE
Wittgen
stein in
Moskau
In Köln wird wieder mit
Journalisten gesprochen.
KONTROLLIERT 26. Nov. 1989

IX
SCHNELLWASCHE
DEM WAHREN SCHOENEN GUTEN
13. XI. 1989

Kritik

der Romantik live

2.3.1993

3. VIII 1989

KONTROLLIERT 31. Juli 1989

21. VIII. 1989
Dieses
Bild
wird
genannt
Schönhuber spricht

JJ
Der Grund jeder Revolution ist eine Unzufriedenheit mit der Zufriedenheit anderer.
Sigmund Graff
Vor 200 Jahren (1789): Mit dem Sturm auf die Bastille, dem Pariser Stadtgefängnis und Symbol des königlichen Despotismus, setzt die Bevölkerung das Signal für den bewaffneten Ausbruch der Französischen Revolution. Die Machthaber des Ancien régime werden gestürzt, und eine neue Ära der gesellschaftlichen Ordnung wird eingeleitet.
Sonnenaufgang 05.21 Uhr
Sonnenuntergang 21.34 Uhr
Mondaufgang 18.21 Uhr
14
Freitag · Juli
28. Woche
DE LA SOUL
3 FEET HIGH AND RISING
ISBN 3-446-15736-0
Darf zu Postprüfzwecken geöffnet werden
NEUES ROTTMAN
Preis siehe Anschlag
FREIE UNIVERSITÄT BERLIN
Studentinnen-/Studenten-Ausweis SOMMER -Semester 89
Gültig vom: 01.04.89 bis 30.09.89
Name, Vorname: GOETZ RAINALD
Geburtsdatum: 24.05.54 Matrikelnummer 1712454
V1712454
Beleg für den Auftraggeber/Einzahler-Quittung
EINGEGANGEN 16. Aug. 1989
BROT FÜR DIE WELT
Brot für die Welt
738
Bis DM 100,- gilt der abgestempelte „Beleg für den Auftraggeber/Einzahler-Quittung" als Spendenbescheinigung
Name
Straße
PLZ Wohnort
ERLEDIGT 11. Dez. 1989

Der Bürger wünscht die Kunst üppig und das Leben asketisch;
umgekehrt wäre es besser.
Theodor W. Adorno
Vor 20 Jahren (1969): Der deutsche Philosoph Theodor W. Adorno stirbt im schweizerischen Visp (* 11. 9. 1903, Frankfurt a. M.). Adorno, Symbolfigur der Studentenbewegung, gilt als einer der Hauptvertreter der »Kritischen Theorie«.
Sonnenaufgang 05.53 Uhr
Sonnenuntergang 21.02 Uhr
Mondaufgang 11.15 Uhr
Monduntergang 22.17 Uhr
5. Tag zunehm. Neumond
6
Sonntag · August
31. Woche
10 Taschentücher
DIE WEISSEN
TASCHEN
TÜCHER
Born Blonde
Aktivator-Pulver
Bitte beachten:
Vor Mischung nach Gebrauchsanweisung Beutel-Inhalt mit Fingern kneten, damit Pulver wieder feinkörnig wird.
Bei hell- bis mittelblondem und vollgrauem Haar nur die Hälfte des Aktivator-Beutels, sonst den gesamten Beutel-Inhalt verwenden.
Inhalt:
26,0 g
Bristol-Myers GmbH
6078 Neu-Isenburg
West-Germany
MOTEL
LAGER BIER
Lager-Bier hell
Birra Lager chiara
LÖWENBRÄU
ZÜRICH
FUSSBALL-WM 1990
GLÜCKS SPIEL
Attraktive Preise zu gewinnen.
Siehe Rückseite!
58 cl.
LÖWENBRÄU ZÜRICH
ERLEDIGT 11. Dez. 1989

DM 1,79
M
Qualitätskamm
ben. Da gibt es Metaphern, die unerklärbar sind, Wortbildungen, die in keinem Wörterbuch stehen – und wären sie dort zu finden, kämen wir mit der Übersetzung auch nicht viel weiter. So spricht er in einem seiner Gedichte von *adagios of islands* und bietet damit ein Bild, das wörtlich nicht übersetzt werden kann: Es setzt die Melodie des Augenblicks, die Bewegung eines Bootes zwischen Inseln, in Sprache um. Hart Crane spielt mit der Sprache wie mit einem Instrument, dessen letzte Töne und Tonver-
klein zu sein und hell und frei." In dem letzten der sechs Liebesgedichte aus dem Zyklus „Voyages" von 1925 enden die Reisen über das Meer auf einer Insel der Träume. In der beseligten Vision der Befreiung ist auch die Sprache all ihrer Fesseln entledigt:
Noch jenseits wo Siroccos ernten
Der Sonnwend Donner, schlich sich zag
Gleich schwanker Klippe, gleich dem Segel
Geschleudert in Apriles tiefsten Tag.
zeitweilig, vor der eigenen Geborgenheit. New York mit seinen vielen kleiner Literaturzeitschriften, den Homosexuellentreffs und den Abenteurern jeglicher Couleur, bot dem siebzehnjährigen Sohn eines reichen Süßwarenherstellers aus der Provinz Zuflucht vor der häuslichen Enge.
In seinem wichtigsten und ehrgeizigsten Werk, einem Zyklus von fünfzehn Gedichten, steht die Brooklyn Bridge im Mittelpunkt. Der Band *The Bridge*, an dem er jahrelang arbeitete, erschien
XI
Frankfurter Anthologie
Johann Wolfgang von Goethe
An Schwager Kronos
In der Postchaise den 10. Oktober 1774
Spude dich, Kronos!
Fort den rasselnden Trott!
Bergab gleitet der Weg;
Ekles Schwindeln zögert
Mir vor die Stirne dein Haudern.
Frisch den holpernden
Stock Wurzeln Steine den Trott
Rasch in's Leben hinein!
Nun schon wieder
Den eratmenden Schritt
Mühsam Berg hinauf.
Auf denn, nicht träge denn!
Strebend und hoffend an.
Weit hoch herrlich der Blick
Rings ins Leben hinein
Vom Gebürg zum Gebürg
Über der ewige Geist
Ewigen Lebens ahndevoll.
Seitwärts des Überdachs Schatten
Zieht dich an
Und der Frischung verheißende Blick
Auf der Schwelle des Mädchens da.
Labe dich! – Mir auch, Mädchen,
Diesen schäumenden Trunk
Und den freundlichen Gesundheitsblick!
Ab dann, frischer hinab!
Sieh, die Sonne sinkt!
Eh' sie sinkt, eh' mich faßt
Greisen im Moore Nebelduft,
Entzahnte Kiefern schnattern
Und das schlockernde Gebein.
Trunknen vom letzten Strahl
Reiß mich, ein Feuermeer
Mir im schäumenden Aug',
Mich Geblendeten, Taumelnden
In der Hölle nächtliches Tor!
Töne, Schwager, dein Horn,
Raßle den schallenden Trab,
Daß der Orkus vernehme, ein Fürst kommt,
Drunten von ihren Sitzen
Sich die Gewaltigen lüften.
Jochen H
Weit h
Bild heute
Auch morgen
15. XI. 1989

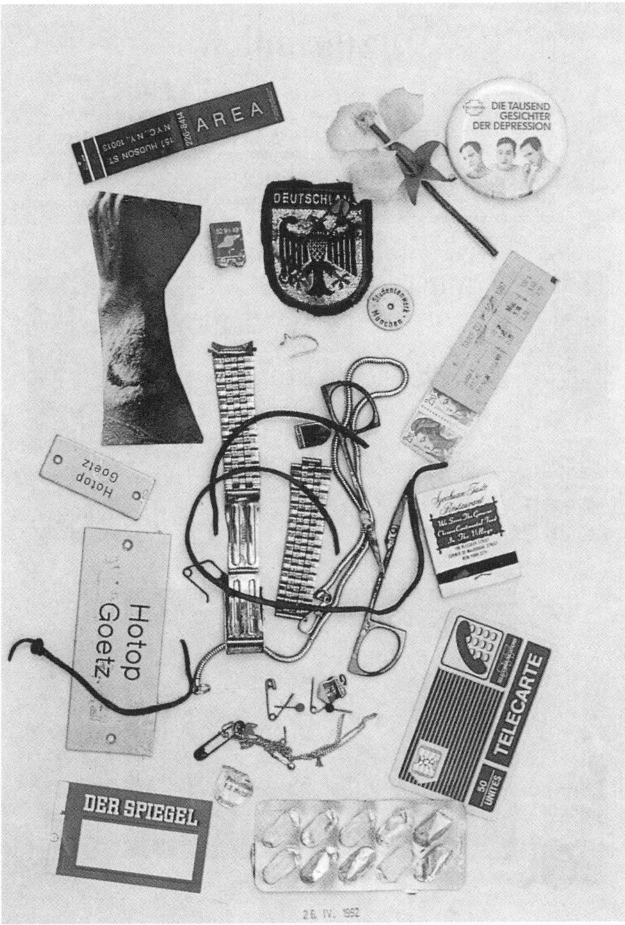
AREA
151 HUDSON ST.
N.Y.C., N.Y. 10013
226-8414
DIE TAUSEND
GESICHTER
DER DEPRESSION
DEUTSCHLAN
Studentenwerk
München
Hotop
Goetz
Hotop
Goetz
TELECARTE
50
UNITES
DER SPIEGEL
26. IV. 1992

21 VIII. 1989

Vorzugsmilch

Sex

elegentlich nach starkem affektiven Engagement auf. Dieser Zustand
ist zeitlich befristet und dauert in bemerkenswerter Unabhängigkeit
von den Begleitumständen meist einige Minuten bis eine Viertelstunde
mitunter aber auch länger: eine oder mehrere Zu Besuch bei
ARNALDO POMODORO
Stunden. Im Pathologischen Rausch Patient Redaktion Affektentladu-
ngen und Gewalttaten kommen. Den Abschluß Jo... Obst bilden ein
Terminalschlaf. [illegible]
[illegible]
Den Abschluß bildet ein Terminalschlaf.

Erinnerung Reaktion

Claus Peymann
Von Ottokar Run
Zehn Tage lang g

Vor 18 Monaten zum Krüppel gefahren –

Kurzzeitgedächtnis

bin mit Malern befreundet

Bluthad in

X

Es
brennt noch
Licht
im Kreml

KONTROLLIERT 26. Nov. 1989

nachts
funny-frisch
Erdnuss-Flips
Mit frisch gemahlenen Erdnüssen!
Ritter SPORT
VOLL-NUSS
125g
Mais-Erdnuss-Snack
funny-frisch
Boxkampf

26. VII. 1989
GOethe
zehe
Messer
Lindwurm
GOldstaub
wurst

Jeffs
SAINt
JOHN tHE
BAPtist
KOONSt
COurtesie of Alberts Oehlens
martin kippenberg
PROGRESS
P8 6 Staubsauger-
Filterbeutel
PROGRESS
P8
6 Staubsauger-
Filterbeutel
*doppelwandig
P8 6 Staubsauger-
Filterbeutel
12 VIII 1999

ARIEL
PHOSPHATFREI
tageskarte
ARIEL
PHOSPHATFREI
ARIEL
PHOSPHATFREI
soziale
systeme
NEU SO REIN
KAISER'S KAFFEE
Pelikano
PERFEKT FÜR JEDE SCHÜLERHAND
NEU JETZT MIT TINTENKONTROLLFENSTER UND IDEAL GRIFFPROFIL
ARIEL
PHOSPHATFREI

Begriff
Horizont
Fragezeichen
verbinden
heilen
Fragezeichen
die
04.07.
Kodacolor

wärme
Stube
Weltbank
Sonnen
System
Maggi
Spargelcreme-
Spargelcremesuppe
EXTRA QUALITÄT
Immer eine gute Suppe
Kästchen
Personen
ab 15 Jahren
3,– DM
KLAGENFURT
AUSTRIA
5. VII. 1989

Ich
ERLEDIGT

Soziale Praxis

1990

SOZIALE PRAXIS

»sing mir von Liebe und Glück«

Das Telefon läutet, Jahre waren vergangen. Der Zug rauschte dahin, und Flugzeuge donnerten in gemächlicher Kurve dem Boden entgegen. Liebe Linde, es riecht nach Kerosin und Mottenkugeln, sehr geehrter Herr Bauer, verehrte gnädige Frau.

Blätterte ich im Trauerraub, wären hinter völlig verschmierten Sachen, auf denen auch das forschendste Auge keine Gestalt wahrnehmen könnte, eingänglich melodisch grundierte Prospekte ferner Horizonte von der Stimmung der Worte düstere Wolken mit glühenden Rändern zu sehen, vielfach überlagert und so fast unkenntlich gemacht von mehreren Schichten abstraktiver Witze, und trotzdem käme aus der Tiefe dieses Raums als Gesang eines Matrosen zum Beispiel das führende Geleit der toten Göttin durch die Sprechblase zwischen den phosphoreszierend aus der Finsternis hervorpulsierenden Kreisen in den folgenden Worten folgendermaßen raus. Wir haben die weiße Honigmilch getrunken. Und jetzt verläßt der Kindermörder, nasse Tränen im Gesicht, die Höhle mit den Kerzen, es war ja Nacht, und im inzwischen geschlossenen Hotel Germania saß der letzte Gast im Keller auf dem Hocker an der Bar bei seinem Bier und rauchte eine Zigarette.

– Wie gehts dir denn?

– Njo.

– Bist dicka geworden.

– Jo.

– Bist dicker geworden, siehst aber trotzdem nich gut aus.

– Nee.

– Wie gehts Erna?

– Der gehts gut, die war neulich hier, da warst du aber nich da. Du siehst aber auch nich gerade gut aus.

– Nee. Man wird älda, Hans.

– Jo.

Der Reichstag war am nächsten Morgen, trotz beißendem Halsschmerz, bereits wieder weitgehend für die Sitzungen eines gesamtdeutschen Parlaments hergerichtet. Man müsse ihm nur noch die Kuppel aufsetzen. Und die glänzende Perle im Federkleid hätte sich, vom Suchscheinwerferlicht vernünftiger Begriffe erfaßt, sofort wieder verloren. Lieber Eduard, klarere Briefe wären mir lieber, aber ich kann einfach nicht glauben, das allerälteste der alten Lieder, die hier dauernd spielen, daß irgend etwas Nichtvernünftiges geschieht. Wiederum umgekehrt hat sich dieser Gedanke schon fast zum Wahnsystem verwachsen. Ich traue mich kaum mehr richtig denken, triebe, würde ich mich endlich treiben lassen, wohin.

Verrückt, sagten die Mädchen im Chor. War der Ausgang wirklich offen? Inzwischen glaubte ich, Schauplatz eines Experiments geworden zu sein, beobachtet zugleich von gütigen Geschicken und Dämonen, die in aller Ruhe, ohne einzugreifen, auf der Mauer lagen und sich höchstens gegenseitig ihre unsichtbaren fürchterlichen Fratzen zeigten.

Um sich zu erschrecken, spreizten sich die Arme der hoch rasenden Wolke der Rakete der Challenger in den Himmel, bis immer wieder am Ende das Astronautencockpit explodierte und zerfetzt zurückstürzte zur Erde in das Wasser eines Ozeans. Weißer Schaum und Gischt fuhren dadurch ungeheuer hoch, und wo was hinfiel, blühten dem Frühjahr Versprechen, Geplauder und Trug, süße Wonne, Blumenzier und glückliche Fahrt. Wer denkt da nicht an Walter und Otto, Phaidros, Jasmintee und unaussprechlich nahe, schambedeckte Namen. Mein Sohn, das sind die Brüste der Mutter. Küsse mich, und ich lebe. Fliehen die Winde die Stille, ruhen die Wolken, lacht wer im Schlaf.

Als ich zu Hause den Wasserhahn aufdrehte, schoß rostrot gestocktes Blut hervor. Unzulässig interessiert hatten sich sämtliche Erzählungen Dostojweskis bei Frau Pelz erkundigt, mit wem sie warum worüber gesprochen habe, wann, wie, womit. Die andere Seite schweigt, stellte keine falschen Fragen in die falsche Richtung. Das Telefon läutete, Max war am Apparat. Die Schwarzwaldklinik kommt.

– Fräulein, wissense was?

– Nee.

– Ihnen hängt ein Zettel am Mund.

– Wirklich? Was steht denn da drauf.

Grundlagen der allgemeinen Volkswirtschaft. Lieber Friedrich, Gerold von Braunmühl erklärte gestern im ersten deutschen Fernsehen in der sechsteiligen Fernsehserie Kir Royal zum Tod von Joseph Beuys die vierundfünfzig Billionen Mark Umsatz von Siemens seinem Fahrer zur Chronik der sogenannten Terrorakte gegen den militärisch industriellen Komplex. In Straßlach bei München ist Eckhard Groppler, ohne Vorstand für Forschung und Technik und Vorsitzender des Arbeitskreises Kernenergie im Bund deutscher Industrie zu sein, mit dem Kommando Mara Kagol angegriffen und getötet worden. Würde im

Namen der Rose Helmut Qualtinger feststellen, Hubert Fichte habe sich zum amerikanischen Bombardement libyscher Städte nicht mehr geäußert, spielte diese Szene im Hades, 1986. Aber in der permanenten Konferenz aller Lebewesen würde unter der Lampe der Einsicht die öffentliche Hand menschliche Wärme produzieren, bekräftigte Leibniz: Ich lese Hölderlin.

Außer den zwei Kapiteln über Logik befand sich im Nachlaß des Märchens eine Schachtel mit einer ziemlich umfangreichen Sammlung von Zetteln verschiedener Typoskripte, Im Schwarzen Grund überschrieben. Um mich nicht gleich wieder in den manchmal extrem rauh strukturierten Hüllen einzelner Wortatome zu verfangen, folgte ich zunächst dem Straßenschild durch den Park und erklärte einem Schutthaufen der Baustelle Hüttenweg neun: Ich habe mir auf Michis Empfehlung hin Gerd Kegels Buch Sprache und Sprechen des Kindes gekauft, bin aber noch nicht dazugekommen, es zu lesen. Weiß eventuell jemand hier, wo es hier eine Tablette frisches Ecstasy zu kaufen gibt?

Da öffneten sich die Augen, und der Kalif begann sogleich zu erzählen. Sehr geehrter Herr Niels Werber, neulich reiste ich mit der Eisenbahn frühmorgens Richtung Wien, denn es war der Tag des Burgfestes von Thomasberg. Die höchste Geburtsjahresziffer im Merkur führte zu dem Artikel über zwei Bücher neuerer systemtheoretischer Literaturwissenschaft. Während des Lesens löste sich plötzlich der dort völlig richtig beschriebene gordische Knoten ganz einfach auf. Leider kann ich, da ich schriftlich Praktiker bin, die Theorie der Praxis der Kunst ohne den Schutz der Gleichzeitigkeit der Mündlichkeit der Rede nichtmündlich nicht erklären. Zum gleichen Zeitpunkt jedoch hat sehr wahrscheinlich irgendwo irgend jemand im Reich der reinen Idee in die gleiche Richtung geschaut und ist so auch Zeuge dieses Augenblicks der Selbstenthüllung dieser Wahrheit geworden. Das finde ich beruhigend.

Die Umstehenden hatten andere Sorgen, schüttelten mißmutig den Kopf, oder übten sich in der brutalen Kunst, ununterbrochen Unaussprechliches (– Liebt ihr euch immer noch? – Bitte. – Schlaft ihr immer noch jeden Tag miteinander? – Jetzt reichts aber.) direkt auszusprechen, wie nicht verboten künstlich alltäglich, oder von flehentlich wortkargem Widerstand erst recht angestachelt, extra spitz. Säße die Harmoniesehnsucht daneben, würde sie erst später verstehen, daß hier ein schriftanaloges Projekt im Alltag der Kunst sozialer Praxis getestet wird, interessant. Auf jeden Fall quälend, aber falsch?

Die letzte Seite ist verlorengeganen, weggeschmissen oder verworfen worden.

Dann war es Mai. Argument und Feuermelder waren rot lackiert, die Aufschreibungen Schreie, schrie die Schrift, betäubt zugleich von dem auf dem Heiliggeistfeld auf dem Polizeikessel gekochten Suppenkasper Beckenbauer, freundlichen Schimpansen und der Lust der Produktion normaler Raben. Frage: Wurden Sie wegen Gemütsleiden ärztlich behandelt? Das kostet mich ein Lächeln. Insofern würde Uli insgesamt ein lichteres Schieben erwarten im Raum hinter der Angst.

Ich weiterführende Literatur. Am folgenden Tag, während in den alten, nur mäßig verkraterten Ebenen der Arbeiterunfallversicherungsanstalt sich die Spur direkter Reden, von pulverisiertem Staub bedeckt, im herzlich Ergebenen verlor, listete die Inversion der Faltung eines sich ins Innere verschleudernden Vulkanismus den Anakoluth hier ab. Was wäre ein Anführungszeichen in der Musik?

Wer war Immanuel Kirch? Sollte ein Brief verloren gegangen sein? Eine Havarie hat sich im Kernkraftwerk Tschernobyl in der Ukraine ereignet. Ein Reaktor ist beschädigt.

Am Samstag nach der Explosion trug ich meine geperlte Gianna Nannini Latzhose in München über den Viktualienmarkt spazieren, als hätte ich zum ersten mal etwas erlebt verstanden. Ich habe Erde gekauft und die gelben Riesen gesät. Plötzlich schießt unter den Fingernägeln spitz das erste Grün hervor, und schon sinken die Pflanzen von der Last ihres rapide wachsenden Selbst beschwert in sich zusammen. Ist schließlich die Knospe fertig, wird sie abgeschnitten, oder in der wüsten Hitze negativer Tautologie dörr zerbrannt, oder anders abgetötet. Stein, kontrolliert bekannt, inzwischen Insasse der dreitausendseitigen Habilitationsschrift SEKTION KLINIK, zerschmettert im ersten Buch, Die Entstehung von Moskau, vom Gekrakel der Schrift hinunter in die manische Welt der Mikrogramme, erstarrt im zweiten, Berlin, zum Terror des Starrsinns des Willens des sich auf sich selbst einschlagend immer härter verhärtenden Steins, um schließlich im dritten Buch, In der Hölle von Leningrad, im längsten Telefongespräch eines Lebens in alle unterdrückten Argumente gegen alles ausgesprochen endgültig total kaputt zu zerfallen. Woraus dann wiederum als eine der zweiundzwanzig Samenkornsprossen die dreifach gelb durchkreuzt bekränzte Sonnenblumenblüte schwarz erblühte.

War die Realität abstrakt in der Weise der hier in der äußersten Oberfläche der Wortozeane driftenden Rede absolut realistisch wiedergegeben, würde dennoch die Fiktion von Kohärenz schon am Ende der dritten Zeile, die sie nicht versteht, zurecht einen erkennbaren Gegenstand fordern, der kann Multivitaminsaft heißen, Binde, Neuron, Reichsschrifttumskammer, alles, sogar Bedingung der Möglichkeit der Freiheit, Atlas der Weltgeschichte, Gesetz des Herzens oder Hegel, ganz egal, solange nur, wie hier etwa am Gegenstand Argument exemplifiziert, die Bewegungen der Worte nicht nur nach den Worten, sondern nach der inneren Struktur des Gegenstandes sich richten, und dem entsprechend ihre erst von da aus in alle Richtungen sich zerfransende Geschichte erzählen würden. Grundregel: Versteht man was nicht sofort, ist es imgrunde Mist. Umgekehrt kann aber bekanntlich kein Mensch schreiben, was er will. In meiner Zeit als Sekretärin beispielsweise mußte ich die über den Diktaphonkopfhörer mir diktierten Worte auf das Geschäftspostpapier tippen, oder zu Hause mit der Hand das vom Erlebten oder gefühlt Gedachten Vorgeschriebene in einen privaten Brief rein schreiben. Lieber Albert, ich bin jetzt hier und habe in den letzten Tagen in Kind dieser Zeit von Klaus Mann rumgelesen. Man faßt es ja kaum, ein geradezu surrealistischer Unsinn, leider aber völlig ernst gemeint. Wie kann so etwas passieren? Das Gegenteil eines sich selbst immer mehr ins Unaussprechliche hinein verdunkelnden Hirns wäre der flirrende Irrsinn eines derart rasenden Geplappers, daß man auch wieder sagen muß: bitte danke. Am besten müßte man vermutlich für Bedingungen sorgen, unter denen diese gegensätzlichen Zustände in einer vernünftigen Frequenz oszillieren. Schreibt dann mal einer ein so saugutes Buch wie Wenn ich einmal reich und tot bin, kommen ausgerechnet die allerschwerstbehindertsten Idioten daher, um öde vor sich hin greinernd nur mitzuteilen, daß sie noch nicht mal die Probleme, die hier so lässig gelöst sind als gäbe es sie nicht, und mit anderen Worten also überhaupt nichts begriffen haben von der Natur der Schrift. Guten Abend. Morgen gehe ich mal ins Bett. Das wird sicher schön.

Öffneten sich die Arme, stürzte der Körper rücklings in die Tiefe, umwirbelt von lustig aufgelegten Fliegen, durch die der Blick über die milde hügelige Landschaft einer nordspanischen Lebensgeschichte tanzte.

– Sagense, es gibt da beim Insel Verlag ein Buch, das heißt die Leiden des jungen Wörter oder so, gibts das noch?

– Ja, natürlich, einen Moment bitte. Hier.

– Aha, so, naja. Vielen Dank jedenfalls.

– Keine Ursache, hatte ich nämlich selber völlig vergessen, nur weil Raspe junge Wörter haßte.

– Ach, war das so schlimm? Der Arme.

– Nuja, wollenwer nicht übertreiben. Ganz andere Frage übrigens. Haben Sie vielleicht einen toten Vogel in der Tasche.

– Ich bitte Sie, wir sind hier doch nicht in der Kirche.

– Verstehe.

– Hja, dann will ich mal.

– Guuut. Letzte Frage. Kennen Sie eigentlich den schon. Gott erschuf mit lautem Gröhlen den Malermeister Albert Oehlen.

– Ist der von Eugen Kogon?

– Nee, davon weiß ich nichts. Müssense gelegentlich mal erzählen.

Im Anschluß an diese Geflattere müßte wieder ein Stück dicker Textbrei kommen, in dem irgendwas Depressives möglichst spastisch, ach was, nehmen wir doch gleich das alte Hirn, für das es sich vermutlich ziemlich unangenehm anfühlt, wenn sich sein Inneres versehentlich durch paar Jahre langen Alltag in echt sichtbares, praktisch eine ganze Wohnung in ein dauernd von einem Menschen, der obendrein unten an diesem Hirn dranhängt, durchtrampeltes Schädelinneres verwandelndes Leben hinausverwirklicht hätte, sich dauernd sich selbst gegenüber sehen zu müssen, so wie hier erzählt würde, um den ersten vom zweiten Coming Out genannten Dialog zu trennen, lieber Jochen.

– Wie wars für dich?
– Für mich wars okay, wars für dich auch okay?
– Wenns für dich okay war.
– War okay.
– Wars für mich auch okay.
– War echt okay.
– Okay.

Der Abschied, dritte Fassung. Gehirn und Seele waren, halt halt halt, schon wieder falsch, natürlich umgekehrt. Der Abschied. Gehirn und Seele hatten sich zerrissen, und die Berichte, die aus Stuttgart, Bremen oder Graz bestimmtes Zeug gegen Italien strichen, wichen seltsamen Geschichten, die richtig versteckte Richter nicht mehr nur im Fernsehen, sondern auf Postkarten und Telefonaten nackt, so nackt, sagte die Kluge, daß es knackt, verglichen. Ich erschrak. Kurze Pause, dann, drei Rätsel, Kluge, sollst du raten und dann bist du frei. Errätst du's nicht, bist du verraten.

Hier erschien in dem ihr zwischen mir und dir aufgehobenen Unterschied die alte Furcht in den Haarrissen von Sollbruchstellen im Gemüt Gewalten und Kräfte sich regen sehen jetzt. Was dann? Würden schleichende Schritte der Socken im Teppich und Tasten und Lauschen die Sinne der Nähe berühren sich trauen?

Kämmen wollten wir uns? Lähmten es Mut und Krug? Ach, wir rennen zu wenig, wenn es haltet, erkaltet der Tod in uns. Rast, flüsterte die Rose Pfingsten Stimmen und verstand? Und licht erinnerte die helle Welle die Gesunden, bricht, die Drache aber nicht?

Hellere Überzitterung: Sagen im schnellen die Gelbe

der raus. Willen den Sack, den Haußen zerübt. Müssenden wissen den? Krischne zerbrmst, ntzrpt, zrlmptst! Dö heidn de öh, di ih in di Hühl, de meiden die. Schmirstle Triumph, reißtmen min reiden fü chattmerch ahou. Ahou?

In die Laude enda eige, unde hau die Tript, basengeda uhl un Unde dahuti, ul umä uwaih zi Chöde u au.

Und so begab es sich also, daß im neunten Monat Adamski im Kumpelnest zwei oder dreitausend am 24. September 1990 vor der Mutter auftreten und zu Energie und Killer englisch singen würde. Wenn ich nicht tot wäre, müßte ich jetzt leben in dieser uralten Geschichte, in der die Erde der Zeit das Eisen gab, damit sie den Himmel zerhackte und etwas entstünde, was die Zeit, die was sie erzeugte, sofort in sich hinein zurückvernichtete, endlich selbst entmachten würde. Liebe Linde, soeben ist über London ein ungeheuerlicher Regen niedergestürzt, es riecht nach heiß dampfendem Stein und nassem Teer und Schulanfang.

Und jetzt? Der Sohn des Sohnes, high on hope und letzter Gott, war auch längst tot. Und Kant hätte meinen können, die ganze Sache wäre wirklich böse ausgegangen, und die düsteren Dämonen dürften als hämische Sieger das Schlachtfeld verlassen. Aber der Prozeß, notwendig, um nichtsichtbare Eigenschaften wie Motive und Gefühle zu erschließen, war noch nicht beendet. Denn es war Abend geworden, und der Fernseher leuchtete: Magnificent Obsession. Eine Blinde sagte, I always dance with my eyes closed anyways, und ich, ich auch. Am Schluß, wenn es hieße, das hat sich niemals zugetragen, aber es *ist* immer, wie immer, Ende gut, alles gut, dürften die Augen ruhig weinen. Weil sie etwas sehen, was sie im Nichtnachhinein nie erleben, daß alle Wünsche in Erfüllung gehen mit der Zeit. Sogar der Mond war riesengroß aufgegangen über dem samtweichen Wasser des Weihers. Und unten am Bauch der sagenhaft schlank in die Lüfte sich hoch schwingenden Concorde blinkte stetig ein rotes Licht. Dann war es Nacht.

Da marschieren sie also wieder, die Exzesse von Und und Und dann. Dagegen verwahre ich mich, hatte Raspe beschlossen und sich sofort unter die Aufsicht Dritter gestellt im PARANOIA, wo hinter den Massen scheppernder, stampfender, fiepender, bipender, illender und chillender und schwerstens und tiefst umpf umpfender Sounds der Super Hardcore Raving Tracks aus einer allerletzten Ferne die letzten Worte der ruhigen Stimme des Erzählers kommen würden. Das war also die doppeltkontingente Geschichte der neun neuen Leben. Und wenn ich nicht gestorben bin, so lebten sie noch heute.

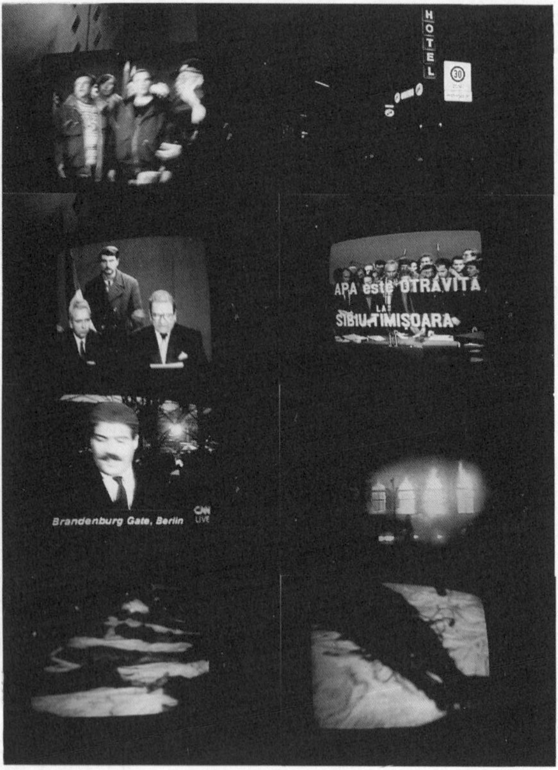
HOTEL
APA este OTRAVITA
LA
SIBIU-TIMIŞOARA
Brandenburg Gate, Berlin
CNN
LIVE

HB

DREADBEAT
TON-UND FILM
NAHMEN AUCH
PRIVATE ZWECKE NICHT
GESTATTET.
BEI ZUWIDERHANDLUNG
VERLIERT DIE EINTRITTS-
ARTE IHRE GÜLTIGKEIT.
Bei Gasgeruch
RAUM LÜFTEN
BROT!
ALL
DER SPIEGEL
Bürgerfreiheit
Bürgerkrieg

krank
traurig
dumm
samstag 17.3.1990 morgen

FEMME. TRÈS FEMME.
ROCHAS
PARIS

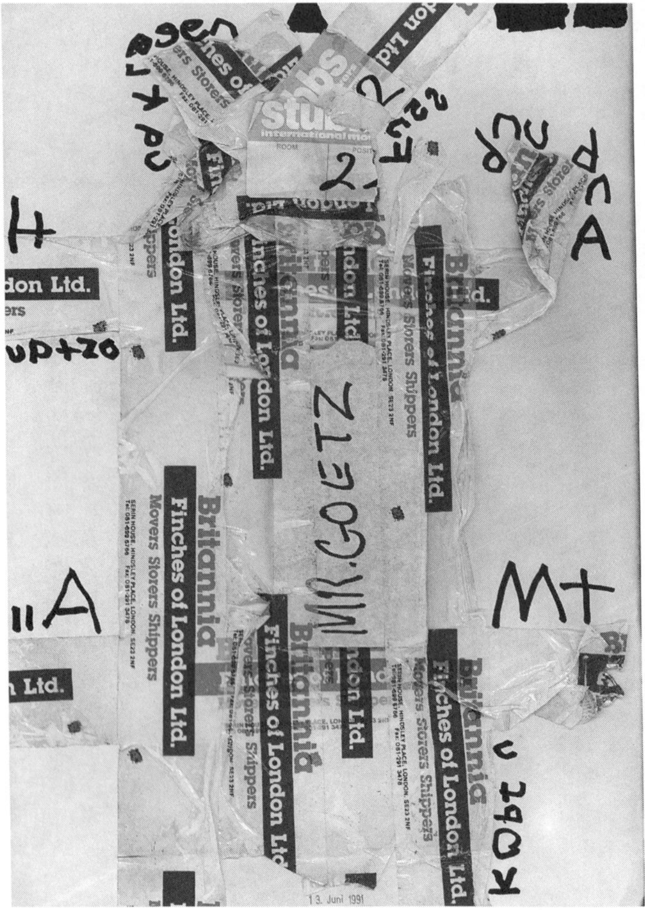
MR GOETZ
Britannia
Finches of London Ltd.
Movers Storers Shippers
stubbs
international
13. Juni 1991

nachrichten
tagesthemen
Eugynon 28
Eugynon 28
Eugynon 28
Eugynon 28
Servus

DIE ZEIT – Nr. 19 – 3. Mai 1991
Piero Manzoni in Paris
Der Kot der frühen Jahre
Warum die Produktion bei Dose No. 90 abbrach, ist nicht bekannt. Wir möchten
wache
CHELSEA
CHELSEA
4. V. 1991

Who is to blame for

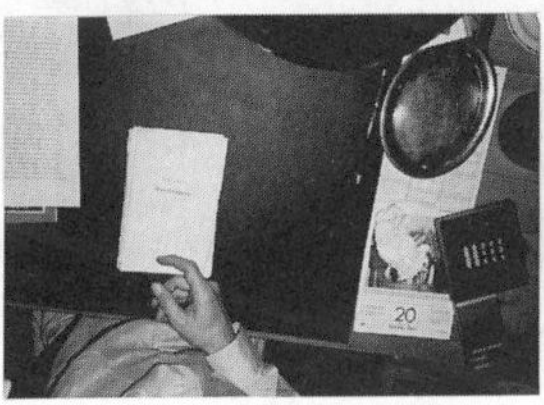

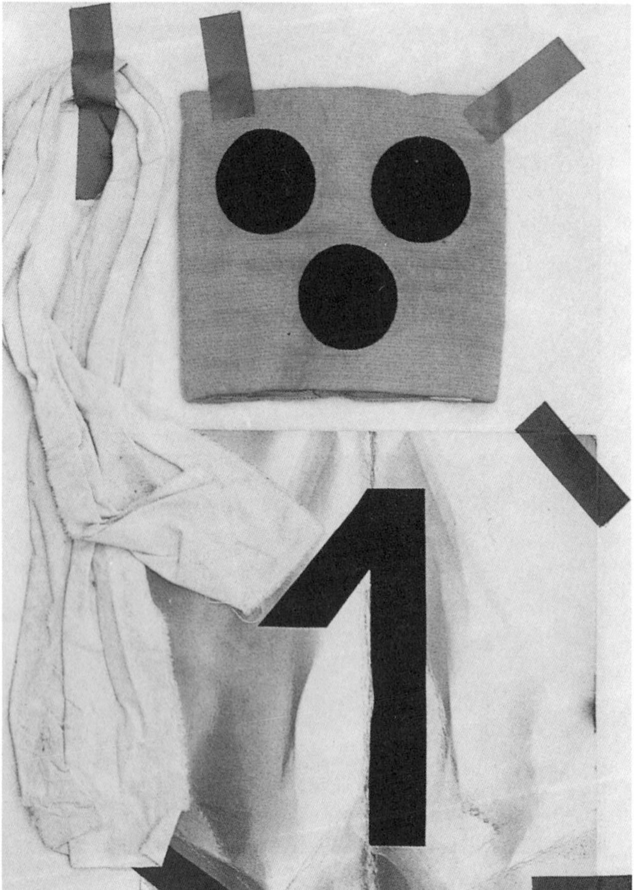
3. Juni 1991

RESTAURANT
FRISEUR

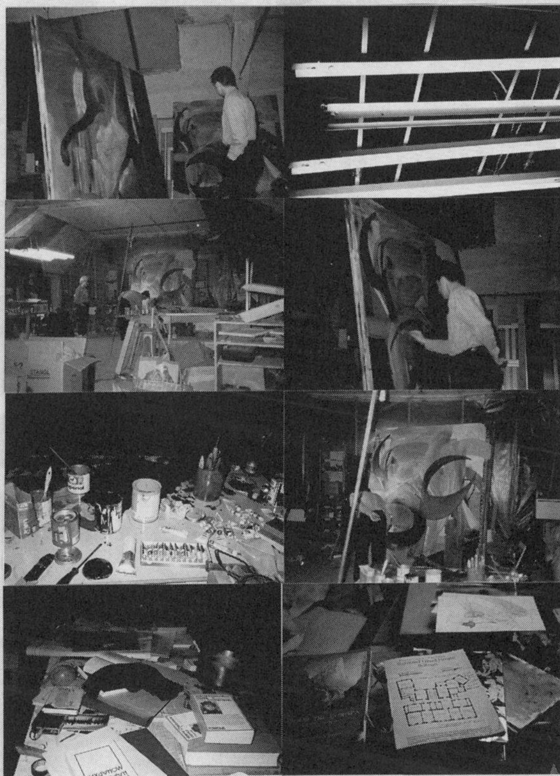

Wladimir A. K jutschkow
Ex-KGB-Chef

wendiges Gewicht. Es ist ja ein unausrottbares Idiotengerücht, daß Literatur entsteht, indem „schmerzhaft genau beschrieben" wird. Das gibt im Resultat höchstens die klassische, sagen wir mal, Hanserverlagsleiterprosa, charakterlos sensibilistisch, kunstvoll, ganz wichtig. Interessiert aber keinen normalen Menschen.

In Wirklichkeit ist gerade der erzählerische Text im Kern Argument. Und das entwickelt er: wie einer denkt. An der Denkart zeigt sich, was einer für ein Leben führt. Und daran schließlich, alles entscheidend: *wer er ist.* Seltsamerweise gibt es da keinen Bluff. Die hingedruckte Sprache zeigt den Schreiber nämlich völlig nackt entblößt. Deshalb hat Lesen so viel mit Scham zu tun, weil es einen zum Beobachter dieses Nackten macht. Lesend ahnt man, daß man Menschen prüft, nicht Texte; daß man als Kritiker nicht über den Text, sondern über den Schreiber ein Urteil in sich erfährt. Sobald diese Ahnung aber zum klar gefaßten Gedanken wird, hört der ursprüngliche Spaß an Kritik sehr schnell auf. Denn das Menschenprüfertum, das Kritik unweigerlich betreibt, darf sich nicht als Menschenprüfertum erkennen. Da wird es sofort widerlich, rassistisch, voll elend. Dagegen kann man gar nichts machen, nur weitermachen.

Stete Praxis ist immer noch der beste Ausweg aus den lähmenden Fängen der Selbsterkenntnis. Und plötzlich springt auch Kritik noch einmal um und zurück in ihr ursprüngliches Recht: Sie wird Erzählung vom Abenteuer der Prüfung, deren Gegenstand der Kritiker selbst ist. In jeder Kritik neu prüft der professionelle Kritiker, ob er selbst noch funktioniert. Die kritisierte Sache dient dabei nur als Anlaß. Aber nur so, über diesen Umweg in die Mitte der Kritikerichs, trifft auf das Kritisierte schließlich eine Wucht, die ihm gerecht wird. – Es gibt also einen Aspekt, unter dem alles sich genau umgekehrt darstellt: Literatur ist Argument und Therorie und Abstraktion von allem sinnlichen Erleben. Und Kritik ist Ich-Erzählung, wild und spannend, Heldensage. – Wenn man nun beides, so wie Maxim Biller, möglichst kontinuierlich betreibt, kann man das Ineinander dieser Gegensätze erproben und gegeneinander ausspielen. Und vom seltsamen Umkehraspekt, der Binnensicht, dem Netzhautbild und Wesen kehrt man umgekehrt zurück zu ganz normalen Forderungen: Kritik soll eine kritisierte Sache argumentativ ergründen. Und ganz egal, was Literatur in ihrem Innersten zu sein hat, nach außen hin ist Literatur: alles, was knallt.

★

Vor dem Schumann's standen indes die dritten Biere am Tisch. Der Redakteur mußte morgen, samt krankem Bein, zur Talk-Show nach Berlin. Welches Jackett

gelbe Riesen
que sais-je?
COLLECTION
QUE SAIS-JE ?
Le point des connaissances actuelles
PRESSES UNIVERSITAIRES DE FRANCE
März bis Mai 1990

Geisteswissenschaften

Kapitalismus?

italienischen Liberalsozialismus

Die lautstarken bösen Buben aus der Welt des schweren Metalls

Die Heavy-Metal-Musik, eine Variante des Hard Rock, ist eine lautstarke Attacke auf die Kultur des Abendlandes. Der Satanskult, die Lobpreisung von Gewalt, Sex, Drogen, Alkohol und die vermeintlich offene Aufforderung zum kollektiven Selbstmord haben seit 1985 Elternverbände und Kongreßabgeordnete in den Vereinigten Staaten gegen diese Szene aktiv werden lassen – mit weitreichenden Folgen auch in Europa. Eine bessere kostenlose Propaganda konnten Gruppen wie Mötley Crüe, Def Leppard, Kiss, Iron Maiden, Guns N'Roses, Bon Jovi oder Motörhead (unsere Abbildung) nicht bekommen. Aus der einstmals mit Runenschriften und Hakenkreuze provozierenden Subkultur ist auf diese Weise ein erfolgreiches Industrieprodukt geworden, präsent in Radio, Fernsehen und zahllosen Fachmagazinen, die sich den Unterschieden zwischen „Heavy Metal", „Trash Metal" und „Speed Metal" widmen.

Aus dem Fantasialand der schaurig-schönen Horrorvisionen des Heavy Metal den Gitarrenklänge ist trotz seiner sozialfeindlichen, rebellischen Gesten nur eine Ersatzhandlung für verdrängte Triebe, der vor allem junge, weiße Männer mit geringer Schulbildung und Sexualängsten verfallen. Das Bild der bösen Buben wird stilisiert und gepflegt – ebenso wie die scheinbar immer frisch gefönten, langlockigen Haare der Musiker, die sich auf der Bühne als Geschenk Gottes an die Frauen aufspielen.

Der Ausstieg aus dem Leben, die Verweigerung gegenüber gesellschaftlichen Normen, ist aber – so Gross – längst nicht so tiefgreifend, wie die wilde Erscheinung dieser Musik glauben machen will. Die Verabredung auf bestimmte sprachliche und visuelle Symbole soll vor allem die gemeinsame Vision einer Welt sichern, zu der die Eltern keinen Zutritt haben. Die Schlußfolgerung des Autors ist zwingend: Sofern Heavy Metal eine Botschaft habe, dann nur eine: das schnelle Geld.

Ist Heavy Metal also nur die Fortsetzung des alten Generationskonflikts mit neuen Jahre; verschiedene Gruppen wie Led Zeppelin und Anthrax trennt nicht nur eine Generation, sondern auch musikalisch Welten. Sie lassen sich nur schwer über einen Kamm scheren. Diese Musik hat inzwischen eine Geschichte, die Gross nicht ernst genug nimmt. In der Rock-Hymne „Born to be wild" der Gruppe Steppenwolf taucht zwar mit „heavy metal thunder" zum erstenmal der Begriff auf, der dieser Szene den Namen gab, doch wurde er immerhin dem Roman „The Naked Lunch" von William S. Burroughs entnommen und später vom Fachmagazin „Creem" durchgesetzt.

Inwieweit das exaltierte Bühnengebaren mit seinen satanischen Riten, nekrophilen Anspielungen und die Frauen erniedrigenden Brutalphantasien mit dem beschränkten musikalischen Gehalt und der Welt der Fans überhaupt gleichzusetzen ist, wäre ebenso noch zu klären wie der Vorwurf des Autors, die Musik von Led Zeppelin klinge wie „die melodische Version keltischer Musik aus dem Mittelalter". Denn Heavy Me... ist eines gewiß nicht – eine rückwärtsge...dte, heimelige Utopie. Wirr und irr ...entiert sie den Rock 'n Roll in einer die ...e Existenz umfassenden Bedeutung – ... anderen Spielarten der Rockmusik ...st abhanden gekommen ist. rei

POLITICALLY CORRECT

...et Rebellion

...tern, Sippenzwang

Ästhetisches System

1991

ÄSTHETISCHES SYSTEM

»Es ist ja erst Morgen.
Morgen ist auch noch ein Tag.«

Made in Heaven

Hier kommt die Geschichte eines rundum glücklichen Jahres. Und es ist eigentlich egal, ob sie auf Ibiza losgeht oder in der Milkbar, ob sie mehr im Münchner Boy spielt, an den Plattentellern oder hinter einer Schreibmaschine, ob ihr Held Olaf oder Alfi heißt, Michi, Woody oder Hell; ob eine paranoid mastermindmäßig durchdachte Inversionskonstruktion, eine Art blindes göttliches Auge, zum künstlichen Erzähler auferrichtet wird, oder ob sich nicht doch lieber eines nach dem anderen einfach mehr so abspielen würde, wie in echt. Spannend wäre nur, ob es gelingt, daß am Schluß genau dieses Gefühl so ungefähr rauskommen würde, wie es sich dauernd angefühlt hat, so total superangenehm.

Fünf Tulpen

Carolyn arbeitet in der Tate, normalerweise. Zur Zeit baut sie das Haus um, das heißt sie läßt es innen neu dekorieren. Sie hat einen jungen Mann empfohlen bekommen,

Nigel, der vormittags kommt und dann höflich und für sich den ganzen Tag über an verschiedenen Ecken herum schraubt und hämmert, malert, tapeziert und sägt. Sie mag die studentoid zurückhaltende Art dieser eher nichtprofessionellen Lärmerzeugung und sie mag überhaupt diese aktivistische Geräuschkulisse. Sie hatte ein Jahr lang Liebeskummer gehabt, was natürlich auch nicht nur eine Tragödie war die ganze Zeit. Aber sie hatte sich jetzt doch endlich zur Scheidung entschieden, und täglich strömte ihr von diesem Entschluß her neue Ruhe für die Arbeit zu. Zuversicht und lässige Rückkehr in das frühere Leben der jungen Frau, die sie vor ihrer Ehe gewesen war.

Ihr Mann ist Reiseschriftsteller und lebt zur Zeit in Seattle. Er sitzt an den letzten Passagen eines großen Buches über Amerika, das ihn quer durch den Kontinent geführt hat. Wenn er fertig ist, muß er wahrscheinlich den Anfang, New York, Neuengland, Washington, die ganze Ostküste wahrscheinlich, noch einmal von vorne anfangen und völlig neu schreiben, weil durch den Golfkrieg alles nicht mehr richtig stimmt. Vielleicht hat er doch nur ein romantisch rebellisches Buch gegen den inzwischen plötzlich komplett imaginären Geist der achtziger Jahre geschrieben, nicht, wie er glaubte, einen fast zeitlosen Klassiker aus der Tradition der großen Reiseliteratur des vergangenen Jahrhunderts. Manchmal ruft er in London an, wenn es dort längst tiefe Nacht ist. Was das arme alte Europa immer alles schon hinter sich hat, jeden Tag neu, wenn in der neuen Welt der Pazifik überhaupt erst erwacht. Und er spricht dann seiner Frau diverse organisatorische Sachen auf den Anrufbeantworter und hört dabei das Geräusch des laufenden Bandes.

Anderntags blinkt am Morgen das rote Licht der Maschine im Wohnzimmer unter dem Stuhl neben der Türe. Carolyn tippt hin mit dem Fuß und hört die gebremst animierte Stimme. Es macht ihr heute nichts mehr aus, sich um diesen ganzen Mist zu kümmern wie früher, Versicherungen, Rechnungen, Nachrichten für den Agenten, für Redakteure oder seinen Lektor. Bereits von einem halben Millimeter Entfernung aus gesehen war all das derart lächerlich, gerade das Unaufschiebbarste, eine reine Witzfigurenwelt, die sie da sah. Aber sie hatte gern darin gelebt und wollte keine nachträglichen Gefühle von Hohn oder Triumph. Sie notierte, was zu erledigen war, und das war das. Der Stimme hatte sie angehört, daß er getrunken hatte, und sie wußte, daß er also auch gearbeitet hatte. Und genau davon wollte sie eigentlich nun endlich nichts mehr wissen. Natürlich gab es für alles Erklärungen und Entschuldigungen, aber Ende vierzig wurde es so langsam eng mit den Ausreden. Nicht daß sie glaubte, es gäbe irgendwo ein selig nichtscheiterndes Leben des großen Wurfs und Gelingens. Aber sie hatte eine andere Idee davon, wie man die eigenen Zweifel am Eigenen auszuhalten und nutzbar zu machen hätte, ohne diese ewigen schlauen Tiraden über die Unfähigkeit anderer. Und eben ohne Alkohol: Jetzt könnte man wieder Universen regieren. Aber leider nur im Irrealis. Wie er abends dann oft ankam, nicht angeheitert, tatsächlich inspiriert von dem von ihm sogenannten Brennstoff, und triumphierend die Zahl der Seiten nannte, die er in den vergangenen Nachmittagsstunden geschrieben hatte. Sie bewunderte seine Klugheit und sah doch, zu was für einer engen Gruft, mit den Jahren immer enger und armseliger, diese Klugheit für ihn selbst geworden war. Und sie mochte seine Art zu erzählen, seine Geschichten, wie er schriftlich manchmal wirklich reden konnte. Und das sah sie verschwinden aus seinen Texten, weil er sich die Ohren kaputt getrunken hatte, das Gehör betäubt und zerstört. Das war es, worüber sie nicht mehr nachdenken wollte. Sie lag jetzt im

Bett mit ihrem Körper. Das Geistige war zerstört, das war der Grund. Sie fühlte Ekel und Zufriedenheit. Von oben hörte sie das gedämpfte Gemurmel des Fernsehers.

Unterm Dach geht der Untermieter auf und ab.

Das Authentizitätsverbot

Ja, das Literarische, sagte er und nahm AMBITION aus dem Regal, die weite Welt erfundener Fiktionen, die sogenannte Sprache und der angebliche Sex. Ich werde einmal einen ROMAN schreiben, nach allen Gesetzen der Kunst der Gattung. Dann blätterte er schnell mal in den Seiten einer echten Handlung.

Olaf fliegt nach London, um Platten zu kaufen, ruft dann aber noch von Gatwick aus Julia an und verabredet sich mit ihr später im Brain. Doch schon am nächsten Tag kommt Martina nach. Olaf disponiert um und macht im Hotel alles klar für die Mädchen. Brigitte ist auch mitgekommen. Alle sind eigentlich mehr oder minder ziemlich fertig, von zwei vor der Abreise noch schnell durchgemachten Nachtlebennächten. Macht aber nichts. Im Fernsehen läuft Twin Peaks. Olaf albert sauber rum. Es müssen jetzt sofort ganz schnell ganz dringend ganz viele Telefongespräche geführt werden. Edda, schreib: Abendessen im Pacifico, ein Mexikaner, den Jochen kennt. Martina hat jetzt dieselbe Frisur wie Julia, diesen Pagenkopf. Schaut zwar gut aus, aber hätte das wirklich sein müssen? Nach dem Essen fährt die ganze Gesellschaft mit zwei Taxis und dem Golf quer durch die Stadt nach Brixton. Im Fridge ist Daisy Chain Tag heute. Jochen erzählt lustige Sachen über Pop und Doktor Ben. Zwischendurch gehen alle aufs Clo manchmal. War dann am Schluß ein Superabend.

Schon am nächsten Wochenende ist Olaf wieder in London und kommt in Clapham Junction die Lavender Hill Straße mit einem sogenannten Dirk-Scheuring-Hütchen verkleidet daher spaziert. Im Dachzimmerlein ist es jetzt sehr wichtig, daß man keine Zeit verliert und sofort das Telefon dringendst mittels mehrerer extrem sinnloser Telefongespräche ordnungsgemäß beheizt. Denn durch das Glühen des Telefons entsteht ja automatisch sehr schnell äußerst gute Laune. Außerdem hat Olaf Tempo, Titanic und Konkret mitgebracht.

Auch Einsiedler müssen gelegentlich essen, sonst schauen sie traurig aus und kriegen dünne Füße.

Buch aller Einsamkeiten

Langsam wurde er wieder gesund. Michi hat Care Pakete geschickt mit Trockensuppen, Vitaminen und Flyern aus dem Münchner Nachtleben. Die Weisheit kostete so viel Kraft, weil man dazu schon so schwach geschwächt sein mußte.

Alter war eine erfundene Figur, die ganz am Schluß die ausgebleichten Augen aufschlug und zu reden anfing. Sie hatte alles gesehen und gehört, was geschehen war, und wollte endlich einmal nicht mehr zurück in den Zorn des hinaus geschleudert Werdens in das allererste Licht. Erstaunlich war, wie sich ihr ganz normales privates Sprechen hineinfand in die allerfertigsten Formeln und Meinungen und in so ein komisches Geschiebe von einerseits naja und andererseits nun gut naja, über weiß ich auch nicht so genau, bis hin zu und so weiter und zurück. Es war eine Art des Argumentierens, die weder dem inhaltlichen Kern von Argumenten, noch den Wortatomstrukturen folgte, sondern aus einer Wahrheitsmelodie dazwischen kam und sich von der dahin so tragen lassen konnte in ein halblaut dahergemurmeltes Lautwerden hinaus. Ort der Entstehung einer derart gelassen erschöpften Stimme des Abends zu werden, war ein verzehrender Vorgang brutaler Gewalt. Datum, erhörtes Diktat und Geschenk: furchtbare Täter.

Lange gingen so die Tage hin.

Eine ungeheuerliche Sehnsucht, daß die Sachen zu Ende kommen und alles aufhört für immer, die ganze Welt, sah den echtesten Krieg seit zwanzig Jahren toben im Fernsehen. Jeder Gedanke dazu, den einer dachte und irgendwem sagte, wurde in so vielen verschiedenen Köpfen gleichzeitig dazu gedacht, daß schon im nächsten Augenblick irgendwo genau dieser Gedanke öffentlich geäußert derart Faktum war, daß er sofort wieder Einschränkungen, Präzisierungen und Gegengedanken hervorrief überall, die schon veröffentlicht erneut ihre Selbsteinschränkung selbst betrieben und wiederum erneut schon wieder tatsächlich realisiert hatten, Wahnsinn. Das Fernsehen, eben noch Revolutionär auf der Bühne von 1989, war vom Täter zum Hirn geworden, zu einer einzigen WAHRHEITSMASCHINE. Im Ineinander von dauernd neuem Widerspruch und gleichzeitiger Dissensunmöglichkeit (ich denke, daß ich nicht denke: ausgeschlossen) wird der wahrscheinlich ziemlich simpel formalisierbare, im wirklichen Prozeß jedoch faszisnierend absurde logische Motor dieser Maschine stecken. Zudem konnte das Fernsehen nicht mehr lügen, ohne daß man es ihm ansah, denn es war selbst wirklich Mensch geworden. Bush will den Krieg und er wird ihn kriegen. Das zeigte das Fernsehen von Anfang an. Es kann nämlich alles zeigen, vermittelt, direkt allerdings nichts. Hungernde, Tote, oder nur ölverseuchte Vögel oder das Theater: die wirkliche Tragödie ist nicht abbildbar, weil die Bilder unweigerlich die Sprache ihrer Entstehung sprechen. Schnitt, schreien sie. Aber der Regisseur befiehlt: draufhalten, Zoom, dranbleiben, drinbleiben. Deshalb war das der erste Krieg, den man am Fernsehen wirklich verfolgen und verstehen konnte. Die High-Tech-Bilder zeigten jeden einzelnen der 150000 ermordeten Menschen, eiskalt, brutal. Und man saß da, dauernd, und konnte nicht fassen, was man sah. Es war alles echt. Das sind wir, ungeheuerlich. Alles muß anders werden.

Gram, Grauen, Grund.

Letzte Verfügung

Ich stecke jetzt tief in der Soziologie und bin ungeduldig, sie fertig zu machen – was freilich noch einige Jahre dauern wird –, um dann an die Philosophie der Kunst zu gehen.

Frage: Ursprung der Welt. Ist es eventuell denkbar, daß sich die Zeit in Gegenrichtung zu der ihr eigentlich entsprechenden Richtung bewegt? Mir erscheint es irgendwie logischer, daß das Schwerefeld der Zeit im schon Geschehenen liegt, daß sie aus der Enge des einen Faktums zurücksinken möchte sehenden Auges in die immer neue Weite aller nicht realisierten Möglichkeiten. Bewegt vielleicht immer noch von der Kraft der Nichtsentstehungsexplosion würde die Zeit im realen Prozeß jedoch, gerichtet gegen ihre Natur, dem Zwang der wirkenden Gewalt so folgen müssen, daß sie vom Vergangenen fortstürzend Gegenwart aufreißt, überfallen wird dabei von hinten immer neu vom Dunkelschreck der Enge eines ganz bestimmten endgültig jetzt ein für alle Mal passierenden Ereignisses, das sie mit ihrer ihm entgegengeschleuderten Zeitpfeilspitze auf sich ziehen und übergezogen bekommen würde als den brutalen Kapuzenprügelschlag von hinten dauernd neu sich ereignender Faktizität. So daß ich mir also nicht vorstellen kann, daß sich das sehr angenehm anfühlt für die Zeit. Oder will die Zeit im einen doch zur Ruhe kommen, sozusagen todestriebgetrieben? Oder will sie, ganz im Gegenteil, trotz allem, immer neu das Unwahrscheinliche erleben selbst: das Neue?

Eine andere fixe Idee berührt die Frage der Musik am Ende individueller körperlicher Existenz. Schließlich haben doch auch die Sinneszellen eine atomare Struktur. Bloß wie hört sich die an? Also nicht das Pochen und Rauschen des strömenden Bluts, sondern die Energieniveausprünge von Elektronen: wäre das der Wiedererkennungsort ganz einfacher Melodien zum Beispiel? Wie klingt ein Protein, ein ganzes Chromosom, oder das Öffnen der vesikulären Membran am synaptischen Spalt bei nervöser Erregung? Natürlich würde man weiter hinaus zu lauschen haben, Richtung Sirius oder Andromeda, nur eben auch nach innen in die bindenden Orbitale des Kohlenstoffatoms hinein. Und würde all das, erst wenn es aufhört, hörbar werden als die lebenslänglich körperlich gespielte Grundmusik?

Ich glaube, meine Ethik hat die Gestalt der Kunst von Jeff Koons (intersubjektiv objektiver Idealrealismus); die Logik würde die der Malerei von Albert Oehlen haben. Die Gesamtarchitektur, also das Begehen der Luhmannschen Philosophie, kommt mir so vor wie der Frankfurter Museumsbau von Richard Meier.

Epochale Irrnis – Zeitalter größter Mitleidlosigkeit – vor

der Demokratie – der Rückenschwimmer, 1987 – seit 1969 ist es unmoralisch, von Moral zu sprechen, da Moral real ist (es ist eine Frechheit, zum Baum sei Baum zu sagen) – lieber eine Schnulze, daß es kracht, als irgendein artifizieller Mist (Literatur) – Leserbriefe: Oskar Lafontaine als schiefer Turm auf der P1 Terrasse; Karasek bei Gottschalk über Schönhuber; Thorsten Becker über Goethes Hegel; was Simone Borowiaks Satire darf; Benjamin Henrichs große Momente im Theater heute Interview; Talk im Turm Bizarrauftritt von Mosebach; Schwabs geile Suada im Kulturjournal – Das Imperfektverbot – DER ASOZIALE – Hans und Dirk sind ein Superteam, und Ralf und Sebi sind auch gut drauf. (Spex) – maligne Soziopathie – kölnisches Intermezzo – bei der erstgenannten Behörde – Es ist die erste wolkenlose Nacht seit Wochen. – Tagesablauf – Nachtrag : Helge Schneiders guten Tach

Nein: Straub und Folgen
Willemsen (NEIN), Eligmann, Preradovic, Fried.
Meyer-Krach, Kracht-Kracht, Bethge, Christiansen, Aust.
Stolte, Bresser, Niemetsch, Gottlieb, Lojewski, taz.
(Resultate der Arbeitskonferenz)

theoretische und poetische Oszillation – Schaubild

Die Melancholie der Seligen

Dr. Roul Duke und sein Anwalt sitzen im geschlossenen Wagen. Es ist heiß und die Fahrt geht dahin. Duke bin ich, mein Anwalt ist Volker. Volker heißt eigentlich Jochen, wurde aber von der Schwester des Frankfurter Schneckschens auf der Popkom in Köln bei einem Essen plötzlich mit derartiger Bestimmtheit als »Volker« angeschnauzt, daß wir das alle eigentlich ziemlich überzeugend fanden und übernommen haben. Volker erzählt von Carlos Castaneda: Don Juan, sehen, schauen, wissen, aha. Duke findet alles okay, nur die Arie mit dem sogenannten »Meister«, mit »der Lehre« ist ihm irgendwie so muffig.

»Ich kann auch beim besten Willen Jimi Hendrix nicht hören, es geht nicht, wie Kleist: ich merke wie es abgeht, aber ich halte es nicht aus, weil es so ALT ist. Ich glaube, Bücher, die älter als drei Jahre sind, haben Vergangenheitsaids. Das ist hochgiftig und total ansteckend – wie drei Jahre alte Butter essen oder jemanden küssen, der sich vor drei Jahren das letzte Mal gewaschen und die Zähne geputzt hat. Das geht doch nicht, das ist doch ekelhaft.«

Mein Anwalt versteht. Er erzählt von dem zarten Erlebnis, das er in der vergangenen Nacht vor der Halle gehabt hatte. Halle Weißensee, die Love Parade Party, der Wahnsinn.

Duke hatte zum richtigen Zeitpunkt eine richtigfarbene Dosis erwischt. Als ihm die Knie weich wurden auf angenehmste Weise und der Boden leicht zu kippen und zu taumeln begann, zog ihn eine ungenaue Scham aus der Gruppe der Freunde raus und fort. Er ging nach hinten und atmete, und der Baß wurde lauter. Ein elfenartiges Geschöpf in einem weißen Seidenkleid durfte er kurz anschauen im Vorbeigehen, und er blieb dann dort in der Nähe ein bißchen stehen. Hoffentlich war das nicht zu penetrant. Als er beim Tanzen so leicht nach links vorne stolperte, kauerte er sich neben einem mächtigen Betonsäulerich zu Boden und schloß die Augen. Dann barg er sein Gesicht, um durch die geschlossenen Augen niemanden zu erschrecken oder zu nerven, in seine Hände und hörte, wie das Pochen der Musik zum mütterlichen Herzschlag wurde und die Stimmen des Gesangs zu ihrer Brustkorbstimme. Er lauschte lange und war sehr glücklich. – Er stand auf und kehrte zurück in den Reigen der Tanzenden. Ihm war, als würde er zum ersten Mal die Zeit in der Musik erkennen überhaupt und richtig grundlegend verstehen, wie sie für die Menschen da war, da die dahingegangenen Götter, selbst ohne Zeit, ohne Musik und ohne solche Feste wie diese hier, sie den Menschen einst vielleicht geschenkt haben als Menschlichkeitsgabe. Das also war DIE MELANCHOLIE DER SELIGEN. Das Ausgeschlossensein von Zeit – wie hart es war, da so zu sein für die. Und welches milde Wohlwollen und sehnsuchtsvolle Heitersein denen dadurch entstand vielleicht, daß die Menschen so noch da waren mit ihrer Zeit, Musik, mit diesem ganzen Feiern, Tanzen und all dem, was hier in dieser Halle alles so geschah. – Duke wußte nicht, wie lange er diesen unendlich beglückenden Gedanken nachgehangen war. Aber er merkte, daß es ihn so langsam wieder nach vorne drängte, in die Nähe der Boxen und Musikmaschinen und zurück ins wilde, hysterische Getümmel der musikbewegten Tänzer. Eine Zeitlang tanzte er Rücken an Rücken mit wem, und sie waren nahe Freunde, Ausschauhalter, die sich gegenseitig schützten. Dann kam die Zeit, um die Bühne zu erklimmen und aus den unendlich vielen Gesichtern vor sich Andeutungen, Stimmungen und Blicke aufzunehmen und getanzt zurückzugeben durch die Sprache von Gebärden oder Augen. – Später stand ich lange mit Helli da, aneinander gelehnt so leicht, und wir schauten dem DJ zu: Westbam, BRUDER. Nach der letzten Nummer ging ich hin und fragte, was das war. »Das war von mir«, sagte er, »mein neues Stück: CELEBRATION.« – »Total schön«, sagte ich, und er lachte und freute sich auch.

Inzwischen war es dunkel geworden, und Duke und sein Anwalt rasten durch die Nacht. Sie redeten über die Einsamkeit und das Universum, über Hirnzellen, Elektrizität und ihre Freundschaft. All das ging schon ganz schön weit. Sie rauchten, redeten und redeten.

Junge Realisten

Philip fand ein wenig übertrieben, wie Marina seine neueste Geschichte pries. Der Text war eben im New Yorker erschienen, seine erste Erzählung dort. Er hatte die Zeitschrift selbst noch gar nicht bekommen, nur ein Fax der Überschriftenseite, mit einem Krakelgruß von Milton am Rand. Fiction, THE POLITICS OF ECSTASY, by ihm himself. Schaute gut aus, in dieser hypertraditionellen Type gesetzt. Das war die wirklich alte Welt, die neue, New York, nicht wir hier in Hamburg.

Seine Schwester redete in Englisch auf ihn ein, er redete Deutsch – allerdings sagte er gar nichts die ganze Zeit, außer ja ja, ja. Es war wie früher, nur mußte er selbst sich jetzt verkleinern, als jüngerer Bruder, unter der Last von so viel Zustimmung und Lob. Ihre ewig hysterische Art: alles was groß, neu, laut, übertrieben, erfolgreich und selbst hysterisch war, wurde genauso übertrieben lautstark großartig gefunden. Anstrengend war das, dieser Strettalärm, durch den hindurch man Abgründe von Stille hörte, in einen Orkus sah von Verachtung und Haß gegen absolut alles. Dagegen dann lieber einfach alles umarmen, noch den letzten Mist, um nur ja nicht völlig zu versinken in sich selbst, im Elend, auf immer.

Dann erzählte er, wie die Verbindung zum neuen New Yorker zustande gekommen war, die Achse London, Carolyn, Julie und Cosmo, Knight, Artforum und Sandra

Brant, fertig: Tina Brown. Stimmt, die Frau von Clegg und Goodman, also von einem der beiden, hatte zwischen Artforum und Sandra Brant noch ihre vermittelnde Hand im Spiel gehabt.

»Ist ja schon fast eine Geschichte für die Wächter des Feuilletons«, sagte Marina.

»Eben genau nicht«, meinte er. Das wäre ja gerade ein klassischer Fall von und für Literatur, diese Art der vermittelten Vermittlung. Die Wächter würden ja in die Gegenrichtung zielen, das direkt Authentische anbohren wollen, die echten Gespräche und so. Nur wie geht das? Wie kriegt man Zustich auf diese Glut? Die Klarnamen, die direkten Urteile, das dauernde hin und her, dieses Flüchtige, was im Moment des Aussprechens zurecht sofort wieder erlischt und für immer verschwindet, vergessen und vergangen: zu all dem hätte das Schriftliche keinen Zutritt.

»Wirklich?«, sagte sie, »finde ich eigentlich überhaupt nicht, glaube ich.« Das wäre doch gerade der Witz irgendwie bei seinen Sachen, diese Art Fiktionsfiktion, daß es ausschauen würde wie Literatur, dadurch deren Freiheitsräume hätte, die Beweglichkeit der Perspektiven und den ganzen Stimmungsreichtum, aber in Wirklichkeit nichts daran was Ausgedachtes wäre, sondern alles echt.

»Kann man so nicht sagen«, sagte er. »Das eigentlich Seltsame ist für mich im Moment dieser öffentliche Raum, der durch alles Geschriebene entsteht.« Natürlich ein Imaginarium, aber in dem würden schließlich alle Erwähnten, alle Ausgedachten, Erfundenen und Echten miteinander und zugleich noch mit allen nur erdenklichen wirklichen Lesern tatsächlich ZUSAMMENSITZEN. »Das mußt du dir mal vorstellen!«, rief er quer über den Atlantik oder unter ihm hindurch seiner Schwester zu. »Da treten dann Fragen der Höflichkeit auf. Weil man doch richtig fiese Sachen in Anwesenheit des Betroffenen in Wirklichkeit normalerweise auch nicht so laut ausspricht, daß es er und alle hören können, oder?« Aus dieser sehr realen Not kommt das Fiktive her zum Teil, und wird im Literarischen zu guter Laune, künstlich Echtem und Gewicht. Und das Gegenteil davon wäre diese wunderbare, allerdings ja nicht umsonst nicht realisierte Idee der Wächter des Feuilletons. »Egal, komplett egal!«

Und seine Pläne für den Herbst? In London wäre ja der Immobilienmarkt endgültig zusammengebrochen. Sie hätten Heat Wave gehabt hier, drei Tage über 100 Grad, das hätte es seit dem Jahr 1980 nicht mehr gegeben. Im Village wären überall nachts die Hydranten offen gewesen, und die Kinder wären kreischend durch die Wasserfontänen gehüpft. »Eine totale Spike Lee Film Stimmung, wie in Do the Right Thing, damn it's hot. Geil war das.« Ob er Boys in the Hood schon gesehen hätte? Ob Milton schon von ihrem Treffen neulich mit Lisa Feldmann erzählt hätte?

»Hat er.« – »Und?« – »Was und?« – »Na ja, was hat der denn erzählt?« – »Mann, du warst doch selbst dabei.« – »Aber nicht bei dem, was Milton dir erzählt hat.« – »Bitte, Marina.« Er hatte keine Lust, jetzt auch noch über Lisa Feldmann zu diskutieren. Von Lisa Feldmanns Glauben kamen sie auf Patrick Bahners' Fernsehtagebuch der Sünden. »Ich habs dir schon so oft gesagt, Philip, ich kenne diese ganzen neuen Fernsehheinis alle nicht.« – »Solltest du aber. Nein, ich weiß. Ich kopiers und schick es dir.« Wenigstens ein bißchen sollte sie Kontakt zum deutschen Fernsehen und der deutschen Seele halten können, zu ihrer Stimmungslage, am besten vielleicht wirklich indirekt, auf die völlig abgespacete Art von dieser Serie. Schließlich schickte er noch ein Küßchen an seinen Neffen Paul auf die Reise nach New York, und dann verabschiedeten sie sich.

Als sein Blick im Umdrehen auf das Telefon fiel, dachte er: wie in diesen Billigfilmen, wo sie nach dem Telefonieren immer das Telefon anschauen und den Kopf schütteln, und schüttelte den Kopf und lachte.

Gift und Geschlechtsverzweiflung

In Los Angeles war es gerade so kurz nach elf. Thomas Anders saß auf seiner Terrasse beim Frühstück und war froh, daß Nora endlich in ihrer Singstunde war, nachdem sie etwa eine halbe Stunde lang Aufbruchshektik und extrem gute Gute-Laune-Stimmung verbreitet hatte, ziemlich gnadenlos. Er dachte: Zuversichtsterror. Solidarität? Sabbatical year...

Das Wetter war schlecht. Ein diesiger kalter Dunst lag über der Stadt. In New York hatten sie Heat Wave, hier in Kalifornien den kältesten Augustanfang dieses Jahrhunderts oder so ähnlich. Er ging nach drin und setzte sich an seinen provisorischen Schreibtisch, blätterte im Manuskript. Die Krätschmer-Passage war mißlungen. Er las einzelne Sätze und versuchte, ihren Fiesigkeitsfaktor genau zu erlauschen. Heute nacht war ihm plötzlich eingefallen, daß er den fiktiven Fluchtpunkt – auf den in der Passage nicht einmal explizit genannten »Vater« zu – vielleicht doch noch nicht gut genug durchdacht oder verstanden hatte. Der weltberühmte »Kinderpsychologe« und Intelligenzquotientenerfinder, Mitbegründer der Hamburger Universität, Emigrant 1933 in die Vereinigten Staaten undsoweiter: so viel Korrektheit und Leistung hatten quasi hintenherum eine Art Boshaftigkeitsfonds um sich herum angesogen, ein Hau ins Bruno-Bettelheimhafte war in die Vaterfigur geraten, Abgründe, Mißbrauch, heimliche VATERFINSTERNIS. Und Krätschmer agierte nicht nur aus der Gewißheit des rein biologischen Triumphes der späteren Geburt heraus, sondern aus einem lockenden, seinerseits bösartig selbstsicheren Grimm: es war ja alles nur eine Frage der Zeit; irgendwann würde alles ans Licht kommen, die ganze Vergangenheit und so. Und dann? Man konnte das Röcheln ja schon fast hören, unter dieser Bettelheimschen Plastiktüte, die sich die ganze schuldbeladene Welt der Väter sozusagen über den kollektiven Kopf gezogen hatte im hohen Alter, in suizidaler Absicht, oder? Das geht nicht? Warum? – Es lief ja andersherum in Wirklichkeit, der Selbstvernichtungsrausch.

Anders stand am Geländer auf der Terrasse und schaute hinunter auf seine Traumstadt. Träume: na ja. Anders wollte seitlich im Vordergrund vor Krätschmer so ein Trotteltrio hinpostieren, mit vielleicht Konstantin Jacobi, Wiglaf Droste und Andreas Wrede oder so, die dann so Trotteltalk ablassen könnten; vielleicht über Erfolg, Karriere, Kampagnen, Sport, Frauen, Geld zum Beispiel. Zum Beispiel würde Konstantin Jacobi sagen: »Ich schaue zwar aus wie ein Zuhälter, bin aber Arbeitgeber, ha ha ha.« Und dann würde sich Krätschmer irgendwas dazu denken, oder? Aber was? Ha ha ha. Nee. Lieber nicht.

Gut.

Anders war ja eigentlich Optimist. Er ging ins Schlafzimmer und holte die Hanteln, mit denen er Krätschmer so einen spätyuppiesken Bodykultbeam angedichtet hatte, pfeifend unter der Dusche und so, bißchen übertrieben. Anders wußte zu viel über Krätschmer. Wenn die Individualdistanz einer Figur gegenüber erst mal überschritten war, gab es eigentlich nur noch Flucht. Andernfalls müßte man direkt auf die Porengröße der Nasenhaut zu sprechen kommen oder auf noch intimere Sachen. Und über die Darstellung der Intimitäten würde automatisch Distanz entstehen: Dilemma und Lüge von Selbstkritik; Paradoxie.

Er blätterte wieder im Manuskript. Er wollte Christian Lochte in »Nachgelassene logische Notizen« den Nachweis führen lassen, daß völlig unterschiedliche, unvergleichliche Einzelfälle von Paradoxie in der neuesten Systemtheorie fälschlicherweise unter dem einen Begriff »Paradoxie« subsumiert und folglich gleich behandelt würden; was zu erheblichen logischen Brüchigkeiten im Theoriefundament führen würde, vergleichbar den Problemen, die sich die Hegelsche Theorie durch die Reduktion grundverschiedener logischer Prozesse auf den Begriff der »Dialektik« zugezogen hatte. Lochte war in diesem Zusammenhang der HELLE Grübler, der Nichtdüstermann und dennoch grundphilosophische KOPF.

Anders: »Die Gottverbesserung« – Bild des blühenden Abendhimmels – Privatschatulle, Weltrolle, Postkonferenz – Gruppe der freien Männer – der von einem regelrechten VERZÖGERUNGSWALZER Geertgen tot Sint Jans' spricht – unheilbar, harmlos und pflegebedürftig – Unruhe, Ruhe.

Erst in »FRAGMENTE II« würde Lochte dann in Auseinandersetzung mit der »Unbeobachtbaren Welt« (Widerlegung!) den Grundriß seines Ästhetischen Systems entwerfen: »Praktische Theorie«. – Und ganz am Schluß, vielleicht in »Das strukturalistische Frühstück«, möchte Anders einen seiner Helden Östrogene nehmen lassen, hochdosiert, aus Sehnsucht nach einem richtigeren Denken. Alles müßte sich dann irgendwie ÖFFNEN.

Wolli war Germanist, im soundsovielten Semester, das heißt: gerade nicht Germanist, sondern Linguist. Hölderlin, die Verfahrensweise des poetischen Geistes, Iwein, Tagelieder, Alcatraz und Gärtnerplatz tagsüber. Es war der zweite Sommer, in dem gut einer abgegammelt wurde und uffgelabert an den Nachmittagen bei einer Portion Eis. Später, gegen Abend, legte er sich im Schyrenbad ins Wasser und kraulte mal so paar hundert Bahnen runter am Stück. Ja, ein Körper wie gemeißelt, konnte man nichts sagen. Muscleshirt natürlich, nachts, bei der Arbeit, Radlerhose. Mäuse: Lässig schlängelte er sich, seinem Servicetablett, das über den Köpfen dahinschwebte, hinterher sich windend durch das zwei Uhr Nacht Geschiebe im superrammelvollen Babalu. Dann kamen sie an und wollten mal fühlen, wie sich sein glatt rasierter Schädel anfühlt, bitteschön. Ii! Mm, fühlt sich super an. Find ich auch. Bei dir oder bei mir? Ha ha ha.

Die lockeren Sprüche waren so da, praktisch automatisch. Das andere schaute er sich ab von den anderen. Er war gerade auf dem Sprung zu einer richtigen Karriere im Nachtleben. Er hatte alles schon gemacht, Türe, Spüler, Service, Bar, und es war ihm alles wurscht genug im Grunde, daß er es respektlos genug runterreißen konnte als Job nebenher. Die diversen Geschäftsführer waren regelmäßig entsprechend beeindruckt. Wurde dann weitergesoffen mit denen, im New York, im Einser und im Pimpernell, und ab fünf war Stammtisch bei Klaus, privat, im extra nochmal aufgesperrten Tanzlokal.

Plötzlich merkte er, daß es das FRISCHE BLUT war, das die Nacht so gierig ansog, was er im Moment verkörperte. Und er merkte, wie gut ihm das alles lag, das Organisieren und Diplomatisieren, diese informell strukturierten Arbeitsbezüge, Interessensnetze, Gesichtsbekanntschaften und vielen Halbfreundschaften, und wie gut er all das konnte. Pfadfinder, Jugendgruppe, Internat, Ersatzdienstsanitäter, war alles sein Ding gewesen. Irgendwelche Ausfälle von irgendwem brachten dann kurzfristig so kleinere größere Jobs daher, wo man schnell einspringen mußte, Barchef, Party-Untermitveranstalter, geschäftsführender Vertreter des lizenzvertretenden Geschäftsführers oder so. Hockte man dann plötzlich hinten im Büro nach der Schicht, von vier bis sechs, Abrechnung, ganz wichtig.

Am nächsten Abend saßen sie dann da im Bardolino, zu zweit, zu dritt, zum Abendessen vor der Arbeit, und er erzählte die Stories der letzten Nacht. Relativierte sich dann alles auf das Angenehmste, und es wurde sauber abgelacht über den jeweils aktuellen Irrsinn. Hatte ja jeder für seinen Schmarrn, je mehr um so weniger er wirklich zu tun hatte, immer gleich eine Riesenlebensphilosophie parat, die man dann ohne Pause von den Angetrunkenen mit stinkendem Pestatem an sich hingelallt bekam, ziemlich harte Suppe. Aber das Erzählen hier brachte Perspektive in die Sachen, und dirigierte schon im Voraus das Erleben und Agieren ins Normalere. So hielten sich die Freunde, weil jeder etwas anderes machte, gegenseitig bei Vernunft.

Wolli wußte im übrigen ziemlich genau, was er so in etwa lesen wollte, und hatte sicherheitshalber sowas schon mal kurz in Auftrag gegeben mehrfach, konzeptmäßig jedenfalls zumindest. Bitte keine Bücher über hundert Seiten, keine Reflexionen. Lieber bitte Handlung, aber auch nicht unbedingt wie verrückt und auf Teufel komm raus. Schon so ein gewisses Gammlertum, aber auch wieder nicht unbedingt so ein spastisch cooler pasolinoider Vorstadtneoneorealismus. Mehr so einfach ganz normale lässige Typen, WIE WIR, ha ha ha.

Das gab es tatsächlich noch nicht, uns und das, was wir so gelebt hatten, die letzten drei, vier Jahre. Müßte doch endlich mal wer machen vielleicht, könnte ja vielleicht mal einer schreiben, den geilen Realreißer aus der Technowelt. Drogen, Sex, Musik; Party, Liebe, Plattenladen; Club, Klamotten, Internationalität. Miami, Frankfurt, München, London, Ibiza, Berlin. Immer nur in den besten Hotels natürlich, Großketten, Holiday Inn und so, nur Suiten. Drogen ohne Ende, klar. Gemieteter Neunsitzer, Fettamerikaner mit Video und allem, Drogenfilm: Below Zero, klar. Logischerweise mindestens ein tragbares Telefon. Robert, ruf mal die Gela an und gib unsere Nummer durch, daß die Martina Bescheid weiß. Sind denn die noch gar nicht los gefahren? Treffpunkt Vip-Bar, klar. Alle personenbezogenen Daten natürlich verschlüsselt. Oder totaler Klartext, klar. Nicht zu viel Stakkato natürlich, sagte Wolli, um die Serie allzu kurzer Gehetzsätze gerade noch rechtzeitig zu unterbrechen, bevor sie umkippte ins Ironische. War ja ernst gemeint das Ganze. Würde ja auch irgendwer machen irgendwann hoffentlich, völlig klar. Müßte nur wirklich extrem SAUGUT gemacht werden. Am besten natürlich vielleicht doch direkt wirklich von uns selbst. Abgemacht.

Alexandre Kojève

Herr Goljadkin schlägt die Zeitung auf und schaut sofort weg. Die anderen können viel behaupten, wenn der Tag lang ist. Er habe da gar keine Eile, werde im Zweifelsfall das Gegenteil beweisen. Das wäre ja gelacht. Herr Goljadkin erwägt eine Rückkehr nach Moskau. 16. 8. 91: Paul geboren. Ist überhaupt ausreichend bekannt, wie sich ein solches Datum drehen und wenden läßt? Herr

Goljadkin unterstellt ausdrücklich keine irgendwie geartete Bedeutung, das weise er von sich. Er verlange Rederecht im Volkskongreß. Die Deputierten würden hinters Licht geführt. Leningrad! Meine Damen und Herren! Herr Goljadkin nimmt Füller und Papier zur Hand, um die Rede aufzusetzen. Es geht jetzt um die Rettung Gorbatschows und der KPdSU. Herr Gandhi wurde umgebracht. Er schäme sich für seinen Namen aufgrund der Machenschaften dieser Schalck und Co.KG. Hoyerswerda undsoweiter. Herr Goljadkin springt auf. Er möchte jegliches Gebrüll vermeiden, doch dies Papier hier wenigstens sei immer noch sein sogenanntes Eigentum, keineswegs ein Dokument monumentaler Verlogenheit und Heuchelei. Im übrigen sei er durchaus nicht identisch mit dem gleichnamigen weltberühmten Physiker, der mit Fußballfullerenen die Graphitwelt revolutioniert hat. Nein, meine Damen und Herren. Herr Goljadkin wendet sich ab von seinem Arbeitszimmer. Nie wieder Schreibtisch, hört er sozusagen seinen dunklen Rücken sagen. Herr Goljadkin packt. Ich fühle mich verpflichtet, meine Existenz in diesen Tagen einer Weltenwende ganz in die Dienste der Geschichte jetzt zu stellen. Herr Goldjadkin wird nach Berlin reisen, Politik. Die Kaffeemaschine röchelt. Herr Goljadkin weiß, was es bedeuten könnte, wenn er jetzt die Küche betritt. Mir graut vor Messern, werde ich sagen, sagte er. Doch wenn es die Welt verlange, werde er Demi Moores Sünden sühnen. Das sei keine Frage, denkt er leise, und steht starr im kalten Gang. Rom muß warten. Herr Goljadkin hat der päpstlichen Nuntiatur mehrere Schreiben in eigener Sache zukommen lassen, sein von ihm sogenanntes »Konvolut«. Es handelt sich dabei um völlig eindeutige Nachweise, Beweise, Material, Dinge, über die er allerdings hier in der Wohnung nicht gut sprechen könne. Herr Goljadkin flüstert: »Ich darf doch annehmen, man versteht mich.« An seiner Reaktion auf seine Stimme merkt Herr Goljadkin, daß er eventuell am Ende ist. Vielleicht ist er auch nur sehr erschöpft. Allein das Wort »Schlaf« kommt ihm jedoch vor wie eine Zorneskathedrale tiefster mittelalterlicher Düsternis und Ferne. Herr Goljadkin wirft sich auf den Boden, schließt die Augen. Ich werde diese Wahnsinnstheorien dieses angeblichen »Slavoi Žižek« widerlegen. Jacques Lacan: Teufel, siehe Drewermann. Herr Goljadkin tut im Aufstehen so, als wäre er im Bett gewesen. Es ist ja völlig überflüssig, bei der Gegenseite ausgerechnet jetzt durch fahrige Bewegungen irgendeinen vermutlich doch nur wieder völlig falschen Fehlverdacht zu wecken. Herr Goljadkin sitzt am Schreibtisch, notiert: »Interessant ist, daß man weder weiß, was die Gegenseite denkt und plant, noch –« Herr Goljadkin stutzt. Er hat verschiedene Worte und Sachen bisher ausdrücklich vermieden und möchte sich da jetzt nicht hineinziehen lassen, durch irgendeine Leichtfertigkeit, noch dazu seinerseits. »Brief an Hunter«, sagt er und fürchtet sich. Er denkt: Vernichtung durch Anführungszeichen, globaler Bezug, ich, das alte Lied. Herr Goljadkin hat Angst. Die Zuversicht der Morgenstunden ist geschwunden. Leningrad, Moskau, Berlin. Herr Goljadkin hat die Verabredung mit Herrn Otto vergessen. »Die toten Götter schweigen«, notiert Goljadkin. Er schaut auf die aufgeschlagene Zeitung vor sich. Möglich wäre, alles in aller Ruhe von vorne bis hinten ganz durchzulesen, anstatt Querbezüge herzustellen. Auch ein Diktiergerät, allerdings nur abhörsicher einzusetzen, wäre denkbar. Herr Goljadkin schaut die sogenannte »Totentafel« an. Er findet die ganze Botschaft der Zeitung in einem sehr grundsätzlichen Sinne »sehr traurig«. In der Silvesternacht wird auf der Moskauer Burg die rote Fahne der Sowjetunion niedergeholt. So haben es Jelzin und Gorbatschow am 17. Dezember beschlossen. Sentimentalität ist durchaus Herrn Goljadkins Sache nicht, das überlasse er gerne anderen. Herr Goljadkin sagt: »Ich muß mal eben kurz hoch in den Speicher«, und verschwindet.

Uns trägt der Wind davon

Rudolf, der erste der vier Geschwister, war von Wien nach München gekommen, um am Jesuitenkolleg in Pullach Theologie und Philosophie zu studieren. »Priester wollte er werden«, wie es auf dem Sterbebildchen des später, in den letzten Kriegstagen gefallenen Sohnes von Frau Hagasser hieß. Doch bereits im zweiten Jahr seines Noviziats hatte er die Zustimmung seines Priors erbeten, vom Hochschulinstitut in der Kaulbachstraße, zunächst probeweise, an die medizinische Fakultät der Universität wechseln zu dürfen. Er entschied sich bald endgültig gegen eine rein geistige Existenz, für die Medizin, und durfte dennoch im Kolleg weiter wohnen bleiben und am Ordensleben teilnehmen. Von der sofortigen Einberufung bei Kriegsbeginn durch Fürsprache seiner Oberen und die doppelten Studien zunächst verschont, konnte er den Eltern, die mit dem 15jährigen Jüngsten nicht mehr zurecht kamen, das Angebot machen, den Bruder zu sich nach München zu holen.

So kam der Jüngere also im Spätsommer 1941 aus dem engen Wien heraus nach München, zum bewunderten älteren Bruder, um sich in dessen gütig nachlässige Obhut zu begeben. Franz war ein helles, hektisches, kurz gewachsenes Bürschchen, mit rachitisch krummen Beinen, einem rebellischen Mundwerk und der lauernd scharfen, schlauen Angst in den Augen des zu oft gedeckelten, gejagten und zugleich unendlich geliebten jüngsten Kindes. Hier würde er sein Leben machen. Das sah er, das wußte er sofort. Er war frei. Er lebte allein, zur Untermiete in wechselnden Zimmerchen und Kistenbuden, und ging aufs humanistische Gymnasium. Marcelino, pan e vino. Es war die Zeit von Tomaten und Brot, von langen Nachmittagen, wo er sich herumdrückte in der Stadt, in Kinos, vor den Geschäften. Er hatte Hunger. Er war ein König. Er war einsam.

Zweimal die Woche bekam er mittags heißes Essen in der Krankenhauskantine bei Frau Hagasser. Und sonntags fuhr er mit der Trambahn zum Thalkirchner Bahnhof direkt bei der Großmarkthalle, und von dort mit dem Zug hinaus nach Pullach, fast eine zwei Stunden Reise, zu Nachmittagskaffee und Kuchen im Kolleg. Die Brüder, äußerlich denkbar verschieden – denn Rudolf war, wie übrigens auch Richard, der zweite, ein extrem stattlicher junger Herr, hoch aufgeschossen, dabei fast mediterran dunkel, die spanische Linie Österreichs sozusagen –, waren ein wirklich klassisches Brüderpaar: irgendwie ein Herz und eine Seele, wie genau, blieb offen. An den Pullacher Nachmittagen wurde dann viel musiziert, fast so wie früher zuhause. Rudolf saß am Klavier und spielte die Symphonien im Auszug vom Blatt, die sie paar Tage zuvor gemeinsam im Konzert gehört hatten. Bei den Liedern fehlte Richards Stimme, und Franz hätte gern dessen Stelle an Rudolfs Seite eingenommen, zum vierhändig Spielen, aber er konnte kein Klavier. Er blätterte die Noten um, summte mit, oder ging im Zimmer auf und ab und umarmte mit weit ausgebreiteten Armen die Melodien im Takt. Später saß sie da und redeten, viel natürlich über die Familie, das unerschöpfliche Thema. Meist wurde es Abend zu früh. Dann stapften sie zusammen los. Franz sah Rudolf am Bahnsteig verschwinden, und sie winkten sich, ein Zitat aus Feriensommern in Deutschgoretz, mit großen weißen Taschentüchern zu zum Abschied.

Es war jener Herbst, in dem ich in Alberts fürstlicher Wohnung an der von Siegfried Unseld bestellten, und von mir deshalb als Frankfurter Fassung bezeichneten Neufassung meines Theaterstückes »Festung« schrieb, in Wien. Wien, Stadt meiner Väter. Es war wieder einmal der beste Herbst meines Lebens, kam mir vor, Zeit, die Ernte einzubringen dieses Jahres. Ich hatte Martin und Diedrich besucht, und wir waren durch die hügeligen Weiten der buckelichten Welt südlich von Wien um Burg Thomasberg herumgewandert, waren vor dem weißen Kreuz gesessen in der letzten heißen Sonne, und hatten Most getrunken und gegessen. Beim Rückweg hoch zur Burg kam mir die Sache mit der Ernte in den Sinn: drängend, aber ruhig in der Gewißheit, reich beschenkt zu werden, wenn ich nur die Kräfte jetzt, wozu ich eh Lust hatte, ganz auf diese Sache richten würde.

Ich saß dann also da, in Alberts Atelier, wo es nach besten Ölen roch, umstanden von Gemälden, strengster Schönheit also, und draußen hinter den Kastanien wanderte die Sonne hin, herbstlich licht, Tag für Tag. Das Datum, in dem ich in der Arbeit saß, war der Winter 1942, und der Gegenstand war das Anhalten des Daseins dieser Zeit und der von ihr durch deutsche Tat Vernichteten. Wie müßte Sprache, die noch nichts erkennen kann, weil Finsternis die Tat noch in sich birgt, im Jetzt Vergessen schaffen, bis das Geschehen diesen Innenort verlassen würde und schließlich als äußeres Vergangenes zurückerinnert werden könnte hinein in das Erinnerte?

Läutete das Telefon, war Claudius Seidl vom Spiegel am Apparat. Wir müßten uns ein Pseudonym für seinen Namen überlegen, und ein bestimmter Absatz meiner Maxim Biller Hymne wäre leider ziemlich wirr. Ich schrieb die bestellten Änderungen und telefonierte sie ihm durch. Ich fand, Suicidel war ein Superredakteur. Ich freute mich auf jeden Montag, wenn meine lustige Kritik erscheinen würde, und noch mehr jeden Montagabend, wenn ich mit dem Spiegel in der Hand nach der Arbeit die Heiligenstädter Straße entlang ging, wenn die Kritik wieder nicht erschienen war, und ich mich also die ganze nächste Woche wieder auf den nächsten Montag freuen konnte.

So waren diese wunderbaren Wiener Wochen.

Es wurde November, und ich fuhr mit der Erstfassung der Neufassung zurück nach München. Die Wohnung war düster und eisig. Jetzt stimmte der erste Akt nicht mehr, weil der Schluß sich anders öffnete. Ich schrieb also den Anfang neu. Dann stimmte der Schluß nicht mehr. Und als schließlich der neue endgültige Schluß tatsächlich fertig geworden war, radelte ich zum Copy Shop in der Amalienstraße hinter der Universität. Das dort kopierte Ganze schickte ich im Pack an den Verlag. Ich konnte es kaum fassen. war diese Geschichte wirklich, gegen alles, doch gut ausgegangen?

Am Montag, den 18. November 1991, begann im Haus Drama in der Clara Zetkin Straße in Berlin die Schreibwerkstatt um 10 Uhr mit der Frage: Wie sehe ich die Welt.

Nachlaß

mit diesen Bildern und Zweifeln ... der Nacht ...?

»Strick«

Ball muß ruhen.
Rote Karte

Bewunderung. Stumm ist sie eine Zumutung, eine absurde Zudringlichkeit, ausgesprochen eine unverschämte Frechheit. Ich meine in welches rein logisch komplett unmögliche Verhältnis setzt sich der Bewunderer gegen über dem Bewunderten.

Demütigungen? Tiefste Erniedrigung? Frühestes?
(Ich bin froh um alles, was ich nicht weiß.)

»Ich bin sehr stark, ich bin eine Erde.«

– also, erzähl mal
– was?
– naja, dein Leben und so
– mein leben, ou ou ou
– ja, klar
– gut, hm. Wo soll ich denn da anfangen am besten?
– ganz egal
– aber wie?
– wie du willst, ist doch völlig wurscht. Was haste denn heute schon gemacht? Wann biste denn aufgestanden und so?
– ou!, aufgestanden, ha ha ha
– oder nimm halt gestern
– gestern? oje
– oder wir lassens einfach sein
– so wirds gemacht
– laß mas gut sein. Zigaräddä?
– klar

Verschwiegene Lust. Verriegelte Zeit. Die nur durch Tintenabdruck in den letzten beiden Zeilen bezeugte Fortsetzung ist nicht überliefert.

Wir saufen, bis Blut kommt.

Interessant ist auch, wie schwierig es ist, Kritik richtig zu verstehen. Zum Beispiel die sogenannte Achternbuschfalle: man grölt sauber rum, nennt Deppen wahrheitsgemäß Deppen, und merkt vor lauter Wahrheit nicht, daß durch die Jahre, die vergehen, alle Witze nicht mehr stimmen. Alles voll unlustig plötzlich, ledern und verdörrt, eigenbrödlerisch, sonderlingshaft, Querdenkerknast. Nörgelt man dann auch noch an der Kritik rum, daß niemand versteht, wie wahnsinnig ernst es einem eigentlich ist, mit den ganzen Witzen und so. – Dabei müßte man der Kritik einfach nur GLAUBEN, ohne ideologiekritische Kritik am Kritiker (der sagt das nur, weil er selbst –), ohne mit den Gründen der Kritik zu hadern und die zu widerlegen, und ohne feinsinnig oder spitzfindig kompliziert sich selbst sehr unverstanden zu fühlen dauernd. Die Information von Kritik heißt im Kern: totale Zurückweisung. Das ist vernichtend – aber damit kann man arbeiten. – (Urfestung)

»Mein Zustand heiterte sich weiter auf.«

Bewegungslisten – Topogramme – Ortsverzeichnisse
Entschuldigungszwang (»Entschuldigung«)
overdosed Doris
Mord Waffen Sarg
Warten Spielen Denken
die Ahnenfahne (der Proband)
»Durst ist schlimmer als Heimweh.«
Die Menschen leiden unter uns.
das Nette des Guten
Zeit: Schuld
this is your life

Bürokratismus Hegels (Qualität)
Gedanken sind Schreckeinjager, die einen erschrecken.
Zeichnung des Geschlechtsakts
Durchsicht aller Notizen
Schwarze Ränder
Rache für Liebe

trotz allem: aus dem Geist der Lichterkette heraus ...

Gespräche, Tagebuch, vermummt
Nichtsprache
Sprache: Witzelsucht
DIE AUTOBIOGRAPHIETARNUNG
lies vor (Ultratest)

Handlung?
das Stichwort Gegenwart
Rudolf Jürgen Bartsch
Hier ist die Rede von einem Gericht.
Das Furchtbare des Todes ist allgegenwärtig.

Ich stelle mir das All alles Sagbaren so riesig und unerschöpflich vor wie die ganze von Menschen bewohnte Welt. Umschlossen von dem noch viel riesigeren, fünf Milliarden Jahre weiten Universum des gesamten Alls: das ist das Nichtsagbare. Man kennt ganze Galaxien von Unsagbarkeiten. Und wie viele gewaltige Quasare von noch nie Gesagtem kennt man nicht einmal? In nur 40 Kilometern Höhe rast zum Beispiel Aurora dahin, das neue Geheimflugzeug Amerikas, ein spitzwinkeliges Dreieck aus Titan, ohne Waffen, mit achtfacher Schallgeschwindigkeit, und photographiert die Nummernschilder beispielsweise eines Yanomami Fernsehteams am Amazonas: sagbar, vielleicht ein Roman, vielleicht von Don

DeLillo. Oder Galileo, gestartet Richtung Venus 1989, zweimal zurückgekehrt zur Erde, um sich neuen Schwerkraftschwung zu holen, versucht jetzt vorzudringen bis zum Jupiter. Das Drama menschlicher Entwicklung heute ist noch nicht geschrieben: sagbar. Pionier 10 hat bereits 1983 die Zone der bekannten Planeten verlassen. Pionier 11 und Voyager 1 und 2, jenseits unseres Sonnensystems eilen sie, elf Kilometer pro Sekunde schnell, durch den interstellaren Raum dahin. Sie führen goldfarbene Bildplatten mit sich, THE SOUNDS OF PLANET EARTH, und gravierte Pictogrammbotschaften. Der nächstgelegene Stern ist ungefähr 100000 Jahre entfernt. Manchmal denke ich an die Supernova 1987 A und an Andy Warhols Tod. Das meine ich mit Zeit. Sie kam aus einer anderswo bereits geschehenen Geschichte hier als Zukunft zugestürzt auf die die Gegenwart Erwartende, die Weitergereiste, Grausame und Ratreiche.

...und betrat nach zwanzigjähriger Abwesenheit in Bettlergestalt sein Haus.

SVEN VÄTH, DIONYSOS
Schamane
Rucksäckchen
Medizinmann, Fürst, Napoleon, Luzifer
die weiße Maske, rauhe Stimme, auch ein Einsamer
Sven Väth, ein Weiser
(Wer das nicht versteht, muß sofort zum Arzt.)

it's nineteen ninety motherfucking two
AND THE MOTHERFUCKING SAGA CONTINUES

things I think
Sachen, die ich sache (sah und sage)

THE ART OF TALKING
Maxim, der Träumer
Bleibe bei uns, Herr, denn es will Abend werden, und der Tag hat sich geneiget.

Ursprünglich sollten ja so supersympathische Fernsehteam-Nebenleute (Tonmann, Skriptgirl, Fahrer) als eine Art Shakespearesche Totengräber die ganze Wannseekonferenzgeschichte auf die Bühne wuchten. Ich weiß gar nicht mehr genau, wann dieser Plan in was hinein eigentlich untergegangen ist. Friederike Pfann, Frankfurter Uraufführung, Sonntag, 20. Dezember 1992: Sie findet schade, daß die Idee mit der Theater-Bibel nicht realisiert wurde. Der Plan wäre gewesen, im Programmheft ganzseitige Fotos der Gesichter abzubilden nicht nur von den Schauspielern, sondern von tatsächlich absolut ALLEN an der Produktion von Festung irgendwie Beteiligten.

AORTA

Aquired Oppression of Regular Thought Administration (siehe Aurora).

Alfi war einmal ein hübscher Junge, groß, schmal, dunkel, smart. Heute, findet er leicht belustigt, haben sich diese Magengeschwür-Falten in den Backen schon bißchen zu tief und herb ins bißchen zu hagere Gesicht eingegraben, als wäre er schon fast dreißig, während er in Wirklichkeit doch ein reinrassiger Neunundsechziger ist, geboren am 27. April 1969. Alfi kann jedem alles verkaufen, weil er sich und sein wohlgelauntes Naturell dabei völlig selbstverständlich mitverschenkt. Alfi dealt mit Platten, aber auch, wie die meisten guten Plattenverkäufer, mit Informationen, Wissen und vor allem mit Stimmungen. Eigentlich ist Alfi nämlich DJ. Er hat die richtige Balance von Macht, Manipulation und Service genau im Gefühl. Oder vielleicht sogar ein bißchen zu gut?

Es gibt andere, wie Woody zum Beispiel, den Herrn der Augenringe, die von einer noch größeren Verlorenheit an die Musik selbst praktisch aus dem Innersten der musikalischen Schönheit heraus auflegen, und das hat dann irgendwie ein anderes Gewicht, eine Art moralische Kategorie oder Güte, die insgeheim, wenn die Stunden nach Tagen nicht mehr gezählt werden, wo man ununterbrochen dahockt und Musik hört, durch die Beats und Sounds hindurch die Räume betritt und mehr so zwischen den Menschen unmerklich da ist, als direkt in ihren Köpfen. Erst im Nachhinein fällt es einem als Erinnerung ein, daß das mit da gewesen war in diesem Moment, und wie schön das war.

Es gibt schon den Aspekt, von dem aus man sagt: das ist das Größte, Geilste, die Erfüllung überhaupt. Aber andererseits kann es in bestimmten Situationen noch interessanter sein, auf der Empfängerseite eines solchen Stimmungsdealers zu sitzen und sich Platte für Platte einen neuen Gedanken und eine sich ständig verschiebende, ändernde Struktur verkaufen zu lassen, und so Einblick gewährt zu bekommen in die innere Gestalt eines anderen, fremden menschlichen Geistes und Wesens. Man sitzt da, hört zu und SIEHT praktisch jemand anderen DENKEN, sieht, wie der drauf ist und was in ihm vorgeht. »Immer wieder hört man die Nummern anders«, sagte Alfi in den Afterafterhours-Morgenstunden nach Silvester in Jochens Wohnung. »Das ist das Tolle.« Und man muß sich eine Stimmung vorstellen, in der man auf diesen Satz hin fast zu weinen anfängt, weil er das ganze gemeinsame Jahr so banal und genial auf den Punkt bringt.

Aber das Beste an Alfi ist eigentlich die Treue, mit der er an seiner Oberschüler-Liebe zu Franziska festhält. Denn das steht im Widerspruch zu seiner ganzen sonstigen, letztlich eben doch extrem hart druffen Art. Er haßt alle Schwachen, verachtet alle, die ihn mögen. Er ist ein maliziöser Spieler in Gruppen und im sozialen Akt ein höchst gefühlvoller Grausamkeitsartist. Er ist ein Zerstörer.

Gerade auf so einen kann man sich komischerweise in richtig kritischen Situationen dann blind verlassen. Ein moralfreier Situationsopportunist war ein verläßlicher Gefährte, denn er folgte einfach den automatischen Handlungsvorschlägen, die aus wirklichen Situationen kamen – und denen folgend kann man gar nicht falsch oder gar böse handeln (aus meinem Leserbrief an Vittorio Hösle).

»Du weißt, daß nichts wirklich Schlimmes passieren kann, denn im Grunde sind wir okay«, sagte Alfi und legte mir im PLANET zu Mottes Musik an diesem Dezembernachmittag nach der Maydaynacht einen halben Bart Simpson auf die Zunge. Später kauerte ich, wirklich total WIRR, oberwirr, neben Woody unter dem DJ-Pult im Walfisch, neben uns schoß der Nebel plötzlich hervor und in den Raum hinaus, und ich dachte, wenn ich Angst bekam, an den Satz, den Alfi mir zum Einstieg auf die Reise mitgegeben hatte.

Später irrten wir durch ein irres Ostberlin und fanden das angeblich nur zwei Straßen weit entfernte Hotel einfach nicht. Leute mit Kindern kamen uns entgegen, Wahnsinn. Überall waren die Wege aufgerissen, Schächte, Kanäle, wankende Brücken. Plötzlich standen wir in einer riesig lichten Halle voller Menschen. Was war das? Wir konnten nicht ermitteln, ob wir uns hier in einem Hotel befanden, oder in einer gigantischen Wettanstalt? Oder was ging hier eigentlich ab? Auf der Treppe stand ein Bauarbeiter, der uns heftigst irgendwo ganz haargenau Bestimmtes hinschickte. Was will denn der von uns? Täuschung? An der nächsten Ecke hatten wir nur schon wieder vergessen, wie wir hätten gehen sollen, und gingen also zurück zum Bauarbeiter. Der war jetzt allerdings verschwunden. Oder hatten wir uns beim Zurückgehen verirrt?

Schließlich standen wir im richtigen Hotel vor dem Portier. Er schaute uns von unten heraus aus seinem Computerbildschirm fröhlich an, hackte gleichzeitig wie irr in seine Tastatur und erzählte uns dazu in rasendem Tempo, was er da gerade tippte, dachte, rechnete, erwog, verwarf, nocheinmal überlegt und schon so und so und so entschieden hatte. »Aha, sehr gut.« Dann hielt ich meinen blauen Pelikan in meiner rechten Hand und versuchte, meinen Namen hin zu schreiben.

So ein kleines Hotelchen konnte schon auch ein ziemlich verdammter Irrgarten sein.

Ich lag dann auf dem Bett, frisch angezogen, und schaute die Lampe an. Direkte Blicke auf meine unbekleidete Haut versuchte ich zu vermeiden. Alfi hatte gesagt: »Wenn du nicht schlafen kannst, mach einfach die Augen zu.« Gute Idee.

Im Schlaf kehrte der Körper schließlich zu sich selbst zurück.

Der Morgen

Der Naturflash war gigantisch. Die Sonne fuhr im rosa Wagen aus dem Meer empor und heizte Ibizas sanft sich hoch schwingender Küstenflanke ins flaumige waldige Grün. Es war Mitte Juni und sofort brüllheiß.

Wir saßen in den Zinnen einer weißen Ferienburg und

schauten uns das Ganze an. Das war unser Morgen, Tag und Nacht des Jahres 1991, Sternenzeit und Sonnenuhr. Wir konnten uns alles erklären gegenseitig, durch Schweigen und Zeigen, oder durch Reden. Wir waren nämlich Menschenkinder.

Und friedlich zog die Zeit uns zugeneigt dahin.

Dank

Das Polizeirevier, Jahresbericht 1982, st 871
Wir Kontrolle Welt, Jahresbericht 1983, st 974
Der Attentäter, Merkur, Juni 1985
Moskau, Merkur, November 1986
Kadaver, Spex, Oktober 1987
Drei Tage, Spex, März 1989
Angst, Spex, Januar 1990
Soziale Praxis, Spex, Oktober 1990
Ästhetisches System